Mortos entre vivos

John Ajvide Lindqvist

Mortos entre vivos

Tradução do sueco de
Marisol Santos Moreira

TORDSILHAS

O texto deste livro foi fixado conforme o acordo ortográfico vigente no Brasil desde 1º de janeiro de 2009.

TÍTULO ORIGINAL *Hanteringen av odöda*
REVISÃO Otacílio Nunes, Carmem T. S. Costa e Ana Maria Barbosa
PROJETO GRÁFICO Kiko Farkas / Máquina Estúdio
CAPA Tordesilhas
IMAGEM DE CAPA Marko Zink: "p_15", da série im Köper, como capa para primeira edição.

1ª edição, 2012

Dados Internacionais de Catalogação na Publicação (CIP)
(Câmara Brasileira do Livro, SP, Brasil)

Lindqvist, John Ajvide
Mortos entre vivos / John Ajvide Lindqvist ; tradução do sueco de Marisol Santos Moreira. -- São Paulo : Tordesilhas, 2012.
Título original: Hanteringen av odöda.

ISBN 978-85-64406-34-6

1. Ficção sueca I. Título.

11-14864 CDD-839.73

Índice para catálogo sistemático:
1. Ficção : Literatura sueca 839.73

2012
Tordesilhas é um selo da Alaúde Editorial Ltda.
Rua Hildebrando Thomaz de Carvalho, 60
04012-120 – São Paulo – SP
www.tordesilhaslivros.com.br

Sumário

Mortos entre vivos

Para Fritiof. Mah-fjou!

Prólogo
Quando a corrente vira

A morte é apenas a agulha que
abre o olho para que você finalmente
possa ver a luz em que vivíamos.

Eva-Stina Byggmästar, *Den barhjärtade människan*

Sveavägen, 13 de agosto, 22h49

– *Salud*, comandante.

Henning levantou a caixa de Gato Negro e brindou à placa de metal na calçada de pedra. Havia apenas uma rosa murcha no lugar onde Olof Palme fora assassinado, dezesseis anos antes. Henning se agachou e passou o dedo nas letras em alto-relevo.

– Caramba... – disse ele. – Vai de mal a pior, Palme. De mal a pior.

Sua cabeça explodia de tanta dor e a culpa não era do vinho. As pessoas que passavam pela Sveavägen não tiravam os olhos do chão, algumas com as palmas das mãos pressionando as têmporas.

Um pouco antes parecia que ia cair uma trovoada, mas a tensão elétrica que pairava no ar tinha aumentado aos poucos e agora estava quase insuportável. Nenhuma nuvenzinha no céu noturno, nenhum trovão ecoando ao longe, nenhuma esperança de descarga. O campo amorfo de eletricidade não era palpável, mas se podia senti-lo.

Parecia um apagão às avessas: desde as nove horas não era possível desligar nenhuma lâmpada, nenhum aparelho movido a eletricidade. Caso se tentasse arrancar a tomada, havia um crepitar assustador e fagulhas voavam entre o plugue e a tomada, impedindo que o circuito fosse interrompido.

E a força do campo só aumentava.

Henning tinha a sensação de ter uma cerca elétrica enrolada na testa, sua cabeça latejava com os choques dolorosos, era pura tortura.

Uma ambulância passou com as sirenes ligadas, ou porque socorreria alguém ou porque as sirenes simplesmente não podiam ser desligadas. Alguns carros estacionados estavam com o motor funcionando em ponto morto.

Salud, comandante.

Henning levantou a caixa de vinho na altura do rosto, inclinou a cabeça para trás e abriu a torneira. Uma golfada de vinho caiu em seu queixo e escorreu pelo pescoço até que ele finalmente conseguiu ajustar o jato de modo que o vinho encontrasse a boca. Fechou os olhos, bebeu em goles grandes enquanto o vinho se esparramava pelo peito, misturava-se ao suor e continuava descendo.

O calor. Ainda por cima, o calor.

Fazia semanas que todas as previsões meteorológicas mostravam sóis enormes e sorridentes por todo o país. As pedras do calçamento e os prédios fumegavam com o calor acumulado durante o dia e, apesar de serem quase onze da noite, a temperatura estava em torno de trinta graus.

Henning acenou com a cabeça despedindo-se do primeiro-ministro e tomou o caminho do assassino, rumo à Tunnelgatan. A alça da caixa de vinho se partira quando ele tinha tirado a bebida de dentro de um carro com a janela aberta, e ele era obrigado a carregar a caixa embaixo do braço. Sua cabeça parecia maior do que de costume, inchada, e ele passou os dedos na testa.

A cabeça estava normal por fora, mas os dedos estavam inchados do calor e do vinho.

Merda de tempo. Não é normal.

Ele se apoiou no corrimão, subiu as escadas devagar. Cada passo trôpego ecoava na cabeça, doía. As janelas dos dois lados estavam abertas e iluminadas, de algumas vinha música. Henning queria ficar no escuro; escuro e silêncio. Queria beber do vinho até se acalmar e apagar de tanto sono.

No alto da escada, parou e descansou por alguns segundos. Só piorou. Impossível dizer se era ele que tinha piorado ou o campo elétrico que estava mais forte. Agora não eram mais fisgadas. Era uma ardência constante comprimindo o cérebro.

Não. Não era só com ele.

Bem perto havia um carro estacionado de lado na calçada. O motor funcionando em ponto morto, a porta do assento de motorista aberta e o estéreo tocando "Living doll" a uma altura descomunal. Junto do carro, o motorista estava sentado encolhido em plena rua com as mãos na cabeça.

Henning fechou os olhos, abriu-os de novo. Seria produto da imaginação dele ou a luz dentro dos apartamentos ficara mais forte?

Alguma coisa. Vai. Acontecer.

Com cuidado, dando um passo de cada vez, ele atravessou a Döbelnsgatan e ficou debaixo da sombra das castanheiras do Cemitério Johannes, onde desmoronou. Não aguentou mais. Agora só ouvia um zumbido, parecia haver um enxame de abelhas no topo das árvores acima de sua cabeça. O campo ficou mais forte, a cabeça era pressionada como se estivesse no fundo do mar e das janelas abertas ele ouviu gente gritando.

É agora que eu morro.

A dor de cabeça era além da imaginação. Como é que tanta dor podia se espremer e caber em uma superfície tão pequena? A qualquer instante a cabeça implodiria. As luzes das janelas ficaram ainda mais fortes, a sombra das folhas das árvores formava desenhos psicodélicos pelo corpo de Henning. Ele virou o rosto para o céu, arregalou os olhos e esperou a explosão, a ruptura.

Plim.

Sumiu.

Com se um interruptor tivesse sido apertado. Simplesmente sumiu.

A dor de cabeça desapareceu de supetão, o enxame de abelhas calou-se de repente. Tudo voltou ao normal. Henning tentou abrir a boca e dizer alguma coisa, talvez para agradecer, mas as mandíbulas estavam travadas com cãibra. Os músculos doíam após ficarem contraídos por tanto tempo.

Silêncio. Escuridão. E alguma coisa caiu do céu. Henning a viu pouco antes de ela cair no chão junto a sua cabeça. Era algo pequeno, um inseto. Ele inspirou e expirou pelo nariz, desfrutando do cheiro de terra seca. A nuca descansava em algo duro e fresco. Ele virou a cabeça para também refrescar a face.

Estava deitado em uma laje de mármore. Sob a face ele sentiu uma irregularidade na superfície. Letras. Levantou a cabeça para ler o que estava escrito.

CARL

4/12/1918-18/7/1987

GRETA

16/9/1925-16/6/2002

No alto havia mais nomes. Um túmulo de família. Greta fora casada com Carl, mas nos últimos quinze anos estivera viúva. Certo. Henning imaginava uma mulher pequena de cabelos brancos saindo aos trancos e barrancos com um andador de um apartamento de luxo, brigas por herança que teriam eclodido na ocasião de sua morte, dois meses atrás.

Alguma coisa se mexeu na pedra de mármore e Henning espremeu os olhos para enxergar. Era uma larva. Branquíssima, como o filtro de um cigarro. Parecia estar sofrendo, contorcia-se em cima do mármore negro, e Henning ficou com pena dela, cutucou-a com o dedo para fazê-la cair na grama. Mas a larva estava grudada.

E agora mais essa...

Henning aproximou bem o rosto da larva, cutucou de novo. Era como se ela estivesse parafusada na pedra. Do bolso da calça, Henning tirou um isqueiro, acendeu-o para enxergar melhor. A larva encolheu. Henning olhava de tão perto que seu nariz quase roçava no bicho, a chama do isqueiro lhe lambeu uns fios de cabelo. Não. A larva não estava encolhendo. O que acontecia era que se via cada vez menos do corpo dela porque ela estava entrando na pedra.

Não...

Henning bateu na laje com o nó dos dedos e viu que era pedra de verdade. Compacta, mármore caro. Deu uma risada e falou em voz alta:

– Não, olha só. Ô, larva...

Agora, quase não se podia ver o bicho. Apenas um último botãozinho branco se despedindo, que, enquanto Henning olhava, penetrou na pedra e desapareceu. Henning passou o dedo por onde a larva tinha sumido. Não havia nenhum buraco, nenhuma fissura por onde ela poderia se enterrar. Tinha caído do céu e agora tinha sumido. Henning deu uma palmadinha no mármore e disse:

– Isso. Muito bem. Bom trabalho.

Apanhou o vinho e subiu rumo à capela para ficar bebendo na escada.

Ele foi o único que viu.

13 de agosto

O que é que eu fiz para merecer isso?

Os mortos vão devagar para suas antigas casas
e vão chegando, vão chegando...

Gunnar Ekelöf, *När de slipper ut*

Svarvargatan 16h03

A morte...

David levantou os olhos da escrivaninha, olhou para a foto da escultura de plástico de Duane Hanson, *Supermarket Lady.*

A mulher gorda de blusa rosa e saia azul-turquesa empurrando um carrinho de supermercado cheio de mercadorias. Ela tem papilotes no cabelo e um cigarro na boca. Os sapatos estão calçados pela metade com o calcanhar de fora, os pés inchados mal cabem neles. O olhar é vazio. Nos antebraços desnudos há uma nuança violeta, marcas roxas. Talvez o marido bata nela.

Mas o carrinho de compras está cheio. Abarrotado.

Enlatados, caixas, sacos plásticos. Comida. Pré-cozida, para micro-ondas. O corpo da mulher é um bolo de carne, embutido na pele, que por sua vez está embutida na saia justa, na blusa justa. O olhar é vazio, os lábios bem apertados segurando o cigarro, os dentes aparecem um pouco. As mãos na barra do carrinho.

E o carrinho está cheio. Abarrotado.

David aspirou pelo nariz, quase podia sentir o cheiro do perfume barato misturado com o suor de supermercado.

A morte...

Sempre que sofria de escassez de ideias e sentia-se indeciso, ele olhava para a foto. Essa foto era a Morte, é contra isso que a gente luta. Todas as tendências na sociedade que apontam na direção dessa foto são maléficas, tudo o que se afasta dela é... melhor.

A porta do quarto de Magnus foi aberta e ele saiu com um card de Pokémon na mão. De dentro do quarto, o som da voz exaltada do Grodan Boll:* "Nãão, olha só!".

Magnus mostrou o card.

– Pai, o Dark Golduck é um olho ou um mar?

– Mar. Meu filho, a gente fala disso...

– Mas o ataque dele vem do olho.

– É, mas... Magnus, agora não. Vou para o seu quarto quando eu tiver acabado, tá bem?

Magnus avistou o jornal aberto na frente de David.

– O que elas tão *fazendo*?

– Escute, Magnus. Estou trabalhando. Depois eu falo com você.

– Vodca... sueca... vendida com pornografia. O que é vodca?

David fechou o jornal e segurou os ombros de Magnus. Magnus tentou se soltar e abrir o jornal.

– Magnus! Não estou brincando. Se eu não puder trabalhar agora, não vou ter tempo de ficar com você depois. Vá para o seu quarto e feche a porta que eu apareço daqui a pouco.

– Por que você *sempre* tem que trabalhar?!

David suspirou.

– Se você soubesse o pouco que eu trabalho em comparação com os outros pais... Mas agora colabore e me deixe sozinho.

– Tá, tá bom, *tá bom*.

Magnus torceu o corpo soltando-se dele e voltou para o quarto. A porta bateu. David deu uma volta pela sala, secou-se debaixo dos braços com uma toalha e sentou outra vez à escrivaninha. As janelas que davam para a praia de Kungsholmen estavam escancaradas, mas quase não vinha brisa nenhuma e David suava, apesar de estar sem camisa.

Ele abriu de novo o jornal. Alguma coisa engraçada tinha que sair dali.

Vodca sueca vendida com pornografia

---

* Personagem da série infantil sueca *Kalle Stropp och Grodan Boll*. (N. T.)

Duas mulheres do Partido de Centro Sueco derramando vodca em cima de um número da revista *Penthouse* para manifestar sua revolta. "Elas estão indignadas", dizia o texto da foto. David estudou o rosto das mulheres. Achou que elas tinham mais era um ar acusador, queriam pulverizar o fotógrafo com o olhar. A bebida escorria pelo corpo da mulher nua na capa.

Aquilo era tão grotesco que chegava a ser difícil tirar algo engraçado dali. David passou os olhos pela manchete, tentou achar um gancho.

Foto: Putte Merkert.

Aí estava o gancho.

Putte. Merkert. David se recostou na cadeira, olhou para o teto e começou a criar. Após alguns minutos, tinha o esqueleto de um texto que escreveu à mão. Olhou para as mulheres de novo. Agora era para ele que estava voltado o olhar acusador.

– Então você vai zombar da gente e da nossa atitude? – disseram elas. – E você, o que é que você faz?

– Tá, tá bom – disse David em voz alta para o jornal. – Pelo menos eu estou ciente de que sou um palhaço, ao contrário de vocês.

Continuou escrevendo com uma dor zumbindo na cabeça, que ele atribuiu a problemas de consciência. Depois de vinte minutos, tinha um texto que era razoável, talvez até engraçado, se ele se deixasse levar pelo embalo. Olhou de rabo de olho para a Supermarket Lady mas não teve nenhuma luz. Provavelmente ele trilharia o mesmo caminho que ela, sentado no cesto de compras dela.

Eram quatro e meia. Faltavam quatro horas e trinta minutos para ele subir no palco e já sentia o friozinho na barriga.

David bebeu uma xícara de café, fumou um cigarro e entrou no quarto de Magnus. Ficou conversando durante meia hora sobre Pokémon com o filho, ajudando Magnus a separar os cards e traduzir o que estava escrito neles.

– Pai – perguntou Magnus –, com o que você trabalha mesmo?

– Você sabe muito bem. Você já esteve no Norra Brunn uma vez. Eu conto histórias e as pessoas riem e... é isso. E me pagam para fazer isso.

– Por que elas riem?

David olhou dentro dos olhos sérios do menino de oito anos e caiu na gargalhada. Fez um carinho na cabeça de Magnus e respondeu:

– Não sei. Não sei mesmo. Agora é hora de tomar um café.

– Ah... Você *sempre* toma café.

David se levantou do chão onde os cards estavam espalhados. Quando já estava na porta, virou-se e olhou para o filho, que lia um card movendo os lábios.

– Eu acho – disse David – que as pessoas riem porque *querem* rir. Elas pagaram a entrada para rir e riem.

Magnus balançou a cabeça.

– Não entendi nada.

– É – disse David. – Nem eu.

Às cinco e meia, Eva chegou do trabalho e David foi ao encontro dela no corredor.

– Oi, amor – disse ela. – Como vai indo?

– Mal, mal – respondeu David e colocou as mãos na frente do estômago. Beijou a mulher, cujo lábio superior estava salgado de suor. – E você?

– Tudo bem. Só uma dorzinha de cabeça. Fora isso, tudo certo. Conseguiu escrever alguma coisa?

– Mais ou menos, é... – David fez um gesto vago na direção da escrivaninha. – Escrevi, mas não está lá muito bom.

Eva balançou a cabeça.

– Certo. Posso ouvir depois?

– Sim, se você quiser.

Eva entrou no quarto de Magnus e David foi para o banheiro, deixou um pouco do nervosismo escorrer dele. Ficou sentado na privada, olhando para os peixinhos brancos na estampa da cortina do chuveiro. Queria ler o texto para Eva – bem, era necessário ler o texto para Eva. Era engraçado, mas ele tinha vergonha do que tinha escrito e receava que Eva fosse dizer alguma coisa sobre... o conteúdo. Que era inexistente.

Deu descarga e lavou o rosto com água fria.

Eu sou um entertainer. *E ponto final.*

Isso. É isso mesmo.

David preparou um jantar leve, omelete com creme de cogumelos, enquanto Magnus e Eva arrumavam as peças do Banco Imobiliário na sala de estar. O suor escorria de suas axilas enquanto ele estava ao fogão refogando os cogumelos.

Esse tempo. Não é normal.

Ele teve uma visão: o efeito estufa. Isso. O planeta Terra como uma estufa gigantesca. Seres do espaço nos plantaram aqui há milhões de anos. Em breve eles virão ceifar o que plantaram.

Ele pôs os omeletes nos pratos e avisou que a comida estava pronta. A imagem era boa, mas será que era engraçada? Não. Mas e se ele usasse uma pessoa mais ou menos conhecida – por exemplo, Staffan Heimersson – e dissesse que ele era o líder dos seres do espaço disfarçado na Terra? Assim Staffan Heimersson levaria sozinho a culpa pelo efeito estufa...

– No que você está pensando?

– Nada de especial. Que o Staffan Heimersson é culpado desse calor todo.

– Tá...

Eva ficou esperando. David deu de ombros.

– Bem, era só isso. Em linhas gerais.

– Mãe? – Magnus tinha acabado de tirar os pedaços de tomate da salada. – Robin disse que, se fizer mais calor, os dinossauros vão aparecer de novo na Terra, é verdade?

A dor de cabeça aumentou durante a partida de Banco Imobiliário, e todos ficavam irritados à toa quando perdiam dinheiro. Depois de mais ou menos meia hora, fizeram uma pausa para o *Bolibompa** e Eva foi para a cozinha preparar um espresso. David continuou no sofá e bocejou. Como sempre, quando estava nervoso ele ficava com sono, só tinha vontade de dormir.

Magnus se encolheu junto do pai e eles assistiram a um documentário sobre circo. Quando o café ficou pronto, David se levantou, apesar dos protestos de Magnus. Eva estava no fogão girando o botão que regulava uma das bocas.

– Que estranho... – disse ela. – Não dá para desligar.

A luzinha que mostrava que o fogão estava aceso não queria apagar. David girou uns botões ao acaso, mas não aconteceu nada. A boca onde a cafeteira italiana apitava estava muito quente. Eles não tinham disposição para tomar uma providência

* Programa televisivo infantil muito popular na Suécia. (N. T.)

no momento, então David leu o texto que havia escrito enquanto ele e a mulher bebiam espresso com muito açúcar e fumavam. Eva achou o texto engraçado.

– Posso usá-lo?

– Claro.

– Você não acha que é...

– O quê?

– Bem... presunçoso. É que elas têm razão.

– O que uma coisa tem a ver com a outra?

– Tá. Obrigado.

Fazia dez anos que eles estavam casados, não se passava um dia sem que David olhasse para Eva e pensasse: Que sorte eu tive. Bem, é claro que havia dias negros, até semanas em que a alegria estava ausente, mas, mesmo nessas horas, havia lá no fundo da lama uma tabuleta com a inscrição "Que sorte a minha!". Mesmo que ele não pudesse vê-la nesses momentos, a tabuleta vinha sempre à tona.

Ela era editora e ilustradora de livros infantis na Hippogriff, uma editora de pequeno porte, e ela própria tinha escrito e ilustrado dois livros sobre Bruno, um castor com propensão filosófica que gostava de construir coisas. Nenhum grande sucesso, mas, como Eva dissera uma vez: "Parece que a classe média alta gosta deles. Arquitetos. Se os filhos deles também gostam, tenho lá minhas dúvidas". David achava os livros dela bem mais divertidos do que seus próprios monólogos.

– Mãe! Pai! Não dá pra desligar.

Magnus estava na frente da televisão apontando o controle remoto para um lado e para o outro. David apertou o botão na própria televisão, mas a tela não apagou. Era a mesma coisa que tinha acontecido com o fogão, mas agora pelo menos a tomada estava ao alcance, então ele a arrancou enquanto o âncora do programa anunciava o telejornal *Rapport*. Por um segundo, foi como separar um pedaço de metal de um ímã; a tomada era sugada para o plugue. Um crepitar e umas cócegas subindo pelos dedos, em seguida o âncora desapareceu na escuridão.

David mostrou a tomada e disse:

– Vocês viram? Foi como uma espécie de... curto-circuito. Agora todos os fusíveis devem estar queimados. – Ele apertou o interruptor do lustre. A lâmpada no teto acendeu, mas não era possível apagá-la.

Magnus dava pulos no sofá.

– Venham! Vamos jogar!

Eles deixaram Magnus vencer no Banco Imobiliário, e, enquanto o filho contava o dinheiro ganho, David foi apanhar os sapatos e a camisa que usava no palco, junto com o jornal. Quando entrou na cozinha, Eva estava tentando arrastar o fogão.

– Não – disse David. – Não faça isso.

Um dedo de Eva ficou imprensado e ela praguejou.

– Merda... a gente não pode deixar o fogão desse jeito. Hoje eu vou visitar o papai. Merda de... – Eva deu um puxão no fogão, mas ele ficou emperrado entre os dois armários da cozinha.

– Eva – disse David. – Quantas vezes a gente já esqueceu o fogão ligado quando foi se deitar e não aconteceu nada?

– Tá, tá bom. Mas sair de casa com ele assim... – Ela deu um chute na porta do forno. – Faz anos que a gente não limpa ali atrás. Droga de fogão. Merda, que dor de cabeça...

– Eva, é isso mesmo o que você quer fazer agora? Limpar atrás do fogão?

Ela deixou cair os braços, balançou a cabeça e deu uma risada.

– Não. Eu me exaltei. É melhor deixar como está.

Como um último ataque desesperado de um animal enjaulado, ela puxou mais uma vez o fogão, sem obter resultado. Levantou as mãos para o alto, desistiu. Magnus apareceu na cozinha com seu dinheiro.

– Noventa e sete mil e quatrocentos. – Magnus espremeu os olhos. – Estou com muita dor de cabeça. Coisa chata.

Como um drinque de despedida antes de cada um ir para seu lado, os três apanharam cada qual seu Alvedon e um copo d'água, brindaram e tomaram o remédio.

Magnus passaria a noite na casa da mãe de David. Eva visitaria o pai em Järfälla, mas só chegaria em casa de madrugada. Eles ergueram Magnus, que ficou no meio deles, os três se beijaram.

– Nada de ficar o tempo todo vendo Cartoon Network na casa da vovó – exortou David.

– Ah... – respondeu Magnus. – Eu não vejo mais Cartoon Network.

– Que bom – comentou Eva. – Vai ser...

– Eu gosto é do Disney Channel. É muito melhor.

David e Eva se beijaram mais uma vez, entreolharam-se imaginando como seria mais tarde, quando estariam a sós. Depois Eva levou Magnus pela mão e eles foram embora, acenando para David pela última vez. Ele ficou no corredor olhando os dois.

Imagine nunca mais poder vê-los...

Foi tomado pelo pavor de sempre. Deus tinha sido bom demais para ele, um erro fora cometido, ele tinha recebido mais do que merecia. Agora lhe tirariam tudo. Eva e Magnus desapareceram na esquina e um impulso disse a ele que corresse atrás deles, os detivesse e dissesse: "Venham, vamos pra casa. A gente assiste *Shrek*, joga Banco Imobiliário, a gente... não pode se separar".

O pavor de sempre, porém mais forte do que o normal. Mesmo assim ele se controlou, virou e tomou a direção da Sankt Eriksgatan enquanto repetia em silêncio o novo texto até decorá-lo:

Qual a história por trás de uma foto dessa? Essas duas mulheres estão revoltadas, então o que elas resolvem fazer? Bem, elas entram no systemet e compram uma caixa de vodca e depois uma pilha de revistas pornográficas. Elas estavam despejando a bebida em cima das revistas fazia horas quando o fotógrafo do jornal* Aftonbladet, *Putte Merkert, avista* por acaso *as duas.*

– Psiu! – chama Putte Merkert. – O que vocês estão fazendo?

– Estamos derramando vodca em revistas pornográficas – respondem as mulheres.

"Oba", pensa o fotógrafo, "aqui temos um furo..."

– Não, nada de "o fotógrafo". Putte Merkert. O tempo todo. *Oba, pensa Putte Merkert, "aqui temos um furo".*

Na metade da ponte, David avistou algo estranho e parou.

Tinha lido recentemente no jornal que havia milhares de ratos em Estocolmo. Ele nunca tinha visto um, mas ali estavam três deles, no meio da ponte de Sankt Erik. Um grande e dois menores. Os bichos corriam em círculos pela calçada, um atrás do outro.

---

* Referência a *System Bolaget*: nome das lojas autorizadas a vender bebida alcoólica na Suécia. (N. T.)

Os ratos chiavam, mostravam os dentes e um dos pequenos atacou o grande nas costas. David recuou um pouco, levantou os olhos. Um senhor estava a um ou dois metros dele, do outro lado dos ratos, seguindo a luta boquiaberto.

Os pequenos eram do tamanho de filhotes de gato, o maior parecia um minicoelho.

As caudas peladas rodopiavam no asfalto, e o rato grande gritou quando o outro rato pequeno também trepou nas costas dele e seu pelo ficou escuro, molhado de sangue.

Será que... são filhotes, os menores?

David tapou a boca, de repente sentiu enjoo. O rato grande se jogava para lá e para cá, em espasmos, tentando se livrar dos menores. David nunca tinha ouvido ratos gritarem, não sabia que eles podiam fazer isso. Mas o som emitido pelo rato grande era terrível, como se viesse de um pássaro agonizante.

Mais gente tinha parado do outro lado. Todos seguiam a briga dos ratos, e David teve uma visão instantânea de pessoas reunidas para assistir a uma competição. Esgrima de ratos. Ele queria sair dali, mas não conseguia. Por um lado, porque muitos carros atravessavam a ponte, por outro, porque não conseguia tirar os olhos dos ratos. Tinha de ficar para ver o que ia acontecer.

De repente, o rato grande ficou petrificado, seu rabo esticado e ereto como uma linha na direção oposta à do corpo. Os menores se torciam, arranhavam a barriga do maior, fazendo movimentos bruscos com a cabeça, para a frente e para trás, enquanto lhe arrancavam a pele. O rato grande avançou, trôpego, até chegar à beira da ponte, encolheu-se debaixo da grade com a carga nas costas e se jogou.

David olhou pela grade e conseguiu ver um pouco da queda. A barulheira do tráfego abafou o som do impacto quando os ratos caíram nas águas negras e algumas gotas se refletiram por um segundo nos postes de luz, e depois tudo tinha acabado.

As pessoas foram andando, conversando umas com as outras.

– Nunca vi uma coisa dessas... é o calor... meu pai contou uma vez que ele... dor de cabeça...

David massageou as têmporas e continuou atravessando a ponte. O olhar das pessoas do outro lado encontrou o dele, e todos deram um sorrisinho envergonhado como se juntos tivessem participado de algo proibido. Quando o senhor que estava ali desde o começo passou por ele, David perguntou:

– Com licença, mas o senhor também está com dor de cabeça?

– Estou – respondeu o homem e pressionou o punho fechado na cabeça. – Uma dor terrível.

– Eu só queria saber.

O homem apontou para o asfalto cinzento, onde estavam respingos de sangue do rato, e disse:

– Vai ver que também foi o caso deles. Talvez seja isso que... – Parou de falar e olhou para David. – Você não apareceu na tevê?

– Sim. – David consultou o relógio. Cinco para as nove. – Desculpe, mas eu preciso...

David retomou seu caminho. Um leve estado de pânico no ar. Cães ladravam e as pessoas andavam mais rápido que o normal nas ruas, como se quisessem fugir do que estava por vir. Ele caminhou depressa pela Odengatan, apanhou o celular e digitou o número de Eva. Na altura do metrô, ela atendeu.

– Oi – disse David. – Onde você está?

– Acabei de entrar no carro. E você? Aconteceu a mesma coisa na casa da sua mãe. Ela ia desligar a tevê quando chegamos, mas não deu.

– Magnus vai ficar contente. Eva? Eu... eu não sei, mas... você tem mesmo que ir para a casa do seu pai?

– Como assim?

– É que... você ainda está com dor de cabeça?

– Estou, mas não a ponto de não poder dirigir. Não se preocupe.

– Está bem. É que eu sinto... alguma coisa terrível no ar. Você não sente o mesmo?

– Não. Desse jeito, não.

Um homem dentro da cabine telefônica do cruzamento entre a Odengatan e Sveavägen apertava a lingueta do aparelho. David ia contar sobre os ratos quando a ligação caiu.

– Alô? Alô?

Ele parou, digitou o número de novo, mas a ligação não foi completada. Apenas um chiado estático. O homem na cabine telefônica jogou para longe o fone do aparelho, disse um palavrão e saiu da cabine. David desligou o celular para tentar outra vez, mas a tela se recusou a apagar. Uma gota de suor lhe caiu da testa e foi parar nas teclas do aparelho. O telefone estava quente de um jeito que não era normal, como se a bateria estivesse superaquecida. Ele apertou o botão de desligar, mas não aconteceu nada. O visor continuou iluminado e o indicador de carregamento da bateria *subiu* uma casa. O relógio deu 21h05 e ele acelerou o passo, quase correndo, para o Norra Brunn.

Antes mesmo de entrar no restaurante, ele ouviu que a apresentação tinha começado. A voz de Benny Lundin ecoava pela rua, era o número clássico dele sobre as diferenças entre homens e mulheres quanto aos hábitos na toalete, e David torceu a cara. Para alegria dele, nada de risos na hora do fecho. Um momento curto de silêncio e, no instante em que David chegou à entrada do local, Benny iniciou o próximo número: as máquinas automáticas de camisinha que enguiçam quando mais se precisa delas. David parou na entrada, pestanejou. O local todo estava iluminado. A iluminação comum que normalmente era apagada para destacar o refletor voltado para o palco estava na intensidade máxima. As pessoas sentadas às mesas e as que estavam no bar pareciam torturadas, de olhar baixo, voltado para o chão e para as mesas.

– Vocês aceitam American Express?

Esse era o fecho. Todo mundo costumava morrer de rir quando Benny contava a história de como ele tinha tentado comprar camisinhas no mercado negro da máfia iugoslava. Mas ninguém riu. Estavam todos sofrendo.

– Cala essa boca, babaca! – gritou do bar um homem embriagado, e levou as mãos à cabeça. David entendeu a reação dele. O volume do microfone estava extremamente alto e produzia um eco arranhado nas paredes. Com a dor de cabeça que todo mundo sentia, aquilo virava uma tortura em massa.

Benny deu um risinho nervoso e disse:

– É dia de folga no educandário de autistas?

Quando ninguém tampouco riu dessa piada, Benny colocou o microfone no tripé e disse:

– Chegou a hora de dizer adeus. Vocês foram uma audiência fantástica. – Em seguida ele desceu do palco e foi para a cozinha. Houve um momento de paralisia geral diante de interrupção tão repentina. Depois deu eco no microfone e um chiado terrível e enlouquecedor rasgou o ar compacto.

Todos no local levaram as mãos à cabeça e alguns começaram a gritar junto com o eco. David trincou os dentes, correu para o microfone e tentou desconectar o fio. Uma corrente elétrica fraca fez sua pele formigar, mas o fio continuou no lugar. Depois de alguns segundos, o eco tinha virado uma serra de açougueiro atravessando a carne do cérebro e ele se viu obrigado a desistir, tampando os ouvidos com as mãos.

Virou-se para ir à cozinha, mas foi impedido pelas pessoas que se levantavam das mesas e se amontoavam em direção à saída. Uma mulher sem muito respeito pela propriedade do restaurante deu um empurrão em David para afastá-lo, enrolou na mão o fio do microfone e puxou. Só conseguiu derrubar o tripé. O eco continuou.

David olhou para a mesa de som, onde Leo estava apertando todos os botões, sem êxito. Quando David ia gritar para Leo desligar da tomada, recebeu um empurrão e acabou caindo no palco baixo. Ainda com as mãos tapando os ouvidos, ficou no chão vendo a mulher girar o microfone no ar, no alto da cabeça e batê-lo contra o piso de pedra.

Fez-se silêncio. O público parou, olhou ao redor. Um suspiro coletivo de alívio percorreu o local. David se levantou com dificuldade e viu que Leo fazia um sinal para ele, passava o dedo indicador no pescoço. David balançou a cabeça, tossiu limpando a garganta e disse em voz alta:

– Um minuto de atenção!

Rostos se viraram na direção dele.

– Infelizmente, temos que interromper o show de hoje devido a... problemas técnicos.

Alguns riram. Risos de deboche.

– Gostaríamos de agradecer à Vattenfall,* nosso principal patrocinador e... vocês serão bem-vindos em uma outra ocasião.

Algumas vaias. David abriu os braços fazendo um gesto que queria dizer *Mil desculpas por a culpa não ser minha*, porém a massa já não estava mais interessada

* Empresa sueca de energia. (N. T.)

nele. Todos iam para a saída. Depois de alguns minutos o restaurante estava vazio.

Leo fez uma cara azeda quando David apareceu na cozinha.

– Que história é essa de Vattenfall? – perguntou ele.

– Uma piada.

– Sei. Muito engraçado.

David ia dizer alguma coisa sobre a responsabilidade do capitão quando o barco vai a pique, já que Leo era o chefe do restaurante e, na próxima vez, bem que *ele* podia ter um script pronto para casos de apagão às avessas, mas resolveu deixar do jeito que estava. Por um lado, porque não podia criar inimizade com Leo, por outro, porque tinha outras coisas com que se preocupar.

Entrou no escritório e digitou o número do celular de Eva no telefone comum. A ligação foi completada, mas caiu na caixa de mensagens. Ele deixou recado pedindo que ela lhe ligasse no restaurante assim que fosse possível.

Trouxeram cerveja e os comediantes ficaram bebendo na cozinha, onde os exaustores rimbombavam. Os cozinheiros os tinham ligado para aliviar o calor das bocas do fogão, que não podiam ser desligadas, e agora tinham o mesmo problema com eles. Mal dava para conversar, mas pelo menos estava mais fresco.

A maioria foi embora, porém David decidiu ficar ali para o caso de Eva telefonar. No noticiário das dez no rádio, foi dito que o fenômeno com a eletricidade parecia atingir apenas a região de Estocolmo, que em certos lugares a tensão em volts por metro podia equivaler à de um raio prestes a cair. David sentiu os pelos do braço se arrepiarem. Talvez um calafrio, ou podia ser a eletricidade estática.

Quando começou a vibrar no quadril, ele primeiro pensou que era mais um efeito da tensão no ar, mas depois entendeu que vinha do celular. Não reconheceu o número que apareceu no visor.

– Alô, David falando.

– Esse é o número de David Zetterberg?

– Sim?

Alguma coisa na voz do homem fez um bolo de angústia começar a subir no estômago de David. Ele se levantou da mesa, deu alguns passos em direção ao corredor, rumo ao camarim, para escutar melhor.

– O meu nome é Göran Dahlman e sou médico no Hospital Danderyd...

Quando o homem acabou de dizer o que tinha a dizer, o corpo de David foi puxado para dentro de uma neblina fria e as pernas sumiram. Com um andar arrastado, ele foi até a parede e desmoronou no chão de cimento. Ficou olhando para o telefone na mão, depois o jogou para longe, como se fosse uma cobra venenosa. O celular deslizou pelo chão e bateu nos pés de Leo. Leo levantou os olhos.

– David! O que houve?

Depois David não se lembraria de nada que aconteceu na meia hora seguinte. O mundo ficara petrificado, tornara-se sem sentido. Foi difícil para Leo enfrentar o trânsito que apenas obedecia às regras mais fundamentais, já que nenhuma das sinalizações eletrônicas funcionava. David, encolhido no banco do carona, mirava com olhos que não viam nada os sinais de trânsito amarelos piscando.

Foi só na entrada do Hospital Danderyd que ele conseguiu forças para recusar a oferta de Leo para acompanhá-lo. Não se lembrava do que Leo dissera, nem de como tinha encontrado o setor. De repente ele estava ali, e o tempo recomeçou a sua corrida arrastada.

Ah!, de uma coisa ele se lembrava. Quando atravessara o corredor rumo ao quarto de Eva, as lâmpadas no alto de todas as portas piscavam e uma sirene de emergência tocava sem parar. Isso lhe pareceu altamente coerente, já que a catástrofe era inconcebível.

Ela tinha colidido com um alce e morrera durante o tempo que David levou para chegar ao hospital. O médico dissera por telefone que não havia nenhuma chance, mas que o coração dela ainda batia. Agora não batia mais. Às 22h36 ele tinha parado. Aos vinte e quatro minutos para as onze horas, o coração tinha parado de bombear sangue para o corpo.

Um só músculo num só corpo de alguém. Um cocozinho de mosca na dimensão temporal. E o mundo estava morto. David estava perto do leito dela, de braços caídos, a dor de cabeça queimando atrás da testa.

Ali na cama estava seu futuro, tudo de bom que ele podia imaginar que a vida ainda traria. Ali estavam os últimos doze anos de sua história. Isso tudo tinha sumido, o tempo tinha encolhido e virado apenas um agora insuportável.

Ele ficou de joelhos ao lado dela, pegou a mão da esposa.

– Eva – sussurrou –, assim não dá. Não pode ser assim. Você sabe que eu te amo. Será que você não entende? Eu não posso viver sem você. Você tem que acordar agora. Não dá pra ficar sem você, nada faz sentido. Eu te amo tanto que assim não dá.

Ele falava sem parar, um monólogo de frases repetidas, e quanto mais repetia essas frases, mais verdadeiro tudo parecia ser, até que começou a nascer nele uma convicção de que elas fariam efeito. Isso. Quanto mais ele repetisse que aquilo era impossível, mais absurda a coisa toda ficaria, e quando ele tinha acabado de se convencer de que, continuando com a ladainha, algum milagre iria acontecer, a porta se abriu.

Uma voz de mulher perguntou:

– Está tudo bem?

– Tudo bem. Tudo bem – respondeu David. – Vá embora.

Ele apertou a mão fria de Eva contra a testa, ouviu um farfalhar de tecido quando a enfermeira se agachou. Alguém colocou a mão nas costas dele.

– Posso ajudar com alguma coisa?

David virou devagar a cabeça para a enfermeira e recuou ainda segurando a mão de Eva. A enfermeira parecia a Morte em pessoa. Os ossos das maçãs do rosto eram protuberantes, os olhos esbugalhados, atormentados.

– Quem é você? – sussurrou David.

– Eu me chamo Marianne – respondeu a enfermeira, quase sem mexer os lábios. Os dois se entreolharam de olhos arregalados. David apertou mais forte a mão de Eva para protegê-la daquilo que tinha vindo buscá-la. Mas a enfermeira não fez nenhum movimento na direção dele. Em vez disso, soluçou chorando e disse:

– Perdão... – espremeu os olhos, pressionou as mãos na cabeça.

David entendeu. A dor na cabeça, não era só dele um coração cheio de espinhos, pulsando. A enfermeira se levantou devagar, saiu trôpega do quarto. Por um instante o mundo lá fora penetrou na película e David ouviu uma cacofonia de sinais, alarmes e sirenes dentro e fora do hospital. Uma confusão só.

– Volte – sussurrou ele. – E o Magnus? Como é que eu vou contar para o Magnus? Ele vai fazer nove anos daqui a uma semana, você sabe muito bem. Ele quis torta de panquecas. Como se faz torta de panquecas, Eva? Era você que ia fazer, você já tinha comprado framboesas e o resto. Elas estão em casa no congelador, como é que eu vou pra casa, abrir o congelador e encontrar lá dentro as framboesas que você comprou pra fazer a torta de panquecas? E como é que eu vou pegá-las e...?

David gritou. Um só berro ininterrupto até acabar o ar nos pulmões. Espremeu os lábios no nó dos dedos de Eva e balbuciou:

– Está tudo acabado. Você não existe mais. Eu não existo mais. Nada existe.

A dor de cabeça aumentou a tal ponto que ele se viu obrigado a reparar nela. Uma gota de esperança caiu nele: ele estava morrendo. Isso. Ele também ia morrer agora. Algo estalou, se quebrou dentro do cérebro na hora em que a dor aumentou, não parava de aumentar e ele tinha acabado de pensar, convicto: *Estou morrendo. Vou morrer agora. Obrigado,* quando a dor sumiu. Tudo sumiu. Alarmes e sirenes silenciaram. A intensidade da luz no quarto diminuiu e ficou escuro. Ele podia ouvir a própria respiração ofegante. A mão de Eva, lambuzada do suor dele, deslizou por sua testa. A dor de cabeça tinha sumido. Ausente, ele esfregou a mão dela para cima e para baixo na testa, o anel de casamento dela lhe arranhou a fronte, ele queria que a dor voltasse. No momento em que a dor de cabeça passou, no lugar dela explodiu a dor em seu peito.

Ele olhava para o chão. Por isso, não viu a larva branca que saiu do teto, caiu, aterrissou no cobertor do Conselho da Província que cobria Eva e continuou descendo.

– Meu amor – sussurrou ele, e apertou a mão da mulher. – A gente nunca ia se separar, não lembra?

A mão dela estremeceu, apertou de volta.

David não gritou, não fez um movimento sequer. Apenas olhou para a mão da esposa, apertou-a. A mão dela apertou de volta. O queixo dele caiu, a língua saiu da boca e lambeu os lábios. Alegria não era uma palavra que pudesse descrever o que ele sentia, era mais um atordoamento que se sente logo depois de acordar de um pesadelo, e num primeiro momento as pernas não quiseram obedecer quando ele ficou de pé para poder olhar a esposa.

Eles tinham limpado e ajeitado Eva na medida do possível, mas metade do rosto era uma ferida grande. O alce devia ter virado a cabeça ou, numa última reação desesperada de defesa, tentara atacar o carro. A cabeça dele tinha atravessado primeiro a janela e uma das pontas da galhada acertara o rosto de Eva antes de ela ser esmagada pelo peso do corpo do animal.

– Eva! Você está me ouvindo?

Nenhuma reação. David passou as mãos pelo rosto, seu coração batia desgovernado.

Foi um... espasmo. Ela não pode estar viva. Olha só pra ela.

Embora houvesse um curativo grande sobre a face direita, podia-se ver que o rosto estava... pequeno demais. Que estavam faltando ossos, pele e carne ali embaixo. Eles tinham dito que corpo não estava em bom estado, mas só agora ele entendia a amplitude da coisa.

– Eva? Sou eu.

Dessa vez não foi nenhum espasmo. O braço dela se esticou, bateu na perna dele. Sem avisar, ela sentou na cama. David deu um passo atrás instintivamente. O cobertor deslizou dela, um tilintar discreto, e ele ainda não tinha entendido a amplitude da coisa.

O dorso dela estava nu, as roupas cortadas. O lado direito da caixa torácica era um buraco aberto envolto por tiras de pele e sangue coagulado. Um tilintar veio lá de dentro. Por um segundo David não conseguiu ver Eva, viu apenas um monstro e quis sair dali correndo. Mas as pernas não se moveram, e depois de alguns segundos o bom-senso voltou. Ele retornou para junto da cama.

Agora ele via a origem do tilintar. Grampos cirúrgicos. Dentro da caixa torácica de Eva estavam pendurados grampos de metal presos nas artérias dilaceradas; eles balançavam, batiam uns nos outros quando ela se mexia. Ele engoliu em seco e disse:

– Eva?

Ela virou a cabeça para o lado de onde vinha a voz dele e abriu o único olho que tinha.

Foi quando ele gritou.

Vällingbyplan 17h32

Mahler atravessava devagar a praça com a camisa grudada no corpo de tanto suor. Na mão, uma sacola de compras para a filha. Pombos cinzentos por causa da poluição afastavam-se a passos trôpegos dos pés dele, escapando por poucos centímetros.

Ele mesmo se via como um pombo grande e cinza. O paletó gasto, comprado quinze anos atrás, na época em que ele tinha engordado e não podia mais usar as antigas roupas. A calça estava nas mesmas condições. Dos cabelos restava apenas uma coroa que cobria as orelhas, e a careca ficara vermelha e cheia de sardas. Assim como os pombos fisgavam purê dos pratos no lixo da barraca de linguiças, era fácil imaginar que Mahler carregava na sacola latinhas vazias que recolhia das latas de lixo.

Não era nada disso. Mas ele dava essa impressão. De um zé-ninguém.

Na sombra do prédio da Åhléns, a caminho da Ångermannagatan, Mahler enterrou os dedos que estavam livres no pescoço enrugado e achou o colar. Um presente de Elias. Sessenta e sete contas coloridas enfiadas em uma linha de pescador e amarradas no pescoço dele para sempre.

Ao continuar andando, ele sentia as contas, uma por uma, como num terço, como se rezasse.

Depois de subir três lances de escada para o apartamento da filha, ele se viu obrigado a parar para recuperar o fôlego. Depois, destrancou a porta com a própria chave. O apartamento estava na penumbra, abafado e com um cheiro de lugar quente e fechado.

– Olá, filha. Sou eu.

Nenhuma resposta. Como sempre ele temia o pior.

Mas Anna estava ali e estava viva. Encolhida na cama de Elias, sobre o edredom do urso Bamse que Mahler comprara, com a cara virada para a parede. Mahler pôs a sacola no chão, pisou em peças de Lego empoeiradas até chegar à cama e sentou delicadamente numa das beiradas.

– Como você está, minha filha?

Anna puxou o ar pelo nariz. A voz saiu débil.

– Pai... eu sinto o cheiro dele. Ainda está nos lençóis. O cheiro dele ainda está aqui.

Mahler queria deitar na cama, atrás dela. Abraçá-la, queria ser pai e fazer desaparecer tudo de ruim. Mas não tinha coragem. O estrado da cama se romperia com o peso de seu corpo. Então ele se limitou a ficar olhando para as peças de Lego nas quais fazia dois meses que ninguém mexia.

Quando ele estava procurando apartamento para Anna, havia um vago no andar térreo naquela mesma prumada. Ele não ficara com o apartamento, por medo de ladrões.

– Venha comer um pouco.

Mahler pôs na mesa duas porções de rosbife e salada de batata tiradas de travessas de plástico, fatiou um tomate e arrumou as fatias na borda dos pratos. Anna não respondeu.

As persianas da cozinha estavam arriadas, mas o sol entrava espremido pelos vãos, desenhava linhas incandescentes na mesa da cozinha e iluminava grãos de poeira que rodopiavam no ar. Ele devia limpar a casa. Não tinha forças.

Dois meses antes, a mesa estava lotada: frutas, correspondências, um e outro brinquedo, uma flor colhida no meio de um passeio, alguma coisa que Elias tinha feito na escolinha. As miudezas da vida.

Agora só havia dois pratos com comida pré-cozida. Calor e cheiro de poeira. As fatias vermelho-claras de tomate, uma tentativa patética.

Ele foi para o quarto de Elias, parou na porta.

Anna balançou a cabeça e disse, virada para a parede:

– Eu como mais tarde. Obrigada.

– Você não vai sair um pouco da cama?

Quando ela não respondeu, ele foi para a cozinha de novo, sentou-se à mesa. Começou a ingerir a comida de modo mecânico. Achou que a mastigação ecoava nas paredes silenciosas. Acabou comendo as fatias de tomate. Uma por uma.

Uma joaninha tinha pousado na grade da sacada do apartamento.

Anna estava ocupada fazendo as malas. Eles iriam para a casa de veraneio de Mahler em Roslagen, passariam umas semanas lá.

– Mãe, uma joaninha... olhe só.

Ela foi para a sala e ainda conseguiu ver Elias em cima da mesa da sacada debruçado na grade atrás da joaninha, quando o inseto bateu asas e voou. Uma das pernas da mesa cedeu. Ela não conseguiu chegar a tempo.

Embaixo da sacada havia um estacionamento. E asfalto negro.

– Aqui, minha filha.

Mahler segurava o garfo com uma porção tamanho médio para dar de comer a Anna. Ela sentou na cama, pegou o garfo e enfiou a comida na boca. Mahler entregou o prato à filha.

O rosto dela estava vermelho e inchado e havia mechas grisalhas em seu cabelo castanho. Ela deu quatro garfadas e devolveu o prato.

– Obrigada.

Mahler pôs o prato em cima da escrivaninha de Elias, ficou com as mãos no colo.

– Você esteve na rua hoje?

– Eu estive com ele.

Mahler balançou a cabeça. Não lhe veio mais nada à mente para dizer. Ao levantar-se, ele bateu com a cabeça em Akka com Nils Holgersson nas costas pendurado no alto da cama. O ganso de madeira bateu as asas, fez vento por cima do rosto de Anna. Parou.

Em casa, no apartamento, que era do outro lado do pátio dos prédios, ele tirou as roupas molhadas de suor, tomou banho, vestiu o roupão e engoliu uns comprimidos para dor de cabeça. Sentou-se ao computador e se logou na página da Reuters. Ficou uma hora procurando e traduzindo três notas de jornal.

Um aparelhinho japonês que podia interpretar o que os cachorros diziam com seus latidos. Operação separa irmãos siameses. O homem que tinha construído uma casa com latinhas em Lübeck. Não havia nenhuma foto da máquina de fabricação japonesa, então ele apanhou a foto de um labrador e colocou em anexo. Enviou para o jornal.

Depois, leu um e-mail de uma das fontes antigas que tinha na polícia, que queria saber como ele estava indo, fazia tempo que eles não se falavam. Mahler respondeu que estava péssimo, que fazia dois meses que seu neto tinha morrido e que ele pensava diariamente em se suicidar. Apagou a resposta sem tê-la enviado.

As sombras no chão tinham ficado mais longas, já passava das sete. Ele se levantou da cadeira, massageou as têmporas. Foi para a cozinha e pegou uma cerveja da geladeira. Bebeu metade dela em pé, voltou para a sala de estar. Junto do sofá, ficou parado em pé.

No chão, ao pé do braço do sofá, estava a fortaleza.

Elias ganhara o brinquedo ao fazer sete anos, quatro meses atrás. A maior fortaleza feita de Lego. Eles a tinham montado juntos e depois costumavam brincar com ela de tarde, trocavam os cavaleiros de lugar, inventavam histórias, a remontavam e ampliavam. Agora ela estava ali do jeito que a tinham deixado na última vez.

Doía sempre que Mahler a via, toda vez ele pensava que devia jogar o brinquedo fora ou pelo menos desmontá-lo, mas não conseguia. Provavelmente ela ficaria ali armada enquanto Mahler vivesse, do mesmo jeito que ele seria enterrado com o colar de contas.

Elias, Elias...

O abismo se abriu dentro dele. Veio o pânico, a pressão no peito. Ele correu para o computador, logou-se em um dos sites eletrônicos de pornografia que pagava, ficou clicando durante uma hora e sentiu no máximo uma coceirinha na virilha. Apenas indiferença, nojo.

Logo após as nove, saiu do site e desligou o computador. A tela não se apagou. Ele não tinha forças para se importar. A dor de cabeça fazia pressão agora na parte de dentro dos olhos, deixava-o inquieto. Ele deu umas voltas pelo apartamento, bebeu mais uma cerveja e acabou parando em frente à fortaleza. Agachou-se.

Um dos cavaleiros de Lego estava debruçado na beirada da torre, parecia dizer alto alguma coisa para o inimigo que tentava arrombar o portão.

"Pare, senão eu jogo o tonel da latrina em você!", tinha dito Mahler com voz arranhada, e Elias rira tanto que perdera o fôlego e gritara: "Mais, mais!", e Mahler enumerara todas as coisas terríveis que um cavaleiro podia fazer com outro cavaleiro. Coalhada azeda.

Mahler tirou o boneco da fortaleza, examinou-o entre os dedos. O cavaleiro tinha um capacete prateado que ocultava metade de uma fisionomia séria. A espadinha que ele segurava ainda reluzia de tão polida. A pintura das espadas dos bonecos que Elias tinha em casa estava descascada. Mahler olhou para a espada reluzente e vieram duas conclusões que se afundaram nele como pedras negras:

Essa espada ficará polida para sempre.

Nunca mais eu vou brincar.

Ele pôs o cavaleiro de volta no lugar, olhou para a parede.

Nunca mais eu vou brincar.

Enlutado após a perda de Elias, ele ficara remoendo todas as coisas que nunca mais aconteceriam: passeios no bosque, parquinhos, pão-doce com refresco na confeitaria, Museu Skansen e centenas de outras coisas. Mas ali estava uma verdade, nua e crua: ele não brincaria nunca mais e não era apenas de Lego ou de passa-anel. Com a morte de Elias, desapareceu o companheiro de brincadeiras e a vontade dele de brincar.

Era por isso que ele não conseguia escrever, era por isso que a pornografia não produzia o menor efeito e os minutos passavam tão devagar. Ele não conseguia mais imaginar, inventar coisas. Devia ser um estado maravilhoso, apenas viver naquilo que existe e está diante dos nossos olhos, não ficar refazendo o mundo. Devia ser. Mas não é.

Mahler passou o dedo na cicatriz da operação na caixa torácica.

A vida é o que fazemos dela.

Ele não era mais capaz, estava preso a um corpo obeso que atravessaria os dias e os anos se arrastando sem alegria. Isso ele viu, ao ter uma compreensão súbita, e teve vontade de quebrar alguma coisa. O punho cerrado tremia no alto da fortaleza, mas ele se controlou, levantou-se e foi para a sacada do apartamento, onde segurou a grade, sacudiu-a.

Um cachorro corria em círculos lá embaixo no pátio, latia. Mahler queria fazer o mesmo.

When in trouble, when in doubt
Run in circles, scream and shout.

Ele se debruçou na grade, viu a si mesmo caindo, arrebentando-se no chão igual a um melão bem maduro. Talvez o cachorro o comesse. Essa ideia tornou o ato tentador. Acabar seus dias como comida de cachorro. Mas o cachorro provavelmente nem notaria, o bicho parecia histérico. Alguém acabaria aparecendo e dando um tiro nele.

Colocou as mãos na cabeça. Ela ia acabar estourando, se continuasse assim, se a dor continuasse aumentando desse jeito.

Era por volta das dez e meia quando Mahler percebeu que queria viver, apesar de tudo.

Ele tivera a primeira síncope de Adam-Stokes oito anos antes, quando entrevistava um pescador que tinha encontrado um cadáver na rede de arrastão. Quando desembarcaram, a intensidade da luz diminuiu rapidamente, transformou-se em apenas um ponto, e quando Mahler acordou, caído em cima de uma pilha de redes, não se lembrava de mais nada. Se não calhasse de o pescador ter noções de primeiros socorros, o problema de Mahler teria acabado.

Um médico constatou que ele sofria de uma isquemia crônica do miocárdio e precisava de um marca-passo para regularizar as batidas do coração. Mahler ficara tão deprimido nesse período que considerara a possibilidade de arriscar e deixar o caminho aberto para a morte, mas mesmo assim aceitara que fizessem a operação.

Mais tarde veio Elias, e Mahler teve pela primeira vez, após muitos anos, um pretexto para ter um coração. O marca-passo continuara fiel no seu tique-taque e deixara Mahler ser vovô tanto quanto queria.

Mas agora...

Gotas de suor brotavam na raiz dos cabelos, e Mahler colocou a mão sobre o coração; batia no mínimo com o dobro da velocidade normal. De alguma forma o coração conseguia ignorar os pulsos regulares do marca-passo e disparava sozinho. Sob a mão, Mahler sentiu que o ritmo do coração aumentava ainda mais.

Ele colocou os dedos no pulso, olhou para o relógio-despertador e contou os segundos. O coração dava cento e vinte batidas por minuto, mas ele não tinha certeza se a contagem estava correta. Até o ponteiro dos segundos no relógio parecia se mexer mais rápido do que o normal.

Calma... calma... vai passar...

Ele sabia que esses paroxismos do coração não eram perigosos em si, contanto que não ficassem exagerados. Era a preocupação, a angústia o que prejudicava os pacientes. Mahler tentou respirar calmamente, enquanto o coração disparava cada vez mais.

Um pensamento lhe veio à mente, e ele colocou os dedos em cima do marca-passo, a caixa metálica bem embaixo da pele que garantia sua vida. Não dava para saber se o aparelho trabalhava mais rápido do que o normal, mas ele suspeitava que era isso que estava acontecendo: era a mesma coisa com o relógio.

Ele se encolheu e deitou em posição fetal no sofá. A dor de cabeça ameaçava estourar o crânio, o coração batia como um louco e, para seu espanto, Mahler percebeu que não queria morrer. Não. Pelo menos, não queria morrer porque uma máquina lhe chicoteava o coração até o órgão estourar. Sentou, espremeu os olhos na direção da luz da tela do computador. Até a luz da tela estava mais forte e todos os ícones tinham sumido em um branco ofuscante.

O que eu faço?

Nada. Ele não ia fazer nada que fosse afligir ainda mais o coração. Deitou de novo, colocou a mão em cima do músculo da vida. O coração batia agora tão rápido que não dava para sentir cada batida, era um ruflar de tambores do reino da morte cujo compasso se acelerava, e Mahler fechou os olhos, esperando o *crescendo*.

Bem na hora em que ele achou que o couro do tambor arrebentaria e o campo de visão encolheria como da outra vez, passou.

A taquicardia se acalmou, o coração voltou a bater no seu velho ritmo compassado. Ele ficou deitado absolutamente imóvel, de olhos fechados, em seguida respirou fundo e passou a mão no rosto para verificar se ainda estava ali. O rosto estava no lugar, molhado de suor. O suor morno escorria pelas dobras da barriga, fazia cócegas.

Ele abriu os olhos. Os ícones no computador estavam acesos como de costume no fundo azul-escuro, em seguida a tela se apagou. O cachorro no pátio parou de latir.

O que aconteceu?

O ponteiro do relógio marcava os segundos em um ritmo normal e um grande silêncio se instalara no mundo. Só agora ele estava ciente da cacofonia de sons e gritos que antecedera a brusca interrupção, agora que ela não era mais ouvida. Lambeu os lábios salgados, encolheu-se e ficou olhando para o relógio.

Segundos, minutos... num segundo nós nascemos, num segundo nós morremos.

Ele já devia estar assim fazia uns vinte minutos quando o telefone tocou. Mahler deslizou do sofá e foi engatinhando para a escrivaninha. As pernas provavelmente o carregavam, mas ele sentia que devia ir de quatro. Ergueu-se para sentar na cadeira da escrivaninha e levantou o fone.

– Alô.

– Oi, Mahler. Aqui quem fala é Ludde. Do Danderyd.

– Ah... oi.

– Mahler, eu tenho um lance pra você.

Ludde era um dos inúmeros informantes de Mahler do tempo em que trabalhava no jornal. Na qualidade de zelador do hospital Danderyd, Ludde podia às vezes ouvir e ver coisas que eram de "interesse público", segundo as palavras do próprio Ludde.

Mahler disse:

– Eu não estou mais na ativa, ligue para o Benke... Bengt Jansson, o chefe da edição da noite, o telefone...

– Escute essa. Os presuntos acordaram.

– O que foi que você disse?

– Os presuntos. Os cadáveres. No necrotério. Eles ressuscitaram.

– Não pode ser.

– Pode sim. Os patologistas acabaram de ligar pra cá totalmente histéricos, queriam que alguém descesse para ajudar.

Mahler viu a própria mão se mexendo por cima da escrivaninha num gesto automático, na direção do bloco de anotações, mas puxou-a de volta, balançou a cabeça.

– Ludde, vamos com calma. Você ouviu o que você...

– Tá, eu sei. Eu sei. Mas é verdade. O pessoal está pra lá e pra cá... aqui embaixo está um caos. Eles acordaram. Todo mundo.

De fato, Mahler podia ouvir no fundo vozes exaltadas, mas não conseguia entender o que elas diziam. Alguma coisa estava acontecendo, porém...

– Ludde. Conte de novo essa história. Desde o começo.

Ludde fez um muxoxo. Ao fundo alguém exclamou: "Consulte a emergência!", e quando Ludde falou de novo tinha aproximado os lábios do bocal e sua voz assumiu um tom quase erótico.

– Primeiro foi uma confusão geral por causa do que houve com a energia elétrica. Tudo estava ligado e nada funcionava. Você ficou sabendo? Do problema com a eletricidade?

– Estou... estou sabendo.

– O.k. Depois, há uns cinco minutos... os disseca-defuntos ligaram para a recepção e disseram que queriam que uns seguranças descessem porque uma turma de presuntos estava... fugindo. Então tá. Os guardas riram, acharam graça da piada, mas em todo caso eles desceram. Então tá. Passam-se alguns minutos e *os guardas* ligam pedindo reforço porque agora *todos* tinham acordado. Essa piada era ainda mais engraçada. Então tá. Depois *um médico* liga dizendo a mesma coisa... e agora até os cirurgiões da emergência estão descendo.

– Mas – perguntou Mahler – quantos cadáveres vocês guardam lá embaixo?

– Sei lá. Cem. No mínimo. Você vem ou não vem?

Mahler consultou as horas. Onze e vinte e cinco.

– Tá. Já estou indo.

– Legal. Você traz...?

– Tá, vou levar.

Ele se vestiu, guardou o gravador, o telefone e a câmera digital na bolsa que ainda não tivera ânimo de devolver à redação, apanhou duas mil coroas para o Ludde, por medida de precaução, e desceu correndo pela escada assim que criou coragem.

O coração ainda não tinha saído pela boca quando ele se espremeu todo no Ford Fiesta, ligou o motor e rumou para o leste. Ao sair do anel viário de

Blackeberg, telefonou para Benke, disse a ele que sim, não estava mais na ativa, mas tinha recebido uma dica de uma história no hospital Danderyd e ia conferir. Benke lhe deu boas-vindas.

As estradas estavam vazias, e Mahler acelerou para cento e vinte depois de passar a praça Island. A região de Västerort passou voando por ele e lá na altura da ponte de Traneberg ele teve consciência de si mesmo. Fazia um mês que não se sentia tão vivo. Quase feliz.

Täby Kyrkby 21h05

– Tesouro, agora você precisa desligar. – Elvy balançou o dedo para a televisão. – Essa gritaria é de enlouquecer.

Flora balançou a cabeça sem desgrudar os olhos da tela e disse:

– O.k. Só preciso salvar isto aqui.

Elvy deixou Grimberg de lado – em todo caso ela não teria conseguido se concentrar na leitura depois que a dor de cabeça se instalara – e ficou olhando para Jill Valentine voltando para seu quarto seguro. Flora tinha explicado como funcionava o jogo de computador e Elvy tinha entendido em linhas gerais.

Duas coisas ela não conseguia compreender: como esses ambientes podiam ser criados em computadores e como Flora conseguia manejar aquilo tudo. Seus dedos mexiam nos botões e textos, mapas, índices passavam pela tela e eram alternados com uma velocidade tal que Elvy nunca chegava a entender o que estava acontecendo.

Jill andava por um corredor escuro com o revólver em punho, a postura do corpo em estado de alerta. Os lábios de Flora estavam contraídos, os olhos com uma maquiagem pesada eram duas elipses estreitas. O olhar de Elvy percorreu os antebraços pálidos e finos com marcas de rasgos antigos, feridas cicatrizadas. A cabeça com cabelos vermelhos e arrepiados parecia grande demais no corpo pequeno. Houve um período em que ela tinha pintado o cabelo de preto, mas fazia um ano que mantinha a cor natural.

– Deu certo? – perguntou Elvy.

– Hum. Apanhei um treco de que eu precisava. Só preciso... salvar.

O mapa apareceu na tela e sumiu. Uma porta que dava para um fundo escuro se abriu e Jill estava no limiar de uma escada. Flora lambeu os lábios e conduziu Jill para a escada.

Margareta, que era a mãe de Flora e filha de Elvy, se oporia com certeza se soubesse que tipo de jogo Flora estava jogando, e teria considerado o jogo ruim para as duas, por diferentes motivos.

O Game Cube tinha parado na casa de Elvy três meses antes, era uma solução de meio-termo. Desde que Flora ficara durante seis meses grudada na frente da máquina três, quatro, até cinco horas por dia, os pais lhe deram um ultimato: ou ela vendia o aparelho ou ele ficaria na casa da avó, se a avó concordasse.

E a avó concordou. Elvy gostava muito da neta e a recíproca era verdadeira. Flora aparecia de duas a três vezes por semana e não costumava jogar mais do que duas horas. Elas tomavam chá, conversavam, jogavam cartas e às vezes Flora dormia na casa da avó.

– Ôôôh...

– Drogadrogadroga!

Elvy levantou os olhos. O corpo de Flora estava encolhido, tenso.

Um zumbi surgiu trôpego em uma esquina e Jill levantou a pistola, conseguiu dar um tiro antes que ele a alcançasse. O controle estalava na mão de Flora quando ela tentou escapar virando para o outro lado, mas o sangue saiu em jatos e não demorou muito para Jill cair aos pés do zumbi.

You are dead

– Idiota! – Flora deu um tapa na própria testa. – Ai. Esqueci de queimar o zumbi. Aiaiai.

Elvy se inclinou para a frente na poltrona.

– E... não tem mais jeito?

– Tem. Agora eu sei onde está o treco.

– Hum-hum.

Flora era autodestrutiva, segundo a orientadora da escola. Elvy não sabia se isso era melhor ou pior do que o diagnóstico que ela própria tinha recebido quando tinha a mesma idade da neta agora: histérica. Nos anos 1950, com o florescimento da *folkhemmet** e a vitória definitiva da razão, não era nada bonito ser histérica. Elvy também tinha mutilado os braços e as pernas devido ao sofrimento interior e à pressão exterior. Naquela época não existia esse problema. Ninguém tinha direito de ser infeliz.

Já quando Flora era bem pequena, Elvy sentira uma proximidade muito forte com aquela criança séria e imaginativa, pressentia que a vida da neta não seria fácil. A sensibilidade, que era a maldição de ambas, tinha pulado uma geração. Talvez como uma reação contra a mãe confusa, Margareta tinha estudado Direito e se tornado uma pessoa certinha, séria e bem-sucedida. Casou-se com Göran, também estudante de Direito com as mesmas características.

– Você também está com dor de cabeça? – perguntou Elvy ao ver Flora passar a mão na testa quando se inclinou para desligar o jogo.

– Estou. É... – Flora apertava o botão. – Ué... Não quer desligar.

– Então desligue a televisão.

Também não era possível desligar a tevê. O jogo pôs-se a rodar cenas automáticas. Jill dava um choque elétrico em dois zumbis, outro zumbi era baleado no corredor de um edifício. As colisões ecoavam na cabeça, e Elvy fez uma careta. Tampouco se podia abaixar o volume.

Quando Flora tentou retirar a tomada da parede, houve uma crepitação, ela pulou para trás e gritou. Elvy se levantou da poltrona.

– O que houve, minha querida?

Flora olhava para a mão que tinha segurado a tomada.

– Tomei um choque. Não foi muito forte, mas... – Ela balançou a cabeça como que para esfriá-la e apontou para a tela onde Jill eletrocutava novamente os mortos-vivos, deu uma risada e disse: – Bem, não desse jeito.

---

* *Folkhemmet*, em português "casa do povo", é um conceito político extremamente importante na história da social-democracia e do Estado do bem-estar na Suécia. Influente sobretudo nas décadas de 1940 e 1950, fundamentava-se na estatização de serviços públicos, em especial educação e saúde. (N. T.)

Elvy estendeu a mão para a neta, ajudou-a a levantar-se.

– Vamos para a cozinha.

Tudo o que era elétrico ou mecânico era da alçada do Tore. Depois que ele ficara doente, com Alzheimer, Elvy se viu obrigada a chamar um eletricista quando um fusível queimou. Nunca tinham confiado em que ela pudesse aprender essas coisas, já que era deficiente. Mas o eletricista, que não sabia da incapacidade dela, mostrou-lhe como devia fazer e depois Elvy conseguiu fazer sozinha. Porém uma tevê em greve ia muito além dos conhecimentos dela. Ficaria para o dia seguinte.

Elas jogaram uma partida de canastra na cozinha, mas ambas tinham dificuldade de se concentrar nas cartas. Além da dor de cabeça, havia algo mais no ar, algo que as duas sentiam. Por volta de dez e quinze, Elvy juntou as cartas e perguntou:

– Flora? Você também está sentindo...

– Estou.

– O que será isso?

– Não sei.

Ambas olharam para o tampo da mesa, tentaram... farejar. Elvy tinha conhecido poucas pessoas além de Flora que tinham essa capacidade – para Flora, Elvy era a única. Fora um alívio para ela quando as duas tocaram nesse assunto alguns anos atrás. Havia outra pessoa tão maluca quanto ela, que tinha o Faro.

Em outra sociedade, noutra época, elas talvez tivessem sido xamãs. Ou, talvez, queimadas na fogueira. Mas na Suécia do ano 2000 elas eram histéricas e autodestrutivas. Sensíveis demais. O Faro era tão difícil de descrever, de explicar com exatidão quanto uma sensação olfativa. Mas assim como uma raposa sabe que há uma lebre em algum lugar na escuridão e, pelo cheiro do medo da lebre, também sabe que a lebre sente sua presença, as duas mulheres podiam capturar coisas pairando no ar em volta de lugares, pessoas.

Elas tinham conversado sobre o assunto durante um passeio pela Norr Mälarstrand no verão passado. Um pouco antes da prefeitura de Estocolmo, as duas, como se seguissem uma ordem, tomaram a direção oposta à do cais e foram para a pista de ciclismo. Elvy parou e perguntou:

– Você não quis ir por ali?

– Não.

– Por quê?

– Porque... – Flora deu de ombros, olhou para o chão como se estivesse com vergonha. – É que não me senti bem ali, só isso.

– Flora... – Elvy segurou o queixo da neta, levantou-lhe o rosto – eu senti a mesma coisa.

Flora olhou interrogativa nos olhos da avó:

– Sério?

– Sim – respondeu Elvy. – Alguma coisa aconteceu ali. Algo ruim. Eu acho que... alguém se afogou.

– Hum – disse Flora. – Ele ia pular do barco...

– ...e então bateu a cabeça na quina do cais – completou Elvy.

– Isso.

Não verificaram com ninguém se estavam certas. Sabiam que estavam. O resto da tarde elas passaram contando histórias, fazendo comparações. O Faro tinha entrado na vida das duas na puberdade, e o sofrimento de Flora tinha a mesma origem do de Elvy: ela sabia demais sobre as pessoas. O Faro revelava exatamente como as pessoas estavam ao redor dela, e ela não conseguia aceitar mentiras.

– Minha neta – tinha dito Elvy –, todos mentem de alguma forma. É uma condição necessária para que a sociedade não se dissolva. O fato de mentirmos um pouquinho. Pode-se ver isso como uma espécie de consideração pelo outro. De certa forma, a verdade é muito egoísta.

– Eu sei, vovó. É verdade, eu sei disso. Mas é que é tão... nojento. É como se elas fedessem, as pessoas que... sabe?

– Sei – suspirou Elvy. – Sim, eu sei.

– Você não precisa estar no meio delas. Você só tem contato com o vovô e com as velhas da igreja. Mas na escola, são mais ou menos mil pessoas, e *todas*, quase todas, não estão bem. Uma parte delas não se deu conta disso, mas eu sinto isso e dói. Dói muito. O tempo todo. Quando um professor me chama à parte para ter uma conversa séria e dizer o que há de errado comigo... eu só tenho vontade de vomitar, porque enquanto ele fica ali falando eu posso sentir que ele fede a bosta, de tanta angústia e coisas ruins, e vejo que ele tem medo de mim e que a vida dele é um inferno e é *ele* quem vai dizer pra *mim* o que eu devo fazer.

– Flora – disse Elvy –, eu sei que isso não é nenhum consolo, mas a gente acaba se acostumando. Depois de um bom tempo sentada na privada, a gente não sente mais o cheiro. – Flora riu do comentário e Elvy prosseguiu: – E quanto às senhoras na igreja, posso dizer a você que eu também gostaria de ter um pregador de roupas de vez em quando.

– Um pregador?

– Pra colocar no nariz. E o seu avô... nós falamos disso em outra hora. Mas não existe nenhum jeito de desligar isso. É bom que você saiba. Se com você for do mesmo jeito que é comigo, não existe um pregador de roupa. A gente tem que se acostumar. É um inferno, eu sei. Mas a gente tem que se acostumar, se quiser continuar vivendo.

O bom da conversa foi que Flora parou de se cortar. E começou a visitar Elvy cada vez mais. Mesmo no meio da semana, ela às vezes tomava o ônibus para Täby Kyrkby e voltava de ônibus para a escola de manhã. Ofereceu-se para ajudar a cuidar do avô, mas não havia muito o que fazer. Elvy deixou a neta dar de comer ao avô algumas vezes para fazê-la sentir que participava ativamente, já que era isso que ela queria.

Elvy tentou com jeito falar de Deus algumas vezes, mas Flora era ateísta. Flora tentou tocar Marlyn Manson para Elvy, com o mesmo resultado desanimador. Havia limites na amizade delas. Filmes de terror, Elvy conseguia ver, mas em doses moderadas.

O som da tevê havia ficado mais alto quando elas voltaram para a sala. Flora tentou desligar de novo o aparelho, mas não aconteceu nada.

Ela tinha ganhado o Game Cube de Elvy de presente de aniversário de quinze anos. Isso causara grandes discussões com Margareta, que alegava que jogo de computador fazia os jovens se alienarem do mundo, se desconectarem. Elvy achava que ela tinha razão, e era justamente por isso que comprara o jogo. Ela mesma tinha quinze anos quando começou a beber. Para se alienar, anestesiar seu radar. Visto desse ângulo, ela achava que o jogo era algo melhor.

– Vamos dar um passeio – disse Elvy.

No jardim não se ouvia o som da tevê, mas o ar estava parado e abafado com o calor. Todas as casas ao redor estavam iluminadas, cães latiam e um grande presságio pairava sobre elas.

Foram para a macieira, a árvore protetora que tinha a mesma idade da casa. Centenas de frutinhas verdes pontilhavam a folhagem escura e ramos doentes, que não tinham sido podados nos anos em que Tore estava enfermo, se esticavam para o céu.

Apanho a espingarda, subo a escada e atiro nos cachorros.

– Você disse alguma coisa? – perguntou Elvy.

– Não.

Elvy cobriu os olhos com a mão e olhou para o céu. As estrelas eram furos de alfinete no fundo azul-escuro, infinitamente distantes. Ela viu as estrelas se despregando, transformando-se em alfinetes de verdade que caíam e furavam seu cérebro, apontavam para todos os lados e machucavam.

– Como uma dama de ferro – comentou Flora.

Elvy olhou para ela. Flora também estava olhando para o céu.

– Flora – perguntou Elvy –, você pensou agora há pouco em alguma coisa sobre espingardas e... cachorros?

Flora ergueu as sobrancelhas e deu uma risada.

– Pensei – respondeu. – Em como eu vou fazer no jogo. Como...?

Elas se entreolharam. Mas isso era algo novo. A dor de cabeça ficou mais forte, os alfinetes entraram mais fundo e, como uma rajada de vento súbita, aquilo caiu sobre elas.

Nenhuma folha se mexeu, nenhum capim se dobrou, mas as duas cambalearam quando uma força grande varreu o jardim e, por um instante, esteve acima, ao redor e através delas.

disse... me...n...pro...bl...cla...ão...

Como se um rastreador de rádio em um segundo tivesse passado em disparada por centenas de frequências, a cabeça das duas se encheu de vozes, apenas *staccatos*, metades de sílabas, mas mesmo assim as duas sabiam que as vozes eram de pessoas em pânico. As pernas de Elvy ficaram fracas, ela caiu de joelhos na grama do jardim e balbuciou:

– Pai nosso que estais no céu, santificado seja o Vosso nome, venha a nós o Vosso reino, seja feita a Vossa vontade, assim na terra como no céu. O pão nosso de cada dia nos dai hoje; perdoai-nos as nossas ofensas assim como nós...

– Vovó?

– ...perdoamos a quem nos tenha ofendido, e não nos deixeis cair em tentação mas livrai-nos de todo mal...

– Vovó!

Flora tinha a voz trêmula, e Elvy conseguiu arrancar-se com dificuldade de sua fé, olhou ao redor. Flora estava sentada na grama com os olhos arregalados, olhando para ela. Uma pontada de dor, tão forte que Elvy temia ser um derrame cerebral, atravessou sua cabeça e ela sussurrou:

– ...sim?

– O que foi isso?

O rosto de Elvy se contorceu numa careta. Tudo doía. Doía mexer a cabeça, doía abrir a boca. Ela tentou formar as palavras na cabeça mas não conseguiu, e em seguida... passou. Ela cerrou os olhos, respirou. A dor apenas foi interrompida, o mundo estava de novo no lugar, recobrou suas cores. Ela podia ler o próprio alívio no rosto de Flora.

Inspirou fundo. Sim. Tinha sumido. Tinha passado. Ela esticou a mão, pegou a mão de Flora.

– Estou tão feliz – disse. – Por você estar aqui. Por não ter sido só eu que... vivi isso.

Flora esfregou os olhos.

– Mas o que foi isso?

– Você não sabe?

– Sei? Não.

Elvy balançou a cabeça. É claro. De certa forma era uma questão de fé.

– Foram os espíritos – disse ela. – As almas. Dos mortos. Elas escaparam.

Hospital Danderyd 23h07

Era sua mulher, como é que ele podia ter medo dela? David deu um passo à frente para se aproximar da cama. O problema era aquele olho, o único olho, e a aparência dele.

Não dá para descrever um olho humano; qualquer simulação de computador fica fantasmagórica, pinturas e fotos são aceitas apenas porque sabemos que são um momento congelado. Um olho vivo não pode ser descrito nem reproduzido. Mas sabemos muito bem quando ele não está ali.

O olho dela estava morto. Uma membrana fina, microscópica e acinzentada, o cobria, e daria no mesmo se ela fosse um muro de pedra. Eva estava desconectada, não estava ali. David se inclinou para a frente e sussurrou:

– ...Eva?

Ele se viu obrigado a se segurar na armação metálica da cama para não recuar quando ela olhou bem em sua direção –

há doenças que deixam os olhos assim

– e abriu a boca, mas não saiu nenhum som. Apenas um clique seco. David correu para a pia e encheu de água um copo de plástico, entregou-o a ela. Ela olhou para o copo, porém não fez nenhum movimento para pegá-lo.

– Pegue, meu amor – disse David. – Um pouco de água.

A mão dela subiu e lhe deu um safanão, fazendo o copo cair da mão dele. A água respingou no rosto de Eva e o copo aterrissou em sua barriga. Ela olhou para o copo, pôs a mão em cima dele e o amassou, produzindo um crepitar de plástico.

David olhou dentro do buraco no tórax dela, os grampos que balançavam ali, enfeites infernais de árvore de natal, e finalmente despertou de seu estado de paralisia. Apertou o botão perto da beirada da cama, e, quando ninguém apareceu após cinco segundos, saiu correndo pelo corredor do hospital gritando: Ei! Socorro!

Uma enfermeira veio andando rápido de um local no fundo do corredor. Antes de ela chegar, David gritou:

– Ela acordou, ela está viva... eu não sei o que faz...

A enfermeira lançou para David um olhar intrigado, depois passou por ele, entrou no quarto e parou a meio metro da porta aberta. Eva estava sentada na cama mexendo enrijecida nos pedaços do copo de plástico. A enfermeira levou a mão à frente da boca, virou-se para David, balançou a cabeça e disse:

– ...isso... isso...

David segurou os ombros dela:

– Isso o quê? O que é?

A enfermeira tornou a virar o rosto para o quarto, abriu a mão e disse:

– Isso não... pode...

– Mas então faça alguma coisa!

A enfermeira balançou a cabeça de novo e, sem dizer mais nada, voltou correndo para a secretaria. Ao chegar na frente da porta, virou-se para David e disse:

– Eu vou chamar alguém que... – E desapareceu na sala.

David continuou no corredor por um instante. Percebeu que hiperventilava e tentou acalmar a respiração antes de entrar no quarto de Eva novamente. Os pensamentos a todo vapor na cabeça.

Um milagre... o olho... Magnus

Ele fechou os olhos, evocou a imagem do olhar de Eva quando ela o fitava com todo seu amor. O brilho, a luz viva. Respirou fundo, reteve a imagem na cabeça e entrou.

Eva perdera o interesse pelo copo, que estava agora no chão ao pé da cama. David se aproximou, evitou olhar para o tórax.

– Eva, eu estou aqui.

A cabeça girou para o lado dele. Ele olhava para a região logo abaixo do olho, para o lado ileso da face, liso. Estendeu a mão, acariciou o rosto da mulher com a parte de trás dos dedos.

– Tudo vai ficar bem... tudo vai ficar bem...

A mão dela se ergueu tão rápido que ele instintivamente tirou a sua, mas conseguiu se controlar e estendeu de novo a mão para ela. A mão da mulher segurou a dele. Com força. Uma pegada dura e mecânica que machucava. As unhas apertavam o dorso da mão de David. Ele trincou os dentes, balançou a cabeça.

– Sou eu, David.

Olhou dentro do olho dela. Estava vazio. A boca de Eva se abriu e, parecendo um chiado, saiu de dentro dela:

– ...aavi...

Lágrimas brotaram nos olhos de David. Ele balançou a cabeça.

– Isso. David. Eu estou aqui.

A pegada na mão dele ficou mais forte. Uma pontada de dor quando uma unha entrou na pele.

– ...Daavi... qui... aqui...

– Isso mesmo. Eu estou aqui. Do seu lado.

Ele soltou a mão que ela segurava, colocou a outra no lugar, mas de um jeito que apenas deixava a mulher lhe apertar os dedos. Um pouco de sangue escorria da mão que ela tinha segurado. David limpou o sangue no lençol, sentou na beirada da cama.

– Eva?

– Eeva...

– Isso. Você sabe quem eu sou?

Fez-se silêncio por um instante. A pegada nos dedos dele afrouxou um pouco. Ela disse:

– Siim... qui... Davi... d.

Vai melhorar. Tem que melhorar. Ela me entende.

Ele balançou a cabeça, apontou para o próprio peito à moda do Tarzan e disse:

– Eu David. Você Eva.

– Vocêê... Eva.

Mais do que isso eles não avançaram. Uma médica entrou de supetão no quarto, parou ao avistar Eva. Até ela parecia prestes a exprimir alguma coisa que negasse a situação, mas foi salva por um gesto rotineiro; do bolso, a médica desenrolou um estetoscópio e, sem olhar nem sequer uma vez para David, aproximou-se do leito.

David recuou para abrir passagem para a médica, viu que a enfermeira que estivera ali pouco antes estava na porta com outra enfermeira. A recém-chegada não exercia, pelo visto, nenhuma função, apenas assistia ao espetáculo.

A médica colocou a campânula do estetoscópio sobre o lado sem ferimento do peito de Eva, auscultou. Mudou o estetoscópio de lugar, auscultou de novo. A mão de Eva voou, segurou o fio –

– Eva! – exclamou David. – Não!

– e puxou. A médica gritou, sua cabeça foi para a frente, fazendo um movimento brusco antes de os auriculares serem arrancados dos ouvidos. O rosto de David se contorceu quando ele imaginou a dor.

– Eva, você não pode... fazer isso.

Um calafrio percorreu seu corpo. Ele agia como se fosse o protetor de Eva diante da autoridade, como se temesse que a castigassem de algum modo se ela não se comportasse bem.

A médica esfregou as orelhas, tampou os ouvidos e ficou assim durante uns segundos, mas se esforçou para mudar a fisionomia, restabelecendo uma serenidade profissional, e se virou para as enfermeiras.

– Telefonem para o Lasse da Neuro – comandou. – Senão, o Göran.

A enfermeira deu meio passo para dentro do quarto e perguntou:

– Senão?

– Se o Lasse não estiver lá – explicou a médica, irritada –, peça ao Göran para vir pra cá.

A enfermeira balançou a cabeça, disse alguma coisa em voz baixa para a outra e ambas desapareceram no corredor.

Eva arrancou a campânula do estetoscópio do tubo e ela caiu no chão tilintando. Quando a médica, que estava sentada apenas olhando para Eva, não fez menção de pegar o pedaço do aparelho, David o apanhou. Quando o pôs na mão da médica, ela pareceu pela primeira vez estar ciente de que havia mais uma pessoa no quarto.

– Como ela está? – perguntou David.

A médica o encarou com a boca entreaberta, como se ele tivesse feito uma pergunta tão tola que não tinha resposta.

– O coração não está batendo – disse a médica. – Não há. Nenhuma batida cardíaca.

Uma agulhada no peito de David.

– Mas você não tem que... – disse David – ...vocês não vão... reanimá-la?

A médica olhou para Eva, que estava puxando o tubo de borracha, e disse:

– Ela não parece... precisar.

Eles tiveram de esperar um bom tempo por Lasse. Quando ele finalmente chegou, o despertar de Eva já não era mais uma sensação.

Hospital Danderyd 23h46

Mahler deixou o carro no estacionamento mais próximo do hospital e saiu do veículo a duras penas. O Fiesta não era feito para o metro e noventa e os cento e quarenta quilos dele. As pernas primeiro, depois o corpo. Ele ficou em pé junto do carro, ventilando a camisa no peito. Manchas escuras já tinham se formado debaixo dos braços.

O prédio do hospital estava ali, enorme e categórico. Nenhum sinal de atividade. Apenas o respirar suave do ar-condicionado, o respirador do prédio, o jeito dele de dizer: "Estou vivo, mesmo que não pareça".

Ele pendurou a bolsa no ombro, foi para a entrada. Viu as horas. Quinze para meia-noite.

O espelho d'água redondo perto das portas giratórias refletia o céu noturno, virava um mapa astronômico, e ao lado dele, como o guardião do mapa, estava Ludde, fumando. Ao avistar Mahler, ele levantou a mão acenando e jogou a guimba na água, produzindo um crepitar.

– E aí, Gustav? Tudo certo?

– Tudo. Não paro de suar.

Ludde tinha uns quarenta anos, mas parecia mais novo, de um modo doentio. Se não fosse pela camisa azul com o crachá que dizia que ele se chamava Ludde, podia ser confundido com um paciente. Lábios finos e pálidos, uma pele tão lisa que era fora do normal, como se ele tivesse feito uma operação plástica ou estivesse em um túnel de vento. Olhos nervosos.

Entraram pela porta comum, já que a giratória ficaria desligada durante o resto da noite. Ludde olhava ao redor o tempo todo, mas sua cautela era desnecessária. O hospital parecia abandonado.

Quando os dois saíram da entrada para os corredores, Ludde relaxou e perguntou:

– Você trouxe...?

Mahler enfiou a mão no bolso, porém a deixou lá dentro.

– Ludde, você vai me desculpar, mas essa história parece...

Ludde parou, olhou com ar de injustiçado para ele.

– E por acaso alguma vez eu enganei você? Hã? Já aconteceu de eu dizer que havia alguma coisa e depois não ser nada, hein?

– Já.

– Você está pensando naquela história com o Björn Borg. Tá, tá bom. Mas eles eram parecidos pra caramba, você há de concordar comigo. O.k., O.k. Mas isso aqui... tá, tá bom. Então segure a grana, seu chato.

Ludde acelerou pelo corredor com passos nervosos, e Mahler tinha dificuldade de acompanhar o ritmo. Em silêncio, tomaram um elevador para descer e depois andaram por um corredor bem longo, levemente inclinado, com uma porta de ferro na ponta. Ludde escondeu com um gesto ostensivo os botões da entrada enquanto passava o cartão e digitava o código. A fechadura fez um clique.

Mahler apanhou o lenço e secou o suor da testa. Estava mais fresco ali embaixo, mas a marcha tinha consumido suas forças. Encostou-se na parede de cimento de cor verde, que estava fresquinha embaixo de sua mão.

Ludde abriu a porta de ferro. De longe, pelas paredes, Mahler podia ouvir gritos, batidas de metal. Na primeira e única vez em que estivera ali, o lugar estava tão silencioso quanto... um cemitério. Ludde olhou para ele com uma cara de não-foi-o-que-eu-disse?. Mahler balançou a cabeça, entregou para ele as cédulas amarrotadas e Ludde amansou, fez um gesto de boas-vindas em direção à porta aberta.

– Fique à vontade. O furo está à sua espera. – Olhou rapidamente para o fundo do corredor. – Os outros vão pelo outro caminho, você pode ficar tranquilo.

Mahler enfiou o lenço no bolso, endireitou a bolsa.

– Você não vem?

Ludde deu um risinho.

– E como é que você acha que eu continuaria tendo trabalho depois, hein? – Apontou para o canto no outro lado da porta. – É só descer de elevador um andar.

Quando a porta bateu atrás de Mahler, ele sentiu um mal-estar. Foi para o elevador e hesitou antes de apertar o botão para chamá-lo. Ficara medroso depois de velho. Os gritos e as batidas ainda podiam ser ouvidos, e ele ficou parado, exortando o coração a acalmar-se.

Não era a expectativa de ver os mortos passeando pra cá e pra lá que o deixava preocupado, mas o fato de ele não ter nenhum direito de estar ali. Quando era jovem, não ligava para isso. "A verdade tinha que vir à tona", ele teria pensado, e se jogado na batalha.

Mas agora...

Quem é você, o que você está fazendo aqui?

Ele estava enferrujado e inseguro demais para poder simular o tom de autoridade necessário nessas situações. Mesmo assim, apertou o botão.

Preciso conferir.

Com um baque, o elevador se pôs em movimento, e ele mordeu o lábio, afastou-se da porta. De qualquer forma, estava com medo. Tinha visto filmes de terror demais. Elevadores que subiam e alguém... alguém estava dentro deles. Mas o elevador chegou e, pela janela estreita da porta, ele pôde ver que estava vazio. Entrou, apertou o botão do subsolo. Quando o elevador começou a descer, ele tentou esvaziar o cérebro, programá-lo para registrar tudo. Uma câmera cujo filme é revelado em forma de palavras.

O elevador deu um arranco e se pôs em movimento. Pelas paredes espessas de cimento, ouço gritos. O andar do necrotério aparece na janela da porta do elevador e por ela eu vejo...

Nada.

Um pedaço de corredor, uma parede e nada mais. Ele empurrou a porta.

O frio veio ao encontro dele. A temperatura do corredor onde se encontrava estava alguns graus abaixo da do resto do hospital. O suor do corpo virou uma película fria, fez Mahler tremer. A porta do elevador bateu atrás dele. À direita, a porta da câmara frigorífica estava aberta e, do lado de fora, no chão, havia duas pessoas sentadas abraçadas, de cabeça baixa.

O que eles estão fazendo?

Uma bateção de chapas metálicas da sala de autópsia à esquerda fez uma das pessoas no chão erguer a cabeça, e Mahler viu que era uma enfermeira jovem. Seu rosto estava em pânico.

Nos braços, ela tinha uma mulher bem idosa; cabelos brancos desgrenhados na cabeça, o corpo delgado e pernas finas que rodopiavam no chão, tentando firmar os pés para erguer-se. A mulher estava nua, a não ser pelo lençol branco pendurado em volta do pescoço em um lado do corpo. A mãe e avó de alguém, quem sabe bisavó.

O rosto era só osso debaixo da pele amarelada e os olhos... os olhos. Duas janelas abertas para o grande Nada. Eram de um azul translúcido, estavam como que cobertos por uma membrana feita de gosma branca e gelatinosa e não exprimiam nenhum tipo de sentimento.

Dos lábios murchos, da boca sem dentadura, veio um único som lastimoso:

– Aaaaaasaaa... aaasaaa...

E Mahler sabia, foi uma compreensão imediata, o que ela queria. O mesmo que todo mundo quer.

Ela quer ir pra casa.

A enfermeira avistou Mahler. Seus olhos imploravam quando ela disse:

– Você pode me substituir? – E fez um gesto com a cabeça para a senhora. Quando Mahler não respondeu, ela acrescentou: – Estou morrendo de frio...

Mahler agachou-se, pôs a mão no pé da velhinha. Estava gelado, era como pôr a mão em uma laranja que esteve guardada no congelador. O toque intensificou a queixa da mulher –

– AAAAASAAA!

– mas Mahler levantou-se gemendo quando a enfermeira gritou para ele:

– Me ajude! Por favor!

Ele não podia. Não agora. Tinha de ver o que estava acontecendo. Com um sentimento de vergonha, foi embora a passos trôpegos rumo à sala de autópsia; o fotógrafo que tira fotos de vítimas da fome volta para o quarto de hotel e toma um porre para aliviar a consciência pesada.

Fotos... A câmera...

Enquanto caminhava para a sala grande e iluminada, ele abriu a bolsa. Lençóis brancos estavam espalhados no chão do corredor.

Mais tarde ele teria dificuldade de organizar aquilo que se encenou à sua frente. Era como se essa cena devesse se dar na penumbra, uma luta entre vivos e mortos em uma caverna, com iluminação *à la* Goya.

Mas tudo estava clinicamente nítido e iluminado. As lâmpadas fluorescentes no teto despejavam, gritantes, sua luz sobre as macas de aço inoxidável e sobre as pessoas que se movimentavam na sala.

Pele desnuda, por todo canto. Quase todos os mortos tinham conseguido se livrar das mortalhas e os lençóis estavam jogados no chão e sobre as macas. Uma festa de togas que tinha degenerado.

Devia haver umas trinta pessoas ali. Vivas e mortas. Médicos, enfermeiros e funcionários do necrotério de jalecos brancos, verdes e azuis, lutando para segurar os corpos nus. Todos eram velhos ou muito velhos, muitos exibiam cicatrizes de autópsia grandes e alinhavadas, que iam da barriga até ao pescoço.

Os mortos não eram violentos. Mas resistiam, queriam sair dali. Rostos cheios de rugas, corpos com proporções insalubres. As velhinhas balançando os dedos de ave, velhos brandindo os punhos cerrados no ar. E os corpos davam puxões e arrancos, mas eram abraçados, alguém os segurava.

E a sirene, a sirene.

Um gemido, um berro, como se um time de futebol de recém-nascidos tivesse sido jogado em um só quarto para poder expulsar aos gritos todo o pavor e a surpresa que sentiam em face do mundo ao qual tinham chegado. Para o qual tinham voltado.

Os médicos e as enfermeiras tentavam o tempo todo dizer palavras tranquilizadoras – "Calma, tudo vai se resolver, está tudo bem, acalme-se" –, mas o olhar deles era selvagem. Alguns tinham desistido. Uma enfermeira estava encolhida em um canto, cobrindo o rosto com as mãos, o corpo tremendo. Um médico estava perto da lixeira lavando as mãos calma e metodicamente, como se estivesse no banheiro de casa. Quando acabou, tirou um pente do bolso e começou a se pentear.

Onde está todo mundo?

Por que não havia mais... pessoas vivas ali? Onde estavam a força de prontidão, a sociedade, tudo aquilo que funcionava tão bem na Suécia do ano 2002?

E Mahler já estivera ali uma vez. O que quer dizer que ele sabia que a maioria dos mortos estava guardada nos frigoríficos, no andar abaixo daquele. Aquilo ali era apenas uma pequena parte. Ele deu um passo e entrou na sala, procurou a câmera.

Justamente nesse instante um homem se soltou. Um dos poucos cujo processo de putrefação não tivera tempo de corroer a carne. Era grande e forte, suas mãos pareciam ter manuseado blocos de pedra. Talvez um pedreiro aposentado, falecido prematuramente. Com suas pernas brancas e manchadas, ele caminhava rumo à saída, desajeitado como se usasse pernas de pau de troncos de bétula.

O médico que o soltara sem querer exclamou: "Segure-o!", e Mahler não pensou duas vezes, apenas obedeceu ao comando e usou seu físico considerável para bloquear a porta. O homem vinha na direção dele e seus olhos se encontraram. Os do homem eram de um castanho aguado, e olhar para eles era como olhar para um laguinho opaco onde nada se mexia. Nenhuma resposta.

O olhar de Mahler deslizou para o pescoço, para a cicatriz pequena acima da clavícula onde fora injetado o formol, e pela primeira vez naquela sala pavorosa ele ficou... com medo. Medo do toque, do contágio, dos dedos que agarravam. Desejou poder sacar a carteira de imprensa e exclamar: "Sou jornalista! Não tenho nada que ver com isto aqui!".

Mahler trincou os dentes. Não podia sair correndo dali.

Mas quando o homem foi para cima dele, ele não conseguiu segurá-lo. Em vez disso, deu-lhe um empurrão para afastá-lo –

tirem essa coisa de cima de mim!

– e o homem perdeu o equilíbrio, cambaleou para o lado e caiu em cima do médico, que começara a lavar as mãos de novo. O médico olhou para cima indignado, parecendo alguém que fora interrompido em uma tarefa importante, e disse:

– Um de cada vez! – E afastou o homem para a parede.

Uma espécie de alarme começou a tocar ali perto. Mahler teve a impressão de reconhecer a melodia do sinal, mas não teve tempo de pensar no assunto, pois naquele instante chegou o reforço. Três médicos e quatro seguranças de uniforme verde o empurraram para abrir passagem. Detiveram-se um instante, e diziam "Santo Deus... mas o que é..." e coisas do tipo, mas tiveram de superar o medo e entraram rápido na sala para ajudar no que fosse necessário.

Mahler tocou no ombro de um dos médicos e o homem se virou para ele com cara de quem o esmurraria.

– O que vocês estão fazendo com eles? – perguntou Mahler. – Para onde eles serão levados?

– E quem é você? – perguntou o médico, e o soco pareceu ainda mais próximo. – E o que você está fazendo aqui?

– Eu me chamo Gustav Mahler e sou do...

O médico deu uma risada, aguda e histérica, e gritou:

– Se você também trouxe o Beethoven e o Schubert, é só mandar eles ajudarem. – Em seguida, apanhou o homem que tinha recebido um empurrão, segurou-o e exclamou para todos na sala: – Um grupo de cada vez para os elevadores! Vamos levar todos para a Infectologia!

Mahler recuou. O alarme continuava a soar.

Quando se virou, ele viu que a enfermeira no chão também recebera ajuda. Ela se levantou com os joelhos trêmulos, passou o posto para um segurança. Quando avistou Mahler, o seu rosto se contorceu numa careta.

– Filho da mãe! – ela disse, e desabou no chão de novo, a alguns metros do cadáver. Mahler deu um passo na direção da enfermeira, mas decidiu que era melhor deixá-la. Ele não precisava ficar ouvindo o quanto era covarde.

O alarme, o alarme.

A melodia que tocava era "Eine kleine Nachtmusik", e Mahler pôs-se a cantarolar. Uma melodia agradável para esse caos. A mesma que ele tinha no celular. E a mesma que ele tinha...

Sacou o telefone celular da bolsa, olhou para o fonezinho ridículo enquanto o aparelho continuava tocando seu alegre lá-lá-lá. Começou a rir. Com o celular na mão, deu alguns passos em direção ao corredor e se encostou na parede ao lado de uma tabuleta onde lia-se: "Favor desligar celulares". Ainda estava rindo quando atendeu:

– Sim, Mahler.

– Aqui é Benke. Mahler, como estão as coisas aí?

Mahler olhou para o necrotério no outro lado, os corpos que se mexiam lá dentro. Verde, azul, branco.

– É isso mesmo. Eles acordaram.

Benke resfolegou no telefone. Mahler achou que ele ia dizer algo irônico, pensou em apontar o fone do celular na direção do necrotério para que Benke ouvisse. Mas Benke não disse nada de engraçado. Em vez disso, disse devagar:

– Pelo visto, isso está acontecendo... em vários lugares. Por toda Estocolmo.

– Eles estão acordando?

– Sim.

Silêncio entre a inspiração e a expiração. Mahler viu à sua frente a mesma cena se desenrolando em lugares diversos. Deviam ser quantos mortos? Duzentos? Quinhentos? De repente ficou frio, petrificado e perguntou:

– E nos cemitérios?

– O quê?

– Nos cemitérios. Os que estão sepultados.

Num quase tom inaudível, Benke sussurrou:

– Santo Deus... – e acrescentou: – Não sei... Não sei... Não recebemos nenhuma... – De repente, parou de falar. – Gustav?

– Sim?

– Isso é uma brincadeira, não é? Você está de gozação comigo. É você quem...

Mahler segurou o celular na direção do necrotério, ficou mirando a frente com um olhar ausente por alguns segundos, em seguida recolocou o fone no ouvido. Benke estava absorto em um monólogo: – Mas isso é absurdo, como é que pode... aqui na Suécia...

Mahler o interrompeu.

– Benke. Eu preciso me mandar.

O redator do jornal da noite assumiu o lugar do cético e disse:

– Não esquece de tirar fotos, certo?

– Tá, vou tirar.

Mahler guardou o telefone. O coração saindo pela boca.

Elias não foi cremado. Elias foi sepultado, Elias foi enterrado, Elias está no Cemitério de Råckta, Elias...

Ele pegou a câmera de dentro da bolsa, tirou umas fotos rápidas. A situação tinha se estabilizado, estava sob controle. Por aqui. Por enquanto. Um dos guardas – que segurava um velhinho cuja cabeça se mexia pra cima e pra baixo, pra baixo e pra cima, como se ele quisesse dizer "Sim, eu estou vivo, eu estou vivo!" – o avistou e exclamou:

– Ei! Você aí! O que você está fazendo?

Mahler fez um gesto de recusa –

não tenho tempo

– e foi saindo de costas da sala. Virou-se e correu para as escadas.

Do lado de fora de outra sala havia um homem velhíssimo e macérrimo cutucando a dobra da manga da camisa do enterro. Uma das mangas removíveis tinha caído, e a boca do homem estava aberta como se ele quisesse saber como o haviam vestido com aquela roupa tão elegante e o que ele devia fazer agora que a tinha destruído.

Viaturas da polícia estavam estacionadas na entrada do hospital, e Mahler resmungou:

– Polícia? Mas o que a polícia pode fazer? Prendê-los?

O suor escorria por todo o corpo quando ele chegou ao carro. A fechadura do lado do motorista estava quebrada, e ele precisou usar o peso do corpo para empurrar a porta a fim de abri-la. Quando fez isso, a maçaneta deslizou de sua mão e o asfalto sob seus pés deu um giro de noventa graus, fazendo-o bater com os ombros e a nuca no chão.

Ficou caído ao lado do carro, olhando para as estrelas lá no alto. A barriga subia e descia com a respiração de fole, curta e profunda. Ele ouviu sirenes longe dali, bela melodia para um homem da imprensa, isso normalmente. Mas ele não podia continuar.

As estrelas piscavam para ele, a respiração se acalmou.

Ele se fixou em um ponto no céu e sussurrou:

– Onde você está, meu menino? Você está lá? Ou... aqui?

Depois de alguns minutos ele se sentiu capaz de agir de novo. Ergueu-se desajeitado, entrou no carro, deu partida no motor e saiu do estacionamento do hospital, para Råcksta. As mãos tremiam de cansaço. Ou de expectativa.

Täby Kyrkby 23h20

Elvy forrou a cama para Flora no quarto de Tore. Fazia três semanas que o cheiro persistente de antisséptico hospitalar estava misturado ao de sabão e produtos de limpeza. Do próprio Tore, não restava nada: já no dia seguinte à morte dele, Elvy jogara fora o colchão, os travesseiros e toda a roupa de cama, comprara tudo novo.

Quando Flora foi visitá-la no dia seguinte, Elvy se surpreendeu com a atitude da menina, que não tinha nada contra dormir no quarto onde o avô falecera recentemente, sobretudo considerando-se a sensibilidade dela. Mas Flora disse apenas: "Eu conheço o vovô. Ele não me assusta", e foi o suficiente.

Flora entrou e sentou na beirada da cama. Elvy olhou para a blusa que ia até aos joelhos com a estampa do Marilyn Manson e perguntou:

– Você tem outras roupas para depois de amanhã?

Flora sorriu.

– Tenho. Até eu tenho limites.

Elvy ajeitou os travesseiros e disse:

– Não que eu me importe, mas...

– ...as velhas – completou Flora.

– Isso. As velhas. – Elvy franziu as sobrancelhas. – Bem, na verdade eu também acho que a gente...

Flora pôs sua mão sobre a da avó, interrompeu-a.

– Vovó. Como eu já disse. Eu também acho que a gente deve se arrumar para ir a um enterro. – Fez uma careta. – Mas casamento...

Elvy riu.

– Um dia você estará lá – disse ela, e acrescentou: – Talvez sim. Talvez não.

Flora disse:

– Tomara que nunca. – E deixou-se cair de costas na cama com os braços abertos, apontando para fora. Ficou olhando para o teto, abria e fechava as mãos como se estivesse capturando bolas invisíveis que caíam. Depois de apanhar dez bolas, perguntou no ar:

– O que acontece quando a gente morre? O que acontece quando a gente morre?

Elvy não sabia se a pergunta era para ela, mas respondeu mesmo assim:

– A gente vai para algum lugar.

– E onde fica esse lugar? No céu?

Elvy sentou na cama junto de Flora, alisou o lençol já bem liso.

– Não sei – respondeu. – Céu é só um nome que damos àquilo que é totalmente desconhecido para nós. É apenas... outro lugar.

Flora não respondeu, capturou mais algumas bolas. De repente sentou na cama, bem juntinho de Elvy, e perguntou:

– O que foi aquilo? O que aconteceu no jardim?

Elvy ficou calada um instante. Quando falou, sua voz era baixa, difícil de ouvir.

– Eu sei que você não compartilha a minha fé – disse ela. – Mas a gente pode pensar assim: deixar Deus e a Bíblia e tudo isso de lado e só pensar na alma. Que o ser humano tem uma alma. Você acha isso razoável?

– Não – respondeu Flora. – Eu acho que nós morremos, somos cremados e depois mais nada.

Elvy balançou a cabeça.

– Tá. Certo. Mas eu penso assim. Uma pessoa vive uma vida. Acumula pensamentos, experiências, amor e, quando tem oitenta anos e uma cabeça ainda boa, o corpo começa devagar a desmoronar. *Por dentro* o ser humano ainda é a mesma pessoa, tão cheia de vida e com a cabeça tão boa quanto antes, enquanto o corpo vai ficando gasto, se deteriorando, e até o último minuto o ser humano lá dentro fica dizendo: não, não, não... e então tudo acaba.

– Isso – disse Flora. – Isso mesmo.

Elvy ficou exaltada, pegou a mão de Flora, levou-a aos lábios, beijou de leve a mão da neta.

– Mas para mim – replicou ela –, para mim isso é completamente absurdo. Sempre foi. Para mim... – Elvy se levantou da cama, gesticulou com as mãos. – ...é óbvio que o ser humano tem uma alma. Nós *temos* que ter uma alma. Imagine se tudo o que somos, se a nossa consciência, que pode abranger o universo em um segundo, dependesse desse... – Elvy passou a mão pelo corpo – ...desse monte de carne para existir... não, não e não. Eu não aceito isso!

– Vovó? Vovó?

Os olhos de Elvy, que por um instante estavam distantes, se voltaram para a neta. Elvy sentou na cama de novo, dobrou as mãos no colo.

– Desculpe – disse. – Mas hoje à noite eu tive a prova definitiva de que é assim como estou dizendo. – Olhou para Flora e acrescentou, quase envergonhada: – Eu acho.

Depois que deu boa-noite e fechou a porta do quarto de Flora, Elvy ficou andando pra lá e pra cá pela casa. Tentou sentar na poltrona, pegou o Grimberg, leu alguns trechos e deixou o livro de lado.

Esse era um dos projetos que ela tinha prometido a si mesma que realizaria quando Tore estivesse morto: ler *O destino maravilhoso do povo sueco* inteiro antes de morrer. Tinha começado bem, já estava na metade da segunda parte, mas hoje não faria nenhum progresso. Estava inquieta demais.

Já passava da meia-noite. Ela devia ia se deitar. Claro que não precisava dormir muito atualmente, mas uma ou outra noite ela acordava por volta das quatro horas e se via obrigada a ficar sentada no banheiro umas horas, enquanto o xixi pingava.

Tore, Tore, Tore...

Ela tinha passado na funerária para entregar o terno mais elegante dele para o funeral, que seria dois dias mais tarde. Será que ele estava na câmara frigorífica agora, vestido e pronto para o último grande dia? Eles tinham perguntado se ela mesma queria vesti-lo, mas não foi difícil passar a tarefa adiante. O dever dela estava cumprido.

Fazia dez anos que ela começara a passar manteiga no sanduíche dele. Fazia sete que começara a dar os sanduíches na boca do marido. Nos últimos três anos ele não conseguia engolir nada a não ser mingau e creme, precisava complementar com soro para continuar... bem, para continuar vivendo. Ou seja lá que nome dar a isso.

Preso à cadeira de rodas, incapaz de falar, provavelmente também de pensar. Quando dizia alguma coisa, eram poucas as vezes em que ela pudera vislumbrar um entendimento nos olhos dele, para depois sumir com a mesma rapidez com que surgira.

Ela se responsabilizara pela alimentação dele, trocava as fraldas e a bolsa com urina da sonda, dava banho nele. Só recebia ajuda para colocá-lo na cama à noite e para tirá-lo da cama de manhã, para mais um dia de sedentarismo imóvel na cadeira de rodas.

Na alegria e na tristeza, até que a morte nos separe. Ela cumprira a promessa sem alegria nem amor, mas também sem reclamar ou vacilar, pois era o combinado.

No banheiro ela tirou a dentadura, escovou-a cuidadosamente e a colocou em um copo que deixava lá. Não entendia as pessoas que punham a dentadura ao lado da cama como uma lembrança risonha do passar do tempo. Óculos, sim. A segurança de tê-los ao alcance das mãos caso alguma coisa acontecesse, mas *os dentes*? Como se fosse aparecer de supetão alguma coisa que precisasse ser mastigada.

Foi para o quarto, despiu-se e vestiu a camisola. As roupas, ela dobrou com capricho e pôs sobre a escrivaninha. Parou, olhou para a foto em cima do móvel. A foto do casamento com Tore.

Dois pombinhos.

A foto original era em preto e branco, mas foi posteriormente colorida a mão com cores ainda claras. Ela e Tore pareciam uma ilustração de um livro de contos de fada. O rei e a rainha e logo depois "eles viveram felizes para sempre". Tore de fraque, ela de vestido branco com um buquê de flores coloridas perto do ventre. Os dois olhando para o futuro com olhos de um azul-claro fantasmagórico (Tore nem tinha olhos azuis, o colorista cometera um erro, mas eles nunca arranjaram tempo para corrigir a foto).

Elvy deu um suspiro, passou o dedo pela foto.

– É a vida – disse, sem querer dizer nada de especial.

Acendeu a luminária da cabeceira da cama, considerou se daria mais uma lida em Grimberg antes de dormir, mas, antes de conseguir se decidir, aconteceu alguma coisa com a porta da rua. Ela aguçou os ouvidos. O barulho veio de novo. Era um... arranhar.

Mas o que será isso...?

O relógio na cabeceira da cama mostrava que era meia-noite e vinte. O barulho de arranhar se repetiu. Provavelmente algum animal, talvez um cachorro, mas o arranhar continuou. Cachorros andando soltos por aí não era uma coisa comum. No inverno, uma ou outra corça costumava se perder e entrar na área de casas com jardim, mas elas nunca vinham até a porta querendo fazer uma visitinha.

Ela vestiu o roupão, foi até a porta da rua, escutou. Não tinha certeza, mas a possibilidade de ser um gato podia ser excluída. Por um lado, porque os arranhões eram fortes demais, por outro, porque pareciam vir da altura do peito. Elvy se apoiou no batente da porta e sussurrou alto:

– Quem é?

O barulho de arranhar parou. Em vez disso veio um gemido baixo.

Deve ser alguém ferido.

Sem pensar muito, ela abriu a porta.

Ele estava com o melhor terno. Mas a roupa não lhe caía bem. Nos últimos anos da doença ele perdera uns vinte quilos, e o tecido de gabardine estava agora frouxo nos ombros tortos, ali onde ele estava na escada, de braços caídos. Elvy deu uns passos atrás até os pés baterem na sapateira, e já estava perdendo o equilíbrio, mas segurou no cabideiro e se endireitou.

Tore estava parado olhando para os pés. Elvy olhava também. Os pés estavam descalços, brancos, e as unhas não estavam cortadas.

Ela olhou para os pés dele e pensou:

Eles me enganaram. Não cortaram as unhas dele.

Pois não era medo nem pavor o que ela sentia ao olhar para o marido, morto três anos depois de eles completarem as bodas de rubi, agora de volta. Não.

Apenas surpresa e... desânimo. Por isso ela deu um passo na direção dele e disse:

– O que você está fazendo aqui?

Tore não respondeu. Mas levantou a cabeça. Os olhos estavam no lugar, porém não havia olhar. Elvy estava acostumada, tivera o não olhar voltado para ela por três anos. Os olhos só estavam mais petrificados, mais sem vida.

Esse não é Tore. É um boneco.

O boneco deu uns passos para a frente, entrou na casa. Elvy não conseguiu fazer nada para impedi-lo. Não estava com medo, mas não fazia a mínima ideia de como agir.

Era Tore, não adiantava fingir que não era, mas como era possível? Ela mesma tinha sentido o pulso ausente dele, tinha segurado o espelhinho na frente da boca do marido e visto que ele não respirava mais. Ouvira o enfermeiro da ambulância dizer isso, tinha o documento que dizia que Tore estava morto, falecido, era finado.

A ressurreição da carne...

Ele forçou a passagem e foi entrando pela casa. Um odor gélido de hospital chegou ao nariz dela; álcool 70%, produto de engomar roupa e alguma coisa mais adocicada, semelhante a fruta, por baixo. Mas tomou rapidamente o controle da situação, segurou os ombros dele e sussurrou:

– O que você está fazendo?

Ele não se importou com ela, continuou andando – em *staccato*, como se cada passo fosse produto de um grande esforço – na direção do outro quarto. O quarto *dele*.

Foi só agora que ela se deu conta de que era a primeira vez em sete anos que via Tore *andar*. Um andar duro, como se não estivesse habituado ao corpo reencontrado, mas andar, ele andava. Ia para o quarto onde Flora estava dormindo.

Elvy deu a volta, segurou os ombros dele por trás e sussurrou com força:

– Flora está dormindo lá dentro! Deixe a menina em paz!

Tore parou. A frieza de seu corpo atravessou o pano e chegou às mãos dela. Enquanto eles estiveram parados durante alguns segundos, vieram umas recordações. As vezes em que Tore tinha chegado bêbado em casa quando Margareta era pequena. A filha dormindo na cama. Elvy de guarda no corredor da casa para impedir Tore de entrar no quarto de Margareta e ficar falando com aquela voz mole, babando demonstrações de carinho em cima da criança apavorada.

Ela está dormindo! Deixe a menina em paz!

Na maioria das vezes ela tinha conseguido. Mas não sempre.

Tore se virou. Elvy tentou olhar nos olhos dele, segurá-lo no lugar como fizera quarenta anos antes. Fazê-lo parar, ser capaz de dialogar. Mas era como tentar grampear uma bola de boliche, o olhar dela escorregou, não conseguiu penetrar nele, e foi só nesse momento que ela ficou com medo.

Apesar do rosto chupado, dos lábios murchos e dos vinte quilos que ele tinha perdido, ele ainda era bem mais forte do que ela. E seus olhos não transpareciam nenhum sentimento, não pareciam reconhecer nada. Ela não conseguiu mais olhar, desviou o olhar e perdeu.

Tore se virou e continuou rumo ao quarto. Elvy tentou segurá-lo de novo, mas, ao mesmo tempo que os ombros dele se soltaram de suas mãos, a porta do quarto foi aberta e Flora saiu.

– Vovó, o que...

Ela avistou Tore. Um gemido escapou dela e ela se jogou para o lado para não ficar no caminho da determinação fria dele. Tore pareceu não reparar nela e entrou no quarto ao mesmo tempo que Flora tropeçou na poltrona, caiu e foi engatinhando para a porta da varanda. Sentada no chão de olhos arregalados, ela berrava.

Elvy foi depressa para junto da neta, abraçou-a e acariciou seus cabelos, seu rosto.

– Shhh... shhh... não precisa ter medo... shhh...

Flora parou de gritar. Com a mão, Elvy sentiu que os músculos da mandíbula da neta se contraíam. O corpo de Flora se pôs a tremer, e ela se encostou em Elvy sem relaxar, os olhos voltados para o quarto onde Tore sentou-se à escrivaninha, como se acabasse de chegar do serviço e tivesse de trabalhar um pouco mais antes de ir dormir.

Elas viram que os braços dele se mexiam, ouviram o farfalhar discreto de um papel roçando no outro. Incapazes de se mexer, ficaram assim juntinhas por um bom tempo, até que Flora se soltou de Elvy e sentou de costas eretas no chão.

Elvy sussurrou:

– Como você se sente, coração? – baixinho, para Tore não ouvir.

Flora abriu e fechou a boca, fez gestos não muito decididos na direção da mesa de centro, do quarto. Elvy olhou para onde ela apontava e entendeu o que ela queria dizer. Na mesa estava a caixa do jogo de computador de Flora, Resident Evil. Flora balbuciou alguma coisa e Elvy se inclinou para a frente.

– O que você disse?

A voz de Flora estava mais baixa do que um sussurro, mas ainda assim Elvy conseguiu entender o que a neta disse:

– Mas isso... isso é risível.

Elvy balançou a cabeça concordando. Sim. É risível. O que é impossível é risível. Eram palavras parecidas. Até rimavam. Mas mesmo assim estava ali. Ela se levantou. Flora segurou a bainha do chambre da avó.

– Shhh... – sussurrou Elvy. – Só vou ver o que ele está fazendo.

Ela foi de mansinho para o quarto. Por que elas cochichavam, por que ela andava na ponta dos pés se era tão ridículo assim? Porque o impossível existe bem na beiradinha da existência. O menor movimento em falso, a menor agitação, e ele cai. Ou levanta-se aos berros. Nunca se sabe. A gente tem que ter cuidado, levá-lo em consideração.

Elvy se encostou no batente da porta, mas só conseguiu ver as costas de Tore e um cotovelo, que foi puxado. Deu um passo para entrar no quarto, andava colada na parede para ver de outro ângulo.

Será que ele está procurando alguma coisa?

Fantasmas que voltavam para endireitar alguma coisa. O cheiro adocicado ficara mais forte. Ela pousou as pontas dos dedos na parede como para não perder o contato com a realidade.

As mãos brancas e enrijecidas de Tore se moviam sobre a mesa, em cima dos papéis com cópias de hinos bíblicos a serem cantados no enterro, papéis de carta em branco, o jornal *Expressen* do dia, que Flora tinha trazido. Ele levantou um papel na altura dos olhos, mexeu a cabeça para um lado e para o outro como se estivesse lendo –

*Dia após dia, um instante de cada vez**

–, depois abaixou o papel, apanhou outro com o mesmo conteúdo e o leu com o mesmo cuidado.

* Trecho de hino bíblico popular na Suécia geralmente cantado em funerais. O original é "Blott en dag, ett ögonblick i sänder". (N. T.)

– Tore?

Elvy levou um susto ao ouvir a própria voz. Ela não ia dizer nada, apenas saiu dela. Mas Tore não reagiu. Elvy relaxou. Não queria de jeito nenhum que ele se virasse, fizesse alguma coisa ou –

Deus me livre

– dissesse alguma coisa.

Ela saiu de fininho do quarto, encostada na parede, e fechou com jeito a porta, ouviu. O barulho de papel continuava. Ela puxou a poltrona para a porta, colocou o encosto do móvel debaixo da maçaneta e calçou o vão com alguns livros para que a maçaneta não pudesse ser girada.

Flora continuava no chão na mesma posição em que fora deixada. O retorno de Tore estava além da compreensão de Elvy, na verdade era inconcebível, mas, por causa de Flora, ela estava com medo. Aquilo era demais para a menina sensível.

Elvy sentou junto da neta e sentiu um alívio quando Flora perguntou: "O que ele está fazendo?", já que isso significava que ela não tinha se desconectado totalmente, que ela se interessava pela situação. E Elvy tinha uma resposta para a pergunta.

– Eu acho – disse ela – que ele está fingindo que está vivo.

Flora balançou a cabeça, como se fosse exatamente essa a resposta que esperava. Elvy não sabia o que fazer. Naturalmente, Flora não devia ficar ali, mas ela não sabia como tirar a neta de casa. Os ônibus não estavam mais em circulação e Margareta e Göran estavam em Londres.

Em todo caso, ela não podia telefonar para a filha. Mesmo que Margareta fosse uma pessoa mais sociável do que Flora e Elvy, seu potencial para ficar histérica era enorme quando vinha à tona, uma vez ou outra. Margareta chegaria, iria resolver tudo. Falaria o tempo todo com voz estridente e, se um detalhe mínimo saísse dos eixos, começaria a se arranhar no rosto.

Droga de Tore.

Isso mesmo. Enquanto Elvy estava ali, tentando resolver o problema, foi crescendo nela um grande rancor por Tore, pelo que ele tinha causado. Será que ela não tinha feito o bastante? Será que ela já não tinha feito tudo que estava ao...

Espere aí.

Alguma coisa lhe veio à mente e ela sorriu, apesar de tudo. É claro que era apenas uma sutileza teológica, mas a frase não era "Na alegria e na tristeza, até que morte nos separe"? Ela olhou para a porta fechada. A morte tinha separado os dois. Tore estava morto. Ou seja, a responsabilidade não era mais dela. Incumbências *depois* da morte era algo que ela não tinha jurado cumprir perante o pastor que celebrara o casamento deles quarenta e três anos antes.

Um som veio de Flora. Elvy perguntou:

– Desculpe, o que foi que você disse?

Flora olhou bem nos olhos dela e disse:

– Ôôôôh.

Elvy teve um arrepio de pavor. Pronto, tinha acontecido. Ela não tinha protegido a menina e agora tudo estava de cabeça para baixo. Suas mãos tocaram imediatamente o rosto de Flora, fizeram um carinho no rosto da neta. Ela disse:

– Desculpe, minha querida. Vou chamar um táxi, está bem? A vovó chama um táxi e então... você e eu vamos embora daqui. Está bem?

Flora balançou devagar a cabeça, pegou as mãos da avó, segurou-as e repetiu: "Ôôôôh", dessa vez acompanhado do esboço de um sorriso. Elvy entendeu. Uma risada curta e forte de alívio, quase um latido saiu dela. Flora estava brincando. Imitava os mortos-vivos do jogo de computador.

– Ah... Flora. Você me deu um susto. Eu pensei que...

– Desculpe, vovó. – Flora olhou em volta na sala com o olhar normal. O vazio no olhar tinha sumido. – O que vamos fazer?

– Não sei, Flora.

A menina franziu as sobrancelhas.

– E se a gente pensar no seguinte?... – disse ela. – Em primeiro lugar: existe alguma chance de ele não ter morrido? De ele apenas ter tido um colapso e depois voltado?

Elvy balançou a cabeça.

– Não. Senão todos se enganaram. Eu dei uma olhada nele quando desci com o terno anteontem e... Flora, tudo bem com você?

– Tudo. Só estou tentando... entender.

Elvy se admirou. A menina falava com o mesmo tom de voz de sempre, levantou os dedos e enumerou neles as possibilidades. Era como se tivesse tido seus minutos de choque e descrença e agora superasse essa fase. Em vez disso, aparecia agora a característica da neta que ela queria manter afastada de si: a filha da advogada.

– Em segundo lugar – Flora marcou no dedo –, se o vovô está morto de verdade, o que o fez acordar? Será que tem alguma coisa a ver com aquilo que aconteceu no jardim?

– É... é bem possível.

– Em terceiro lugar...

Elvy achou que entendia a menina agora. A mudança de Flora não era algo tão positivo como ela achara num primeiro momento. A racionalidade da conversa da neta resultava do fato de ela ver a situação como se fosse o jogo de computador; não como um episódio impossível, mas como uma série de problemas a serem resolvidos.

Bem, pensou Elvy. *Melhor assim.*

– ...em terceiro lugar: isso é algo que só nós podemos ver ou é algo de verdade? Bem, você entendeu o que eu disse.

Elvy pensou na sensação dos ombros arredondados de Tore sob suas mãos, no frio que viera deles.

– É de verdade e eu acho que a gente devia... chamar uma ambulância.

Flora se levantou.

– Deixa eu fazer?

– Você não acha que é melhor eu...

– Acho. Mas você deixa eu ligar?

Flora juntou as mãos, como numa prece, e Elvy deu de ombros. Não entendia o entusiasmo da menina, mas achou que não havia mal nisso, contanto que ele continuasse. Flora foi ligar para a Central de Emergência enquanto Elvy ficou sentada no chão, pensando.

Isso significa alguma coisa. Tudo isso... significa alguma coisa.

Panorama 1

23h10-23h20: os mortos acordam em todos os necrotérios de Estocolmo e redondezas.

23h18: um idoso nu em pelo é observado andando na rua do lado de fora do asilo Solkatten. Não reagiu ao ser interpelado. A polícia foi chamada para levar o idoso de volta para casa.

23h20: um jovem é atropelado por uma van a uns cem metros do Departamento de Medicina Legal, em Solna. Quando a polícia chega ao lugar, o homem já foi embora. O motorista da van está em estado de choque, afirma que o homem que ele atropelou tinha uma cicatriz pela barriga toda. Com a colisão, o homem foi lançado a dezenas de metros do carro e a barriga estourou. Ainda assim, o homem se levantou e foi embora.

23h24: primeira chamada para a Central de Emergência. Uma senhora idosa recebera a visita da irmã que tinha morrido duas semanas antes, com quem ela tinha morado nos últimos cinco anos.

23h25: os funcionários do Hospital Danderyd são os primeiros a telefonar para asilos e igrejas que possuem necrotério próprio para pô-los a par da situação.

23h25-23h45: cerca de vinte ocorrências registradas sobre idosos perambulando pelas ruas da cidade.

23h26: Nils Lundström, fotógrafo de natureza aposentado, tira as fotos que dominarão as manchetes do jornal *Expressen* no dia seguinte. Nos cemitérios da área de Täby Kyrka, sete velhinhos envoltos em mortalhas saem do prédio do necrotério e vão em direção à saída. A fotografia captura o momento em que eles estão no meio das lápides funerárias.

23h30-23h50: mensagens de rádio de viaturas da polícia enviadas para que tomem conta de idosos perdidos mostram que se trata de pessoas falecidas nas últimas semanas. O Ministério da Saúde é informado.

A partir das 23h30: inúmeras chamadas para a Central de Emergência. Pessoas chocadas, às vezes histéricas, falam sobre parentes falecidos que retornaram. Pessoal de ambulância, terapeutas e clérigos são convocados às pressas para assistir as pessoas atingidas.

23h40: o Setor de Infectologia do Hospital Danderyd é escolhido como local temporário para reunião. Funcionários extras são convocados em caráter emergencial.

23h50: o Hospital Danderyd registra que duas pessoas não acordaram. Uma verificação no prontuário delas mostra que uma morreu há dez semanas e a outra há doze semanas. Ambas receberam formol várias vezes até que a questão dos documentos necessários para os enterros fosse resolvida.

Mais ocorrências registradas sobre pessoas que não acordaram. Parece que são apenas os indivíduos mortos há dois meses ou menos que acordam.

23h55: um cruzamento de dados populacionais – usando as variáveis: falecido no máximo há dois meses, Estocolmo e arredores e não sepultado – mostrou que se trata exatamente de um mil e quarenta e duas pessoas.

23h57: decide-se que o impensável precisa ser verificado. Uma delegação com ferramentas de escavação e auscultadores é enviada para o Skogskyrkogården* para auscultar os túmulos e eventualmente abri-los.

A partir das 23h59: várias emergências de unidades psiquiátricas estão abertas para receber parentes que tiveram um colapso nervoso ao reencontrar seus entes queridos falecidos.

---

* Famoso cemitério de Estocolmo, criado entre 1917 e 1920 pelos arquitetos Gunnar Asplund e Sigurd Lewerentz. (N. T.)

14 DE AGOSTO
Onde está o meu amado?

Eis a tumba de Nino. Onde está o meu amado?

William Shakespeare – *Sonho de uma noite de verão*

Råcksta 00h12

Ängbyplan, Praça Island, Blackeberg...

Suadas, as mãos de Mahler escorregam no volante quando ele faz a curva no anel viário futurístico e toma a direita, perto da placa "Crematório e Cemitério de Råcksta".

O telefone celular tocou. Ele diminuiu a velocidade, conseguiu tirar o telefone da bolsa e verificou o número. Da redação. Benke queria saber provavelmente que fim levaram as fotos, que fim levou o texto. Não tinha tempo. Guardou de novo o telefone na bolsa e o deixou tocando enquanto entrava no pequeno estacionamento, desligou o motor. Abriu a porta, apanhou a bolsa como num ato reflexo, dobrou-se para sair do carro e...

Pare.

Ele estava ao lado do carro, encostou-se na porta do veículo. Levantou a calça comprida.

Não havia ninguém ali.

O silêncio entre as paredes altas de tijolo era absoluto. Uma lua amarela de noite de verão derramava sua luz suave sobre as formas pontiagudas do crematório. Tudo parado.

E o que é que ele esperava? Que eles estivessem ali sacudindo as grades e...?

Sim. Algo do gênero.

Ele foi para perto dos portões, olhou lá dentro. O lugar grande e aberto do lado de fora da capela, onde ele estivera um mês antes, suando no terno preto, com o coração em frangalhos, estava à mercê da madrugada. A lua estendia seu tapete sobre as pedras, formava estrelas solitárias em lascas de silício.

Ele olhou para o jardim memorial lá no alto. Algumas luzes débeis iluminavam a copa dos pinheiros de baixo para cima. Tochas, colocadas ali por aqueles que homenageavam seus mortos. Ele conferiu os portões. Trancados. Olhou para as pontas bicudas. Impossível.

Mas a essa altura ele conhecia bem o cemitério; era fácil entrar ali. Mais difícil era entender por que eles insistiam em trancá-lo. Mahler caminhou ao longo do muro até ele se transformar em uma encosta bem íngreme, onde sempre-vivas irrigadas artificialmente floresciam exuberantes, apesar de tudo ao redor estar ressecado.

Fácil?

Às vezes seu cérebro ainda achava que morava no corpo que ele tinha aos trinta anos. Naqueles tempos seria fácil. Ele olhou ao redor. Em algumas janelas nos prédios de três andares no beco Silversmed piscava a luz azulada de televisão. Ninguém ali fora. Ele passou a língua nos lábios e olhou para o topo da encosta.

Três metros, devia ser uma inclinação de quarenta e cinco graus.

Inclinou-se para a frente, segurou uns tufos de grama da encosta e começou a se erguer com ajuda dos braços. As raízes enfraquecidas dos tufos se soltaram e ele teve de fincar a ponta dos pés na terra para não cair de costas. Estava deitado com o rosto imprensado no chão. A barriga era um empecilho, fazia as vezes de freio enquanto ele subia a ladeira, engatinhando centímetro por centímetro como um bicho-preguiça, e, no meio daquela miséria, ele começou a rir, mas parou de repente, pois os movimentos da barriga ameaçavam lhe tirar o equilíbrio.

Se alguém me visse...

Ao chegar ao topo da encosta, ficou deitado resfolegando, olhando para o cemitério. Lápides funerárias e cruzes enfileiradas na mais perfeita ordem, erguidas de suas sombras no chão.

A maioria dos que estavam ali tinha sido cremada, mas Anna quis que Elias fosse sepultado. Se Mahler sentira pavor ao imaginar o corpinho do menino na terra fria, Anna vira nisso um consolo. Não queria entregar o filho de jeito nenhum e isso era o mais próximo que ela podia chegar.

Mahler achara que aquele parecia um motivo ruim, algo que causaria arrependimento no futuro, mas provavelmente ele estava errado. Anna visitava o túmulo todo dia e dizia que se sentia bem por saber que o filho estava de fato ali embaixo. Não apenas as cinzas dele, mas mãos, pés e cabeça. Mahler ainda não tinha se acostumado e sentia, em meio à tristeza, uma espécie de mal-estar a cada vez que visitava o túmulo.

Os vermes. A putrefação.

É. Agora a imagem apareceu de verdade na cabeça de Mahler e ele hesitou antes de descer a ladeira.

E se... *se* realmente fosse assim... qual seria a aparência de Elias?

Mahler estivera em inúmeros locais de crime, vira cadáveres e partes de cadáver ser tirados de sacos plásticos, vira pessoas mortas serem retiradas de apartamentos onde tinham ficado duas semanas na companhia do cachorro, mortos por afogamento presos em eclusas, redes de pesca. Não era nada bonito de se ver.

O caixãozinho branco de Elias ficou gravado na retina. A última despedida, uma hora antes da cerimônia. Mahler fora comprar uma caixa de Lego de manhã, ele e Anna ficaram ao lado do caixão aberto, olhando para Elias. Ele vestia seu pijama preferido, aquele com a estampa de pinguins, na mão o bichinho de pelúcia, e tudo era pavorosamente *desnecessário*.

Anna tinha se aproximado do caixão e dito: "Acorde, Elias. Vamos, meu filho. Pare com isso", acariciara o rosto dele. "Acorda, meu menino. O dia já amanheceu, está na hora de ir para a escola..."

Mahler tinha abraçado a filha e não havia nada que ele pudesse dizer, pois sentia a mesma coisa. Quando colocou junto do ursinho de pelúcia a caixa com o Lego do Harry Potter que Elias tanto queria, Mahler achou por um instante que isso despertaria o neto, que isso faria Elias parar de ficar deitado daquele jeito, já que ele estava tão inteiro e bonito. Era só Elias acordar que aquele pesadelo iria passar.

Mahler se arrastou ladeira abaixo, entrou com cautela no cemitério, como se tivesse medo de incomodar. O túmulo de Elias estava a um bom pedaço dali, e no caminho ele passou por uma lápide funerária relativamente nova:

DAGNY BOMAN

14 de setembro de 1918-20 de maio de 2002

Ele parou, aguçou os ouvidos. Não ouviu nada. Continuou.

Avistou a lápide de Elias, lá na ponta à direita, numa fileira. Os lírios brancos que Anna tinha colocado em um vaso cintilavam suavemente à luz da lua. Como é que um cemitério podia ser um lugar tão densamente povoado e, mesmo assim, o lugar mais solitário da face da Terra...

As mãos de Mahler tremiam e sua boca estava ressecada quando ele se ajoelhou ao lado do túmulo. Os tufos quadrados de grama que foram colocados em cima da terra fresca ainda não tinham tido tempo de crescer e se fundir com a paisagem ao redor. As junções eram visíveis como sombras negras.

ELIAS MAHLER

19 de abril de 1996-25 de junho de 2002

No nosso coração

para sempre

Não se ouvia nada. Não se via nada. Tudo parecia normal. Nenhum pedaço de terra estufado, nada de –

Sim, ele tinha pensado nisso

– mãos estendidas para o alto, à procura de alguma coisa.

Mahler deitou de corpo inteiro no chão, abraçou a terra sob a qual estava o caixão. Imprensou o ouvido na grama. Isso era uma loucura. Auscultou lá embaixo, tampou o ouvido que não estava encostado no chão.

E ouviu.

Um arranhar.

Mordeu o lábio com tanta força que sangrou, imprensou ainda mais a cabeça no chão, sentiu que a grama cedeu.

É. Um barulho de arranhar lá embaixo.

Elias se mexia, tentava... sair.

Mahler estremeceu, levantou-se. Foi para o pé do túmulo e abraçou o próprio corpo, como se tentasse impedir que ele estourasse. A cabeça estava vazia. Apesar de ele ter vindo exatamente para isso, até o último minuto não conseguia acreditar que seria verdade. Ele não tinha nenhum plano de ação, nenhuma ferramenta, nenhuma possibilidade de...

– Elias!

Ele caiu de joelhos, arrancou os tufos de grama e pôs-se a raspar a terra apenas com as mãos. Cavava obcecado, quebrou unhas, a terra foi parar em sua boca, nos olhos. De vez em quando ele encostava o ouvido no chão, ouvia o arranhar com mais e mais nitidez.

A terra, ainda não atravessada por raízes, estava seca e porosa. As gotas de suor que caíam da testa de Mahler eram a primeira água que ela recebia em semanas. Estava sendo fácil. Mas a sepultura era mais funda do que ele achava. Depois de cavar por vinte minutos, Mahler chegou tão fundo que seus braços não alcançavam mais e ainda não se podia ver o caixão.

Por um bom tempo ele trabalhou com a cabeça curvada na beirada, e o sangue latejava no crânio como um badalo batendo em ferro fundido.

A vista escureceu. Ele se viu obrigado a fazer uma pausa para não desmaiar.

As costas protestaram quando ele rolou para trás e aterrissou suavemente no monte de terra cavada. O arranhar continuava, mais alto, no buraco aberto. Ele achou ter ouvido um gritinho esganiçado, prendeu a respiração. O grito parou. Mahler começou a respirar de novo. O grito de novo. Ele fungou, um jato de terra e secreção lhe saiu do nariz. Eram apenas os brônquios dele que apitavam. Deixou que eles chiassem.

Terra seca.

Obrigado, Senhor: terra seca.

Mumificação. Não putrefação.

Ele ficou deitado por um tempo, respirando, tentava não pensar. A boca estava seca, a língua colava no palato. Aquilo não podia acontecer. E, no entanto, estava acontecendo. O que fazer numa situação dessas? Ou a gente se deita e tenta não existir, ou a gente aceita e continua.

Mahler se levantou. Tentou se levantar. Mas a coluna o impediu. Estava deitado como um besouro, balançou os braços tentando dobrar as articulações inflexíveis. Não deu. Então, rolou o corpo no chão, ficou de barriga e foi se arrastando até a abertura na terra.

Exclamou:

– Elias! – E uma flechada de dor lhe atingiu a região lombar.

Nenhuma resposta. Apenas o arranhar.

Quanto faltava para alcançar o caixão? Ele não sabia, e sem ferramenta não podia retirar mais terra. Os dedos seguraram o colar de contas e ele abaixou a cabeça como alguém arrependido, pediu desculpas. No buraco lá embaixo ele disse:

– Não consigo. Desculpe, meu neto. Eu não consigo. Você está muito no fundo. Preciso pegar alguma coisa, preciso...

O arranhar, o arranhar.

Mahler balançou a cabeça. Começou a chorar baixinho.

– Pare com isso, meu menino. O vovô já vem. Só vou... pegar um...

O arranhar.

Mahler trincou os dentes contra o choro e a dor nas costas, obrigou-se a ficar de joelhos. Virou-se fungando e se enfiou pelo buraco de costas.

– Já vou, meu menino. O vovô já vem.

Por pouco ele não coube. As paredes do buraco lhe roçavam a barriga, a terra solta caiu quando ele ignorou o berro que vinha das costas e se abaixou, continuou cavando.

Em poucos minutos, seus dedos atingiram a superfície lisa da tampa.

E se quebrar?...

Não veio nenhum barulho de dentro do caixão enquanto Mahler varria a terra de cima dele, deixando à mostra a tampa branca que exibiu um brilho opaco de luar sob seus pés. Um pé estava na ponta, o outro na cabeceira. Para alcançar melhor, colocou acidentalmente o pé no meio da tampa e ouviu que a madeira estalou, tirou apavorado o pé dali e o apoiou na beirada.

A camisa estava molhada de suor e colada no corpo, repuxava. Uma pressão aumentava dentro da cabeça quando ele se abaixava e parecia que se se abaixasse mais uma vez ela explodiria como uma caldeira superaquecida.

O chão estava na altura da costela inferior, e a vista escureceu quando ele se debruçou ofegante na beirada, descansou a cabeça na grama. Fechou os olhos, ouviu o pulsar vermelho do sangue pelo corpo.

Por que tinha que ser tão difícil?

Depois de começar a cavar, tinha imaginado que certamente precisaria fazer um esforço sobre-humano para chegar até o caixão, mas também imaginou que depois apenas levantaria o caixão, o abriria e aconteceria... o reencontro.

Porém a terra só estava solta onde o buraco fora cavado para colocarem o caixão. Era essa terra que ele tinha conseguido tirar, mas *levantar* o caixão do buraco era outra coisa. Não se cavavam sepulturas levando em consideração esse aspecto.

Ele pôs as mãos atrás da cabeça e ficou descansando em pé. Uma brisa suave varreu o cemitério, roçou nas folhas do álamo tremedor e refrescou sua testa em brasa. Com o descanso, pensou que talvez apenas tivesse imaginado aquilo tudo. O desejo tinha sido tão forte que produzira o barulho. Ou quem sabe um animal, quem sabe um...

rato.

Espremeu os olhos. Uma nova brisa lhe acariciou a testa. Estava totalmente esgotado, sentiu que os músculos exauridos dos braços e das costas se contraíam, se enrijeciam ali onde ele estava. Achava que nem conseguiria se erguer do túmulo sozinho.

Só resta aceitar.

As rugas na testa se suavizaram, ele sentiu uma paz estranha. Imagens claras começaram a esvoaçar em sua retina. Ele andava por um campo de caniços. Os caules verdes farfalhavam a seu redor, eram quebrados por sua marcha. Através da cortina de caniços avistou corpos desnudos; mulheres brincando de pique com ele, como num musical indiano.

Ele próprio estava nu e os caniços roçavam em seu corpo, feriam de leve a pele. O corpo todo ardia, e uma película de sangue o cobria enquanto ele continuava andando, tonto e atiçado com a dor suave, desejando os corpos que o ludibriavam. Um braço aqui, um peito acolá, cabelos castanhos ao vento. Ele esticava as mãos e só conseguia segurar caniços e mais caniços.

Estalava sob seus pés, os risos das mulheres abafavam o farfalhar dos caniços e ele era um touro, um animal deselegante feito só de carne que ceifava o frágil para satisfazer seu desejo...

Ele abriu os olhos. Aguçou os ouvidos.

O arranhar de novo.

E ele não só ouvia. Também *sentia.* A vibração, sob seus pés, de unhas arranhando a madeira. Mahler levantou a cabeça, olhou para o caixão abaixo.

krrr...

Meio centímetro de madeira entre as unhas e os pés de Mahler.

– Elias?

Nenhuma resposta.

Ele se levantou, uma vértebra de cada vez.

No bosque lá em cima, perto do jardim memorial, ele achou um galho de árvore grosso e comprido que levou para o túmulo. Ao ver toda aquela terra espalhada, o buraco aberto, não entendeu como fora possível. Como ele aguentara.

Mesmo assim, continuou.

Enfiou o galho entre a cabeceira do caixão e a parede de terra compacta, tentou abrir. O caixão se ergueu um pouco, apoiado na outra ponta, e foi como se sua língua tivesse inchado na boca quando ouviu algo deslizar, mudar de posição dentro do caixão.

Em que estado ele está, em que estado ele está?...

Mas não foi só isso. De lá também veio um farfalhar. Como se o caixão estivesse cheio de pedrinhas.

Ele acabou conseguindo levantá-lo o bastante, a ponto de poder se deitar de barriga para baixo e segurar com as duas mãos a cabeceira do caixão e erguê-lo do buraco.

Não pesava muito. Era bem leve.

Estava com o caixãozinho na frente dos pés. A putrefação não atacara o féretro, que tinha o mesmo aspecto de quando estava na capela. No entanto, Mahler sabia que o que muda o corpo morto não vem de fora, e sim de dentro.

Passou a mão no rosto. Estava com medo.

Claro que havia histórias fantásticas de cadáveres, especialmente cadáveres de crianças que, ao serem desenterrados muitos *anos* após o enterro, não tinham mudado nem um pouco. Apenas pareciam estar dormindo. Mas isso eram lendas, lendas de santos ou circunstâncias extremamente especiais. Ele tinha de se preparar para o pior.

O caixão se moveu um pouco com uma pancada suave vinda lá de dentro, um farfalhar, e Mahler teve pela primeira vez, desde que chegara ali, um forte impulso de sair correndo. O Hospital Psiquiátrico Beckomberga estava a apenas um quilômetro. Dali. Com as mãos apertadas nos ouvidos, gritando. Mas...

A fortaleza de Lego.

A fortaleza de Lego ainda estava no apartamento dele. Os bonequinhos nas posições em que foram deixados na última vez em que tinham brincado. Mahler viu as mãos de Elias mexendo nos bonecos, as espadas.

– Vovô, *será* que havia dragões na época da cavalaria?

Ele se debruçou sobre o caixão.

A tampa estava presa apenas com dois parafusos, um no pé, um na cabeceira. Com a chave do apartamento, ele conseguiu desparafusar o da cabeceira, respirou fundo e abriu a tampa. Prendeu a respiração.

Esse não é o Elias.

Ele deu um passo atrás diante do corpo deitado no forro macio. Era um anão. Um anão velhíssimo que fora enterrado no lugar de Elias.

Sem querer, ele puxou ofegante o ar pela boca e pelo nariz, e um cheiro penetrante de queijo curado demais lhe causou uma náusea que, a muito custo, ele impediu que virasse um vômito.

Não é o Elias.

A luz da lua era suficiente para que ele pudesse ver o que acontecera com o corpo. As mãozinhas que agora se agitavam pra lá e pra cá estavam ressecadas, pretas e o rosto... o rosto. Mahler fechou os olhos, tampou-os com as mãos, esfregou-os.

Percebia agora que tinha acreditado, mesmo que fosse impossível, que Elias teria a mesma aparência de quando estava vivo. Aquilo *tudo* era de qualquer forma impossível, então por que não poderia ser assim?

Mas não era assim.

Mahler espremeu os lábios, sugou-os para dentro da boca, destampou os olhos. Já tinha visto coisas bem horríveis no trabalho, dominava a arte de ficar indiferente, vazio, de não se deixar abalar. Fez isso agora, ao aproximar-se do caixão, e levantou Elias nos braços.

A maciez da seda do pijama de pinguins nos dedos dele. Debaixo do pijama, sentiu uma pele que era rígida, dura como couro ressecado. O corpo estava inchado na região do abdômen com os gases formados nos intestinos, e o cheiro de proteínas apodrecendo era pior do que ele pudera imaginar.

Mas Mahler estava ausente. Ali havia apenas um homem que carregava uma criança. Uma criança muito leve. Ele olhou para o caixão pela última vez, como para se certificar de que não tinha esquecido nada. E tinha. O Lego.

Era o Lego que causava o farfalhar. Elias tinha conseguido abrir a caixa do brinquedo que fora enterrada junto com ele e as peças de plástico faziam agora um bolinho no pé do féretro junto da caixa rasgada.

Mahler parou, imaginou a cena. Elias deitado ali e...

Ele espremeu os olhos. Apagou. Durante um instante de loucura, vacilou, considerou colocar Elias no caixão e as peças de Lego nos bolsos.

Não, não, eu compro outro Lego, eu compro a loja inteira... eu...

A passos curtos e com a respiração ofegante, que não parecia suficiente para oxigenar o sangue, ele se pôs a caminhar rumo à saída enquanto sussurrava:

– Elias... Elias... tudo vai se resolver. Agora vamos pra casa... para a fortaleza de Lego. Agora isso acabou. Agora vamos... pra casa...

Elias se virou devagar, como se estivesse sonolento nos braços dele, e Mahler viu todas as vezes que carregara aquele corpinho para a cama quando adormecia no carro ou no sofá. Naquele mesmo pijama.

Mas o corpo agora não era macio nem quente. Estava duro e frio, rígido como o corpo de um réptil. No meio do caminho, ele tomou coragem e olhou de novo para o rosto.

A pele estava marrom-alaranjada, tinha se contraído a ponto de se verem nitidamente os ossos das maçãs do rosto. Os olhos eram apenas duas frestas, fendas, e o rosto todo tinha uma aparência... asiática. Mas o nariz e os lábios estavam pretos, tinham encolhido. Não havia muita coisa que lembrasse Elias, a não ser os cabelos castanhos cacheados que balançavam na testa larga.

Mesmo assim tiveram sorte.

O processo de mumificação tinha se iniciado em Elias. Se a terra estivesse úmida, ele estaria provavelmente putrefato.

– Você teve sorte, meu menino. De o verão ter sido tão quente. Bem, você não sabe, mas o verão foi... quente e todos os dias ensolarados. Como naquele dia em que a gente pescou perca... você se lembra? Quando você ficou com pena da minhoca e a gente usou isca de balas de gelatina...

Mahler não parou de falar por todo o caminho, até chegar aos portões de novo. Ainda estavam trancados. Mahler tinha esquecido.

Esgotado, incapaz de dar mais um passo sequer, ele se sentou pesadamente perto dos portões com Elias nos braços. Não sentia mais o cheiro. O mundo cheirava assim.

Apertou Elias no peito, olhou para a lua. Amarela e cordial, ela olhava para ele ali embaixo, aprovava tudo o que ele fazia. Mahler balançou a cabeça, fechou os olhos, passou a mão nos cabelos de Elias.

O cabelo bonito do neto.

Hospital Danderyd 00h34

– Como você está se sentindo?

Um microfone foi enfiado embaixo do pescoço dele e, num gesto automático, David estava prestes a segurá-lo.

– Como... eu me sinto?

– Sim. Como você se sente neste exato momento?

Ele não entendia como o repórter da TV4 conseguira localizá-lo. Depois que o tiraram do quarto de Eva, ele foi sentar na sala de espera, e quinze minutos mais tarde veio o repórter, queria saber se podia fazer algumas perguntas. O repórter, um homem da idade dele, tinha algo cintilante no olhar que talvez se devesse à maquiagem ou à insônia. Ou excitação.

David levantou os lábios esboçando um sorriso, que ficou horrível no vídeo, e respondeu:

– Está tudo bem. Mal posso esperar pela semifinal.

– Como?

– Semifinal. Contra o Brasil.

O repórter olhou para o câmera e eles se comunicaram por meio de um código tácito: Regravar. O repórter mudou o tom da voz, como se dissesse pela primeira vez o que já tinha dito.

– David, você é a única pessoa que presenciou de fato um despertar. O que foi que aconteceu?

– Bem – respondeu David –, após o pênalti eu senti que o jogo estava do nosso lado...

O repórter franziu a testa e colocou o microfone de lado, fez um sinal para o câmera e se inclinou para David.

– Desculpe, eu entendo que deve ser terrível para você, mas você presenciou algo que o público... bem, você entende. Muita gente tem interesse em saber o que aconteceu.

– Vá embora.

O repórter abriu as mãos.

– Eu entendo, certo. Aqui estou eu parasitando sua dor para fazer dela um programa, eu entendo que você ache isso...

David olhou o repórter bem nos olhos e disparou:

– Eu acho que isso se deve muito ao fato de termos conseguido atrair muita gente que normalmente não vem jogar na Suécia, com isso não estou dizendo que normalmente não somos um time forte, mas pode-se dizer que quando se tem Mjällby atrás para dar cobertura e quando a forma de Zlatan é como a que ele mostrou hoje...

Ele cobriu a cabeça com os braços, caiu no sofá e ficou encolhido, fechou os olhos enquanto continuava:

– ...então é quase impossível ganhar não o que foi que eu disse não ganhar é claro eu já tinha sentido isso quando entramos em campo...

O repórter se levantou, fez um sinal para que o câmera filmasse David enquanto ele estava encolhido igual a uma bola no sofá, recitando a ladainha na sala vazia.

– ...e eu disse para Kimpa agora a gente pega eles e ele apenas balançou a cabeça assim e eu pensei em como ele balançou a cabeça quando ele passou a bola pra mim e eu passei a bola para o Henke...

Eles se retiraram, tiraram o zoom. A imagem ficou boa.

David parou no instante em que ouviu a porta se fechar, fazendo um som de vácuo, mas continuou deitado na mesma posição. Ele nunca seria de novo uma pessoa normal. Era assim a vida no interior da escuridão. Povos morrendo de fome, vítimas de tortura, execuções em massa. O outro lado do mundo, para onde as pessoas felizes olhavam suspirando fundo, um mundo que as deixava com a consciência pesada e ao qual elas não tinham acesso. A escuridão com a qual ele flertava às vezes em seus textos. Só teoricamente, sem ter conhecimento de causa.

O repórter se encontrava no mundo de luz e por isso era perda de tempo falar com ele. Ele não tinha palavras. David apertou os pulsos nos olhos até desabrocharem flores vermelhas. O pior era que Magnus ainda estava no mundo de luz. Dormindo na casa da avó sem saber de nada. Dentro de algumas horas David seria obrigado a ir para lá e deixar a escuridão entrar.

Eva, o que eu faço?

Se ele apenas pudesse pedir a ela um conselho quanto a esta única questão: como ele iria contar para o Magnus.

Mas eram outras pessoas que agora faziam perguntas para ela. Sobre outras coisas.

Depois que o caos inicial no hospital se acalmou, os médicos ficaram extremamente interessados no fato de Eva poder *falar*. Pelo visto, ela era um dos poucos que podiam falar. Talvez porque tinha falecido quase na hora do despertar, ou por outro motivo. Ninguém sabia.

David não ficara muito surpreso ao saber o que acontecera no necrotério. Parecera-lhe tão anormal, impossível e coerente como todo o resto. O mundo fora lançado na escuridão hoje à noite, então por que os mortos não acordariam?

Depois de um intervalo de tempo imensurável, ele se levantou, foi para o corredor, virou na esquina a caminho do quarto de Eva, mas se deteve. Havia um monte de gente do lado de fora da porta fechada, ele conseguiu entrever algumas câmeras de tevê, microfones.

Meu amor...

Cada vez que ele via uma estrela cadente, cada vez que se fazia uma brincadeira em que se podia desejar em silêncio alguma coisa, ele tinha desejado:

Tomara que eu continue amando Eva, que o meu amor por ela nunca se enfraqueça.

Para ele, era ela o que ocupava a abóbada celestial e tornava o mundo um lugar onde era possível viver. Para as pessoas no corredor, ela era um objeto, uma novidade, uma fonte de informação. Mas eram eles os donos dela agora. Se ele se aproximasse, aquela gente se jogaria em cima dele.

Ele encontrou uma sala de espera um pouco mais afastada no corredor, onde ficou olhando para uma ilustração do Miró até as figuras começarem a andar, a se mexer fora da moldura. Em seguida, procurou um médico que não sabia de nada, que não podia dar nenhuma informação, exceto um não: visitas não estavam permitidas.

Ele voltou para o Miró. Quanto mais olhava para as figuras, mais más elas pareciam ser. Em vez de olhar para elas, ele ficou olhando para a parede.

Täby kyrkby 00h52

Quando Flora voltou do telefone, foi a segunda vez naquela noite que ela pareceu realmente ter visto um fantasma. Ela foi para a porta do quarto, tentou escutar o que se passava lá dentro.

– Deu certo? – perguntou Elvy. – Eles acreditaram em você?

– Deu – respondeu Flora. – Deu certo.

– Vão mandar uma ambulância?

– Vão, mas... – Flora sentou junto de Elvy no sofá, a colher de chá tilintando na xícara – pode demorar um pouco. Eles estão com muito trabalho... agora.

Elvy pegou com jeito a mão da neta para fazê-la parar de bater com a colher.

– O que é? O que eles disseram?

Flora balançou a cabeça, girou a colher nos dedos.

– Está ocorrendo por todo canto. Centenas deles despertaram. Talvez milhares.

– Não pode ser.

– Pode. Ela disse que todas as ambulâncias estão na rua agora... recolhendo todos eles. E que a gente não devia tentar fazer nada, que a gente não devia... tocar nele ou algo do gênero.

– Por quê?

– Porque pode haver um contágio. Eles não sabiam direito.

– Mas que tipo de contágio?

– E eu lá vou saber? Foi o que ela disse.

Elvy se afundou de novo no sofá, olhou para o vaso de cristal em cima da mesinha de centro que ela e Tore tinham ganhado de Margareta e Göran no dia em que completaram quarenta anos de casados. Marca Orrefors. Horrível. Provavelmente bem caro. Umas rosas de pêsames ressecadas estavam debruçadas tortas na borda dele.

Começou com uma puxada na boca, um estremecimento nos lábios. Depois a boca foi puxada para cima por uma força irresistível, mais para cima, até que um sorriso, tão grande que repuxava as maçãs do rosto, tomou conta do rosto de Elvy.

– Vovó? O que foi?

Elvy queria rir. Não. Mais que isso. Queria sair pulando do sofá, dar uns passos de dança e rir. Mas a cabeça de Flora recuou uns dez, vinte centímetros, uma reação igual a quando a gente fica com receio diante de um fenômeno estranho, e Elvy usou a mão direita para limpar de um jeito mecânico o sorriso da cara. Os cantos dos lábios queriam subir de novo, mas ela se esforçou para mantê-los no lugar. Não podia causar alarme.

– É a ressurreição – disse ela com uma alegria contida. – Você não entende? É a ressurreição. A ressurreição dos mortos. Não pode ser outra coisa.

Flora inclinou a cabeça de lado.

– É?

Elvy não tinha palavras. Não podia explicar. Sua felicidade e sua expectativa eram grandes demais para ser encaixadas na língua, então ela disse:

– Flora, eu não quero falar sobre isso agora. Não quero discutir sobre esse assunto. Só quero ficar em paz um instante.

– Como assim? Por quê?

– Eu só quero ficar em paz. Por um instante. É possível?

– Tá. Tá bom.

Flora se afastou e foi para a janela, ficou olhando para os contornos quase invisíveis da copa das árvores lá fora, ou para o reflexo de Elvy no vidro. Elvy se entregou à sua beatitude, em silêncio. Depois de um tempo, Flora deu uma palmadinha no móbile de barras de metal pendurado na janela, abriu a porta e foi para a varanda. O som de seus passos se misturou com o tilintar do móbile, mas, depois de alguns segundos, ambos silenciaram.

O reino dos céus. No dia do Juízo Final vocês todos...

Euforia. Não havia palavra melhor para descrever o que fervia no peito de Elvy.

Como se fosse a última noite antes de uma viagem longa, muito longa. O bilhete está guardado no bolso e finalmente as malas estão prontas. E a gente pode sentar e ficar sentindo a proximidade de terras distantes...

Isso. Exatamente isso. Elvy tentou visualizar a terra distante para onde viajaria em breve, para onde todos iriam, mas aqui não havia catálogos de viagem para consultar, tudo dependia dela e ela não podia ver. A imagem escapava, recusava uma descrição.

Mas ela estava ali sentindo que *logo... logo...*

Assim se passaram alguns minutos, depois dos quais gotas de culpa caíram no cálice da felicidade dela. Flora estava ali com ela. Aqui. Agora. Para onde a menina tinha ido? Quando ela se levantou para ver, avistou a poltrona na frente da porta do quarto e se perguntou *por que o móvel está ali*, então se lembrou. Era porque Tore estava lá dentro. À escrivaninha. Mexendo em papéis. Como no tempo em que estava vivo. Elvy parou no meio da sala e uma desconfiança negra foi se infiltrando aos poucos.

E se fosse desse jeito?

Quando Flora voltara do telefone e informara o que ficara sabendo, Elvy vira a imagem do exército silencioso de ressuscitados, centenas, milhares deles caminhando imponentes pelas ruas como um belo sinal do que estava por vir. Apesar de ela saber que não era bem assim. Ela foi para a porta do quarto. Papéis deslizavam, eram virados. Unhas grandes nos pés descalços, o frio nas mãos, o cheiro. Nenhuma legião excelsa de anjos, e sim corpos de carne e osso invadindo toda parte, causando problema.

Mas Deus escreve certo por...

...linhas tortas, isso mesmo. Nós não sabemos nada. Elvy balançou a cabeça, disse em voz alta: "Nós não sabemos nada", e isso devia ser o suficiente, foi para a varanda procurar Flora.

A escuridão do mês de agosto era intensa e nenhuma brisa sacudia as folhas. *É noite, mas uma noite tão calma que a vela queima sem bruxulear.**

* Trecho do poema "Eufori" [Euforia], do poeta sueco Gunnar Ekelöf (1903-68). No original: *Det är natt men så lugnt att ljuset brinner utan att fladdra.* (N. T.)

Quando os olhos de Elvy se acostumaram com a escuridão, ela viu a silhueta mais escura de Flora, recostada no tronco da macieira. Desceu a escada, foi para perto da neta.

– Você está aqui? – perguntou Elvy.

Flora não respondeu a pergunta, que não era pergunta, mas disse:

– Eu andei pensando... – E se levantou, colheu uma maçã meio madura da árvore e ficou jogando a fruta de uma mão para a outra.

– No que você pensou?

A maçã subiu no ar, foi capturada por um instante pela luz da sala e caiu na mão de Flora produzindo um estalido.

– E o que é que eles vão fazer? – disse Flora, e deu uma risada. – Tudo está mudado agora. Nada é como era antes. Entende? Tudo em que eles se basearam para construir essa porcaria toda apenas... puff! Sumiu! A morte, a vida. Nada é como antes.

– É – concordou Elvy. – Tem razão.

As pernas nuas de Flora deram uns passos de dança na grama. De repente ela arremessou a maçã no alto, para longe. Elvy viu a fruta fazer um arco grande por cima da sebe e ouviu o baque que ela fez ao cair no telhado do vizinho, rolando em seguida nas telhas.

– Não faça isso – ela disse.

– Senão o quê? Senão *o quê*? – Flora abriu os braços como se quisesse abraçar a noite, o mundo. – O que eles vão fazer? Chamar a patrulha de choque, prender alguém? Telefonar para o Bush e pedir a ele para vir aqui e bombardear tudo? Eu só quero ver... só quero ver como eles vão dar um jeito *nisso*.

Flora apanhou outra maçã, atirou a fruta para o outro lado. Dessa vez ela não acertou em nenhum telhado.

– Flora...

Elvy tentou segurar os braços de Flora, mas ela se afastou.

– Eu não entendo – disse ela. – Você acha que isso é o Armagedom, não acha? Eu não conheço a história, mas os mortos despertam, os selos são rompidos e a programação toda entra em cena e então não há volta, não é?

Elvy sentiu uma grande resistência a reduzir sua fé a essa descrição, mas disse:

– ...é.

– Certo. Eu não acho isso. Mas se é isso que vocês acham, que importância tem uma maçã no telhado do vizinho?

– A gente deve ter consideração pelas pessoas. Por favor, Flora, acalme-se um pouco.

Flora deu uma gargalhada, mas não foi de deboche. Abraçou Elvy, embalou-a para a frente e para trás como se a avó fosse uma criança que não entendesse nada. Elvy aceitou. Deixou-se embalar.

– Vovó, minha vovó – sussurrou Flora. – Você acha que o mundo todo vai acabar e sou *eu* que preciso me acalmar.

Elvy deu um risinho. Era mesmo um pouco engraçado. Flora a largou, deu um passo para trás e ficou com as palmas das mãos juntas, movendo-se como numa saudação indiana.

– Como você já disse: eu não compartilho a sua fé. Mas o que eu acho, vovó, é que vai ser uma confusão dos diabos. Você devia ter ouvido a voz da mulher da Central de Emergências. Era como se os zumbis estivessem respirando no pescoço dela. Vai ser um caos, vai ser algo totalmente diferente, e eu bem que estou gostando disso.

A ambulância veio como um ladrão no meio da madrugada. Nada de sirenes, nem sequer a lâmpada em cima do teto estava ligada. Em silêncio, o veículo subiu a rua da casa, as portas da frente foram abertas e dois enfermeiros de camisa azul-clara saíram do veículo. Elvy e Flora foram ao encontro deles.

Era uma e meia da manhã e os homens pareciam esgotados. Provavelmente foram obrigados a sair da cama para tratar do caso. O homem que saiu do assento do motorista cumprimentou acenando com a cabeça para Elvy e apontou para a casa.

– Ele está lá dentro?

– Está – respondeu Elvy. – Eu... eu o tranquei no quarto.

– Acredite, você não é a única.

Eles calçaram as luvas de borracha e subiram a escada. Elvy não sabia o que fazer. Será que devia acompanhá-los para ajudar, ou só iria atrapalhar?

Ela balançava na ponta dos pés quando as portas traseiras da ambulância se abriram e mais um homem saiu de lá de dentro. Era muito diferente dos enfermeiros; mais velho, mais gordo, e sua camisa era preta. Por um instante o homem ficou parado do lado de fora da ambulância, sondando o ambiente. Ou melhor, *desfrutando* dele. Quem sabe ele ficara muito tempo fechado na ambulância.

Quando o homem se virou para a casa, Elvy viu o retângulo branco na gola de sua camisa e limpou as mãos no chambre, preparou-se para cumprimentar. Flora assobiou, mas Elvy não ligou para ela. Agora a coisa era séria.

O homem se aproximou depressa da casa – seus passos eram surpreendentemente enérgicos para um corpo tão arredondado – e estendeu a mão.

– Boa noite. Ou bom dia. Sou Bernt Janson.

Elvy apertou a mão dele, que era quente e firme, dobrou de leve os joelhos e disse:

– Elvy Lundgren.

Bernt também cumprimentou Flora e prosseguiu:

– Bem, normalmente eu trabalho como pastor no Hospital Huddinge, mas hoje estou andando um pouco de ambulância. – O rosto ficou mais sério. – Como vocês estão lidando com isso?

– Bem – respondeu Elvy. – Está tudo bem.

Bernt balançou a cabeça e ficou calado para deixar Elvy continuar. Como ela não prosseguiu, ele disse:

– Bem, é uma situação peculiar. Muitas pessoas sentem muito medo dela.

Elvy não tinha nada a acrescentar. Na verdade, só tinha uma pergunta, e foi essa que ela fez.

– Como isso pôde acontecer?

– Bem – respondeu Bernt –, naturalmente isso é algo que todo mundo quer saber. E infelizmente eu só posso responder: não sei.

– Mas o senhor devia saber!

Elvy aumentara o tom de voz e Bernt pareceu confuso, balançou a cabeça.

– O que a senhora... quer dizer?

Elvy olhou para Flora, esqueceu que a neta não era a pessoa certa para apoiá-la. Isso a deixou ainda mais irritada. Deu uma pisada forte no calçamento de pedras e disse em voz alta:

– Então o senhor, um pastor da Igreja sueca, está aqui na minha frente dizendo que não sabe o que isso significa? Se o senhor estiver com uma Bíblia, será que eu devo lhe mostrar a passagem?

Bernt levantou a mão em sinal de defesa:

– Está bem, a senhora está falando do...

Flora deixou os dois e entrou na casa. Elvy não reparou.

– Sim, estou. O senhor não está querendo dizer que isso que está acontecendo é apenas algo fora do normal, como se... como se começasse a nevar em junho. Correto? No dia do Juízo Final os mortos levantarão de seus túmulos...

Bernt uniu a outra mão à primeira fazendo um gesto pacífico, apaziguador, e disse:

– Bem, talvez seja um pouco cedo demais para analisar... esses acontecimentos. – Ele olhou ao redor na rua, coçou o pescoço e disse num tom mais baixo: – Mas é claro que pode haver um significado maior.

Elvy não desistiu.

– O senhor não acha isso? – perguntou.

– Bem... – Bernt olhou para a ambulância, deu meio passo se aproximando de Elvy e disse, bem junto do ouvido dela: – Sim. Eu acho, eu acho.

– Mas então diga isso.

Bernt retomou a posição anterior. Parecia um pouco mais aliviado agora, porém ainda falava em voz baixa:

– Bem, essa opinião não é exatamente *comme il faut*, por assim dizer. Não é por isso que estou aqui. As pessoas ficariam irritadas se eu aparecesse nas casas em uma situação dessas e... pregasse.

Elvy entendeu. Provavelmente ela achava que era uma postura um tanto quanto covarde, mas é claro que a maioria não queria ouvir um sermão sobre o Juízo Final numa noite daquelas.

– Então o senhor acha... – disse ela – que a volta de Cristo... que aquilo tudo... que vai ser daquele jeito?

Bernt não conseguiu mais se segurar. Seu rosto explodiu num sorriso, um sorriso de deleite, e sussurrou:

– Acho! Sim, acho!

Elvy sorriu de volta. Agora eram dois que acreditavam nisso.

Os homens da ambulância estavam na entrada da casa com Tore no meio deles. Ambos tinham no rosto uma expressão de asco contido. Quando chegaram mais perto, Elvy entendeu por quê. A camisa estava úmida no peito de Tore, manchada de um líquido amarelado, e um cheiro de comida podre exalava dele. Ele tinha começado a descongelar.

– Bem – disse Bernt –, ali vai o...

– Tore – disse Elvy.

– Tore, isso.

Flora veio atrás. Tinha entrado no quarto e apanhado suas roupas, sua bolsa. Aproximou-se de Bernt, olhou-o de cima a baixo. Bernt fez a mesma coisa; seus olhos se fixaram por um segundo na estampa do Marilyn Manson, e Elvy entrelaçou as mãos em cima do peito, tentou enviar uma mensagem telepática para Flora dizendo que aquele não era o momento para uma discussão teológica. Mas a pergunta de Flora era mais de natureza prática.

– O que vocês vão fazer com ele? – ela perguntou.

– Nós... no momento vamos levá-lo para o Hospital Danderyd.

– E depois? O que vocês vão fazer?

Tore fora levado para dentro da ambulância, e Elvy disse:

– Flora, eles têm muito o que fazer...

Flora se virou para Elvy.

– Você não está interessada? Não quer saber o que eles vão fazer com o vovô?

– É... – Bernt tossiu limpando a garganta – ...uma pergunta muito natural. E a verdade é que não sabemos. Mas eu posso garantir a vocês que não vão fazer nada com eles, se colocarmos as coisas dessa forma.

– O que você quer dizer? – perguntou Flora.

– Bem... – Bernt franziu as sobrancelhas. – Eu não sei o que você quis dizer antes, mas suponho que...

– Então como é que você pode ter tanta certeza?

Bernt olhou para Elvy querendo dizer, *ah... essa juventude de hoje...*, e Elvy respondeu ao olhar dele sem muita vontade. Um dos homens da ambulância tinha ficado com Tore, o outro se aproximou deles e disse:

– Estamos prontos. – Bernt insinuou uma careta, o homem da ambulância deu um risinho e disse:

– Então, vamos?

– Vamos. – Bernt se virou para Elvy. – Talvez vocês queiram vir conosco?

Quando Elvy balançou a cabeça, ele disse:

– Certo. Então alguém vai entrar em contato com vocês assim que... assim que soubermos de alguma coisa.

Ele se despediu, apertando a mão de Elvy. Quando esticou a mão na direção de Flora, ela a apertou e disse:

– Eu vou junto.

– Bem – disse Bernt olhando para Elvy –, não é lá muito conveniente.

– Só até a cidade – disse Flora. – Carona. Eu já perguntei se podia.

Bernt se virou para o homem da ambulância, que confirmou balançando a cabeça. Bernt suspirou, virou-se para Elvy.

– Se a senhora concordar.

– Ela segue a vontade dela – disse Elvy.

– É – disse Bernt. – Era o que eu imaginava.

Flora foi abraçar Elvy.

– Preciso ir pra cidade conversar com um amigo.

– *Agora?*

– É. Se você não se incomodar em ficar sozinha.

– Não me incomodo.

Elvy continuou em pé no portão do jardim vendo Flora entrar na parte traseira do veículo junto com Bernt. Acenou e pensou no cheiro. As portas se fecharam. O motor da ambulância entrou em funcionamento, as luzes azuis se acenderam por um instante, mas foram desligadas. Devagar, a ambulância deu marcha a ré e fez a manobra em frente à casa do outro lado, virou e...

Os dedos de Elvy se esticaram, os olhos se abriram mais e uma percepção arrebatadora foi cravada como uma estaca nela: Tore. O corpo dela oscilou, ela se apoiou na coluna do portão. Tore estava ali. O mesmo resto dele que ainda estava no quarto, sempre desvanecendo, estava agora no corpo dela com força total. Ele tomou conta dela e, na cabeça, Elvy ouviu a voz dele:

Minha velha, me ajude! Eu estou preso... não quero ir... quero ficar em casa, minha velha...

A ambulância saiu da frente da casa.

Minha velha... ela está vindo, ela...

E Tore estava saindo dela de novo, como se fosse uma muda de pele.

Mas se a voz dele estava em uma sala, ampliada por um alto-falante, ela podia ouvir agora no meio da voz estrondosa a voz de Flora, mais fraca.

Vovó... ouviu? Foi com você que ele...

Elvy teve uma sensação física de que o campo estava se dissolvendo à medida que ela foi retomando o próprio corpo e só conseguiu enviar –

Ouvi

– antes de aquilo desaparecer e ela voltar a ser apenas Elvy, encostada de novo no portão. A ambulância acelerou pela rua e ela viu o veículo que era só uma mancha branca antes de sua cabeça tombar, devido ao zumbido de milhares de mosquitos que penetrava em seus ouvidos e à dor de cabeça que ardia em sóis vermelhos debaixo das pálpebras.

Mas ela tinha visto.

Abraçou a coluna do portão para não cair no asfalto. A cabeça era empurrada para baixo, ela não conseguiu abrir os olhos para enxergar melhor. Não podia ver. Não era permitido.

As dores duraram apenas uns segundos, depois desapareceram de uma vez. Ela levantou a cabeça, olhou na direção do ponto onde a ambulância tinha estado um segundo antes.

A mulher não estava mais ali.

Mas Elvy a tinha visto. Pelo canto do olho, um segundo antes de a ambulância desaparecer de seu campo de visão, ela vira uma mulher magra e alta de cabelos escuros que aparecera atrás do veículo, esticara o braço para ele. Depois a dor obrigara Elvy a olhar para o outro lado.

Elvy olhava para a rua. A ambulância tinha sumido na curva em direção à rodovia. A mulher tinha sumido.

Será que ela está agora... dentro da ambulância?

Elvy pressionou a palma da mão na testa e se concentrou ao máximo:

Flora? Flora?

Nenhuma resposta. Nenhum contato.

Que cara tinha mesmo a mulher? Como ela estava vestida? Não conseguia pensar. Quando Elvy tentava evocar o rosto, o corpo que ela vira naquela fração de segundo, os pensamentos lhe escapavam. Era como tentar puxar uma lembrança dos primeiros anos de vida; podia-se ver um detalhe específico, alguma coisa que ficara marcada. O resto estava entregue às sombras.

Ela não conseguia ver o rosto, as roupas. Tinham sumido. Só uma coisa ela podia dizer com certeza: alguma coisa saía da ponta dos dedos da mulher. Alguma coisa que refletia minimamente a luz do poste da rua. Alguma coisa fina. De metal.

Elvy correu para dentro de casa para entrar em contato com Flora de um modo convencional. Digitou o número do celular da neta.

"O assinante está fora de área no momento..."

Råcksta 02h35

Mahler acordou com vozes, barulho de metal.

Por um instante, ficou totalmente desorientado. Estava sentado. Segurava alguma coisa nos braços. O corpo doía. Onde e por quê?

Então ele se lembrou.

Elias ainda estava em seu colo, imóvel. A lua tinha mudado de posição enquanto Mahler estava ali, apenas se viam partes dela atrás da copa dos abetos no jardim memorial.

Por quanto tempo? Uma hora? Duas?

Os portões de ferro rangeram ao serem abertos, e um bando de sombras entrou na área em frente à capela. Lanternas foram acesas e os feixes de luz dançavam no pavimento de pedras. Vozes.

– ...cedo demais para responder no momento...

– Mas o que vocês vão fazer se for esse o caso?

– Primeiro vamos auscultar e ver a... amplitude da coisa, depois...

– Vocês vão abrir os túmulos agora?

Mahler achou que reconheceu a voz de quem perguntava. Karl-Erik Ljunghed, um dos colegas do jornal. Mas não ouviu a resposta. Elias estava imóvel em seus braços, como se estivesse morto.

Se eles não virassem a luz na direção do muro, não poderiam vê-lo, ele estava quase totalmente no escuro. Ele sacudiu Elias com cuidado. Não aconteceu nada. O pavor cresceu em seu peito.

Tudo isso só para...

Mahler encontrou a mão seca e dura de Elias, colocou o dedo indicador e o anelar nela, apertou. A mão se fechou, segurou seus dedos. As luzes de cinco lanternas se moviam para o interior do cemitério, acompanhadas das sombras.

Seu corpo estava duro como pedra, depois de ele ficar sentado sem se mexer, e, enquanto ele estava apagado, a coluna fora retirada do corpo e substituída por uma barra de ferro incandescente. Por que ele não revelava sua presença? Karl-Erik podia ajudá-lo, por que ele não os chamava?

Porque...

Porque era melhor não chamar. Porque eram... *eles*. Os outros.

– Elias, eu preciso... colocar você um pouco no chão.

Elias não respondeu. Com um sentimento de perda, Mahler puxou os dedos da mão do menino, colocou-o com cuidado no chão. Apoiando as costas no muro e usando apenas os músculos da perna, Mahler conseguiu ficar em pé.

Como fantasmas exaltados, as luzes dançavam descendo para as sepulturas, e Mahler aguçou os ouvidos para ver se havia outros visitantes. A única coisa que ouviu foram as vozes distantes dos que já tinham chegado e um toque bem fraco de *Eine kleine Nachtmusik* vindo do telefone no carro. O prenúncio de um arrebol pincelava o céu.

– Elias?

Nenhuma resposta. O corpinho estava esticado no pavimento de pedras, um adensamento da escuridão com os contornos de uma criança.

Será que ele me ouve? Será que ele me vê? Será que ele sabe quem eu sou?

Ele se agachou, enfiou as mãos por baixo dos joelhos e do pescoço de Elias, levantou-se e foi para o carro.

– Agora vamos pra casa, meu neto.

No estacionamento havia agora mais três carros. Uma ambulância, um Audi com o logotipo do jornal e um Volvo com uma placa esquisita. Algarismos amarelos num fundo preto. Demorou um pouco para Mahler fazer a ligação: um veículo militar.

Os militares? Será que está já chegou a essa proporção?

A presença do veículo militar confirmou que ele agira certo não anunciando sua presença. Quando os militares entram em cena, alguma coisa sai pela janela.

Elias era leve, levíssimo nos braços dele. Uma leveza que não era natural, considerando-se como ele tinha ficado... gordo. A barriga estava tão grande que os botões de baixo do pijama tinham se soltado com a pressão. Mas Mahler sabia que lá dentro havia apenas gás, produzido pela putrefação das bactérias do intestino. Nada que pesasse.

Ele colocou delicadamente Elias no banco de trás, afastou ao máximo o encosto do banco do motorista para trás para poder sentar com as costas esticadas, quase deitadas, e saiu do estacionamento. Abaixou o vidro dos dois lados do carro.

Eram apenas alguns quilômetros até chegar em casa. Em todo o trajeto, ele ficou conversando com Elias, sem receber resposta.

Mahler deitou Elias no sofá da sala com a luz apagada, inclinou-se e beijou a testa do menino.

– Já volto, meu neto. Só vou...

Tirou três pílulas Panodil da caixa de remédios na cozinha, engoliu-as com um gole d'água.

Agora sim... Agora sim...

O contato com a testa de Elias ainda estava em seus lábios. Uma pele fria, rígida, sem resposta. Era como beijar uma pedra.

Não tinha coragem de acender as luzes da sala. Elias estava deitado imóvel no sofá. O pijama de seda brilhava suavemente à luz da aurora. Mahler passou a mão no rosto e pensou:

O que é que eu estou fazendo?

Isso, que diabo ele estava fazendo? Em princípio, Elias estava gravemente doente. O que a gente faz com uma criança gravemente doente? Leva essa criança pra casa? Resposta incorreta. A gente liga para a ambulância, cuida para que ela seja levada para o hospital –

necrotério

– e receba atendimento médico.

Mas havia aquilo no necrotério. O que ele tinha visto lá. Os mortos, presos, lutando. Ele não queria ver Elias naquela situação. Mas o que ele podia fazer? Não tinha nenhuma condição de cuidar de Elias, de fazer... o que agora precisava ser feito.

E você acha que eles podem fazer isso nos hospitais?

A dor nas costas começou a diminuir um pouco. O bom-senso voltou. É claro que ele telefonaria pedindo que mandassem uma ambulância. Era só isso que ele podia fazer.

Meu menino. Meu menino lindo.

Se ao menos o acidente tivesse acontecido um mês mais tarde. Ontem. Anteontem. Se ele não tivesse que ficar enterrado por tanto tempo, teria se livrado de passar por aquilo que a morte tinha feito com ele; ela o transformara em um ser ressecado semelhante a um lagarto cujas protuberâncias do corpo estavam pretas. Por mais que Mahler o amasse, seus olhos viam que Elias não parecia mais humano. Era mais como algo que a gente olha atrás de um vidro.

– Meu neto, eu vou chamar um médico. Alguém que pode ajudar você.

O celular tocou.

O visor exibiu o número do jornal. Dessa vez ele atendeu.

– Sim, aqui é...

Benke parecia quase a ponto de chorar quando interrompeu:

– *Onde* você esteve? Primeiro você começa com essa confusão toda e depois desaparece sem mais nem menos, e então?

Mahler não conseguiu deixar de sorrir.

– Benke, não fui eu quem *começou* isso. Sou totalmente inocente.

Silêncio no outro lado da linha. Ao fundo Mahler pôde ouvir gente falando, mas não conseguiu identificar as vozes.

– Gustav – disse Benke. – O Elias. Ele está...?

O fator decisivo não foi a confiança dele em Benke, e ele confiava, e sim ele ter percebido que precisava de algum tipo de canal para o mundo lá fora. Mahler respirou fundo e disse:

– Sim. Ele está aqui. Em casa.

Os sons ao fundo mudaram e Mahler entendeu que Benke tinha levado o telefone para algum lugar onde ninguém pudesse ouvir.

– Ele está... desfigurado?

– Está.

Agora o silêncio era absoluto em volta de Benke. Provavelmente ele tinha entrado em alguma sala vazia.

– O.k., Gustav. Não sei o que dizer.

– Você não precisa dizer nada. Mas eu quero saber o que eles estão fazendo. Se eu estou fazendo a coisa certa.

– Eles estão juntando todos eles. Todos estão sendo levados para o Hospital Danderyd. Já começaram a abrir sepulturas por toda parte. Os militares estão ajudando. Estão se apoiando em uma cláusula sobre epidemia em massa. Na verdade, ninguém sabe coisa nenhuma. Eu acho... – Benke fez uma pausa. – Não sei, mas eu também tenho netos, como você bem sabe. É possível que você esteja fazendo a coisa certa. Paira um certo... pânico generalizado no ar.

– Alguém sabe por que isso está acontecendo?

– Ninguém sabe. E agora, Gustav... preciso falar do meu outro assunto.

– Agora não posso, Benke. Estou arrasado.

Benke resfolegou no fone; Mahler imaginou o esforço que ele fazia para se manter calmo, para não começar a lhe dar uma bronca.

– Você tirou fotos? – ele perguntou.

– Tirei, mas...

– Então – disse Benke – essas são as únicas fotos independentes tiradas lá dentro. E você é o único jornalista que conseguiu entrar lá antes de eles fecharem. Gustav... tenho toda consideração por sua situação, que eu nem sou capaz de imaginar, mas preciso fazer um jornal. Estou falando neste momento com o meu melhor jornalista, que tem nas mãos o melhor material no momento. Será que você, por outro lado, pode imaginar a *minha* situação?

– Benke, você precisa entender que...

– Eu entendo. Mas eu imploro. Por favor, Gustav, você não pode apenas... entregar qualquer coisa? As fotos, um textinho no presente do indicativo, direto ao assunto, só isso? Por favor? Se não for possível, então as fotos. Apenas as fotos, tá?

Se Mahler pudesse rir, teria rido. Mas soltou apenas um suspiro. Nos quinze anos em que eles tinham trabalhado juntos, ele não podia se lembrar de uma única vez em que Benke tivesse *pedido* alguma coisa. A expressão "por favor" seguida de um ponto de interrogação não existia no vocabulário dele.

– Vou tentar – disse Mahler.

Como se, apesar de tudo, isso fosse o que ele esperava o tempo todo, Benke disse:

– Vou segurar a página principal. Quarenta e cinco minutos.

– Santo Deus, Benke...

– Tá. Obrigado, Gustav. Obrigado. Agora ponha a mão na massa.

Eles desligaram. Mahler olhou para Elias, que não tinha se mexido. Aproximou-se dele e colocou o dedo na mão do menino. Os dedos se fecharam. Ele queria sentar junto ao neto, adormecer com os dedos na mão dele.

Quarenta e cinco minutos...

Loucura. Por que ele tinha dito que sim?

Porque não tinha jeito: ele tinha sido jornalista durante toda sua vida adulta e sabia que o que Benke dissera era verdade. Ele tinha nas mãos provavelmente o melhor material que se podia ter, da maior notícia... de todos os tempos. Não dava para ignorar. Independentemente de tudo.

Sentou ao computador, revelou o filme dentro da cabeça e os dedos começaram a pressionar as teclas.

O elevador deu um arranco e se pôs em movimento. Pelas paredes espessas de cimento, ouço gritos. O andar do necrotério aparece na janela da porta do elevador...

Panorama 2

00h22: O ministro da Saúde e de Assuntos Sociais chega ao ministério. Sob sua supervisão, será formado um conselho diretivo provisório composto de representantes de diferentes ministérios, da polícia, assim como de médicos de várias especialidades.

Uma sala de reuniões no ministério é designada para ser a central provisória do conselho. Ela logo passa a ser conhecida como Quarto Morto.*

00h25: O primeiro-ministro é informado na Cidade do Cabo sobre os acontecimentos na Suécia. A situação é considerada tão extraordinária que um encontro com Nelson Mandela no dia seguinte foi cancelado e o avião do governo é preparado para levantar voo. A duração da viagem é de onze horas.

00h42: O primeiro relatório incontestável sobre o despertar nos cemitérios chega ao Quarto Morto. Os cálculos já estão feitos. Estima-se que são mais de 980 pessoas. A polícia declarou não ter recursos para providenciar as exumações.

00h45: Aumenta a necessidade de um pronunciamento do Quarto Morto para a imprensa. Reina certa confusão conceitual. Depois de uma breve reunião, decide-se que o termo "revividos" será utilizado daqui por diante para se referir aos mortos que despertaram.

00h50: A questão da exumação dos corpos fica sob a responsabilidade dos militares. Uma vez que a cooperação entre os militares e a polícia é proibida por lei, os representantes militares não podem fazer parte do conselho diretivo. Foram atribuídas aos militares as mesmas funções que teriam se agissem em casos de catástrofe, e são os próprios militares que decidem como a situação deve ser tratada da melhor forma.

---

* Trocadilho com o famoso romance de August Strindberg (1849-1912), *O quarto vermelho.* (N. T.)

01h00: O Hospital Danderyd informa que 430 revividos estão agora sob os cuidados do Setor de Infectologia e que o hospital está trabalhando para esvaziar o setor a fim de criar mais espaço. Apenas duas ambulâncias em todos os hospitais estão reservadas para socorrer casos de emergência, o restante está na rua recolhendo revividos. Pede-se a colaboração de todos.

01h03: A equipe do Quarto Morto discute a possibilidade de pedir ajuda às agências funerárias para recolher os revividos. No entanto, tal medida pode ser recebida como uma afronta, e, em vez disso, todos os táxis vazios da cidade foram convocados para levar pacientes do Danderyd para outros hospitais.

01h05: Uma declaração à imprensa do coronel Johan Stenberg, escolhido como líder do grupo militar de salvamento, chega ao conhecimento do Quarto Morto. "No presente momento, consideramos os cadáveres um problema exclusivamente de caráter logístico", teria dito o coronel. Um assessor de imprensa do Ministério da Saúde se encarrega de informar os termos corretos ao coronel.

01h08: Dois enfermeiros de ambulância e um pastor são ameaçados com uma arma ao tentar buscar uma revivida em Tyresö. A polícia é chamada ao local.

01h10: A CNN é o primeiro canal estrangeiro de televisão a informar sobre os acontecimentos em Estocolmo. As imagens do canal se restringem ao caos que se formou do lado de fora do Hospital Danderyd, e na reportagem é informado erroneamente que os pacientes transferidos para outros hospitais são "*living dead*".

01h14: Aumenta a pressão da imprensa estrangeira sobre o Quarto Morto depois da reportagem da CNN. Um porta-voz da imprensa do Ministério das Relações Exteriores é designado para cuidar dos contatos telefônicos.

01h17: A primeira divisão militar de exumação inicia seus trabalhos, composta de um varredor de minas e de pessoal com experiência no trabalho das Nações Unidas por ocasião da abertura das sepulturas do massacre na Bósnia. À espera de que mais grupos semelhantes sejam convocados, eles se dirigem para o Skogskyrkogården, por onde começarão sua tarefa.

01h21: O homem em Tyresö que se recusara a entregar a esposa revivida abre fogo contra a polícia. Ninguém é ferido.

01h23: Após consultar especialistas da área jurídica, o ministro da Saúde decide aplicar na situação atual as leis vigentes em caso de epidemia em massa, o que confere à polícia atribuições em conformidade com essa lei, enquanto se espera pela análise médica. Pedido expresso ao Departamento de Medicina Legal para que acelere seu trabalho.

01h24: A polícia em Tyresö recebe autorização para usar gás lacrimogêneo, mas prefere não lançar mão desse recurso, já que o homem armado tem idade avançada e pode sofrer lesões graves. Um mediador estabelece contato com o homem por telefone enquanto se dirige ao local.

01h27: O primeiro relatório médico mostra que os revividos não parecem fazer uso de órgãos respiratórios nem circulatórios. Entretanto, amostras de tecido celular analisadas rapidamente indicam que pode ocorrer certo grau de atividade metabólica. "Isso é totalmente impossível, mas fazemos o que está ao nosso alcance", diz o especialista em clínica médica que lidera a investigação.

01h30: No Hospital Danderyd são recebidos 640 revividos, e pede-se mais reforço de outros hospitais. Há conflitos constantes entre os funcionários por razões ainda desconhecidas, o que dificulta a cooperação.

01h32: Após ser fortemente pressionado pela impressa nacional e internacional, o porta-voz de imprensa do Quarto Morto anuncia uma reunião com a mídia no Parlamento marcada para as seis horas.

01h33: Emergências de unidades psiquiátricas e clínicas de plantão estão sobrecarregadas de parentes que apresentam graus diversos de histeria. O Departamento de Psicologia da polícia começou a atender policiais com sintomas de estresse mental.

01h35: A busca por revividos parece ter praticamente chegado ao fim. Pede-se, todavia, a cooperação do abrigo da Stadsmissionen, onde os hospedados se opuseram ao recolhimento pela polícia de um mendigo que voltara ao abrigo após ter falecido duas semanas antes.

01h40: Desenterrado o primeiro revivido do Skogskyrkogården. Foi informado que o homem se encontra "num estado extremamente deplorável", após ser retirado de uma depressão onde a terra ainda estava úmida.

01h41: O mediador chega a Tyresö. A última coisa que o homem armado diz ao telefone é: "Agora vou me unir a ela", em seguida ele atira em si próprio. O pessoal da ambulância recolhe a esposa revivida do homem enquanto a polícia bloqueia o local. O homem não apresenta sinais de que despertará.

01h41: Pedido expresso vindo do Skogskyrkogården de ajuda de "gente com nervos de aço". O homem exumado tenta sair de lá.

01h45: A situação foge do controle no Hospital Danderyd. Setecentos e quinze revividos estão agora internados nesse hospital e registrou-se a ocorrência de discussões e casos de agressão física entre os funcionários que estão em contato direto com os revividos.

01h50: Sem consultar o Quarto Morto, os militares convocam servidores das tropas de engenheiros para construir no Skogskyrkogården um redil provisório, de modo que os exumados possam ser mantidos ali à espera de serem recolhidos.

01h55: Conversa com funcionários envolvidos em brigas no Danderyd esclarece que os conflitos surgiram devido a uma capacidade que os funcionários alegam ter de ler os pensamentos uns dos outros.

02h30: Revividos de especial relevância para a solução do enigma são removidos para o Departamento de Medicina Legal do Instituto Karolinska, em Solna. Fazem parte desse grupo Eva Zetterberg – que pode falar – e Rudolf Albin – o revivido morto há mais tempo antes do despertar.

02h56: Tomas Berggren, professor titular de Neurologia, faz a primeira entrevista com Eva Zetterberg.

CONVERSA 1

O texto seguinte é uma transcrição da gravação da minha primeira conversa com a paciente Eva Zetterberg. A paciente é especialmente importante, pois transcorreu muito pouco tempo entre o término das funções vitais e o despertar dela sem o apoio das funções já mencionadas.

A capacidade articulatória da paciente tem melhorado continuamente desde seu despertar.

A entrevista ocorreu na quarta-feira, 14 de agosto de 2002, de 02h56 às 03h07 no DML, em Solna.

TB: Eu me chamo Tomas. Como você se chama?
EZ: Eva.
TB: Você pode me dizer o seu nome completo?
EZ: Não.
TB: Você pode me dizer o seu sobrenome?
EZ: Não.
[*Pausa*]
TB: Você pode me dizer o seu primeiro nome?
EZ: Não.
TB: Como você se chama?
EZ: Eva.

TB: Eva é o seu nome.

EZ: Eva é o meu nome.

TB: Você pode me dizer o seu nome?

EZ: Eva.

[*Pausa*]

TB: Você sabe onde está?

EZ: Não.

TB: O que você vê ao seu redor?

EZ: Onde está aqui.

TB: Aqui é o lugar onde Eva está.

EZ: Não.

TB: Onde está Eva?

EZ: Eva não está aqui.

TB: Você é Eva.

EZ: Eu sou Eva.

TB: Onde você está?

[*Pausa*]

EZ: Hospital. Um homem branco. Ele se chama Tomas.

TB: Isso. Onde está Eva?

EZ: Eva não está aqui.

[*TB toca na mão de Eva*]

TB: De quem é essa mão?

EZ: Mão. Mão de eu.

TB: Quem sou eu?

EZ: Tomas.

[*Pausa*]

TB: Quem é você?

EZ: Eu sou Eva.

[*TB toca na mão de Eva*]

TB: De quem é essa mão?

EZ: A mão de... Eva.

TB: Onde está Eva?

EZ: Eva está aqui.

[*Pausa*] Não.

TB: O que Eva vê onde ela está?

EZ: Não.

[*Pausa*]

TB: Eu posso falar com Eva?

EZ: Não.

TB: O que veem os seus olhos?

EZ: Uma parede. Uma sala. Um homem. Ele se chama Tomas.

TB: O que veem os olhos de Eva?

EZ: Eva sem olhos.

TB: Eva não tem olhos?

EZ: Eva não vê.

[*Pausa*]

TB: O que Eva está ouvindo?

EZ: Eva não ouve.

TB: Eva entende o que eu digo?

[*Pausa*]

EZ: Sim.

TB: Eu posso falar com Eva?

EZ: Não.

TB: Por que eu não posso falar com Eva?

EZ: Eva sem... boca. Eva com medo.

[*Pausa*]

TB: Por que Eva tem medo?

[*Pausa*] Você pode me dizer por que Eva tem medo?

EZ: Eva fica.

TB: Eva quer ficar onde está?

EZ: Sim.

TB: Do que Eva tem medo?

EZ: Não.

[*Ez balança muito a cabeça*]

Depois disso, EZ se recusa a responder mais perguntas.

Heden 03h48

No ônibus noturno para Tensta, Flora verificou a caixa de mensagens e viu que Elvy tinha telefonado cinco vezes. Ligou imediatamente.

– Oi, sou eu...

Um suspiro de alívio do outro lado da linha fez um chiado no ouvido de Flora.

– Ah, minha neta! Tudo bem com você?

– Tudo bem. Como assim?

– Não, é que eu achei... eu tentei falar com você.

– É proibido usar celular na ambulância.

– Mas é claro... – Flora podia ver diante dela o tapinha leve que Elvy deu na testa. – ...claro que é proibido. Mas que burrice a minha.

Uns segundos de silêncio. As paredes escuras dos prédios de Rissne passavam por ela do lado de fora da janela.

– Vovó? Você também ouviu o vovô, não ouviu?

– Ouvi.

– Ele, o padre, não notou nada. E a cara do vovô não transpareceu nada. Ele só ficou deitado.

Silêncio novamente. Flora apanhou um walkman de dentro da bolsa. Era um modelo tão antigo que era preciso tirar a fita e virá-la para trocar de lado. Ela trocou o lado de *Holy Wood* para o de *Antichrist Superstar*. Depois ficou esperando.

– Bem... eu acho que vi alguma coisa – disse por fim Elvy.

– O quê?

Elvy hesitou por uns segundos e disse em seguida:

– Eu só queria saber se está tudo bem com você. Você está dentro de um ônibus?

– Estou.

Como Flora não acrescentou nada, Elvy tampouco fez mais perguntas. Elas desligaram prometendo que se falariam no dia seguinte. Flora se encolheu no canto do assento, colocou o fone nos ouvidos e apertou play, encostou a cabeça na janela e fechou os olhos.

We hate love... we hate love... we hate love...

Após descer do ônibus no Centro de Tensta, ela teve de caminhar um quilômetro. A trilha de Akalla chegava quase ao destino dela, mas no último pedaço pelo Campo de Järva não havia nenhuma outra trilha além daquelas deixadas para trás pelas escavadeiras e pelos veículos de construção civil; caminhos feitos dez anos antes e que estavam sendo cobertos pelo capim que nascia.

Ela chegou ao alto de uma colina e olhou para Heden lá embaixo. Um prenúncio de alvorada fazia os prédios cinza sobressair num alto-relevo pontiagudo. Uma vez ela tinha ido para lá de madrugada. Foi na primavera daquele mesmo ano e, na escuridão absoluta, não conseguira ver a cidade daquela altura. A cidade só existia lá embaixo como uma ideia, uma mudança do barulho ao redor.

Não havia postes de luz, as luzes não estavam acesas em nenhuma janela, já que não havia eletricidade, nem água, nem esgoto instalados ali. Nunca haviam chegado a esse ponto.

Enquanto Flora descia a encosta com "Tourniquet" serpenteando no ouvido, a luz da alvorada foi ficando aos poucos mais intensa e se refletiu nas poucas janelas que ainda estavam inteiras nas fachadas dos prédios. Até alguns anos atrás, a região estava rodeada por uma cerca, teoricamente mais um local em construção, mas, quando os moradores de Heden pela centésima vez fizeram novas entradas na cerca, eles desistiram. Grande parte da cerca acabou sendo usada para diversos fins, e o que restava dela estava caído, espalhado na grama.

Até as firmas de limpeza de pichação desistiram na mesma época, e a parte inferior das fachadas era um pandemônio de espinhos e puras obras de arte. A disputa jurídica sobre a responsabilidade pela demolição de Heden perdurava havia cinco anos, e, enquanto se esperava a sentença judicial, ninguém era responsável. Heden manchava a imagem da capital; um projeto fracassado e um pouco suspeito, onde aqueles que não conseguiram nenhum outro lugar estavam agora reunidos. A intervalos irregulares, a polícia aparecia e limpava tudo, mas, já que não havia recursos para cuidar do que era encontrado, era preferível não tomar conhecimento.

Flora saiu do capim para o asfalto. A placa dos prédios ao lado dizia que ela agora se encontrava no Ekvatorvägen. Um grafite rodeava a placa e dava a impressão de que um demônio nu e risonho, de tranças rastafári e com um enorme órgão sexual, segurava a placa na mão.

Flora desligou o walkman bem na hora da troca entre "Torniquet" e "Angel with scabbed wings". Para conseguir gravar todo o disco na fita ela tivera que apagar algumas faixas e a escolha fora simples. Ela tirou os fones dos ouvidos e virou os tímpanos anestesiados para o silêncio, censurou-se pelo friozinho de medo na barriga –

Droga de mocinha de classe média

–, pois os únicos sons que se ouviam na região eram os das pessoas. Árvores e arbustos ainda não tinham sido plantados e por isso não havia pássaros, nem o farfalhar de folhas. Apenas gente; vozes, gritos. A passos ligeiros, ela saiu do Ekvatorvägen, continuou pelo Latitudvägen e entrou no pátio do prédio de Peter.

Cacos de vidros estalaram sob seus pés e o som aumentou, ecoou ao bater nas paredes nuas de cimento. Todos os prédios ao redor tinham três andares, e o pátio era dominado por um edifício grande no meio. Segundo Peter, ele fora projetado para ser uma lavanderia, local de reunião e depósito de material reciclável para toda a região. No entanto, não havia água para lavar roupas nem o lixo era recolhido, e organizar-se era algo que as pessoas não queriam fazer.

Flora pisava com cuidado nos sacos plásticos e pedaços de caixas de papelão, mas não conseguiu deixar de pisar no vidro e acabou chamando a atenção. Alguém encostado na porta de ferro da lavandeira se levantou e foi na direção dela. Flora continuou adiante, apressou ainda mais o passo.

– Ô menina... psiu...

O homem ficou na frente dela no caminho estreito. Os olhos de Flora rastrearam o local. Mais ninguém por perto. O homem, que era dois palmos mais alto do que ela, tinha um forte sotaque finlandês. Um cheiro que ela não conseguiu identificar emanava dele. Quando o homem levantou a mão e Flora viu a garrafa, reconheceu o cheiro: etanol. Ele ofereceu a garrafa a ela; uma garrafa de refresco com alguma coisa, talvez um pedaço de pão, imprensado na boca da garrafa como um coador.

– Oi, Pippi Meialonga, quer um gole?

Flora balançou a cabeça e disse:

– Não. Já estou satisfeita.

Quando o homem ouviu o tom agudo da voz dela, pareceu pensar em alguma coisa. Abaixou-se, estudou o rosto dela. Flora ficou parada.

– Caramba... – disse o homem. – Você é só... uma criança. O que veio fazer aqui?

– Visitar um amigo.

– Sei.

O homem oscilava, pensando no que ela tinha dito. Cuidadosamente, colocou a garrafa no chão junto de si. Flora registrava cada movimento, estava preparada para dar um safanão se fosse necessário. O homem abriu os braços.

– Me dá um abraço?

Flora continuou imóvel. O homem não parecia ser mau, apenas um desgraçado. Mas é só em filmes infantis que os maus têm cara de mau. Os últimos botões da camisa dele estavam abertos ou tinham caído, deixando à mostra uma barriga branca. O rosto parecia pequeno demais no corpo inchado e, mesmo à luz fraca, podiam ser vistas veias nas bochechas, no nariz. O homem deixou os braços despencarem e disse:

– Eu tenho uma filha... tinha uma filha... ela está viva, mas... ela tem a sua idade agora, acho. – Ele refletiu. – Treze. Faz oito anos que não vejo a menina. Kajsa. É o nome dela. – Ele fez um movimento na direção do bolso da calça, deixou o movimento se dissolver num gesto de *aqui-não*. – Eu tinha uma foto, mas...

Ele deu de ombros e Flora achou que ele fosse chorar. Quando ela passou por ele, o homem resmungou alguma coisa para si mesmo.

A janela de Peter era na altura do chão e estava inteira. Já que a moradia dele fora inicialmente planejada para ser um porão de guardar bicicletas – e agora também funcionava como tal –, a janela era de vidro temperado e era preciso muita determinação para quebrá-lo. Flora se agachou e bateu na porta.

Ela ouviu passos arrastados atrás, virou-se e viu o finlandês erguido acima dela. Os braços do homem estavam de novo abertos, e pela cabeça de Flora passou uma imagem digna de Manson –

Broiler crucificado

–, em seguida o finlandês fez beicinho e disse com voz de bebê:

– Será que eu não mereço um abraço?

Flora se levantou e foi para longe do alcance dos braços dele. O finlandês continuou com os braços abertos, olhar de cachorro. Flora espremeu os olhos, inclinou a cabeça.

– Será que você não vê o quanto é nojento?

Uma lanterna foi acesa do lado de dentro da janela e ela ouviu a voz de Peter:

– Quem é?

Sem tirar os olhos do finlandês, Flora respondeu:

– Sou eu.

Ela desceu a escadinha da rampa para bicicleta e ficou em frente ao portão de ferro trancado, decorado com uma pintura em spray de uma paisagem de verão. Uma das poucas portas na redondeza que tinha fechadura, já que o próprio Peter a tinha instalado. A fechadura tilintou e a porta foi aberta. Em uma das mãos, Peter segurava um saco de dormir enrolado nele, na outra uma lanterna.

– Entre.

Flora olhou pela última vez para o finlandês que balançava, ainda com os braços abertos para a noite e as lembranças. Quando Peter fechou a porta e a luz da lanterna varreu o cômodo, ela podia estar em qualquer região. Bicicletas enfileiradas caprichosamente na parede mais comprida, enquanto a parede lateral estava reservada para a motoneta de Peter.

Peter foi para a outra parede lateral, a parte do cômodo que ele próprio tinha construído, e abriu a porta disfarçada com um afresco. Livrara-se do despejo todas as vezes que a polícia invadira o local porque, em suas vistorias rápidas, a polícia não reparava no esconderijo dele.

O cômodo atrás da parede tinha apenas seis metros quadrados, e ali cabiam apenas a cama que Peter tinha encontrado em um contêiner e trazido para casa de motoneta, uma cadeira e uma mesa onde a comida estava enfileirada, um fogão de camping e um garrafão com água. No chão ao lado da cama, um rádio estéreo ligado a uma bateria de carro. Brincando com a dificuldade, Peter tinha uma escova de dente e um aparelho de barbear movidos a bateria. Tinha também um Gameboy, um despertador e um celular. Isso além da lanterna. Flora costumava dar pilhas a ele de presente.

Peter trancou a porta e deitou na cama, abriu o zíper do saco de dormir, que virou um cobertor. Flora tirou a blusa e a calça, encolheu-se junto de Peter e colocou a cabeça no ombro dele.

– Peter...

– Hum?

– Você está sabendo o que aconteceu? Hoje de madrugada?

– Não.

Ela contou toda a história. Desde a hora em que acordara na casa de Elvy até ir para a cidade de carona na ambulância. Quando ela terminou, Peter disse: "Que estranho" e colocou o braço em volta da cabeça dela. Depois de alguns segundos ela ouviu que ele respirava pesado, dormia.

A aurora tinha feito da única janela um retângulo cinza-claro, e Flora ficou olhando tanto para a janela que ela ficou gravada em sua retina por um bom tempo, mesmo após ela fechar os olhos.

A pressão na cabeça indicava que ela não dormira muitas horas quando despertou com o tilintar no cômodo ao lado. Sentou-se na cama e olhou pelo olho mágico. Um homem bem-vestido demais para a região, com uma fisionomia árabe, estava tirando uma bicicleta do lugar. Flora não tinha certeza, mas achou que reconhecia o homem – era um dos que ficavam segurando uma faixa de propaganda na Drottninggatan.

O homem apanhou a bicicleta e partiu, trancando a porta. Peter tinha dado chaves apenas para as pessoas que alugavam dele. Vinte coroas por mês era o que custava para ter a bicicleta guardada no espaço trancado e vigiado. O aluguel não incluía, naturalmente, nenhuma garantia de que a polícia não apreendesse as bicicletas, caso fizesse uma batida.

Flora deitou de novo, mas não conseguiu dormir. Ficou olhando alternadamente para o teto, para o retângulo agora amarelo-dourado e para o rosto cheio de espinhas de Peter descansando no travesseiro. Depois de uma hora, ela se levantou e pôs a água para esquentar no fogão de camping.

O barulho da cozinha acabou acordando Peter. Ele sentou, olhou mais para a janela do que para o relógio para determinar que horas eram e disse: "Cedo", e desabou de novo na cama.

Depois que Flora deixou os saquinhos de chá ficarem na água fervente o tempo necessário, despejou o líquido em duas xícaras, pôs duas colheres de açúcar em cada uma e levou as xícaras para a cama. Após beberem alguns goles, Pedro disse:

– Aquilo que você contou quando chegou...

– Sim?

– É verdade?

– É.

Ele balançou a cabeça, inclinou de leve a xícara de chá pra lá e pra cá, em seguida disse: "Ótimo", e se levantou; serviu-se de mais uma colher de açúcar e voltou para a cama. Havia períodos em que ele vivia só de chá e açúcar.

– Você acha que isso é bom? – perguntou Flora.

– Claro.

– Por quê?

– Não sei. Tem mais chá?

– Não. A água acabou.

– A gente pega depois.

Peter levantou para fazer xixi. O contorno de suas costelas aparecia nitidamente, como se ele tivesse uma pele muito mais fina do que as outras pessoas. Ele tirou o pano úmido de cima do balde de xixi, ficou de joelhos e inclinou um pouco o balde para acertar lá dentro. Um burburinho suave quando o jato bateu no metal. Flora não suportava aquilo. Quando estava lá, ela costumava fazer suas necessidades em algum dos banheiros públicos fora da região. Apesar de a administração municipal não querer reconhecer a existência de Heden, tinham instalado toaletes públicos por ali alguns anos atrás e os esvaziavam regularmente desde que o bosque ali por perto ficara empesteado de papel higiênico, cheiro de cocô e plantas queimadas de urina.

– É bom que a polícia se ocupe com outras coisas – disse Peter. – E é bom que isso aconteça. Uma coisa dessas tem que acontecer.

– Mas não deixa de ser estranho, não é? – disse Flora.

– Estranho é não ter acontecido antes. Vamos buscar água?

Eles se vestiram e Peter carregou a motoneta para fora. Seis meses foi o tempo que levou para ele consertar o ferro-velho que tinha encontrado abandonado e saqueado no meio do bosque. Praticamente só foi possível aproveitar as rodas e a carcaça. Usando peças achadas e substituídas de outras motonetas, ele conseguiu deixá-la em condição de se dirigir, pintou-a com tinta prata-metálica e, no tanque de gasolina, escreveu com letras pretas "Flecha Prateada". Ela era o único bem com o qual ele realmente se importava. Se Flora comparasse Peter ao Snusmumriken,* a motoneta seria a gaita dele.

Flora levou o garrafão de água, sentou na carreta da motoneta e os dois deram uma volta pela região, ao fim do que apanharam mais três garrafões que estavam do lado de fora de prédios. Nisso consistia todo o negócio de Peter; ele vigiava bicicletas e apanhava e transportava coisas, entre elas água. Com as mil coroas que ele ganhava por mês, vivia com comida comprada na Överskottsbolaget. Às vezes os feirantes da praça em Rinkeby deixavam Peter levar uma caixa com restos de verduras, no fim da feira.

Eles foram chacoalhando pra cá e pra lá pelo campo de Järva, entraram no Akallavägen e Peter encheu os garrafões no posto de gasolina da Shell. Era um pouco antes das nove e as manchetes dos jornais estavam afixadas.

OS MORTOS ACORDAM
2 mil suecos saíram de suas sepulturas DE MADRUGADA

OS MORTOS ACORDAM
Grande reportagem com fotos da NOITE CHOCANTE

O jornal, que prometia reportagem com foto, tinha junto à manchete uma imagem de algo que parecia ser uma briga. Gente de roupa branca lutando com velhinhos nus em meio a bancos de aço. A outra foto parecia mais um cartaz clássico de filme de terror: uns velhinhos envoltos em mortalhas no meio de lápides funerárias.

---

* Personagem da série de livros infantis ilustrados Mumintroll, de Tove Jansson. (N. T.)

– Olhe isso aqui – disse Flora.

– Tá – disse Peter. – Você me ajuda com os garrafões?

Eles encheram os quatro garrafões de vinte litros. Flora olhou ao redor e foi inevitável: ficou decepcionada. Tudo estava como sempre. O sol com sua preguiça matinal iluminava as pessoas que abasteciam seus carros, ou passeavam pelas calçadas. Ela entrou na loja do posto e comprou os dois jornais. Quando saiu, um coroa estava agachado ao lado do carro enchendo o pneu.

Como se nada...

Peter deu a partida na motoneta e ela se encolheu segurando os garrafões quando eles passaram pela campina esburacada. Não se via em nenhum lugar sinal algum de que o mundo tinha desmoronado de madrugada.

Ela tinha visto a trilogia de zumbis de Romero, e ainda que não fosse *isso* o que ela esperava, mas... pelo menos alguma coisa. Qualquer coisa a mais do que o fato de os jornais vespertinos terem uma nova história para contar. Peter não fazia perguntas, não se deixava exaltar. Era por isso que ela tinha vindo visitá-lo; para evitar. Mas agora, ali sentada na carreta que chacoalhava, abraçando os garrafões, ela quase tinha saudade da cidade, da escola, da histeria que ela supunha que reinava lá.

E se não for mais do que isso? Um assunto para se conversar por uma semana e depois... acabado.

Ela deu um soco em um dos garrafões e piscou quando as lágrimas brotaram ardendo nos olhos. Boxeou o garrafão de novo. Peter não perguntou por quê.

Industrigatan 07h41

– O que foi, coração? Você está doente?

– Não, eu só... não dormi muito bem.

– E como é que foi no Norra Brunn?

– Não houve apresentação. Devido àquela coisa com a eletricidade. A gente precisa ir agora.

David esticou a mão, que passou pela mãe, para Magnus. Magnus deu um sorriso grande e disse:

– Eu assisti tevê até as dez e meia! Não foi, vovó?

– É – ela respondeu com um sorriso culpado. – É que não foi possível desligar o aparelho, e eu estava com tanta dor de cabeça que...

– Eu também – interrompeu Magnus. – Mas eu assisti mesmo assim. Estava passando Tarzan.

David balançou a cabeça mecanicamente. Lava granulada escorria dentro de sua cabeça, por trás dos olhos. Se ele ficasse ali por mais um minuto, acabaria tendo um chilique, explodiria. Não tinha pregado os olhos de noite. Foi só às seis horas da manhã que o informaram que Eva fora transferida para o Departamento de Medicina Legal. Ele tentou achar alguém com quem falar, mas foi inútil; depois foi para casa e lavou o rosto com água gelada, ouviu as mensagens na secretária eletrônica.

Nada do hospital. Apenas jornalistas e o pai de Eva, que queria saber por que ela não tinha aparecido. David não tinha forças para falar com ele nem com a mãe. Felizmente ela não ficara sabendo dos acontecimentos da madrugada.

Quando Magnus pegou sua mão, David puxou o filho de uma maneira brusca. A mãe franziu as sobrancelhas e perguntou:

– Tudo bem com Eva?

– Tudo bem. Precisamos ir agora.

Eles se despediram e David puxou Magnus quando desceram as escadas. A caminho da escola, Magnus contou sobre o episódio do Tarzan que tinha visto e David balançou a cabeça, resmungando alguma coisa como resposta, sem ouvir o filho. Na metade do caminho, levou o filho para um banco de parque.

– O que foi? – perguntou Magnus.

David pousou as mãos no colo, ficou olhando para o pavimento de pedra. Tentou dizer aquilo que lhe queimava na cabeça, para esfriar, para se acalmar. Magnus apanhou a mochila.

– Pai! Estou sem fruta!

Mostrou a mochila vazia como prova, e David disse:

– Vamos comprar uma maçã no Pressbyrån.

As palavras usuais, a ação comum fez a coisa se acalmar dentro dele. Uma brecha luminosa se abriu e, através dela, ele viu o filho de oito anos que examinava o fundo da mochila; será que havia alguma maçã velha esquecida ali dentro? O sol da manhã iluminava os cabelinhos finos da nuca de Magnus.

Eu nunca vou te deixar, meu filho. Aconteça o que acontecer.

O pânico foi embora, substituído por uma tristeza enorme. E se fosse tão simples assim, apesar de tudo?: fazia uma manhã bonita, o sol brilhava morno, havia sombras nebulosas nos troncos das árvores e no cimento. Ei-lo aqui, sentado num banco de parque com o filho que ia para a escola e que precisava de uma maçã para a merenda. E ele era o pai que podia entrar em uma loja, gastar umas coroas e comprar uma maçã grande e vermelha para dar ao filho, que dizia "Maçã bonita" e guardava a fruta na mochila. Se fosse assim.

– Magnus... – ele disse.

– Sim? Prefiro uma pera.

– O.k. Magnus...

Durante a maior parte da noite ele tinha pensando nesse momento. Em como iria dizer, como iria fazer. Eva é que era boa nisso. Era Eva quem cuidava das conversas sobre como Magnus devia se comportar se os garotos maiores fossem malvados com ele, se ele sentia medo ou estava angustiado com alguma coisa. David podia dar apoio, seguir a linha de Eva, mas não sabia por onde começar. O que era o certo.

– Eu preciso contar uma coisa... a sua mãe sofreu um acidente de madrugada. E está no hospital.

– Que tipo de acidente?

– Um acidente de carro. Ela bateu em um alce.

Magnus arregalou os olhos.

– O alce morreu?

– Sim. Acho que sim. Mas... a sua mãe vai ficar no hospital alguns dias para... fazerem ela ficar boa de novo.

– Eu não posso ver a mamãe?

Um bolo subiu na garganta de David, mas, antes que se transformasse em lágrimas, ele se levantou, segurou a mão de Magnus e disse:

– Agora não. Depois sim. Logo. Quando ela ficar boa.

Eles caminharam um pedaço em silêncio. Quando estavam perto da escola, Magnus perguntou:

– Quando é que ela vai ficar boa?

– Logo. Você não queria uma pera?

– Hum.

David entrou no Pressbyrån e comprou uma pera. Quando saiu, Magnus estava olhando as manchetes de jornal.

OS MORTOS ACORDAM

2 mil suecos saíram de suas sepulturas DE MADRUGADA

OS MORTOS ACORDAM

Grande reportagem com fotos da NOITE CHOCANTE

Ele apontou e perguntou:

– *Isso* é verdade?

David olhou para as letras pretas berrantes no fundo amarelo. Respondeu "Não sei" e guardou a pera na mochila. Magnus fez mais perguntas no último trecho até a escola e David continuou a mentir.

Pai e filho se abraçaram na frente do portão da escola e David continuou agachado por um instante, vendo Magnus entrar pelas portas altas com a mochila grande balançando nas costas.

Ouviu trechos de uma conversa entre um pai e uma mãe perto dele: "...como num filme de terror... zumbis... espero que eles consigam recolher todos... imagine o que as crianças...".

Reconheceu os dois, que eram pais de crianças da turma de Magnus. Uma ira súbita tomou conta dele. Queria voar neles, sacudi-los e gritar que aquilo não era filme nenhum, que Eva não era um zumbi, que ela apenas tinha morrido e acordado de novo e que logo tudo ia ficar bem.

Como se tivesse sentido a ira fluir na direção dela, a mulher se virou e avistou David. Levou os dedos aos lábios e imediatamente a pena transformou a expressão nos olhos dela. A mulher se aproximou de David com dedos que se mexiam nervosos e disse:

– Meus pêsames... eu fiquei sabendo... uma desgraça.

David fuzilou-a com os olhos e perguntou:

– Do que você está falando?

Pelo visto, essa não era a reação que a mulher esperava, e suas mãos voaram para a frente como se para protegê-la da raiva de David.

– Bem – disse ela –, eu entendo... é que apareceu na televisão hoje de manhã.

Levou alguns segundos para David entender. Ele tinha esquecido totalmente a conversa com o repórter, achou que ela tinha sido tão insignificante que não podia ter nenhuma importância para o mundo lá fora. O homem também tinha se aproximado.

– Podemos ajudar de alguma forma? – ele perguntou.

David balançou a cabeça e saiu dali. Do lado de fora do Pressbyrån, parou diante das manchetes.

Magnus...

Se alguns pais que tinham assistido à televisão de manhã tivessem comentado com os filhos sobre o assunto, então Magnus ficaria sabendo por eles? Será que as pessoas eram idiotas a esse ponto? Será que ele devia ir buscar Magnus?

Não aguentava pensar. Em vez disso, entrou na loja e comprou os dois jornais, sentou-se num banco para ler. Depois de ler, iria para o Departamento de Medicina Legal saber que diabo eles estavam fazendo.

Era difícil se concentrar no texto. As palavras que ouvira dos outros pais não lhe saíam da cabeça.

Filme de terror... zumbis...

Ele nunca assistira a nenhum filme de terror, mas de uma coisa sabia: zumbis eram algo perigoso. Algo de que as pessoas se protegiam. Esfregou os olhos com força e se concentrou nas fotos, no texto.

O elevador deu um arranco e se pôs em movimento. Pelas paredes espessas de cimento, eu ouço gritos. O andar do necrotério aparece na janela da porta do elevador e por ela eu vejo...

O texto, que de resto era estritamente informativo, terminava com uma opinião que fez David acordar um pouco. De modo totalmente inconveniente, o repórter – Gustav Mahler, leu David – acrescentou de repente, no final, sua própria voz.

...precisamos ainda assim nos perguntar o seguinte: será que não são os parentes que devem decidir o que precisa ser feito? Será que as autoridades podem decidir sozinhas sobre uma questão que no fim das contas tem tudo a ver com amor? Eu não acho, e creio que somos muitos.

David abaixou o jornal.

É, pensou ele. *No fim das contas tem tudo a ver com amor.*

Ele enfiou o jornal no bolso como uma espécie de apoio silencioso e parou um táxi para ir a Solna, ao lugar onde eles mantinham Eva presa.

Vällingby 08h00

Mahler achou que apenas tinha tirado um cochilo quando o despertador tocou, mas dormira três horas, sentado na poltrona. O corpo parecia uma parte do móvel, era difícil ele se soltar. Elias estava deitado no sofá com a cabeça bem ao lado dele. Ele esticou o braço e colocou o dedo na mão do neto, que respondeu.

Lembrou que tinha escrito um texto para o jornal e ficou receoso. Será que ele tinha escrito sobre Elias? De alguma forma, tinha feito isso, mas não conseguia lembrar o quê. Escrever aquele texto tinha sido uma embriaguez de quarenta e cinco minutos feita de letras e cigarros. Depois ele tinha ido para a poltrona e apagado.

Basta. Já tinha coisas demais em que pensar. Levantou-se da poltrona e foi para a varanda, acendeu um cigarro e se encostou na grade. Era uma manhã bonita. O céu era azul-clarinho e ainda não estava muito quente. Uma brisa suave acendeu a brasa do cigarro, acariciou-lhe o peito. O corpo todo estava pegajoso de suor seco e a camisa estava áspera, gordurosa. A fumaça que entrava nos pulmões tinha gosto de calor abafado.

Ele olhou para o pátio, para a janela de Anna.

Preciso contar para ela.

Por volta das dez horas, ela iria para o túmulo e veria o que tinha acontecido. Ele precisava poupá-la desse choque, mas estava com medo, não fazia a mínima ideia de como ela reagiria. Desde a morte de Elias, apenas um véu bem fino a tinha protegido da queda na escuridão final. Talvez agora o véu se rompesse. Havia uma coisa que não apoiava essa tese: ela não quisera cremá-lo. Queria ter a pele de Elias, o rosto, os ossos para pensar neles, lá embaixo da terra. Queria tê-lo presente. Talvez isso a ajudasse a enfrentar essa situação. Talvez.

Ele apagou o cigarro, aspirou o ar algumas vezes, o mais fundo que podia com os brônquios apitando, e entrou no apartamento.

Foi só agora, ao comparar com o ar lá fora, que ele sentiu como a sala cheirava mal. O cheiro de cigarro impregnado no local misturado com poeira, e, no fundo de tudo isso, um cheiro penetrante e forte de –

como é o nome mesmo?

– havarti. Queijo curado. Aquele cheiro que ficava nos dedos, na memória olfativa horas depois de se abrir a embalagem. Enquanto ele ficou ali parado respirando pelo nariz, o cheiro foi penetrando cada vez mais. O abdômen de Elias estava inchado como um balão, mais um botão do pijama tinha se soltado de madrugada e agora apenas um botão de cima, perto do pescoço, segurava o pijama.

Ela não pode vê-lo desse jeito.

Ele encheu de água a metade da banheira, depois carregou Elias para o banheiro e despiu o menino. Em breve ele estaria acostumado. Em breve não haveria mais surpresas.

A pele de Elias estava verde-escura, cor de azeitona, e parecia ter uma textura fina, já que Mahler podia ver claramente as veias debaixo da pele. Na barriga inteira havia bolhas pequenas, bolhas d'água como se ele estivesse com catapora. Se ele apenas conseguisse tirar aqueles gases que deixavam a barriga tão inchada... Isso tornaria o cadáver de Elias menos monstruoso, daria para vê-lo como se... como se ele tivesse sofrido uma queimadura ou outra coisa qualquer.

O rosto de Elias ficou imóvel enquanto ele era despido. Mahler não sabia se ele podia enxergar alguma coisa. Os olhos pareciam apenas duas gotas de resina seca sob as pálpebras murchas.

Com cuidado, Mahler colocou o menino na banheira. Elias não protestou. Quando a água lhe cobriu o corpo, ele soltou um suspiro de ar apodrecido. Mahler encheu de água o copo da escova de dente, levou o copo aos lábios pretos de Elias. Quando Elias não fez nenhum movimento para beber, Mahler inclinou o corpo e um pouco de água escorreu para dentro da boca. E escorreu de novo para fora.

Ele se lembrou de algo. Algo que tinha lido sobre o Haiti, sobre de que coisas precisam os mortos que acordam.

Resistiu ao impulso de ir para a estante de livros verificar, não ousava deixar Elias sozinho na banheira. Com uma esponja, lavou minuciosamente todas as partes do corpo do neto. O pior foram os dedos das mãos, os pés e o pênis, que eram de um preto-azulado, como se tivessem tido gangrena e carecessem de toda e qualquer vida.

Ele terminou lavando os cabelos de Elias. Enquanto massageava devagar o xampu no couro cabelo, fechou os olhos e pôde fingir por um instante. Não havia praticamente nenhuma diferença em comparação com as vezes em que ele antes tinha lavado o cabelo de Elias. Mas quando abriu os olhos e ia enxaguar, Mahler viu que havia tufos de cabelo pendurados em seus dedos.

Não, não...

Ele enxaguou os cabelos com um pequeno balde e não ousou secá-los, com medo de que caíssem mais. A água na banheira estava marrom, e Mahler tirou a rolha e enxaguou Elias com água morna do chuveiro.

A barriga... Essa barriga...

Ele colocou a mão na barriga de Elias e pressionou de leve. Como nada aconteceu, apertou com um pouco mais de força. A barriga cedeu e ele ouviu um pum. Pressionou mais. O pum continuou, como o ar saindo devagar de um balão; um líquido marrom-claro escorreu do ânus, foi para o ralo da banheira, e dela veio um cheiro que obrigou Mahler a se virar para o outro lado, abrir a privada e vomitar.

Isso vai dar certo... Isso vai dar certo...

É. Elias estava com um aspecto um pouco melhor agora, ele pôde constatar ao se virar de novo. O corpo tinha perdido a aparência de vítima da fome, mas a pele...

Mahler enxaguou Elias de novo e depois o tirou da banheira, enrolou-o em uma toalha branca e o levou para sua cama, apanhou um tubo de creme da Apoteket e untou com cuidado cada centímetro da pele enrijecida. Para sua alegria, depois de um minuto a pele parecia tão seca quanto antes. Ou seja, ela absorvia o creme. Ele passou o creme no corpo mais vezes, até o tubo acabar.

Quando beliscou um pedaço da pele no antebraço de Elias, ela estava menos rígida do que antes. Era menos como couro, mais como borracha. Mas seca do mesmo jeito. Tinha que comprar mais creme.

O trabalho deu alívio. Amaciar a pele foi a primeira coisa que ele pôde fazer por Elias, a única coisa que ele conseguiu melhorar.

Haiti...

Ele não precisava ler; lembrou.

Na cozinha, ele encheu de água a metade de um copo, acrescentou uma colher de chá de sal e mexeu até o sal se dissolver. Provou. Sal amargo. Encheu o copo até a borda, misturou e provou de novo. Jogou fora a metade e encheu de água de novo. Isso. Agora tinha mais ou menos o gosto de água do mar.

Hesitou ao entrar no quarto com o copo. Pessoas muito doentes costumavam receber glicose, uma solução de açúcar. Ele só podia se apoiar na mitologia para justificar o que fazia.

De qualquer jeito não pode ser... perigoso. Certo?

A chama da vida de Elias estava muito fraca. Parecia ser necessário muito pouco para apagá-la totalmente. Mas um pouco de água salgada não podia...?

Ele continuou sentado na beirada da cama segurando o copo.

Haiti é o único lugar no mundo onde a crença nos zumbis é difundida. E o que os mortos precisam quando voltam ao mundo dos vivos é de água do mar. Em toda mitologia existe *algum* tipo de verdade, do contrário ela não sobreviveria. Então...

Ele pôs a mão em concha atrás do pescoço de Elias. Gotas do cabelo molhado escorreram pelo dorso de sua mão quando pôs Elias sentado e levou o copo à boca do menino, inclinou o copo e deixou uma quantidade pequena entrar pela boca. A garganta de Elias se mexeu para cima num breve espasmo. E para baixo. Ele engoliu.

Mahler se viu obrigado a colocar o copo na mesa de cabeceira e erguer Elias num abraço. Teve de se controlar para não dar um abraço daqueles que pudesse machucar de alguma forma o corpo frágil.

– Você *pode*, meu menino. Você *pode*!

Elias não se mexeu, o corpo estava tão rígido quanto antes, mas ele tinha *feito* alguma coisa. Ele tinha *bebido*.

Talvez a felicidade de Mahler não se devesse tanto ao sinal de vida dado por Elias, mas ao fato de que ele podia fazer alguma coisa pelo neto. Não precisava ficar apenas parado, olhando. Podia passar creme na pele dele, dar de beber a ele. Talvez houvesse mais coisas que pudesse fazer, mas o futuro mostraria. Agora...

Eufórico com o êxito, pegou o copo de novo e o levou à boca de Elias. Mas ele entornou rápido demais e o líquido escorreu para fora. A garganta não se mexeu.

– Só um minuto... Só um minuto...

Mahler foi correndo para a cozinha, revirou a caixa de remédios e apanhou uma seringa pequena de plástico que recebera com um frasco de Alvedon que tinha comprado uma vez, quando Elias estava com febre. Encheu a seringa com a água salgada do copo e injetou devagar dez mililitros do líquido entre os lábios de Elias. Ele bebeu. Mahler continuou até a seringa ficar vazia. Então encheu de novo. Depois de dez minutos, Elias tinha bebido toda a água do copo, e Mahler encostou sua cabeça úmida no travesseiro.

Nenhuma mudança visível ocorrera, apenas o fato de que Elias tinha uma vontade, ou pelo menos um impulso de assimilar alguma coisa vinda de fora...

Mahler arrumou a cama para Elias deitar, depois deitou junto dele.

Elias ainda cheirava, mas o banho tinha tirado o pior. Além do mais, o cheiro estava agora misturado ao de sabonete e xampu. Mahler descansou a cabeça no travesseiro e espremeu os olhos, tentou ver o neto, mas não dava. O perfil suave estava totalmente mudado com as maçãs do rosto pontudas, o nariz murcho, os lábios.

Ele não está morto. Ele existe. Tudo vai se resolver...

Mahler adormeceu.

O relógio na mesinha de cabeceira mostrava dez e meia da manhã quando ele acordou com o telefone tocando. Seu primeiro pensamento foi: *Anna!*

Ele não tinha falado com Anna; talvez ela já tivesse ido visitar o túmulo. Olhou de relance para Elias, que continuava deitado do jeito que ele o pusera, e pegou o telefone do lado dele na cama.

– Alô. Mahler.

– Sou eu, Anna.

Que idiota ele era. Como é que podia ter dormido? A voz de Anna parecia imprensada, trêmula. Ela estivera em Råcksta. Mahler empurrou as pernas para a beirada da cama, sentou.

– Ah... oi. Como você está?

– Pai, o Elias sumiu. – Mahler encheu o pulmão de ar para contar, mas Anna não lhe deu tempo: – Dois homens estiveram aqui agora há pouco e perguntaram se eu... se eu tinha... pai... hoje à noite... gente morta acordou por todo canto.

– Que homens são esses?

– Pai, você *ouviu* o que eu disse?! Você ouviu o que eu disse?! – A voz dela estava histérica, quase se transformando num grito. – Os mortos acordaram e Elias... eles disseram que o túmulo dele...

– Anna, Anna, acalme-se. Ele está aqui. – Mahler olhou para a cabeça de Elias, que descansava no travesseiro, e tocou na testa dele. – Ele está aqui. Comigo. – Fez-se silêncio no outro lado da linha. – Anna?

– Ele... está vivo? Elias? Você está dizendo que...

– Sim. Bem... – Uma barulheira no telefone. – Anna? Anna? – Pelo fone, ao longe, ele ouviu que uma porta se abriu e fechou.

Merda...

Levantou, tonto de sono. Anna estava a caminho. Ele precisava...

O que ele precisava fazer?

Atenuar, suavizar...

As persianas do quarto estavam arriadas, mas isso não bastava para esconder o aspecto de Elias. Rapidamente, Mahler tirou um cobertor de dentro do armário e o pendurou no varão da cortina. Um pouco de luz penetrava pelas frestas laterais, mas o quarto estava agora bem mais escuro.

Será que devo acender uma vela? Não, vai parecer um velório.

– Elias? Elias?

Nenhuma reação. Com mãos trêmulas, Mahler colocou o resto do líquido do copo na injeção e o levou à boca de Elias. Talvez fosse apenas uma ilusão de ótica, já que o quarto estava tão escuro, mas Elias não só bebia, Mahler achou inclusive que ele mexera um pouco os lábios para receber a seringa.

Ele não teve tempo para refletir sobre isso, já que a porta do prédio foi aberta lá embaixo e ele foi para o corredor para receber Anna. Durante dez segundos, seus pensamentos não pararam de girar na cabeça, em seguida a campainha tocou. Mahler respirou fundo e abriu.

Anna vestia apenas camiseta e calcinha. Estava sem sapatos.

– Onde ele está? Onde ele está?

Ela forçou a passagem para entrar, mas ele a alcançou, segurou a filha.

– Anna... me escute um instante... Anna...

Ela revirou o corpo nas mãos dele e gritou:

– Elias! – E tentou soltar-se. Com toda a força que a voz dele pôde reunir, Mahler berrou:

– ANNA! ELE ESTÁ MORTO!

Anna parou de lutar, olhou confusa para ele. Suas pálpebras se contraíram e os lábios tremeram.

– Morto? Mas... mas... você não disse... eles disseram...

– Você pode me escutar só um minuto?

Anna perdeu de repente a força, teria desabado no chão se Mahler não a tivesse segurado e colocado na cadeira ao lado do telefone. A cabeça dela virava de um lado para o outro como se fosse puxada por uma força invisível. Mahler ficou na frente dela, bloqueou a passagem entre ela e o quarto, abaixou-se e pegou a mão dela.

– Anna. Escute o que vou dizer. Ele está vivo... mas ele está morto.

Anna balançou a cabeça com força, apertou as mãos nas têmporas.

– Eu não entendo, eu não entendo o que você está dizendo, eu não...

Ele segurou com as duas mãos a cabeça da filha, virou-a com certa violência na direção de seus olhos.

– Ele ficou um mês debaixo da terra. Ele não tem a mesma aparência de antes. Nem um pouco. O aspecto dele é... bem tenebroso.

– Mas como é que ele pode... ele deve estar...

– Anna, eu não sei nada. Ninguém sabe de nada. Ele não fala. Ele não se mexe. *É* o Elias e ele está vivo. Mas ele está muito mudado. Ele parece... morto. Talvez seja possível fazer alguma coisa, mas...

– Eu quero vê-lo.

Mahler balançou a cabeça.

– Sim, é claro que você quer. Mas você tem que estar preparada para... tente se preparar para...

Para o quê? Como é que a gente pode se preparar para uma coisa dessas?

Mahler deu um passo atrás. Anna continuou sentada na cadeira.

– Onde ele está?

– No quarto.

Anna espremeu os lábios, inclinou-se um pouco para a frente de modo a ver a porta do quarto. Estava mais calma. Mas agora parecia estar com medo. Com a mão vacilante apontando na direção da porta, perguntou:

– Ele está arrebentado? – Levantou os olhos suplicantes para Mahler. Ele balançou a cabeça.

– Não. Mas ele... está ressecado. Ele está... preto.

Anna cruzou com força as mãos no colo.

– Foi você que...

– Foi.

Ela balançou a cabeça; disse, quase sem voz:

– Eles perguntaram. – E levantou, foi para o quarto. Mahler a seguiu, bem atrás dela. Na cabeça, ele investigava o conteúdo da caixa de remédios, se tinha algum calmante caso Anna... Não. Ele não tinha nenhum calmante. Apenas suas palavras, suas mãos. Na medida em que fossem suficientes.

Ela não desmaiou. Não gritou. Calmamente, aproximou-se da cama e contemplou o que estava deitado nela. Sentou na beirada. Depois de ter olhado por um minuto sem dizer nada, pediu:

– Você pode me deixar um instante a sós com ele?

Mahler saiu de costas e fechou a porta. Ficou do lado de fora, ouvindo. Depois de um tempo, ouviu um som que parecia vir de um animal ferido. Um gemido longo e monótono. Mordeu os nós dos dedos, mas não abriu a porta.

Depois de cinco minutos, Anna saiu do quarto. Seus olhos estavam vermelhos, mas ela estava serena. Devagar, fechou a porta. Agora foi Mahler quem ficou nervoso. Não esperava isso. Anna sentou no sofá, Mahler foi atrás, sentou ao lado dela e pegou a mão da filha.

– Como você está?

Anna olhou para a tela apagada da televisão. Seu olhar era inexpressivo. Disse:

– Aquele não é Elias.

Mahler não respondeu. Uma dor lhe foi surgindo na região do coração, irradiou para o ombro, foi para o braço. Ele se recostou no sofá, tentou mandar o coração se acalmar, parar de bater fora do ritmo. Seu rosto se contorceu numa careta de dor quando uma mão quente lhe agarrou o coração, espremeu e... soltou. O coração recobrou o ritmo normal. Anna não reparara em nada. Ela disse:

– Elias não existe mais.

Mahler disse ofegante:

– Anna... eu...

Anna balançou a cabeça para a própria declaração e acrescentou:

– Elias está morto.

– Anna, eu tenho... certeza de que é...

– Você não está me entendendo. Eu sei que é o corpo de Elias. Mas Elias não existe mais.

Mahler não sabia o que dizer. As fisgadas no braço tinham desaparecido, deixando uma paz no corpo, a calma após uma batalha vencida. Ele fechou os olhos e disse:

– E o que você quer fazer?

– Cuidar dele, é claro. Mas Elias está morto. Ele existe na nossa lembrança. É lá que ele deve ficar. Em nenhum outro lugar.

Mahler balançou a cabeça e disse:

– É...

Não quis dizer nada com isso.

Solna 08h45

O motorista de táxi tinha passado a noite inteira transportando pacientes do Hospital Danderyd e não parava de falar que as pessoas eram burras. Todo mundo tinha medo dos mortos como se tivesse medo de fantasmas ou de zumbis, quando não era esse o problema. O problema eram as *bactérias*.

Coloque o cadáver de um cachorro num poço. Depois de três dias a água está tão contaminada que a gente corre o risco de morrer se beber dela. Ou pense, por exemplo, na guerra em Ruanda; milhares de mortos, claro, mas não foi isso a grande tragédia. Foi a água. Os mortos foram jogados nos rios e um número ainda maior de pessoas morreu por falta de água potável ou porque elas beberam a água disponível.

Foram as bactérias que os mortos trouxeram. Ali morava o grande perigo.

David percebeu que o motorista tinha uma caixinha com lenços descartáveis presa no painel abaixo do taxímetro. Ele não sabia se o que o homem tinha dito era verdade, mas achava que sim...

David parou de escutar quando o homem começou a falar nos esporos que foram encontrados no meteorito de Marte que tinha aterrissado quatro anos antes. O homem estava, pelo visto, obcecado com o assunto, e David não escutou mais a falação dele sobre resultados secretos de testes que não foram revelados para o público em geral.

E se fizerem uma autópsia nela? Será que já fizeram?

Ao chegar à área do Instituto Karolinska, o motorista pediu um endereço mais exato e David disse:

– Departamento de Medicina Legal.

O motorista olhou para ele:

– Você trabalha lá?

– Não.

– Sorte sua.

– Como assim?

O motorista balançou a cabeça e disse, como se revelasse um segredo, para David:

– Bem, é que... eles são meio tantãs, uma parte dos que trabalham lá. – Quando David saiu do carro bem em frente ao prédio sem graça, o motorista olhou para ele e disse:

– Boa sorte... – E foi embora.

David se dirigiu à recepção e explicou do que viera tratar. A recepcionista, que na verdade não parecia fazer a mínima ideia do que ele estava falando, telefonou para vários departamentos, acabou conseguindo falar com a pessoa certa e pediu a David para sentar e aguardar.

A sala de espera tinha apenas algumas cadeiras revestidas de napa. A atmosfera do local deixou David angustiado, e, bem na hora em que ele ia se levantar para ficar esperando no estacionamento, alguém entrou pelas portas de vidro que davam acesso à parte interna do departamento.

Sem refletir, David esperara um homem enorme com um avental respingado de sangue. Mas foi uma mulher que veio ao encontro dele. Pequena, de uns cinquenta anos, com cabelo curto grisalho e olhos azuis atrás de óculos enormes. Nada de sangue no jaleco branco. Ela estendeu a mão.

– Olá. Sou Elisabeth Simonsson.

David apertou a mão dela. O aperto foi forte e seco.

– Eu... Eva Zetterberg é minha esposa.

– Sim. Entendo. Meus pêsam...

– Ela está aqui?

– Está.

Embora estivesse determinado, David ficou nervoso com o olhar perscrutador que a mulher lançou para ele, como se revirasse suas vísceras à procura de vestígios de crime. Ele cruzou os braços em cima do peito para se defender.

– Eu quero vê-la.

– Sinto muito. Imagino como você se sente. Mas infelizmente não é possível.

– Mas por quê?

– Porque nós estamos... examinando Eva.

O rosto de David se contorceu. Ele tinha captado a pequena pausa antes da palavra "examinando". Ela ia dizer outra coisa. David cerrou os punhos e disse:

– Vocês não podem fazer isso!

A mulher inclinou a cabeça de lado:

– Como assim? O que você quer dizer?

David abriu os braços na direção da porta por onde a mulher tinha entrado, na direção das... salas.

– Vocês não podem fazer autópsia em uma pessoa *viva*!

A mulher piscou e em seguida fez algo que David não esperava. Começou a rir. O rostinho rebentou exibindo uma rede de rugas em volta dos olhos que desapareceu rapidamente. A mulher balançou a mão e disse: "Desculpe", empurrou os óculos para trás no dorso do nariz e prosseguiu:

– Eu entendo que você esteja... mas com isso você não precisa se preocupar.

– Tá, e o que é que vocês estão fazendo?

– Exatamente o que eu disse. Examinando Eva.

– E por que vocês estão fazendo isso *aqui*?

– Porque... eu, por exemplo, sou toxicóloga, ou seja, especialista em detectar substâncias estranhas em pessoas mortas. Estamos examinando a sua esposa partindo do pressuposto de que alguma coisa... foi acrescentada. Algo que não devia estar ali. Exatamente como fazemos quando suspeitamos de um crime.

– Mas vocês... vocês abrem as pessoas aqui.

A mulher torceu o nariz para a descrição de seu local de trabalho, mas balançou a cabeça e disse:

– Sim, nós abrimos as pessoas. Porque precisamos. Mas no caso da sua esposa... nós temos acesso a equipamentos que só existem aqui. Equipamentos que podem ser usados mesmo quando não... abrimos as pessoas.

David sentou na cadeira revestida de napa, descansou a cabeça nas mãos. Substâncias estranhas... alguma coisa que foi acrescentada. Não entendia o que eles estavam querendo. Mas de uma coisa ele sabia.

– Eu quero vê-la.

– Se isso servir de algum consolo – a voz dela ficou um pouco mais suave –, saiba que todos os revividos foram isolados. Até termos mais informação. Não foi só você a ser atingido.

O canto da boca de David se levantou exibindo um sorriso.

– São as bactérias, não é?

– Sim, entre outras coisas.

– E se eu não der a mínima para as bactérias? E se eu disser que mesmo assim quero vê-la?

– Não adianta. Eu peço desculpas. Entendo como você...

– Não, você não entende. – David se levantou da cadeira e foi para a porta. Antes de sair, ele se virou.

– Talvez eu esteja errado, mas eu acho que vocês não têm o direito de fazer isso. Eu vou... eu vou fazer alguma coisa.

A mulher não respondeu. Apenas encarou David com um olhar de coruja cheio de pena que o deixou furioso. A porta se fechou muda, abafada pelo amortecedor, quando ele a bateu com força e foi para o estacionamento.

Apêndice 1

– Não é o Fingal Olsson que está sentado ali?
– Fingal Olsson? Ele está morto.
– Eu sei. Mas ele está se mexendo.
Hasse & Tage

Jornais

[DO JORNAL *AFTONBLADET*, 14 DE AGOSTO DE 2002]

Cadáveres desenterrados tentaram fugir
Militares abriram túmulos hoje de madrugada

Faz seis semanas que o senhor de 87 anos morreu e seu corpo encontra-se em estado avançado de putrefação. Mas ele está vivo e, hoje de manhã, tentou escapar dos recrutas que abriram o túmulo onde ele estava. O cemitério foi palco de cenas chocantes quando os militares começaram o trabalho de investigar no mínimo 200 sepulturas no Skogskyrkogården, em Estocolmo.

– É horrível, a pior coisa que já fiz na minha vida – comenta um recruta.

À uma e meia da manhã, o que se temia acabou sendo realidade: os sepultados estão vivos. Aftonbladet estava no local quando os militares iniciaram a operação no Skogskyrkogården. Um homem de 87 anos foi o primeiro a ser desenterrado. O corpo estava muito putrefato. O homem tentou fugir do local, mas foi detido. Partes de sua carne se soltaram do corpo quando foram tocadas. Com a ajuda da mortalha, acabaram jogando o homem no chão. Foram necessárias duas pessoas para segurá-lo.

Tentativa de fuga

– Não há alternativa, isso é apenas uma solução provisória – disse o coronel Johan Stenberg sobre a cerca que os militares começaram a construir. Para manter os mortos no local, as tropas de engenheiros levantaram um cercado. Enquanto isso os militares desenterraram os caixões sem abri-los.

– Não é algo agradável, mas o que podemos fazer? – disse o coronel Stenberg, e deu de ombros. Às duas e meia da manhã, o cercado estava pronto e o cemitério, cheio de militares. Não havia nenhum transporte para doentes. Os militares começaram a abrir os caixões e depararam com uma visão terrível. Trôpegos e desajeitados, os mortos começavam a sair dos caixões. Vários tentaram escapar dos militares, mas foram rapidamente capturados.

Tensão psicológica

– Isso aqui é um inferno – disse um recruta apático sentado perto do cercado. Atrás dele havia quinze mortos que se imprensavam na cerca. Eles olhavam para nós com as órbitas dos olhos vazias. O recruta se jogou de bruços no chão e tampou os ouvidos com as mãos.

– Nós já tínhamos previsto isso – disse Johan Stenberg. – É por essa razão que temos muita gente em serviço. Coitado do rapaz. Tensão psicológica.

Evidentemente o coronel não quis dizer o que disse.

As ambulâncias chegam

Mais três mortos foram desenterrados antes da chegada das ambulâncias. Houve brigas em vários grupos. Os comandantes foram obrigados a intervir para conter a pancadaria. No momento da impressão deste jornal, a situação era quase caótica no Skogskyrkogården. Alguns mortos podem ter fugido. Os moradores da região são aconselhados a manter as portas trancadas. Hoje o restante das sepulturas será aberto e depois o trabalho continua nos outros dezoito cemitérios da cidade.

[Editorial do jornal *Expressen*]

O impossível aconteceu na madrugada de hoje. Dois mil suecos, declarados como mortos ou sepultados, voltaram a viver. Como isso foi possível e o que acontecerá, só nos resta esperar para ver, mas uma pergunta fundamental já pode ser feita agora: será que depois disso podemos considerar a morte o fim?

Provavelmente não.
Uma das definições do ser humano é que ele é um animal ciente de que irá morrer. Talvez o único. Os acontecimentos da madrugada de hoje nos obrigarão a reformular as condições de nossa existência.
A morte é uma palavra usada para nomear o término do metabolismo. Se não levarmos em consideração explicações religiosas ou paranormais, resta apenas uma possibilidade: o mecanismo biológico que é o nosso corpo possui a capacidade de reiniciar o metabolismo. Ainda não há nenhum resultado de pesquisa que confirme isso, mas muita coisa aponta nessa direção.
Os sinais clássicos que indicam a morte não são mais válidos. Simplesmente não se pode mais declarar ninguém morto. Todos podem ressuscitar.
Durante os anos 1980, houve uma moda chamada criogenia. Gente com muito dinheiro estipulava em seus testamentos que seus corpos fossem congelados depois da morte. Sobretudo nos EUA, há milhares de pessoas repousando dessa forma.
Não seria uma surpresa se a tão ridicularizada criogenia vivesse agora uma renascença. Devemos pelo menos discutir alguma solução que nos permita conservar nossos corpos mortos.
Provavelmente os pesquisadores acabarão identificando o que fez os mortos reviverem. Possivelmente eles poderão repetir os resultados. O soro contra determinada doença pode ser fabricado com o sangue de um paciente que venceu essa mesma doença. Na madrugada de hoje vimos centenas de pessoas vencerem a morte. Que lição podemos tirar disso?
A forma atual com que lidamos com o cadáver de um ser humano tem, em princípio, como objetivo a destruição do corpo. Tal destruição pode ser rápida através da cremação ou devagar através da dissolução do corpo na terra.
No futuro, deve caber a cada um de nós decidir o que irá acontecer. Talvez dentro de um mês, um ano ou dez anos tenhamos descoberto o antídoto para a morte. Então, quem vai querer ser cremado?

Rádio

[Trecho do programa *Morgonekot* às 06h00]

...fontes de dentro da operação militar informaram agora pela manhã que resta abrir por volta de cento e cinquenta túmulos. No entanto, todos os cemitérios

em Estocolmo estarão fechados para o público durante o resto do dia...
...Doze pessoas ainda estão desaparecidas. Em três casos, trata-se de túmulos que foram encontrados abertos e de onde o morto foi retirado...
...uma coletiva de imprensa está ocorrendo neste instante no Parlamento...

[Trecho do *Morgonekot* às 07h00]
...parentes dos revividos estão reunidos do lado de fora do Hospital Danderyd. O médico-chefe, Sten Bergwall, diz ao programa *Ekot* que no momento visitas não podem ser permitidas:
– Ainda sabemos muito pouco. Os revividos foram isolados, mas estão recebendo o melhor tratamento que se pode imaginar. Assim que a situação for considerada fora de risco, deixaremos os visitantes entrarem. Isso pode ser hoje ou daqui a uma semana.
...da coletiva de imprensa terminada agora há pouco:

Ministério da Saúde: Na reunião na madrugada de hoje decidimos parar com todos os sepultamentos e cremações por tempo indeterminado. As quatro pessoas que faleceram na região de Estocolmo nesta madrugada não mostraram sinal de que despertarão, mas...

Jornalista: Existe lugar para guardar tantos corpos?

Ministério da Saúde: Sim, no momento há lugar suficiente. Os necrotérios nunca estiveram tão vazios como agora.

Jornalista: Mas e depois?

Ministério da Saúde: Depois... precisaremos encontrar uma solução. Como vocês podem entender, precisamos... solucionar muitas coisas em uma situação como essa.
...a polícia encontrou agora dois dos revividos que estavam desaparecidos. Em ambos os casos, foram os parentes dos desaparecidos que os esconderam em casa...

[Trecho do programa *Morgonekot* às 08h00]
...os funcionários do Hospital Danderyd que conversaram com *Ekot* disseram que a situação no hospital foi caótica de madrugada. Em alguns setores, é impossível trabalhar em conjunto.
Em uma reunião urgente hoje de manhã foi decidido que se misturariam funcionários de todos os setores a fim de evitar conflitos...
...informações vindas de militares também revelam a existência de certos fenômenos surgidos a partir do contato direto com um grupo grande de revividos...
Sten Bergwall comenta as dificuldades de ordem prática quanto à acomodação dos revividos, principalmente dos que foram desenterrados:
– Bem, de um ponto de vista técnico, eles estão mortos, e isso engloba as consequências para o organismo humano. Simplificando, nosso pessoal está aqui a noite inteira com o equipamento necessário para transformar nossos salões comuns em frigoríficos... por motivos éticos, preferimos não usar o necrotério, mas... trata-se de aproximadamente duas mil pessoas...
...a agência funerária Fonus disse que as recomendações do governo serão seguidas, mas quer uma resposta rápida, por motivos de natureza técnica e de administração de pessoal.

Televisão
[TV4, programa *Nyhetsmorgon*, às 08h30]

[No estúdio: STEN BERGWALL (SB), médico-chefe do Danderyd. Coronel JOHAN STENBERG (JS). RUNO SAHLIN (RS), doutor em Parapsicologia.]

Entrevistador: Vamos começar falando de aspectos práticos. Quantos revividos estão agora no Hospital Danderyd?
SB: Mil novecentos e sessenta e dois. Mais deles podem ter chegado enquanto estamos aqui.
ENT: Pelo que entendi, está correta a informação que alguns revividos... faleceram de novo de madrugada?
SB: Está correto.
ENT: Vocês sabem por quê?

SB: Não. Na verdade, não. Mas isso se aplica principalmente aos revividos que já estavam... em um estado muito precário desde o início.

ENT: Como vocês sabem que eles faleceram?

SB: [*Sorri*] Eu poderia dizer "porque sabemos e pronto", pois é assim, porém, mais concretamente, existe certa... atividade elétrica no córtex cerebral que pode ser medida com EEG, e quando essa atividade termina a pessoa está morta. Segundo os conceitos vigentes que caracterizam a morte. E o eletroencefalograma que foi feito nos revividos mostra que uma atividade cerebral rudimentar foi reiniciada.

ENT: Johan Stenberg, fala-se da ocorrência de fenômenos telepáticos, correto?

JS: Sim.

ENT: É verdade que vocês que tiveram contato direto com os revividos puderam ler os pensamentos deles?

JS: Não. Os fenômenos que foram relatados referem-se exclusivamente a pessoas vivas.

ENT: Vocês podem comentar alguma coisa sobre os conflitos que houve?

[*JB olha para SB, deixa a pergunta para ele.*]

SB: Bem, eu não sei o que aconteceu nos cemitérios, mas é verdade que nós no hospital tivemos... discussões.

ENT: Porque um podia ler o pensamento do outro?

SB: Sabemos que há conflitos em grupos de pessoas que trabalham em conjunto e, em uma situação de estresse, esses conflitos tendem a vir à tona. Não temos nenhuma prova de que seja realmente... a leitura de pensamento o motivo desses conflitos.

ENT: Runo Sahlin...

RS: Eu acho curioso dois adultos ficarem negando fatos evidentes apenas porque esses fatos não se encaixam na visão de mundo deles, e os fatos são estes: quando um grupo grande de revividos está reunido surge uma espécie de campo ao redor deles que faz com que as pessoas possam ler os pensamentos umas das outras. Eu mesmo estive no Danderyd e presenciei isso.

ENT: Sten Bergwall, como você explica isso?

SB [*Suspira*]: A atividade elétrica no cérebro deles... a amplitude é de no máximo meio microvolt e a frequência do ritmo alfa varia entre um e dois hertz. Ou seja, essa frequência é comparável àquela de um recém-nascido e a amplitude, ou seja, a atividade elétrica é tão fraca que... com o que posso comparar? Com alguém que vai morrer dentro de alguns segundos. É muito fraca.

RS: Então você está tentando explicar esse campo dizendo que a atividade elétrica deles é muito fraca, em vez de ser muito forte?

SB: O que eu estou dizendo é que nunca vimos antes curvas desse tipo em pessoas vivas adultas. Não se pode descartar que uma espécie de... efeito colateral possa surgir. Ainda estamos esperando o resultado do Departamento Médico Legal para podermos dizer alguma coisa sobre como é biologicamente possível haver vida nesses corpos. [*Em tom irônico, para RS*] Mas será que você já tem alguma explicação?

RS: Tenho. Acho que é a alma deles que voltou. [*Risos*] Se eu estivesse aqui ontem de manhã e falasse para vocês que "hoje à noite os mortos acordarão em seus túmulos", acho que não iriam me considerar uma pessoa séria e, ainda por cima, me achariam louco. A ideia da existência de uma alma é antiquíssima, e muitas pessoas ainda acreditam nela. Há provas de que a transmissão de pensamento é possível...

SB: Provas...

RS: São poucas, eu admito. Mas é uma possibilidade. Não é algo totalmente absurdo. Diferentemente de os mortos despertarem. Isso é impossível. Está bem. Agora eles acordaram. Ainda assim, vocês consideram a telepatia e a existência de uma alma algo absurdo.

ENT: Johan Stenberg, qual o seu comentário a respeito?

JS: Sou da opinião de que não compete a um militar especular sobre questões teológicas [*Olha para RS.*] Há outras pessoas que tratam melhor desse assunto.

RS: Bem, se há uma alma, ela deve ser feita de energia. Alguma forma de energia. A origem desse campo que todos nós experimentamos não pode ser encontrada no cérebro. De jeito nenhum. Por que não aceitar a existência de algo fora do corpo que ainda assim pertence ao corpo, uma matéria transcendente que...

JS: Desculpe o comentário de um simples coronel, mas nunca ouvi falar que a alma estivesse em outro lugar que não fosse DENTRO do corpo.

RS: Quando estamos vivos, sim. Mas aceita-se que o cérebro funciona de uma forma antes desconhecida quando se encontra nesse estado... morto-vivo. E por que não poderia ser o mesmo com a alma? Se uma quantidade grande de almas, por assim dizer, paira fora de seus corpos, será que isso não poderia causar... como eu vou explicar...

ENT: Nosso tempo está acabando. E, para finalizar, por que vocês acham que isso aconteceu? Johan Stenberg?

JS: Eu tenho uma opinião a respeito, mas prefiro guardá-la para mim.

INT: Sten Bergwall?

SB: Como eu disse antes: ainda estamos à espera dos resultados.

ENT: Runo Stenwall?

RS: Foi cometido um erro. Alguma coisa deu errado, algo que... rompeu a ordem natural das coisas.

ENT: Bem, talvez quanto a isso todos possamos assinar embaixo. Agora vamos para a meteorologia. Camilla?

CAMILLA: A alta pressão atmosférica que dominou o tempo em Estocolmo nas últimas semanas cederá hoje à noite dando lugar à baixa pressão que vem do oeste. Previsão de bastante chuva na parte da noite. Na foto do satélite podemos ver que...

[CNN-NEWS OF THE WORLD, às 08h30, HORÁRIO DA SUÉCIA]
...are now searching for a reason behind the bizarre events in the Swedish capital. At the moment none has been found, but the synchronized awakenings in different locations hint at a driving force. A military commander said this morning that it cannot be ruled out that this could be tied to terrorist activities...
[*Imagem à distância do Skogskyrkogården. A cerca com mortos atrás dela, militares no meio dos túmulos.*]

[TV ESPANHOLA às 08h30]
...mucha gente ha esperado por la misma cosa a suceder en pueblos espanõles. Pues, el fenómeno parece aislado a Estocolmo, donde los revividos durante la noche han crecido al total de dos mil personas. Ni los médicos ni los sacerdotes tienen explicaciónes a dar al multitud de los parientes que se han reunido al frente del hospital de Danderyd esta mañana...
[*Imagem de umas cem pessoas do lado de fora do Hospital Danderyd, um pastor abrindo os braços, resignado.*]

[ARD TAGESSCHAU às 09h00]
...die Forscher, die heute nacht damit beschäftigt waren, das Rätsel zu lösen. Auf der Pressekonferenz heute wurde mitgeteilt, daß einige Enzyme, die in toten Körpern normalerweise zerstört sind, es in den Wiederlebenden nich seien. Im Moment untersucht man ob diese Enzyme tatsächlich dieselben sind, die lebendigen Körpern ihre Nahrung zuführen...
[*Imagens de arquivo de um laboratório sueco; tubos de ensaio em suportes.*]

[TF1 JOURNAL às 13h00]
...qui sont sortis des cimetières et des morgues cette nuit. L'Office du Tourisme Français deconseille à tout le monde d'aller à Stockholm pour le moment. D'autres villes suédoises ne semblent pas être atteintes de ce phénomène et là il n'y a pas de restrictions. Quand les habitants de Stockholm se sont reveillés ce matin, ils ont vu leur realité changée. Pourtant la vie à la surface semble être retournée à la normale.
[*Imagens diversas do Skogskyrkogården, os mortos atrás da cerca, e de transeuntes na Drottninggatan.*]

14 DE AGOSTO II

A força verde que impele a flor

And if I came back from the grave for a while
Would you, could you make a dead man smile?

Ed Harcourt, *This one's for you*

Vällingby 11h55

Quando se passaram quarenta e cinco minutos e Anna não voltou, Mahler começou a ficar preocupado. Foi para a sacada e cobriu os olhos com a mão para olhar o pátio, na direção do apartamento dela. Um sentimento típico de pai tomou conta dele – *mas que menina lerda* – e Mahler imediatamente o abafou. Tinha de mostrar consideração. Consideração e compreensão.

Nos últimos anos, ele tinha sido mais um pai do que um avô para Elias. Talvez tivesse tentado recuperar o tempo perdido quando Anna era pequena, quando ele estava tentando construir uma carreira. As vezes em que tomara conta do neto ou buscara Elias na escolinha permitiram que Anna tivesse uma liberdade que ela não aproveitou, mas, já que sabia que ela não ouvia seus conselhos – *e isso lá é hora de eu começar a educá-la!* –, Mahler tentava não julgar.

Além do mais, tudo aquilo devia ser culpa dele. A incapacidade de Anna de criar vínculos, de se manter em um trabalho ou de completar uma formação era um comportamento que ela aprendera. E quem é que tinha ensinado a filha? Isso, Gustav Mahler, o jornalista construindo sua carreira.

Mudaram-se cinco vezes, na infância dela, à medida que ele conseguia empregos melhores em jornais de maior porte. Quando Anna estava com nove anos e ele finalmente tinha aterrissado na seção de reportagem policial do *Aftonbladet*, Sylvia, a mãe de Anna, cansou-se e o largou. Mas, na verdade, era ele quem a tinha largado, já bem antes disso.

Então provavelmente ele ensinara à filha como a vida devia ser vivida. Ela tinha cursado um semestre de psicologia e, antes de abandonar o curso, aprendeu o bastante para poder dizer que a culpa de tudo era dele. Ele concordava com Anna, ainda que não lhe dissesse isso, já que pensava que cada pessoa era responsável pelo próprio destino. Teoricamente.

O relacionamento com Anna era marcado por uma ambiguidade. Ele achava que ela devia parar de pôr a culpa nos outros, encher o pulmão de ar e levantar a cabeça, ao mesmo tempo que achava que era *dele* a culpa por ela não assumir a própria culpa e ficar nesse chove e não molha. Isso. *Ele* sabia que o erro era seu, mas não ela.

Mahler acendeu um cigarro e só teve tempo de dar uma tragada, quando três homens saíram do prédio de Anna. Ele se abaixou depressa e apagou o cigarro no chão de cimento –

para o inimigo não ver a fumaça

– e aguçou os ouvidos para escutar se os homens iam na direção de seu prédio. Não. Eles saíram do pátio, conversando. Mahler não ouviu o que eles falavam. Arrancou a ponta queimada do cigarro e o acendeu de novo, deu duas tragadas. Os dedos tremiam. Tinham que sair dali. Agora.

Ele tirara o fio do telefone da tomada e desligara o celular, com medo de que alguém ligasse e dissesse alguma coisa que lhe exigisse uma decisão. No instante em que religou o telefone para verificar as mensagens na secretária eletrônica, a porta da rua foi aberta e ele ficou petrificado.

– Pai?

Seus dedos relaxaram novamente. Ele arrancou o telefone da tomada quando Anna entrou na sala segurando uma mala. Ela pôs a mala no chão e foi para a janela da sacada, olhou lá fora.

– Eles já foram – disse Mahler. – Eu vi os dois.

O lábio inferior de Anna estava vermelhíssimo de tanto ela ficar mordendo, de nervoso.

– Eles procuraram no apartamento todo. Afastaram o Lego assim e olharam debaixo da cama. – Ela deu um risinho. – Caras adultos. Disseram que eu ia... que eu era obrigada a deixá-los tomar conta dele.

– Quem são esses caras?

– Um policial. E um médico. Eles tinham um papel da epidemi... alguma coisa. Disseram que era ilegal... e que era perigoso para Elias.

– Você não disse que ele está aqui, não é?

– Não, mas...

Mahler balançou a cabeça, fechou o laptop e recolheu os fios.

– Precisamos ir imediatamente.

– Para o hospital?

Mahler cerrou os olhos com força e se esforçou para manter a voz calma.

– Não, Anna. Para o hospital, não. Para a casa de veraneio.

– Mas eles disseram que...

– Estou me lixando pro que eles disseram. Agora vamos.

Quando Mahler guardou o computador na mala e se virou para entrar no quarto, Anna estava na frente da porta com os braços cruzados no peito. Sua voz saiu controlada, fria.

– Não é você quem decide sobre isso.

– Anna, você pode sair da frente? Temos que ir. Eles podem vir para cá a qualquer instante. Pegue a sua mala.

– Não. Não é você quem decide. Eu sou a mãe dele.

Os lábios de Mahler se encresparam e ele olhou dentro dos olhos de Anna quando disse:

– Eu acho maravilhoso você sentir de repente essa necessidade de ser mãe, o que você não mostrou muito nos últimos anos, mas eu vou levar Elias comigo e depois você pode fazer o que quiser.

– Nesse caso eu telefono para a polícia – disse Anna, e o gelo em sua voz começou a se partir. – Será que você não entende?

Mahler sabia manipular as pessoas. Se quisesse, ele poderia, com voz suave e acusações sutis, dobrar a filha depois de alguns minutos. Por consideração ou por falta de tempo hábil, deixou a coisa como estava e, em vez disso, extravasou a raiva – para ele, isso era jogar mais limpo. Mahler colocou a mala em cima da mesa e apontou para o quarto.

– Você disse agora há pouco que aquele não era o Elias! Como é que agora você me vem com essa, dizendo que é a mãe dele?

Foi como rasgar uma embalagem a vácuo de café. Anna se encolheu um pouco e começou a chorar. Mahler se repreendeu por dentro. Aquilo não era jogo limpo.

– Perdão, Anna. Eu não quis dizer...

– Mas você disse. – Ela o surpreendeu endireitando as costas e limpando as lágrimas dos olhos com o dorso da mão. – Eu sei que você não está nem aí pra mim.

– Agora você está sendo injusta. – Mahler começou a perder o controle e a bater em retirada. – E não fui eu que cuidei de você durante todo esse tempo? Todo dia...

– Cuidou, como se cuidasse de um pacote. Algo que se precisa fazer. E agora o pacote está no meio do caminho e você precisa tirá-lo da frente. Você nunca fez nada porque estivesse preocupado comigo. Você estava era cuidando da sua própria consciência, o tempo todo. Me dê um cigarro.

A mão de Mahler parou a meio do caminho do bolso da camisa.

– Anna, não temos tempo...

– Nós temos tempo. Ande, me dê um cigarro.

Anna apanhou o cigarro e o isqueiro, acendeu-o e sentou na poltrona, bem na ponta. Mahler continuou onde estava.

– O que você diria – prosseguiu Anna – se eu dissesse que na verdade eu gostaria de ter ficado sozinha esse tempo todo? Que eu me senti incomodada pra caramba com as suas visitas todo santo dia? Eu comia na barraca de salsicha lá do cruzamento, não precisava da sua comida. Mas eu deixei você continuar pra *você* se sentir melhor.

– Isso não é verdade – disse Mahler. – Você está dizendo que ia ficar sozinha naquela cama, dia após dia...

– Eu não estive sozinha. Algumas noites, quando eu sentia que tinha forças, liguei para um dos meus conhecidos e...

– Não me diga, então você ligou para eles. – A voz de Mahler soou mais irônica do que ele pretendia.

– Guarde as suas opiniões pra você. Cada pessoa é de um jeito. Eu pelo menos sofri devido à perda do Elias. O que fez você sofrer, eu não sei. Alguma forma de compensação para o seu equilíbrio moral que fracassou. Mas agora não vou mais ficar pensando em você. – Anna apagou o cigarro fumado pela metade e entrou no quarto.

Mahler ficou parado na sala com os braços caídos. Não estava devastado. O que Anna disse sobre ele não o abalou. Talvez fosse verdade, mas não o abalou. Os fatos novos que ela expôs, isso sim: ele não esperava isso dela.

Elias estava deitado na cama com os braços estendidos, um ser intergalático indefeso. Anna estava sentada na beirada da cama com o dedo dentro da mão fechada do menino.

– Olhe – disse ela.

– É – disse Mahler, e espremeu os lábios para não acrescentar: "Eu já sei". Em vez disso, sentou no outro lado da cama, deixou Elias fechar a mão em torno de seu dedo. Eles ficaram assim por um tempo, cada um com um dedo na mão de Elias. Mahler teve a impressão de ouvir sirenes, distantes.

– O que a gente deve dar a ele? – perguntou Anna.

Mahler falou sobre o sal. Na pergunta de Anna havia o germe de uma aprovação a seu plano, mas Mahler não ia forçar nada. Agora era Anna que decidiria. Contanto que ela não tomasse a decisão errada.

– E glucose? – perguntou ela. – Solução de açúcar.

– Pode ser – disse Mahler. – Podemos provar.

Anna balançou a cabeça, beijou o dorso da mão de Elias, retirou o dedo, levantou-se e disse:

– Então vamos.

Mahler levou o carro para a frente do prédio e Anna veio carregando Elias enrolado em um lençol, colocou o menino no banco de trás e depois entrou no veículo. O carro estava uma sauna depois de ter ficado o dia inteiro no estacionamento, e Mahler abaixou as duas janelas da frente e abriu o teto solar.

Na praça, estacionou na sombra e foi apressado para a farmácia. Colocou dez pacotes de dextrose e quatro tubos de creme em uma cesta. Umas seringas. Em frente à estante de artigos para bebê, parou. Apanhou umas chupetas. Verificou se eram as que tinham apenas um buraco no bico.

Ele não queria deixar Anna e Elias sozinhos por muito tempo no carro, mas a variedade de produtos na farmácia o deixou confuso. Passou os olhos pelas prateleiras com esparadrapos, loção contra mosquito, creme para micoses de pé, vitaminas e loção para queimaduras. Devia haver mais alguma coisa que podia ajudar, mas o quê?

Ao acaso, foi apanhando uns frascos com vitaminas e complementos alimentares.

A mulher no caixa olhou para o corpanzil dele e para as mercadorias que estava comprando. Mahler viu as engrenagens se mexendo na cabeça dela, por trás da máscara de profissionalismo, tentando ver um sentido na combinação entre aquela quantidade de açúcar, frascos, cremes para pele e ele.

Ele pagou com dinheiro vivo, recebeu as mercadorias em uma sacola abarrotada e lhe desejaram um ótimo dia.

Ficaram em silêncio durante todo o caminho até Norrtälje. Anna estava sentada no banco de trás com Elias no colo, não tirava os olhos da janela da frente e tinha o dedo dentro da mão dele. Quando Mahler entrou na estrada em direção a Kapellskär, ela perguntou:

– Por que você acha que eles não vão procurar lá?

– Não sei – disse Mahler. – Espero que eles não estejam tão... interessados, só isso. E lá é mais agradável.

Ele ligou o rádio. Não tocavam música na rádio nacional, apenas as estações com propaganda continuavam com seu trá-lá-lá, como se nada tivesse acontecido. Ficaram ouvindo a P1, mas a estação não acrescentou muito mais ao que já sabiam. Oito revividos ainda estavam desaparecidos.

– Só queria saber o que os outros sete estão fazendo agora – disse Mahler, e desligou o rádio.

– Algo parecido – disse Anna. – Como é que você pode achar que estamos fazendo a coisa certa e os outros a errada?

Mahler tirou os olhos do caminho por uns segundos para poder virar a cabeça e olhar para Anna. A pergunta dela tinha sido sincera.

– Eu não sei se é certo o que estamos fazendo – disse ele. – Mas sei que eles também não sabem de nada. No meu trabalho... você ficaria horrorizada se soubesse quantas vezes as autoridades tomam uma providência sem saber por quê, sem saber as consequências... apenas porque devem dar a impressão de que estão fazendo alguma coisa. – Agora que eles estavam a caminho, ele teve coragem de perguntar:

– Você não acha que estamos fazendo a coisa certa?

Anna ficou em silêncio por um instante. Pelo espelho retrovisor, Mahler viu que ela olhou para Elias deitado em seu colo e seu rosto se contorceu rápido.

– Você podia abrir um pouco mais a janela?

Mahler desceu o vidro ao máximo. Anna se recostou tanto no assento que a cabeça ultrapassou o encosto do pescoço; disse, virada para o teto:

– Por que ele não para de *cheirar*?

Mahler olhou mais uma vez para trás. O rosto verde-escuro de Elias com manchas pretas apontava do lençol, fazia o menino parecer ainda mais uma múmia numa mortalha.

– Eu não quero entregar o Elias – disse Anna. – Só isso.

A vegetação ao redor da casa de veraneio tinha crescido demais e estava ressecada. A madressilva gigante que se enroscava em volta da escada da entrada crescera muito no começo do verão, mas agora era apenas um farfalhar de fibras, como se a escada tivesse sido embrulhada em tiras de papel picado.

Mahler estacionou o carro a dez metros da porta da casa e desligou o motor.

– Muito bem – disse ele, e olhou para a grama marrom. – Então acabamos vindo pra cá.

A casa ficava no final da fileira do conjunto de casas para alugar por temporada. Precisava-se caminhar uns cem, duzentos metros pelo bosque para chegar ao mar, mas, quando Mahler saiu do carro, já sentiu que a qualidade do ar era outra devido à proximidade da água. Ele respirou fundo, e a promessa de liberdade lhe encheu os pulmões.

Agora entendia como tinha raciocinado.

A casa de veraneio oferecia mais segurança que o apartamento. Naturalmente era *o mar* que dava essa sensação. O mundo azul ali perto. Se *eles* viessem, sempre havia a possibilidade de... ir embora. Para as ilhas.

O motivo de ele ter arranjado dinheiro para comprar a casa quinze anos antes se fez lembrar agora: o estrondo abafado que veio da floresta e fez a carroceria do carro vibrar levemente. Ele fez um muxoxo.

A quinhentos metros dali, ao sul, ficava o terminal de ferryboat de Kapellskär. Desde que o turismo de ferryboat para a Finlândia e Åland crescera significativamente quinze, vinte anos antes – e com isso os barcos ficaram cada vez maiores e se transformaram numa diversão barata –, o valor das propriedades nos arredores caíra pela metade. Não era tão ruim quanto morar perto de um aeroporto, mas quase. Os barcos trafegavam vinte e quatro horas por dia e costumava levar uma semana para se aprender a não registrar o estrondo que vinha deles.

Eles começaram a tirar as malas do carro.

Mahler levantou Elias do banco de trás e o carregou até a frente da casa, pescou a chave de dentro da gárgula e abriu a porta. A casa cheirava a lugar fechado. Mahler carregou Elias para seu quarto, onde os tesouros de verões passados em forma de penas, pedras e pedaços de madeira estavam em cima do peitoril das janelas e de prateleiras.

Ele colocou Elias na cama e abriu a janela. O ar misturado com sal rodopiava na sala e convidava a poeira para dançar.

É. Fizeram a coisa certa ao vir pra cá. Aqui havia espaço e tempo. Tudo aquilo de que eles precisavam.

Täby Kyrkby 12h30

Depois da conversa com Flora após a meia-noite, Elvy teve dificuldade de adormecer. Passou mais um tempo com Grimberg. Por uma coincidência boa ou ruim, ela tinha chegado ao trecho que falava sobre a morte de Gustav II Adolf. A descrição do relacionamento bizarro da rainha viúva, Maria Eleonora, com o cadáver não deixou Elvy largar o livro.

Maria Eleonora se negara a abandoná-lo. Ela precisara ver o cadáver repetidas vezes, e fez companhia a ele durante todo o cortejo vindo da Alemanha. Quando conseguiram afastá-la do corpo, ela tomou posse do coração (Elvy ficou irritada com Grimberg por ele não contar *como* ela tomou posse do órgão) e os ameaçou, segurando o coração, para poder mais uma vez ter acesso ao cadáver...

"Honrarias e aplausos é o que ela testemunha, mal suspeitando que agora o ocaso e a decadência caem sobre todas as cousas, a ponto de não mais serem reconhecidas", conforme escreveu um diplomata sueco durante o cortejo fúnebre.

Elvy abaixou o livro e refletiu sobre o tema. A diferença das reações. Se o rei tivesse se levantado do caixão, provavelmente a rainha comemoraria e abraçaria o corpo putrefato. Por que eram tão diferentes? Será que Elvy não tinha coração?

Veio uma espécie de explicação algumas páginas mais adiante. Maria Eleonora mandara fazer um caixão duplo, com espaço para o rei morto e para ela própria. A explicação da rainha para isso era que ela "gozara muito pouco" da companhia do rei enquanto ele estava vivo. Agora que ele estava morto, ela queria aproveitar.

Esse era um problema que Elvy não tinha. Ela pudera "gozar" bastante da companhia de Tore enquanto ele estava vivo. Esse homem dez anos mais velho, que por piedade tinha desposado a mulher histérica para cuidar dela e conduzi-la na vida sem nunca tê-la entendido, ela já o tinha visto o suficiente quando ele dera o último suspiro. Elvy não guardava rancor – ele devia ter feito o melhor que podia –, mas estava farta.

Mais calma ao pensar nisso, largou o livro e tentou dormir, porém o sono não queria vir. Por voltas das quatro e meia ela teve de se levantar para ir ao banheiro e ficar sentada no vaso durante meia hora, e quando ela se deitou de novo o quarto estava claro. Arriou as persianas, tomou uns comprimidos de Valeriana e acabou cochilando. Dormia e saía do sono quando o relógio deu mais de onze e ela acordou de vez, cheia de energia e expectativa.

Até assistir às notícias na tevê.

Quase não disseram nada sobre o que era essencial. Era como se não existisse. De vez em quando davam a palavra a algum pastor ou bispo, e sobre o que eles falavam?

Sobre parentes aflitos, o telefone de plantão da igreja e a angústia que muitas pessoas sentiam em uma situação como essa e blá-blá-blá.

Elvy não estava nem um pouco angustiada. Estava com raiva.

Estatísticas, imagens das exumações feitas de madrugada. Praticamente todas as sepulturas recentes foram abertas, e mais algumas (pessoas que tinham morrido havia mais de dois meses continuavam mortas, como já se suspeitava), e o número de revividos estava agora na casa dos dois mil.

Mal o primeiro-ministro aterrissou e já foi atacado pelos jornalistas no aeroporto Arlanda. A fim de acentuar a gravidade da situação, ele tirou os óculos, olhou de cara limpa dentro das câmeras e disse:

– O nosso país. Encontra-se em estado de choque. Eu espero que todos. Ajudem a não piorar. Ainda mais. A situação. Eu. E o meu governo. Faremos tudo. Que está ao nosso alcance. Para dar a essas pessoas. O atendimento médico. E a atenção. Necessários. Mas lembremos de uma coisa...

O dedo indicador foi erguido e o primeiro-ministro olhou ao redor com uma expressão que parecia de tristeza. O corpo de Elvy se contraiu todo e ela foi para mais perto da tevê. Agora vem. Finalmente. O primeiro-ministro disse:

– Todos nós trilharemos um dia esse caminho. Essas pessoas não são nem um pouco diferentes. De nós.

O primeiro-ministro agradeceu, e abriram caminho para ele ir para o carro que o esperava. Elvy estava boquiaberta.

Tampouco ele...

Ela sabia que o primeiro-ministro conhecia a Bíblia, ele gostava de tomar emprestadas expressões do livro sagrado. Por isso a decepção foi grande quando, nesse momento fatídico, ele não mencionou nem sequer uma palavra das Escrituras. Justamente agora que era o momento certo.

Todos nós trilharemos esse caminho...

Elvy desligou a televisão e disse em voz alta:

– Mas que... palhaço!

Ela ficou andando pra lá e pra cá pela casa, estava tão indignada que não sabia o que fazer consigo mesma. No quarto de hóspedes, apanhou as folhas com xerox de hinos bíblicos, manchadas das evaporações de Tore, amassou os papéis e jogou tudo no lixo. Depois telefonou para Hagar.

Entre as amigas da igreja, Hagar era a que estava mais antenada com o que acontecia. Durante doze anos, elas tinham, junto com Agnes, organizado o café dos encontros aos sábados, revezando-se para fazer o pão doce do café. Como Agnes começara a sofrer de ciática na perna e não pudera mais ser tão ativa quanto antes, fazia três anos que eram mais Elvy e Hagar que cuidavam dos preparativos.

Hagar atendeu no segundo toque.

– Meiadozedezenovevinteeseis!

Elvy teve de afastar um pouco o fone do ouvido, pois Hagar, que tinha uma leve deficiência auditiva, quase berrava ao telefone.

– Oi, sou eu.

– Elvy! Alguma coisa estava errada com seu...

– Sim. Eu sei. Você por acaso...

– Tore! Ele...?

– Sim.

– E foi para...

– Sim.

Fez-se silêncio por um instante. Em seguida Hagar disse, um pouco mais baixo:

– Sei. Aí para sua casa?

– Foi. Mas ele foi recolhido. Não foi por isso que eu liguei. Você assistiu às notícias?

– Claro. Durante a manhã inteira. Inacreditável. Deu medo?

– Por causa do Tore? Sim, um pouco no começo, mas... tudo acabou bem. Não foi por isso que eu liguei. Você viu... você viu o primeiro-ministro?

– Vi – respondeu Hagar, e pareceu ter mordido algo azedo. – Mas o que você quer me falar?

Elvy balançou a cabeça lentamente, esqueceu-se de que Hagar não podia ver o gesto. Ela ficou olhando para um ícone pequeno pendurado no corredor e disse devagar:

– Hagar, você está pensando o mesmo que eu sobre isso tudo?

– Isso tudo o quê?

– Isso que está acontecendo.

– Na ressurreição?

Elvy sorriu. Sabia que podia confiar em Hagar. Balançou a cabeça para o ícone – Jesus como rei do mundo – e disse:

– Sim. Nisso mesmo. Eles nem sequer tocam no assunto.

– É – o tom da voz de Hagar aumentou de novo. – É uma catástrofe! A que ponto chegamos!

Elas conversaram por mais alguns minutos num tom confidencial e desligaram com uma vaga promessa de fazer alguma coisa, mas sem saber o quê.

Elvy se sentiu um pouco mais calma. Ela não era a única pessoa que pensava daquele modo. Provavelmente eram várias. Foi até a vidraça da varanda e olhou lá fora, como se estivesse procurando outras pessoas que entendiam do que se tratava. Avistou outra coisa, algo que já fazia semanas que não via: nuvens.

Não eram nuvens leves de verão, que apenas acentuavam o azul do céu. Não, eram nuvens bem pesadas de tempestade, deslizavam tão devagar em aglomerados escuros que pareciam estar imóveis. Uma massa muscular poderosa prestes a extravasar sua força sobre Estocolmo.

Elvy foi para a varanda. Ficou parada, olhando por um bom tempo e... isso mesmo; elas andavam devagar, mas a montanha cinza-escura flutuante estava realmente se aproximando. Um friozinho na barriga. Será que era isso? Será que seria desse jeito?

Ela ficou andando pra lá e pra cá pela casa, bocejou e tentou se preparar. Não sabia como fazer para se preparar.

E quem estiver no telhado não desça a buscar alguma coisa de sua casa; e quem estiver no campo não volte atrás a buscar as suas vestes.

Não se podia fazer nada. Ela sentou na poltrona e abriu em Mateus, capítulo 24, já que tinha esquecido o resto do texto. Teve medo do que leu.

Porque haverá então grande aflição, como nunca houve desde o princípio do mundo até agora, nem tampouco há de haver.

Ela viu diante de si os campos de concentração, viu Flora.

Mas por causa dos escolhidos serão abreviados aqueles dias.

Na verdade, não se falava em dor e tormentas no sentido corrente desses termos. Apenas que seria uma grande aflição como *nunca* houve antes. Uma forma de sofrer que não conhecemos. Mas isso também podia ter a ver com a tradução para o sueco. Talvez o original falasse claramente de um sofrimento puramente físico, insuportável. As pálpebras de Elvy ficaram pesadas.

Talvez já na primeira tradução... a Septuaginta... quarenta monges em quarenta celas... cem macacos em cem máquinas de escrever em cem anos...

Os pensamentos se dispersavam numa confusão de imagens, e Elvy cochilou ali onde estava, com o queixo encostado no peito.

Foi acordada pela televisão, que se ligou sozinha.

A parte de dentro de suas pálpebras ficou laranja e, quando ela abriu os olhos, a luz da tela da tevê era tão ofuscante que a obrigou a fechar os olhos de novo. A televisão estava iluminada como um pequeno sol, e ela abriu os olhos com cuidado, apertou-os.

Quando os olhos tinham começado a se acostumar com a luz intensa, ela viu que havia uma figura no meio ao redor da qual a luz brilhava com se fosse uma auréola. Ou talvez a luz viesse da figura. A mulher. Elvy a reconheceu imediatamente e seu peito se encheu de temor.

A mulher tinha um véu azul-escuro por cima do cabelo escuro e seus olhos eram tristes, a tristeza de alguém que acabou de ver o filho morrer. De alguém que estava ao pé da cruz vendo os pregos das mãos do filho serem retirados com alicate. Os dedos encurvados e rígidos que um dia foram pequenos e procuraram sôfregos o peito dela. O ranger do metal que atravessava a madeira, as mãos agora retalhadas. E tudo está perdido.

Elvy sussurrou: "Santa Virgem Maria..." e não ousou olhar. Pois de repente entendeu o que significava *uma grande aflição como nunca houve*. Só podia ser aquilo que se via nos olhos de Maria. O sofrimento de uma mãe diante do filho morto, um filho que reúne em si toda a bondade. Não é apenas o sofrimento de ver aquele que se amamentou ser torturado e executado, mas também o sofrimento de saber que há um mundo onde acontece uma coisa dessas.

Pelo canto do olho, Elvy viu que Maria abriu as mãos em um gesto acolhedor. Elvy estava prestes a sair da cadeira para ficar de joelhos no chão, mas Maria disse: *Fique sentada, Elvy.*

A voz era clara, quase um sussurro. Nenhuma voz estrondosa vinda do além, parecia mais a voz de uma menina pedindo, tímida, um trocado, algo para comer.

Fique sentada, Elvy.

Maria sabia o nome dela e aquelas palavras mostravam que ela sabia muito bem o quanto Elvy tinha dado duro a vida inteira, o quanto ela merecia ficar sentada. Elvy ousou olhar rapidamente para a tela e viu estrelinhas brilhando na ponta dos dedos de Maria. Ou eram gotas d'água, lágrimas dos olhos.

– Elvy – disse Maria, – você tem uma missão.

– Sim – sussurrou Elvy, sem se fazer ouvir.

– Eles precisam vir para mim. A única salvação deles é vir para mim. Você tem que fazê-los entender isso.

Isso já tinha passado pela cabeça dela e, apesar da importância daquele momento, Elvy viu diante de si vizinhos, pessoas, olhares de incompreensão, respostas negativas, e perguntou: "Como? Como eu vou fazê-los ouvir?".

Por um segundo ela olhou nos olhos de Maria e foi tomada de pavor. Pois viu o sofrimento que seria causado se a humanidade não pedisse perdão e fosse redimida nos braços dela. Maria estendeu as mãos e disse: "Este será o seu sinal".

Alguma coisa tocou a testa de Elvy. A televisão apagou. Ela caiu de lado na poltrona e sua cabeça explodiu.

A quina da mesa de vidro imprensava sua testa na hora em que ela abriu os olhos. A cabeça doía. Tonta, ela se endireitou na cadeira, olhou para a mesa. Na quina havia uma mancha viscosa, vermelho-escura. Algumas gotas de sangue tinham caído no tapete.

A televisão estava vazia, calada.

Ela se levantou com as pernas trêmulas e foi para o corredor, olhou-se no espelho.

Um rasgo bem reto, de três centímetros de comprimento. Parecia um sinal de menos no alto das sobrancelhas. O sangue ainda escorria devagar da ferida, e ela tirou uma gota do olho.

Na cozinha, limpou o sangue com uma bolinha de papel. Não conseguiu jogar o papel fora, então colocou a bolinha em um recipiente de vidro e tampou.

Em seguida telefonou para Hagar.

Enquanto o telefone chamava do outro lado, ela fechou os olhos e viu Maria à sua frente. Uma coisa ela não entendia. Quando Maria esticou a mão para tocar sua testa, Elvy conseguiu ver, numa fração de segundo, o que reluzia na ponta dos dedos dela. Eram ganchos. Pequenos e finos, não muito maiores do que ganchos de pesca; eles saíam da pele dela.

Ela não conseguia explicar, mas estava convencida de que Maria apenas representava algo, algo criado para seus olhos humanos. Ela era um significado com a forma da mãe de Jesus. Mas e os ganchos? Nesse caso, o que os ganchos significavam?

Quando Hagar atendeu, ela deixou essas perguntas de lado para relatar o momento mais importante de sua vida.

Koholma 13h30

Anna tirou as malas do bagageiro e Mahler desapareceu dentro da casa. Ela atravessou o pátio carregando as malas, passou pelos pinheiros onde o balanço de Elias estava amarrado em volta do tronco, pela mesa do jardim que estava ressecada e com rachaduras depois de ter passado o inverno ao ar livre. Ali ela parou, colocou as malas no chão. Ficou parada, apenas sentindo.

Como é que as coisas tinham ficado daquele jeito? Como é que ela ficara reduzida a ser uma espécie de mordomo que cuidava dos aspectos práticos enquanto seu pai cuidava daquilo que tinha sido o filho dela?

O calor estava tão sufocante que era sinal de que viria uma trovoada. Ela olhou para o céu. Isso mesmo. O céu está coberto por uma película branca e fina como um véu, e do continente uma massa de nuvens mais escuras vinha de mansinho em direção à costa. Era como se a natureza inteira tremesse de tanta expectativa. As raízes do capim conferenciavam, sussurrando sobre a misericórdia que em breve pingaria do céu.

Ela estava tonta, quase com enjoo. Fazia mais de um mês que vivia em um vácuo, tinha restringido os movimentos e as palavras ao máximo para que a vida não sentisse seu cheiro e começasse a arranhar e rasgar. Fazia mais de um mês que ela estava praticamente morta.

E então, de repente: Elias estava de volta, a polícia que vasculhava, fuga e movimento, conversas e decisões. Ela não conseguia decidir. O pai decidia por ela.

Ela acabara ficando em segundo lugar. Não participava. Anna deixou as malas onde estavam e foi para o bosque.

As folhas secas estalavam sob seus passos, as raízes superficiais dos pinheiros, abauladas debaixo das turfas, faziam pressão na sola dos pés. O barulho vindo de Kapellskär pairava no bosque como uma aflição. Sem rumo, ela foi descendo para o terreno pantanoso perto do mar.

Sentiu um cheiro acidulado de agulhas de pinheiros queimadas de sol e de lama depositada no fundo quando chegou ao lugar a céu aberto, coberto de musgo. Até o musgo, que normalmente era verde-escuro no terreno pantanoso e úmido, se ressecara e estava verde-claro, bege em alguns lugares. Quando Anna pisou nele, houve um estalar e depois o pé afundou no travesseiro de musgo, como se ela pisasse numa camada de gelo meio derretida.

Ela foi para o meio. As coroas das árvores de folhas caducas que rodeavam o terreno pantanoso formavam uma abóbada que deixava o sol passar apenas em alguns pontos. Quando chegou ao meio, ela deitou no chão. O musgo a recebeu, envolvendo-a. Ela olhou para as formas que mudavam lentamente na folhagem lá em cima e desapareceu.

Quanto tempo ela ficou deitada ali? Meia hora, uma hora?

Certamente teria ficado mais tempo, se não fosse pela voz do pai chamando.

– Anna... Aaannaa!

Ela se levantou do abraço do musgo, mas não respondeu. Estava ocupada demais com a sensação que ficou no corpo, especialmente na pele. Olhou para o lugar onde ficara deitada. O contorno de seu corpo estava nitidamente desenhado no musgo, que agora, quase com um suspiro perceptível, começava a retomar a forma antiga.

Anna tinha trocado de pele. Era assim que se sentia. O que procurava era a pele velha, que devia estar ali no chão, amassada no buraco de musgo.

A pele não estava, mas a sensação era tão forte que ela se viu obrigada a levantar a manga da camisa para ver se a tatuagem continuava ali.

Sim, ainda estava. "ROTTEN TO THE BONE*" ainda estava escrito com letras pequenas de imprensa no ombro direito. Uma espécie de orgulho a fizera manter

---

* "Podre até o osso." (N. T.)

a tatuagem em vez de tirá-la com laser, apesar de já fazer doze anos que ela tinha rompido com o mundo ao qual a tatuagem pertencia.

– ANNAA!

Ela foi para a beira do terreno pantanoso e exclamou:

– Estou aqui!

Mahler parou onde o musgo começava, como se fosse areia movediça. Colocou as mãos na cintura.

– Por onde você andou?

Anna apontou para o meio:

– Ali.

Mahler franziu a testa e olhou para a cavidade no musgo.

– Levei tudo para dentro – disse ele.

– Ótimo – respondeu Anna, e passou por ele, indo em direção à casa. Ele foi atrás, passou a mão nas costas dela para limpá-las.

– Olhe em que estado você está – disse.

Ela não respondeu. Seus passos eram leves como plumas por cima das raízes. Havia algo frágil e valioso dentro dela, algo que podia se romper se ela falasse. Foram em silêncio para a casa, e ela estava aliviada por ele não ter começado a lhe explicar seu comportamento, como fazia quando era jovem. Por ele tê-la deixado em paz.

Em cima da mesa, ao lado da cama de Elias, havia um pacote com dextrose, sal, uma jarra com água, um medidor de meio litro e duas seringas.

Anna não via nenhuma mudança. Mahler pusera um lençol branco e limpo em cima de Elias, e as mãozinhas de velho descansavam ao lado do corpo, duas garras de pássaro secas. Ela estava olhando para um cadáver. O cadáver de seu filho. Talvez alguma coisa mudasse se ele apenas abrisse os olhos, olhasse para ela. Mas debaixo das pálpebras entreabertas havia aquela película sem vida, que parecia plástico, como lente de contato ressecada. Nada.

Talvez houvesse um caminho de volta. Seu pai parecia acreditar nisso. Mas nesse caso o caminho era tão longo que ela não conseguia imaginar o começo dele, e muito menos o fim. Elias tinha morrido. Ali estavam os cacos do filho, que não tinham nada que lembrasse o menino que ela amava. O menino que ela queria guardar na lembrança.

Mahler entrou no quarto e ficou ao lado dela.

– Dei açúcar a ele com a seringa. Ele bebeu.

Anna balançou a cabeça, ficou de cócoras junto da cama.

– Elias? Elias? É a mamãe que está aqui.

Elias não se mexeu nem sequer um milímetro. Nenhum sinal de que a ouvia. Aquela coisa frágil dentro dela tremeu, saiu da posição, e a tristeza negra subiu no peito. Ela se levantou depressa e saiu do quarto. Um cheiro de café fresco na cozinha a fez se recuperar.

Ela ia cuidar dele. Ia fazer o que podia. Mas não ia acreditar em momento nenhum que o filho voltaria, não ficaria imaginando que em algum lugar lá dentro daquele corpinho de múmia estava enterrado seu filho, lutando para sair. Senão ficaria mesmo despedaçada. A dor seria grande demais.

Serviu duas xícaras de café e as colocou em cima da mesa. Estava calma agora. Eles podiam conversar. Do lado de fora da janela, a película no céu começou a ficar cinza. Uma brisa suave roçou nas árvores. Ela olhou para o pai.

Ele parecia cansado. As bolsas abaixo dos olhos estavam mais visíveis do que o normal e o rosto todo parecia sofrer com a força da gravidade, era sugado para o chão, o que fazia surgir dobras e rugas.

– Pai? Não é melhor você descansar um pouco?

Mahler balançou a cabeça e suas bochechas tremeram.

– Não há tempo. Liguei para a redação e alguém tinha me procurado; o marido daquela mulher que... bem, eles querem que eu escreva mais alguma coisa, mas ainda vou ver como eu faço... e além disso precisamos de comida e coisas...

Ele deu de ombros e suspirou. Anna bebeu uns goles do café; estava forte demais para seu gosto, como sempre que o pai o fazia. Ela disse:

– Você pode ir. Eu fico aqui.

Mahler olhou para ela. Seus olhos estavam pequenos, vermelhos e quase desapareciam no rosto inchado.

– Você pode ficar sozinha?

– Sim. Posso.

– Tem certeza?

Anna colocou a xícara de café na mesa, com força.

– Você não confia em mim. Já sei disso. Mas eu também não confio em você. É algo muito forte. Eu não sei o que você está querendo.

Ela se levantou da mesa e foi para a geladeira apanhar um pouco de leite para o café. A geladeira estava vazia, é claro. Quando voltou à mesa, Mahler tinha afundado ainda mais na cadeira.

– Eu só quero que tudo se resolva.

Anna balançou a cabeça.

– Tá, eu acredito em você. Mas tem que ser do *seu* jeito. Do jeito que *você* planejou. Com o máximo de bom-senso. Pode ir. Eu posso ficar sozinha.

Fizeram uma lista das coisas que precisavam comprar, planejaram as compras como se fossem aguentar um estado de sítio.

Quando Mahler partiu, Anna foi olhar Elias, depois deu uma volta pela casa e sacudiu tapetes, limpou as moscas caídas no parapeito das janelas, passou o aspirador de pó. Ao limpar a bancada da pia, ela avistou as duas mamadeiras novas. Guardou o aspirador de pó e foi até Elias. Esfarelou a dextrose no frasco da mamadeira, encheu de água, atarraxou o bico, sacudiu até o açúcar se dissolver. Ficou sentada segurando a mamadeira, olhando para Elias.

A sensação da mamadeira na mão lhe trouxe lembranças. Até os quatro anos de idade Elias queria tomar uma mamadeira com leite na hora de dormir. Nunca tinha usado chupeta nem sugado o dedo, mas a mamadeira ele queria.

Foram inúmeras as vezes em que ela ficara sentada desse jeito na beirada da cama quando ele ia dormir. Vezes em que ela tinha beijado o filho e desejado boa noite e depois dado a mamadeira a ele. A sensação de satisfação quando as mãozinhas agarravam a mamadeira e a boca do filho sugava o bico – e o olhar ficava perdido, distante. De que ele conseguia sozinho.

– Pegue, Elias...

Ela levou a mamadeira à boca do menino. Mahler tinha dito que eles precisavam esperar para fazer isso, que Elias não conseguia sugar. Ainda assim ela queria tentar. O bico seco de borracha roçou nos lábios dele. Ele não mexeu a boca. Com cuidado, enfiou o bico entre os lábios.

Então alguma coisa aconteceu. Primeiro ela achou que fosse um inseto andando em sua barriga e olhou para baixo. Os dedos de Elias se mexeram um pouco. Duros, devagar, mas se mexeram.

Quando ela levantou os olhos para o rosto dele de novo, os lábios tinham se fechado em volta do bico da mamadeira. E ele sugava. Movimentos mínimos, bem pequenos se delineavam nos lábios ressecados, um músculo na garganta trabalhava devagar.

A mamadeira estremeceu na mão de Anna e ela tampou a boca com a outra mão com tanta força que sentiu um gosto metálico na língua.

Elias estava mamando.

A dor era tão grande que Anna não conseguia respirar, mas, quando a primeira onda da dor de esperança passou, ela tirou a mão da boca e acariciou o rosto de Elias enquanto ele mamava. Curvou a cabeça sobre ele.

– Meu menino... Meu menino valente...

Kungsholmen 13h45

Crianças, crianças, crianças...

David estava no pátio da escola vendo as crianças transbordarem como água da escolinha. Três, quatro, dez, trinta criaturinhas de cores diferentes com mochilas nas costas escorriam escada abaixo. Unidades humanas, uma massa a ser educada e controlada. Quatrocentas delas ficavam enfurnadas naquele prédio seis horas por dia, quatrocentas eram soltas quando as seis horas terminavam.

Material.

Mas é só colocar uma lente de aumento em uma criança e você tem alguém que carrega o mundo. Uma criança com mãe e pai, avós, parentes e amigos. Uma criança cuja existência é necessária para que muitas vidas possam funcionar. As crianças são seres frágeis, carregam muitas vidas em seus ombros delicados. O mundo delas é frágil, determinado pelos adultos. Tudo é frágil.

O dia de David transcorreu como se ele andasse num sonho. Após a visita ao Departamento de Medicina Legal, ele entrou em uma pizzaria e bebeu um litro de água, depois deitou debaixo de uma árvore num parque e dormiu quase três horas. Quando o latido de um cão o despertou, David acordou para um mundo que lhe tinha virado as costas. Havia gente fazendo piquenique no parque, crianças correndo na grama. Ele não fazia mais parte dessa vida.

A única coisa que parecia ter a ver com ele eram as nuvens negras que se aproximavam devagar. Ainda estavam bem longe, mas pareciam seguir na direção de Estocolmo. Um zumbido no ouvido e uma coceira nas pálpebras. A luz do sol não conseguia penetrar debaixo da árvore, então David sentou encolhido junto do tronco, apanhou o jornal e leu o artigo de novo. O jornal também parecia ter a ver com ele.

Sem saber o que iria dizer, o que queria na verdade, apanhou o celular e digitou o número do jornal. Explicou quem era e que queria falar com Gustav Mahler. Ficou sabendo que Mahler era free-lancer e que infelizmente eles não podiam fornecer o telefone dele, mas dariam o recado, era algo específico que ele queria?

– Não, eu só... queria falar com ele.

O recado seria dado.

David tomou o metrô de volta para Kungsholmen. Todas as pessoas que conversavam no vagão falavam dos mortos. Todos achavam a coisa tenebrosa. Alguém o avistou, conseguiu identificar seu rosto e calou-se. Nada de condolências dessa vez.

Ainda a caminho da escola, ele sentiu que os fios que antes o mantinham preso ao mundo estavam cortados. Era no máximo um par de olhos que flutuava pra lá e pra cá e evitava empecilhos, parava no sinal vermelho. Perto da escola, segurou numa barra da cerca de metal preto, fechou os olhos.

Então o sinal bateu e as crianças transbordaram de lá de dentro. Ele abriu os olhos e viu a massa de tecido biológico que descia em disparada pela escada e se segurou na barra para não sair flutuando.

Quando o rio se espalhou no pátio da escola ou saiu pelos portões, apareceu Magnus. Usando todo o peso do corpo, Magnus empurrou a porta e ficou parado no alto da escada, olhou ao redor.

David se deu conta da barra na mão. De que umas das mãos segurava uma barra. De que a mão pertencia a um corpo que era dele. Ele voltou ao corpo e virou... pai. Tinha voltado ao mundo, e foi ao encontro do filho.

– Oi, meu filho.

Magnus jogou a mochila nas costas e olhou para o chão.

– Pai...

– Que é?

– A mãe ficou que nem os orcs?

Então eles tinham comentado na escola. David pensara e repensara em como ia começar, em como diria uma coisa de cada vez, mas essa possibilidade não existia mais. Ele segurou a mão de Magnus e os dois começaram a ir para casa.

– Vocês falaram sobre isso na escola?

– Falamos. Robin disse que era igual aos orcs, que eles vão comer carne de gente e coisas desse tipo.

– E o que os professores disseram?

– Eles disseram que não era assim, que era como... pai?

– Fale.

– Você sabe quem foi Lázaro?

– Sei. Venha...

Eles sentaram no meio-fio. Magnus apanhou os cards do Pokémon.

– Eu troquei cinco cards. Quer ver?

– Magnus, você sabe...

David tirou os cards da mão de Magnus e Magnus não protestou.

Ele fez um carinho na nuca do filho; o cabelo fino e branco de sol de verão, o crânio frágil lá embaixo.

– Em primeiro lugar, a mãe não virou nenhum... orc. Ela apenas sofreu um acidente.

As palavras acabaram, ele não sabia como continuar. Viu os cards; Grimer, Koffing, Gastly, Tentacool; todos mais ou menos criaturas assustadoras.

Por que tudo tem que ser assustador no mundo deles?

Magnus apontou para Gastly.

– Horrível, não é?

– Hum. Magnus, bem... aquilo que vocês conversaram hoje. Isso aconteceu com a mãe. Mas ela está... muito melhor do que os outros.

Magnus pegou de volta os cards, ficou olhando por um tempo. Perguntou em seguida:

– Ela está morta?

– Sim, mas... ela está viva.

Magnus balançou a cabeça.

– E quando é que ela volta?

– Não sei. Mas ela *vai* voltar. De algum modo.

Ficaram calados, um sentado ao lado do outro. Magnus percorreu todos os cards. Olhou mais atentamente alguns deles. Depois sua cabeça caiu na direção do ombro e ele se pôs a chorar. David abraçou Magnus, puxou o filho para o colo e o menino se encolheu todo, enterrou o rosto no peito do pai.

– Eu quero a mãe em casa *agora*. Quando eu voltar pra *casa*.

Também brotaram lágrimas nos olhos de David. Ele embalou Magnus, acariciou os cabelos do filho.

– Eu sei, querido... eu sei.

Bondegatan 15h00

Os degraus de pedra sinuosos que levavam ao apartamento de Flora, no segundo andar, estavam gastos das pisadas de muitas gerações. Assim como a maioria dos prédios antigos, o edifício na Bondegatan tinha envelhecido com dignidade. Madeira e pedra ficavam abauladas ou polidas, mas não rachavam nem se quebravam como acontecia com o cimento. Um prédio com personalidade e, embora contra a vontade, Flora o adorava.

Conhecia cada um dos quarenta e dois degraus, conhecia cada imperfeição nas paredes perto da escada. Fazia mais ou menos um ano que tinha escrito um A com caneta de feltro na portaria, do tamanho de um punho fechado. Ela mesma sofria cada vez que passava por ali e via o desenho, e foi um alívio quando pintaram a parede onde o A estava.

A cabeça rodava quando ela chegou ao andar. Não tinha comido nada o dia inteiro e dormira apenas algumas horas à noite. Abriu a porta do apartamento e ouviu uns segundos de tecno repetitivo da sala de estar antes de desligarem a música. Depois cochichos exaltados e movimentos rápidos.

Quando entrou na sala, Viktor, o irmão caçula de dez anos, e o amigo dele, Martin, na casa de quem Viktor tinha passado a noite, estavam cada um na sua poltrona, extremamente concentrados em revistinhas do Pato Donald.

– Viktor?

Ele respondeu "hum" sem tirar os olhos do gibi. Martin levantou a revistinha de um modo que seu rosto não pudesse ser visto. Ela foi direto ao assunto, apertou o botão eject do vídeo, tirou a fita cassete e a mostrou para Viktor.

– O que é que você andou fazendo? – Ele não respondeu. Ela arrancou o gibi da mão dele. – Você me ouviu?! Eu fiz uma pergunta.

– Me deixa em paz – disse Victor. – A gente só queria saber o que era.

– Durante uma hora?

– Cinco minutos.

– Essa não cola. Pela música, eu ouvi em que parte vocês estavam. Vocês viram quase tudo.

– E quantas vezes você viu o filme?

Flora bateu com o filme – *Day of the dead* –, com um pouco de força, na cabeça de Viktor.

– Pare de bisbilhotar nas minhas coisas.

– A gente só queria saber o que era.

– Sei. E gostaram?

Os meninos se entreolharam e balançaram a cabeça dizendo que não. Viktor disse:

– Mas foi legal quando rasgaram eles.

– Hum. Muito legal. Vamos ver que sonhos você vai ter hoje à noite.

Flora achou que eles não iam mais pegar filmes em sua estante. Sentia o nojo infantil, o medo que emanava dos corpos dos dois meninos. O filme tinha impressionado, marcado. Provavelmente Viktor e Martin seriam agora perseguidos pelas imagens do filme como acontecera com ela depois de ter assistido *Cannibal ferox* aos doze anos de idade na casa de um amigo mais velho. Esse filme nunca a deixou em paz.

– Flora – perguntou Viktor –, é verdade que eles saíram dos túmulos?

– É verdade.

– É do mesmo jeito que acontece aí? – Viktor apontou para a fita cassete na mão de Flora. – Eles comem gente e coisas desse tipo?

– Não.

– E como é, então?

Flora deu de ombros. Viktor ficara muito triste com a morte do avô, porém Flora suspeitava que não era exatamente a perda da pessoa que o deixava triste, mas a própria morte, o fato de a morte significar realmente que as pessoas desaparecem. Que todos irão desaparecer.

– Vocês estão com medo? – ela perguntou.

– Eu estava com muito medo quando vim da escola – disse Martin. – Achei que todo mundo era zumbi.

– Eu também – disse Viktor. – Mas eu vi um de verdade. Os olhos dele eram muito sinistros. Corri que nem um louco. Você acha que o vovô vai ficar assim?

– Não sei – mentiu Flora, e foi para o quarto.

Acenou com a cabeça para Pinhead, que olhava para ela do pôster pendurado na parede, e colocou o filme de volta na prateleira. Devia comer alguma coisa, mas não tinha forças para ir até a geladeira apanhar as embalagens e os objetos do dia a dia. Era bom sentir fome, como um asceta. Deitou na cama e seu corpo ficou em paz.

Depois de ter descansado um pouco, ela apanhou a capa vazia do filme *Uma linda mulher* e tirou a navalha que estava ali dentro. Seus pais nunca encontraram a navalha durante o período em que Flora a usou.

As cicatrizes nos braços eram do período em que ela era amadora, logo depois passara a se cortar abaixo da clavícula, da omoplata. Na parte exterior da omoplata havia cicatrizes tão longas e profundas que quase parecia que ela tinha podado um par de asas. Um pensamento bonito, mas na ocasião ela tinha ficado com medo; não parava de sangrar e nessa época tivera a conversa com Elvy. A vida ficou um pouco mais suportável e as cicatrizes que lembravam asas acabaram sendo as últimas.

Ela olhou para a navalha, abriu-a, girou-a entre os dedos e... isso. Ela estava *bem longe* de querer se machucar.

Seus olhos passearam pela estante de livros para ver se ela queria ler alguma coisa. Os livros, na maioria, eram de terror. Stephen King, Clive Barker, Lovecraft. Ela já tinha lido tudo aquilo, não tinha vontade de reler. Então avistou um livro ilustrado, um nome de autor e a ficha caiu.

Bruno Castor acha sua casa, de Eva Zetterberg. Ela desceu o livro, olhou para o desenho do castor na frente da casa: uma pilha de gravetos em uma cachoeira.

Eva Zetterberg...

Isso. O jornal falava sobre ela. Era ela que podia falar, a pessoa que estava morta havia menos tempo.

– Que pena... – disse Flora para si mesma e abriu o livro. Ela também tinha o outro, *Bruno Castor se perde*, que fora publicado cinco anos antes, estava esperando o terceiro, que sairia em breve, segundo o que tinha lido no DN. De todos os livros que tinha ganhado de presente dos pais, os livros do Bruno eram seus preferidos, além dos do Mumin. De Astrid Lindgren, ela nunca gostara.

O que tinha apreciado e continuava a apreciar era a relação sincera com o luto, com a morte. Na série dos Mumin a morte se chamava Mårran, nos livros do Bruno era o Homem da Água que representava uma ameaça constante lá na cachoeira. Ele era o afogamento, a força que punha abaixo a casa de Bruno, o destruidor.

Depois de ler um pouco o livro, ela começou a chorar. Porque não fariam mais livros com Bruno Castor. Porque ele tinha morrido junto com sua criadora. Porque o Homem da Água acabara levando Bruno.

Ela não conseguia parar de chorar. Fez um carinho no livro, no pelo brilhante de Bruno, e sussurrou:

– Coitadinho do Bruno...

Koholma 17h00

Com o carro abarrotado de coisas, Mahler atravessou a área de casas de veraneio, a caminho de casa. As férias de julho tinham terminado e havia poucas pessoas nas casas. No fim de semana haveria mais gente.

O vizinho mais próximo, Aronsson, estava perto da estrada regando sua videira virgem. Mahler se esforçou para não fazer cara feia quando Aronsson o viu e acenou para ele chegar mais perto. Mahler não podia ignorá-lo, então parou, abaixou o vidro do carro. Aronsson se aproximou. Tinha uns setenta anos, era magro e desengonçado e usava um chapéu de jeans estilo pescador. No chapéu estava escrito *Black & Decker*.

– Olá, Gustav. Então finalmente você acabou vindo pra cá.

– É – disse Mahler, e apontou para o regador na mão de Aronsson. – Você acha que é necessário?

Aronsson olhou para o céu, onde as nuvens se aglomeravam, e deu de ombros.

– É o costume.

Aronsson tinha um carinho especial pela videira virgem. Densa e frondosa, ela se enroscava em volta do arco de metal que era o portal da entrada de seu terreno. Uma tabuleta de madeira feita pelo dono no meio do portal anunciava que se tinha chegado ao "ARVOREDO DA PAZ". Após a aposentadoria, Aronsson transformara sua casa de verão no mais perfeito paraíso sueco que se possa imaginar. Era proibido regar plantas, mas, a julgar pelas espécimes frondosas do lado de dentro do portal, Aronsson não tinha obedecido.

– Mahler – disse Aronsson –, eu peguei um pouco dos seus morangos. Espero que você não se zangue. Os corços estavam comendo tudo.

Mahler disse:

– Tudo bem. Foi bom eles não terem estragado. – Embora ele preferisse que seus morangos fossem comidos pelos bichos, e não por Aronsson.

Aronsson fez um estalo com a língua.

– Os seus morangos estavam ótimos. Isso foi antes do período de seca. Aliás, li o que você escreveu. É isso mesmo que você acha ou foi só porque... bem, você sabe.

Mahler balançou a cabeça.

– Como assim? O que você quer dizer?

Aronsson recuou imediatamente.

– Bem, eu só quis dizer que... que estava bem escrito. Fazia um tempo que você não escrevia, não é mesmo?

– É.

Mahler tinha deixado o carro em ponto morto. Virou o rosto para a estrada para sinalizar que tinha de prosseguir, mas Aronsson não se abalou.

– É... e agora você está por essas bandas e a menina veio junto.

Mahler balançou a cabeça. Aronsson tinha uma capacidade assustadora de saber tudo o que acontecia. De lembrar nomes, datas, episódios e se manter atualizado sobre tudo o que as pessoas ali da região faziam. Se um dia fosse publicada a crônica de Koholma, Aronsson seria obviamente o redator do livro.

Aronsson olhou na direção da casa de Mahler, que ficava na esquina e que – graças a Deus – não podia ser vista dali.

– E o menininho? Elias. Ele está...?

– Ele está com o pai.

– Ah, sei. É assim. Pra lá e pra cá. Então estão só você e a menina. Isso é bom. – Aronsson olhou do canto do olho para o banco traseiro, que estava cheio de sacolas do Flygfyren em Norrtälje.

– Vocês vão ficar muito tempo?

– Vamos ver. Aronsson, eu preciso...

– Entendo. – Aronsson apontou com a cabeça para um ponto mais adiante na estrada, falou com um tom lamurioso. – A família Siwert teve câncer, você ficou sabendo? Os dois. Receberam o diagnóstico com um intervalo de apenas um mês. É a vida.

– É. Eu preciso... – Mahler pisou no acelerador e Aronsson deu um passo atrás, afastando-se do carro.

– Claro... – disse Aronsson –, a menina está esperando. Eu faço uma visita qualquer dia desses.

Mahler não podia assim de repente inventar um motivo convincente para dizer não, então balançou a cabeça e foi para casa.

Aronsson. De certo modo Mahler tinha conseguido esquecer que havia outras pessoas na região. Ele vira apenas a casa, o bosque, o mar. Nada de narizes querendo se intrometer em tudo.

Quem era que tinha telefonado para a polícia assim que um carro desconhecido ficara estacionado por um tempo por ali? Aronsson. Quem era que tinha dito à Agência de Seguro Social que o Olle Stark, que se aposentara por invalidez, estava trabalhando no bosque? Ninguém sabia. Todo mundo sabia. Aronsson.

E o que ele tinha querido dizer com aquele *é isso mesmo que você acha*?

Eles precisavam tomar cuidado. Merda. Aronsson era um filho da puta, por que ninguém cuidava do assunto e punha fogo na casa dele, de preferência com ele dormindo lá dentro?

Mahler trincou os dentes. Como se eles já não tivessem bastante problemas.

Estava irritado quando saiu do carro e começou a tirar as coisas. Quando uma das alças da sacola de papel se rasgou e frutas e verduras caíram pelo chão, ele quis chutar as coisas e mandar aquilo tudo para o inferno, gritar algum palavrão. Teve de se controlar, por causa de Aronsson. Isso bastava. Deixava Mahler com mais raiva ainda.

Com a sacola no colo, foi para casa e não pôde evitar. Olhou por cima do ombro e verificou se Aronsson não estava espiando ali na esquina. Não estava.

Mahler colocou a sacola na mesa da cozinha e exclamou "Cheguei!". Quando ninguém respondeu, ele entrou no quarto.

Elias estava deitado na cama na posição em que ele o tinha deixado, mas agora com a mão em cima do peito. Mahler engoliu em seco. Será que ele algum dia iria se acostumar com a aparência de Elias?

Ao lado da cama, no chão, Anna estava deitada. Parecia morta com os olhos arregalados fitando o teto.

– Anna?

Com voz fraca, sem levantar a cabeça, ela respondeu:

– Sim.

Havia uma mamadeira ao lado do travesseiro de Elias. Um pouco do líquido tinha vazado no lençol. Mahler apanhou a mamadeira e a colocou na mesa de cabeceira.

– O que foi?

Ele ainda estava irritado. Tinha sido um inferno ficar andando de um lado para outro em Norrtälje com aquele calor sufocante, carregar um monte de coisas e ser eficiente. Ele esperava poder descansar um pouco ao chegar em casa. Porém agora alguma coisa tinha acontecido. Anna não respondeu. Ele teve vontade de cutucá-la com o pé, mas não o fez.

– Anna, o que foi?

Os olhos de Anna estavam inchados, vermelhos de tanto chorar. Ela respondeu apenas com um fiozinho de voz que atravessava as camadas de lágrimas antigas.

– Ele está vivo...

– Sim. Eu sei. – Mahler apanhou a mamadeira, sacudiu-a. Havia uma camada de açúcar depositada no fundo. – Você deu isso a ele?

Muda, Anna balançou a cabeça.

– Ele bebeu.

– Sei. Que bom.

– Ele mamou.

– Tá.

Mahler sabia que devia mostrar mais entusiasmo pela novidade do que conseguia ter no momento; sua cabeça estava pesada de tanta sonolência, cansaço e calor.

– Você pode me ajudar a desempacotar as coisas?

Anna levantou a cabeça e ficou olhando para ele. Por muito tempo. Fitou-o como se ele fosse um ser de outro planeta que ela tentava entender. Ele enxugou a testa com a manga da camisa e disse, irritado:

– Eu comprei comida congelada que vai derreter se nós...

– Já vou ajudar. – Anna se levantou. – Já vou ajudar. A comida congelada.

Havia alguma coisa a ser dita ali. Alguma coisa que estava errada. Ele não aguentava pensar. Quando Anna foi para o carro, ele se trancou no quarto e deitou na cama. Lerdo, reparou que enquanto estava na rua o quarto tinha sido limpado. Apenas as teias de aranha nos cantos da parede e do teto revelavam que já fazia muito tempo que ninguém morava ali. Em um estado de torpor, ele ouviu Anna entrar na casa, o farfalhar das sacolas de papel enquanto desempacotava as coisas na cozinha.

Uma sacola grande diz tudo...

Mahler não dormiu, mas seu corpo afundou devagar até o ponto em que algo arrebentou dentro dele, um clique, e ele abriu os olhos, sentiu ter muito mais energia do que tivera o dia inteiro. Continuou deitado mais um pouco, desfrutou da sensação de não ter mais areia nos olhos. Então levantou e foi para a cozinha.

Anna estava sentada à mesa da cozinha lendo um dos livros que ele tinha trazido da biblioteca.

– Oi – disse ele. – O que você está lendo?

Anna mostrou a ele a capa – *Autismo e jogos* – e retomou a leitura.

Ele ficou indeciso por alguns segundos, depois foi para o quarto de Elias e teve um pequeno choque. Elias estava deitado na cama segurando uma mamadeira. Mahler pestanejou, aproximou-se.

Provavelmente era fruto de sua imaginação, resultado de Elias estar fazendo algo que qualquer criança podia fazer, mas ele achou que Elias estava com uma cara mais... saudável. O semblante não estava mais tão concentrado e duro, como o semblante de um velho. Como se um pouquinho de luz e de alívio tivesse se depositado sobre a pele ressecada do menino.

Os olhos ainda estavam fechados, e com a mamadeira na boca era como se ele... estivesse gostando. Mahler se ajoelhou junto da cama.

– Elias?

Nenhuma resposta, nem sequer um movimento que indicasse que Elias ouvia ou enxergava. Mas os lábios se mexiam em movimentos bem discretos de sucção e a garganta engolia. Mahler esticou a mão e tocou de leve no cabelo cacheado. Ele era macio, sedoso.

Anna tinha deixado o livro de lado e estava olhando pela janela, para a parede de bosque de abetos e o álamo-tremedor comprido e solitário onde o esboço de uma casinha – umas tábuas e chapas de madeira compensada – estava preso entre os galhos. Foram ela e Elias que tinham começado a construí-la no verão passado. Escalar em escada não era algo adequado a Mahler.

Atrás dela, Mahler disse:

– Fantástico.

– O quê? A casa na árvore?

– Não. Ele estar bebendo. Sozinho.

– É.

Mahler respirou fundo, soltou o ar. Disse em seguida:

– Desculpe.

– Pelo quê?

– Por... não sei. Por tudo.

Anna balançou a cabeça.

– As coisas são como são.

– É. Aceita um uísque?

– Aceito.

Mahler serviu um pouco de uísque, colocou os dois copos na mesa, levantou seu copo na direção de Anna e disse:

– Ficamos de bem? Por enquanto?

– Ficamos. Por enquanto.

Depois que cada um bebeu seu gole, eles suspiraram exatamente no mesmo instante, o que os fez sorrir. Anna contou que ficara massageando a mão e os dedos de Elias por um bom tempo até eles parecerem ficar mais macios, e que depois colocara a mamadeira na mão dele.

Mahler falou sobre Aronsson, que tinham de tomar cuidado, e Anna fez várias caras imitando a fisionomia de Aronsson, que lembrava o rosto de um grande inquisidor.

Mahler apanhou o livro que ela lia e perguntou:

– O que você acha?

– Bom. Mas esse... programa de treinamento que eles descrevem, é para... – A voz de Anna ficou embargada – crianças mais saudáveis. – Ela cobriu o rosto com as mãos. – Ele está muito mal. – O ar saiu de seus pulmões numa expiração entrecortada.

Mahler se levantou, ficou ao lado da filha e lhe apertou o ombro e a cabeça na própria barriga. Ela deixou. Ele lhe acariciou o cabelo e disse baixinho:

– Tudo vai se resolver... Tudo vai se resolver... Olhe só o que aconteceu hoje. – Ela apertou a cabeça nele e ele disse: – Temos que ter esperança.

Anna balançou a cabeça.

– É isso que eu tenho. E é isso que faz doer tanto.

De repente ela estremeceu, passou a mão nos olhos, levantou-se e disse:

– Venha cá.

Mahler a seguiu e entrou no quarto. Um ao lado do outro, eles se ajoelharam junto da cama de Elias. Anna disse:

– Oi, meu filho. Agora nós dois estamos aqui. – Virou-se para Mahler. – Pai. Olhe para o rosto dele. Diga se eu estou ficando maluca.

Mahler olhou. Aquilo que ele tinha visto enquanto Elias estava segurando a mamadeira tinha sumido. O rosto estava fechado, sem vida. O ânimo arrefeceu dentro dele. Anna dobrou o lençol. Mahler viu que ela tinha vestido em Elias um dos pijamas velhos que ficaram na casa de veraneio, que só chegava aos joelhos do menino.

Anna pôs o indicador e o dedo anelar na coxa de Elias. Então os dedos começaram a subir na direção da barriga do filho enquanto ela cantava baixinho:

– Lá vem um camundongo... ele vai subindo...

Os dedos passeavam pelos quadris.

– ...o camundongo vai subindo... e de repente ele faz...

Ela cutucou o umbigo de Elias.

– PIIIP!

E Mahler viu. Apenas um esboço, como um pequeno espasmo. Mas era verdade. Elias sorriu.

Täby Kyrkby 18h00

Hagar deu uma palmadinha no joelho direito.

– Acho que vai chover. Passei a tarde inteira com aquela dorzinha no joelho.

Elvy se encostou na janela e olhou lá fora. Não era necessário ter bola de cristal para ver que um temporal se aproximava. As nuvens estavam agora tão perto que escondiam o sol e transformavam a tarde em noite. O ar estava carregado de tensão elétrica. Só havia um modo de Elvy interpretar isso. Ela lavou as xícaras de chá e disse em voz alta:

– Temos que sair já hoje à noite.

Hagar balançou a cabeça concordando. Tinha se preparado. Por telefone, Elvy dissera à amiga que vestisse algo apropriado, para o caso de elas precisarem começar a fazer a ronda agora.

O vestido de seda azul-escuro cheio de estrelinhas que Hagar tinha escolhido era talvez chamativo demais aos olhos de Elvy, mas Hagar se defendera dizendo que se tratava de "uma ocasião solene", e isso não podia ser negado.

Hagar não hesitara. Quando Elvy lhe contou sobre a revelação, Hagar apenas riu encantada e lhe deu os parabéns. Que Maria iria aparecer no fim dos tempos era algo óbvio. O fato de ser justamente para Elvy que ela apareceria era uma sorte incrível, mas, por outro lado, havia gente de quem nunca se ouvia falar que ganhava dez milhões na loteria, então...

Para falar a verdade, Elvy não estava lá muito contente com o jeito frívolo com que Hagar aceitara aquilo tudo. Vestir um longo de festa e vir com comparações com a loteria.

O encontro com Maria fora um choque profundo para Elvy, provavelmente a coisa mais importante que tinha acontecido em sua vida. Mas foi só Hagar ver a ferida na testa de Elvy que ela juntou as mãos e disse: "Fantástico! Que coisa maravilhosa!". Elvy suspeitava que Hagar teria reagido da mesma maneira se ela tivesse contado que fora sequestrada por extraterrestres. Era como se, para Hagar, o importante fosse estar acontecendo alguma coisa, não importava o quê.

Hagar tinha se casado três vezes. Rune, o último marido, tinha morrido dez anos antes, e desde então Hagar vivia fazendo cursos e frequentando reuniões. Durante três anos tivera um *relacionamento* com um homem da mesma idade que ela, mas não chegaram a morar juntos. Só tinham os *tête-à-tête* deles, segundo as palavras da própria Hagar. Ela terminou o caso quando o homem começou a ficar gagá.

Portanto, Hagar era uma mulher volúvel e totalmente diferente de Elvy. Apesar disso, eram muito amigas. Por quê? Bem, em primeiro lugar, tinham o mesmo tipo de humor. Com isso já se vai longe. Além disso, Hagar tinha cultura e era completamente lúcida, o que não era o caso dos velhos amigos de Elvy. E, embora tivessem opiniões diferentes com relação a muitas coisas, elas se entendiam.

Mas Elvy não conseguia encarar aquela história com Maria do jeito leve como Hagar encarava. Não queria. Aquilo era uma coisa séria. Ela esperava que Hagar entendesse.

Hagar esfregou o joelho, fez uma cara feia.

– Por onde vamos começar? Você sabe que santo de casa não faz milagre. Talvez precisemos ir para outro lugar para profetizar.

Elvy sentou à mesa do outro lado, ficou olhando fixamente para a amiga. Os olhos de Hagar se mexeram pra lá e pra cá.

– O que foi?

– Preste atenção, Hagar... – Elvy bateu com o nós dos dedos na mesa para sublinhar. – Nós *não* vamos para nenhum circo. Você pode achar que tudo isso é engraçado, é como ganhar na loteria e coisas do gênero. Mas, se você quiser participar, precisa entender que...

Elvy passou a mão no curativo na testa. A ferida estava começando a coçar. Ela prosseguiu:

– ...que se trata da Virgem Maria, a mãe de Deus apareceu para mim e disse para eu levar as pessoas até ela. Você sabe o que isso significa?

Hagar murmurou:

– Que elas devem ter fé.

– Isso mesmo. Nós não vamos convencer as pessoas a deixar a barba crescer ou a doar os seus pertences nem a fazer qualquer outra coisa. Nós vamos fazê-las *ter fé*, através da força da nossa convicção. E agora eu lhe pergunto, Hagar... – Elvy quase se assustou com o tom da própria voz, mas prosseguiu mesmo assim: – ...você acredita no Senhor Jesus?

Hagar se remexeu na cadeira, olhou envergonhada para Elvy, como um aluno que leva uma reprimenda do professor, e respondeu:

– Você sabe muito bem.

– Não! – O dedo indicador de Elvy se ergueu. Ela sempre falava alto quando conversava com Hagar, mas agora seu tom de voz era ainda mais alto. Era como se outra pessoa estivesse incorporada nela. – Não, Hagar! Eu fiz uma pergunta: Você acredita no Senhor Jesus Cristo, o filho único de Deus?

– Sim! – Hagar cerrou os punhos. – Eu acredito em Jesus, o filho único de Deus, que padeceu sob Pôncio Pilatos, foi crucificado, subiu ao céu e ressuscitou no terceiro dia! Sim, eu acredito!

Aquilo que tinha tomado conta de Elvy por um momento se retirou. Ela sorriu.

– Ótimo. Então você está aceita.

Hagar balançou a cabeça devagar.

– Santo Deus, Elvy. O que deu em você?

Para essa pergunta, Elvy não tinha resposta.

O céu tinha escurecido quando elas partiram, parecia uma tampa em cima do mundo. Ambas levavam guarda-chuvas. Hagar se queixava do joelho direito, onde sentia não apenas uma dorzinha, porém uma dor de verdade. Seria uma descarga fenomenal.

Mas ainda nada de chuva. Os pássaros estavam nas árvores em silêncio, as pessoas permaneciam em casa, esperando. A pressão atmosférica fazia o sangue subir à cabeça, era como uma embriaguez. Elvy estava feliz. Provavelmente já aconteceria nesta noite. Talvez ela fosse apenas uma das muitas que foram chamadas. E faria sua parte.

Elas começaram com os vizinhos, os Söderlund. Elvy sabia que o homem era um chefe de nível intermediário na empresa Pharmacia, a mulher era bibliotecária aposentada por invalidez. Moravam fazia muito tempo na região, sem que Elvy tivesse tido um contato mais íntimo com eles.

Foi o homem quem abriu a porta. Tinha uma barriga um pouco protuberante, vestia um pulôver com estampa quadriculada, era meio careca e tinha bigode. Em outras palavras, ele teria tido uma chance nas disputas do programa Loket-look-alike feito nos anos noventa.

Elvy não tinha se preparado, confiava na inspiração que viria quando chegasse a hora. O homem a reconheceu e deu um sorriso cordial.

– Então a senhora Lundberg está passeando...

– É, estou – disse Elvy. – E essa é Hagar.

– Certo. Boa noite. – O olhar do homem pousou em Elvy e depois em Hagar. – Como posso ser útil?

– Podemos entrar? Temos algo importante para dizer.

O homem levantou as sobrancelhas, olhou em seguida para trás por cima do ombro, como para verificar se ele tinha mesmo uma casa onde elas pudessem entrar. Virou-se de novo para as duas, pareceu estar prestes a perguntar alguma coisa, mas disse apenas:

– Pois não, entrem.

Quando Elvy entrou no corredor, seguida por Hagar, o homem fez um gesto na direção da testa de Elvy.

– A senhora se machucou?

Elvy balançou a cabeça.

– Não, pelo contrário.

A resposta não o satisfez. Ele franziu a testa e recuou um pouco para deixá-las passar, depois pousou as mãos sobre a barriga. O corredor tinha uma decoração discreta e bem planejada, não combinava em nada com a pessoa do homem e era provavelmente obra da esposa.

Hagar não se conteve:

– Mas que casa bonita vocês têm!

– Bem, é... – O homem olhou ao redor e ficou visível que ele mesmo tinha outra opinião. – Ela é feita num... certo estilo.

– Como? – disse Hagar.

Elvy olhou zangada para Hagar enquanto o homem repetia o que tinha acabado de falar. Depois ele ficou esperando. Antes de Elvy decidir o que diria, as palavras lhe jorraram da boca.

– Viemos aqui para prepará-lo.

O homem esticou um pouco a cabeça.

– É? Para o quê?

– Para a volta de Cristo.

O homem arregalou os olhos, mas, antes de ele conseguir dizer alguma coisa, Elvy continuou:

– Os mortos acordaram, o senhor já deve saber.

– Sei, mas...

– Não – interrompeu Elvy. – Nada de mas. O meu marido voltou de madrugada, a mesma coisa aconteceu por toda parte. Os cientistas não sabem o que fazer, "impossível, inexplicável" é o que todos dizem. Mas isso tudo é óbvio e nós sabíamos que ia acontecer. O senhor vai ficar aqui de braços cruzados, fingindo que isso é um fenômeno como outro qualquer?

A senhora da casa veio da cozinha, limpou as mãos no pano de prato. Atrás de si, Elvy ouviu Hagar e a mulher se cumprimentarem. O homem perguntou:

– Mas... o que é que as senhoras querem?

– Nós queremos... – Elvy levantou a mão e, sem estar ciente disso, fez o sinal da paz, o polegar encostado na parte interna do dedo anelar, os outros dedos esticados. – Nós queremos que o senhor acredite em Cristo.

O homem olhou para a mulher com um pouco de pânico no olhar. A mulher respondeu fazendo uma cara que mais dava a entender que aquilo era um convite que eles tinham que decidir se aceitavam ou não. O homem balançou a cabeça numa negativa.

– A minha fé é assunto meu.

Elvy balançou a cabeça.

– Sem dúvida. Mas olhe à sua volta. O senhor consegue interpretar isso tudo de outra forma?

A esposa deu uma tossidinha.

– Eu acho que a gente deve...

– Um momento, Matilda. – O homem fez um gesto interrompendo a esposa e se virou de novo para Elvy. – Por que vocês estão fazendo isso? O que é que vocês querem?

Antes de Elvy ter tempo de responder, Hagar disse:

– Maria apareceu para Elvy e disse para ela fazer isso. Ela tem que fazer. E eu também, pois eu acredito nela. E em Jesus.

Elvy balançou a cabeça. Só agora ela entendeu o sentido de ter a companhia de Hagar. Como o Senhor Jesus – sem querer comparar – tivera Pedro, a rocha.

– Não estamos exigindo nada – disse Elvy. – Vocês fazem o que bem entenderem. Não obrigamos ninguém, não podemos obrigar ninguém. Apenas queremos chamar sua atenção para o fato de vocês talvez estarem cometendo um erro terrível ficando longe de Deus agora que... agora que temos todas as provas.

A mulher olhava receosa para o homem, como se Elvy e Hagar estivessem naquele instante ofecerendo a eles uma vacina contra uma doença desvastadora, e ela suspeitasse que o homem se recusaria a tomá-la.

E com razão. O homem balançou a cabeça com raiva, passou por Elvy e Hagar e abriu a porta da rua.

– Eu acho que isso parece mais é uma ameaça. – Ele fez um gesto com a mão que mostrou que elas deviam ir embora. – Mas lhes desejo boa sorte. O que não falta são almas confusas.

Elvy e Hagar estavam na escada da entrada. Antes de ele fechar a porta, Elvy disse:

– Se o senhor mudar de ideia... a minha casa está de portas abertas, o tempo todo.

O homem bateu a porta com força.

Quando elas estavam na rua de novo, Hagar mostrou a língua para a casa que tinham acabado de visitar e disse:

– Com esses, não nos saímos bem. – Olhou para Elvy, que colocara a palma da mão na testa, e perguntou:

– O que foi?

Elvy fechou os olhos:

– Estou com uma sensação estranha na cabeça.

– É a trovoada – disse Hagar, e apontou para o céu com a ponta do guarda-chuva.

– Não... – Elvy colocou a mão no ombro de Hagar, apoiou-se nele.

Hagar segurou o braço de Elvy.

– O que é que você tem, amiga?

– Não dá para... – Elvy tocou levemente na testa. – É como se... outra coisa entrasse em mim. Uma outra voz. Quando eu disse aquilo, "A minha casa está de portas abertas". Eu não ia dizer aquilo. Aquilo não tinha passado pela minha cabeça. Apenas... saiu.

Hagar se inclinou, examinou a testa de Elvy como se ali pudesse achar alguma pista, mas viu apenas o curativo. Fez bico e disse:

– Pense nos discípulos. Eles podiam de repente falar em qualquer língua. O fato de você receber um pouco de inspiração não é mais estranho do que Maria ter aparecido para você, não é mesmo?

Elvy balançou a cabeça, endireitou-se.

– É. Eu suponho.

– Vamos continuar? – Hagar apontou com a cabeça para a casa, onde o homem estava agora na janela. – Lá dentro só havia galhos secos.

Elvy deu um sorriso amarelo.

– O Senhor já operou milagres maiores do que fazer brotos nascerem em árvores mortas.

– Isso – disse Hagar. – Agora você está alerta de novo.

Elas prosseguiram.

Bondegatan 18h30

Flora estava em frente ao computador quando seus pais chegaram. Tinha entrado em um fórum cristão na internet e defendido um ponto de vista satanista quanto à questão dos zumbis, explicando que as pessoas de sua igreja em Falköping estavam agora fazendo missas negras a fim de apressar a volta de Belzebu. Foi mais engraçado no começo, quando os outros ainda acreditavam que ela era uma pentecostal devota que tinha encontrado a luz ou a escuridão. Quando eles tentaram trazê-la de volta para o caminho certo. No entanto, ela tinha ido longe demais e não estava mais sendo tão convincente quando a porta da rua se abriu e Margareta exclamou:

– Iuhu! Alguém em casa?

Flora escreveu: "*Adeus. Nos vemos no Inferno*" e saiu da página. Ficou com os dedos descansando em cima do teclado à espera do farfalhar. E ele veio. O farfalhar que sempre sinalizava a chegada dos pais de alguma viagem. As sacolas de compras.

– Iu-huuu!

Flora fechou os olhos, viu a mãe e o pai afundando-se em um mar de bolas de plástico coloridas. Farfalhava quando as cabeças dos dois desapareciam debaixo das bolas. O que ela queria era pôr para tocar Manson, exorcizar a voz deles com solos de guitarra, mas havia uma coisa que a interessava: como sua mãe encarava aquela história com os mortos. Elvy tinha telefonado e dito que Margareta ligara de Londres e estava informada a respeito. Como será que ela encarava a questão?

O chão da cozinha, como Flora já imaginava, estava coberto de sacolas de plástico com logotipos de lojas inglesas. No meio daquilo tudo, Margareta e Göran estavam tirando as coisas da sacola ao lado de Viktor, que, com uma impaciência que mal conseguia disfarçar, esperava pela pistola de água movida a pilha. Flora cruzou os braços na altura do peito e se encostou no batente da porta. Margareta a avistou.

– Olá, filha! Como foram esses dias?

– Tudo certo.

A pergunta foi feita do jeito de sempre. Alegre e animada. Nenhum sinal de que alguma coisa especial tivesse acontecido, então Flora acrescentou:

– Foi só um pouco morto.

Um sorriso veio e foi embora como uma chicotada no rosto de Margareta, enquanto ela vasculhava a sacola. Com o canto do olho, Flora viu que Göran lançou um olhar severo para a mãe. Margareta tirou uma caixa da sacola e a entregou a Viktor.

– ...e isso aqui é seu.

Viktor franziu a testa e abriu a caixa, tirou dela uma escultura cheia de detalhes de Gandalf e a girou nas mãos. Sua decepção foi enorme. Flora viu a etiqueta com o preço na caixa: 59,90. Libras esterlinas.

– Eles só tinham aquelas que parecem de verdade – disse Göran, e abriu as mãos. – Então...

– Como assim, aquelas que parecem de verdade? – perguntou Viktor.

– Armas. E quando a gente apertava o gatilho o barulho também era igual ao de uma arma de verdade. E isso... nós não queremos dar a você. Então acabamos comprando esse brinquedo.

– O que eu vou fazer com isso?

– Pôr no seu quarto. Você não quer?

Viktor olhou para a escultura. Seus ombros afundaram.

– Tá, tá. Quero.

Margareta tinha começado a vasculhar em outra sacola e perguntou sem levantar os olhos:

– E o que é que a gente diz?

– Obrigado – disse Viktor, e lançou um olhar para Gandalf como se quisesse matá-lo.

Margareta se levantou com uma nova caixa, que deu para Flora.

– E isso é para você. É um desses que todo mundo quer, não é?

O que todo mundo queria era um iPod. Flora devolveu a caixa a Margareta.

– Obrigada, mas eu já tenho.

Margareta apontou para a caixa sem pegá-la de volta.

– Mas dá para gravar... – virou-se para Göran – ...não eram duzentos?

– Trezentos – respondeu Göran.

– ...trezentos CDs nele. Tudo.

– Tá – disse Flora. – Eu sei. Mas eu não preciso dele. Já tenho o meu.

O silêncio desceu sobre a cozinha. Uma sacola de plástico caiu fazendo um barulho que parecia o de um suspiro. Flora estava gostando. Não se pode comprar tudo – é, não se pode comprar tudo. Göran bateu as mãos uma na outra produzindo um estampido.

– Eu acho – disse ele – que vocês são é muito mal-agradecidos.

– Vocês sabem o que aconteceu? – perguntou Flora.

Margareta balançou a cabeça: *não fale desse assunto agora*, e Flora fingiu não entender o gesto.

– Bem – disse Flora –, ontem à noite, por volta das onze horas...

– Vocês já comeram alguma coisa? – interrompeu Margareta, e tirou finalmente a caixa das mãos de Flora. Sem esperar pela resposta, apontou com a caixa para Flora. – Vendemos isso ou damos para outra pessoa? Você tem certeza de que é isso que você quer?

Flora viu os lábios apertados da mãe, que se abriram por um segundo deixando transparecer que o lábio inferior tremia, antes de se fecharem de novo.

Eu podia sentir pena dela. Mas não quero.

– Fique com ele – respondeu Flora.

– E pra quê?

– Sei lá. Björn Afzelius.*

---

* Cantor e compositor sueco (1947-99). (N. T.)

Flora voltou para o quarto e fechou a porta. Havia um bolo em sua cabeça, um bolo de culpa, raiva, cansaço e mais cansaço, numa massa pegajosa. Ela colocou no estéreo *Portrait of an American family*, para limpar, arejar. Deitou na cama e deixou que as vibrações a perfurassem, a voz de Manson funcionava como uma pomada nos lugares onde ela sentia dor, eram agulhas espetando onde estava adormecido.

WHITE TRASH GET DOWN ON YOUR KNEES!

TIME FOR CAKE AND SODOMY!

Quando a primeira música tinha derretido o pior, ela avançou para "Wrapped in plastic", deitou de novo na cama e fechou os olhos.

The steak is cold, but it's wrapped in plastic...

É. É só vir pra nossa casa. A carne está fria, ela pode simplesmente estar apodrecendo, mas colocamos papel-filme em volta dela, juramos que você não vai sentir o cheiro. Fique um pouco mais.

Papel-filme.

Flora perdeu-se em devaneios imaginando Estocolmo inteira embrulhada com plástico. Plástico nas calçadas, uma película fina cobrindo o rio Strömmen. Ao mergulhar os dedos na água, a única coisa que se sentia era plástico abaulado. Plástico cobrindo o rosto das pessoas, plástico em forma líquida para nos proteger de bactérias. Um cachorrinho dando cambalhotas dentro de uma bolha de plástico sólido.

Abaixaram o volume e ela abriu os olhos. Margareta estava na beira da cama, de braços cruzados no peito.

– Flora – disse ela –, enquanto você morar nesta casa...

– Já sei. Já sei.

– O que é que você sabe?

Flora já sabia. O programa inteiro. Como ela devia se comportar, como *todos os jovens que a gente conhece* se comportavam. Lavar os ouvidos, usar o iPod, escutar Kent,* isso, deixar Jocke Berg** levar você ao conformismo. Aceitar as coisas, ser uma pessoa agradecida. E dar algo em troca.

* Grupo de rock sueco. (N. T)

** Vocalista e líder da banda Kent. (N. T)

Ela não deu corda. Não dessa vez.

– Você não vai tocar no assunto? – perguntou Flora.

– Em que assunto?

– Sobre o vovô.

Os braços de Margareta se mexeram para cima... e para baixo... e para cima quando ela respirou fundo algumas vezes.

– O que você quer que eu diga?

Flora olhou dentro dos olhos de Margareta e encontrou um pavor que não era algo que fosse um problema dela. Rolou na cama, ficou de frente para a parede e desistiu.

– Nada. Converse sobre isso com seu psicólogo – disse ela.

– O quê?

– Você ouviu: converse sobre isso com seu psicólogo. Agora me deixe em paz.

Ela sentiu a presença de Margareta atrás de si por mais alguns segundos, depois a presença a deixou e a porta bateu com um estrondo.

O velhinho...

Era ele que assustava Margareta.

Seis meses antes – quando ela chegara em casa após uma conversa na BUP* para a qual a mãe dela obrigara Flora a ir –, Margareta se abrira de repente e conversara sobre seu pai.

– Eu não aguento – dissera. – Não aguento aquele olhar vazio, o fato de ele não dizer nada, só ficar sentado o tempo todo.

A essa altura fazia meses que ela não visitava o pai.

– E ao mesmo tempo – continuou ela –, ao mesmo tempo é como se eu achasse que dentro do pai, em algum lugar lá dentro da cabeça dele existe um velhinho... um velhinho totalmente lúcido olhando para o mundo ali fora, um velhinho que me acusa e pensa: Por que a minha filha não vem me visitar? Ele está lá dentro esperando e... mas eu não aguento essa situação.

Flora imaginava que um dos assuntos mais importantes entre Margareta e o psicólogo que ela encontrava uma vez por semana (duas vezes por semana,

---

* Sigla em sueco para *Barn-och ungdomspsykiatri*, Unidade Psiquiátrica Infantojuvenil. (N. T.)

no período em que Flora estava se cortando muito) era justamente o pai de sua mãe.

Flora já pensava nessa época que seria melhor ir para Täby. Mas Margareta acreditava na psicologia. Acreditava que era possível consertar tudo. Que era só trabalhar os problemas, um de cada vez, de forma ordenada, que a gente por fim obtinha paz e harmonia. Possivelmente também um diploma. Todos os problemas podem ser resolvidos a não ser por uma exceção: os problemas que não podem ser resolvidos.

E o que fazer com eles? Ignorá-los! Velhinhos na cabeça? Essas coisas não existem. Isso não é assunto de conversa, nem passa pela cabeça.

Agora o velhinho tinha escapado. Agora ele andava por aí com suas pernas e olhos vazios. Agora havia um dedo acusador esperando por Margareta em Danderyd.

Mas esse era um problema sem solução. Consequentemente, não havia nenhum problema. Ele não existia.

Flora apertou de novo o botão do estéreo e aumentou o volume.

The steak is cold, but it's wrapped in plastic.

Papel-filme.

O trovão que retumbou meia hora mais tarde abalou a conexão da internet. Flora tentou telefonar para Elvy, mas ninguém atendeu. Quando telefonou para Peter, ele atendeu no primeiro toque.

– Peter falando.

A voz dele estava baixa, era quase um sussurro.

– Oi, sou eu. Flora. O que foi?

– A polícia. Estão fazendo a limpa.

Apesar de a voz dele estar bem baixa, igual à de um robô, Flora pôde ouvir o asco que ela transmitia.

– Por quê?

Um arranhar no fone quando Peter deu um risinho.

– *Por quê?* Sei lá. Eles devem achar divertido.

– Você conseguiu guardar a Flecha?

– Consegui. Mas eles pegaram todas as bicicletas.

– Não.

– Verdade. Nunca vi *tantos* antes. Oito viaturas e um ônibus. Eles estão expulsando todo mundo agora. Todo mundo.

– E você?

– Não. Não posso mais falar. Preciso ficar calado. Até mais.

– Tá. Boa...

A linha caiu.

– ...sorte.

Kungsholme 20h15

Quando o primeiro raio riscou o céu de Norrmalm, David estava olhando para um pacote de framboesas guardado no congelador. O estrondo que veio depois de alguns segundos o tirou do estado de torpor, e ele colocou as framboesas na última prateleira e apanhou um pacote de pão.

Roast'n Toast. Data de validade: 16 de agosto. Quando ele comprara o pão, uma semana antes, tudo estava normal; a vida era uma sequência de dias memoráveis e menos memoráveis a ser empilhados um em cima do outro. Ele fechou a porta do congelador e ficou com o pão.

Quanto tempo?

Quantos dias, quantos anos, quanto tempo levaria para que uma boa lembrança viesse a se conectar a um momento *posterior* ao acidente de Eva? Será que isso ia acontecer algum dia?

– Pai, olhe.

Magnus estava na cozinha apontando para a janela. Linhas finas da cor de giz cintilavam no quadro-negro do céu, e o estrondo que veio logo depois parecia não ter nada a ver com o assunto. Magnus contou em silêncio e disse que a trovoada estava a três quilômetros dali. Camadas de água deslizavam pela janela.

David tirou do pacote umas fatias de pão duras como pedra e as colocou na tostadeira para o lanche de Magnus. Ele tinha queimado o molho do espaguete do jantar e nenhum dos dois tinha comido muito. Depois eles assistiram *Shrek* pela quarta vez e Magnus comeu a metade de um pacote de chips, enquanto David bebeu três copos de vinho. Não estava mais com fome.

A casa estremecia com os estrondos que se aproximavam. David conseguiu convencer Magnus a comer um sanduíche de queijo com geleia e tomar um copo de leite. Seu humor oscilava entre encarar Magnus como uma máquina que precisava ser cuidada e considerar o filho a única pessoa que havia na face da Terra. Depois do vinho, a segunda forma de ver o filho foi prevalecendo, e ele teve de se controlar para não começar a chorar ao olhar para ele.

Magnus foi escovar os dentes e, no mesmo instante em que o filho desapareceu da frente dele, o pânico queimou o estômago de David. Ele bebeu direto do gargalo o que restava do vinho, encostou-se na mesa da cozinha e ficou olhando para os raios.

Depois de um minuto, Magnus voltou e ficou junto dele.

– Pai, por que a luz é mais rápida do que o som?

– Porque... – David passou a mão no rosto. – Porque... boa pergunta. Não sei. Vá... – Calou-se. Quase falou: *Vá perguntar a sua mãe*. Em vez disso, disse: – Vá se deitar agora.

Pôs Magnus na cama, disse que estava cansado demais para contar histórias. Magnus pediu que ele lesse em voz alta, e David leu a história do leopardo que perdeu uma pinta. Magnus já tinha ouvido essa história várias vezes, mas sempre achava engraçado quando chegava a parte em que o leopardo contava as pintas do corpo e descobria que uma tinha sumido.

Porém agora David não conseguia puxar de si nenhuma alegria ao contar a história. Tentou representar a surpresa do leopardo, mas o riso forçado de Magnus foi tão triste que ele se viu obrigado a terminar, apenas leu a história do jeito que ela estava no livro. Quando a leitura acabou, os dois ficaram em silêncio por um bom tempo. Quando David fez menção de se levantar, Magnus disse:

– Pai?

– Fale.

– A mãe vai voltar pra cá?

– Como assim? O que você quer dizer?

Magnus se encolheu na cama e dobrou os joelhos na barriga.

– Ela vai vir do jeito que ela está agora, assim morta?

– Não. Ela vem depois. Quando ficar boa.

– Eu não quero que ela venha morta.

– Ela não vem assim.

– Tem certeza?

– Tenho.

David se curvou sobre a cama e beijou Magnus no rosto, na boca. Normalmente Magnus costumava fazer gracinha nessa hora – queria brincar de Não Pode Rir, fazia caretas –, mas agora ficou quieto, deixou que o pai o beijasse. Quando David se levantou, Magnus estava deitado com as sobrancelhas franzidas. Pensava em alguma coisa, queria perguntar alguma coisa. David esperou. Magnus olhou nos olhos dele.

– Pai? Você consegue viver sem a mamãe?

A mandíbula de David ficou travada. Os segundos passaram. A voz do bom-senso lá no fundo da consciência gritava para ele: *Diga alguma coisa, diga alguma coisa, você está assustando o menino!* Por fim, ele conseguiu dizer:

– Durma agora, meu filho. Tudo vai se resolver.

David deixou a porta do quarto aberta, foi para o banheiro e abriu a torneira da banheira, esperava que ela pudesse abafar o som de seu choro.

Muitas vezes imaginara Eva morta. Tentara imaginar. Errado. Muitas vezes a ideia da morte de Eva tinha invadido seus pensamentos. Isso. Pois essas coisas acontecem, estão no jornal todo dia. Fotografias de estradas, de rios ou de uma clareira inexpressiva no bosque. Aqui bateu o carro de alguém, ali um se afogou, lá alguém foi assassinado.

Pensara nisso. Uma vida em ponto morto; rotinas, obrigações, talvez aos poucos um ponto de luz vindo de algum lugar. Mas agora que aquilo era realidade, a maior dor vinha, é claro, daquilo que ele não pudera imaginar.

Pai? Você consegue viver sem a mamãe?

Como é que uma criança de oito anos pode fazer uma pergunta dessas?

David sentou no chão com a cabeça encostada na banheira, onde o nível da água subia devagar. Talvez fosse um erro ele esconder seu luto de Magnus. Mas Eva não estava morta, ele não podia ficar enlutado. E Eva não estava viva, ele não podia ter esperanças. Nada.

Fechou a torneira, tirou o tampão da banheira e foi para a cozinha, abriu outra garrafa de vinho. Antes de ter tempo de se servir, Magnus apareceu, enrolado no edredom.

– Pai, não consigo dormir.

David carregou o filho para o quarto dele e de Eva e o colocou na cama. Magnus quase sumiu na cama grande. Era para ela que Magnus vinha, tonto de sono, quando era pequeno e acordava no meio da noite. O quarto representava proteção. David deitou ao lado do filho, com a mão em seu ombro. Magnus ficou se revirando junto do pai e suspirou fundo.

David fechou os olhos e pensou *Onde está a minha cama grande?*.

Ele temera que sua mãe tivesse assistido ao jornal da manhã, mas ela não tinha; então, quando ela telefonou à tarde, horrorizada com os acontecimentos da madrugada, ele a deixou a falar e disse depois que não tinha tempo. Tanto ela quanto o pai de Eva deviam ser informados, mas ele não aguentava fazer isso agora.

A respiração de Magnus ficou mais profunda. Sua cabeça estava agora encaixada na axila de David.

Pra onde eu vou?

A única coisa que ele visualizou foi a bancada da pia onde estava a garrafa de vinho. E ele iria para lá assim que Magnus dormisse de verdade. Pois Eva era a cama grande dele, o único lugar dele, e para lá ele não podia ir. Com a cabeça afundada no travesseiro, ficou olhando para a luz azul que de vez em quando piscava no teto. O estrondo estava mais distante agora, apenas gigantes murmurando lá longe na montanha. A chuva, passinhos de elfos tamborilando na borda da janela.

...e os mortos acordaram...

Um pensamento lhe passou pela cabeça e ele o segurou, agradecido.

Se tudo... se tudo o que é impossível está acontecendo agora.

Isso. Se viessem vampiros. Se as coisas começassem a pairar no ar, desaparecessem. Se o duende saísse da montanha, se os animais começassem a falar e Jesus voltasse. Se tudo... ficasse diferente.

David sorriu. Isso mesmo, ele sorriu para a ideia reconfortante. A normalidade ainda imperante – piqueniques no parque e sistemas de telefonia automatizados – era um deboche, e o colapso da sociedade e seu mergulho no sobrenatural seriam um consolo. Os esforços dos cientistas para entender o fenômeno do ponto de vista biológico não tinham nada a ver com ele. Que venham os anjos, que venham os elfos, está começando a esfriar.

Täby Kyrkby 20h20

Em duas horas elas tinham conseguido visitar doze casas, umas vinte pessoas. Algumas fechavam a porta na cara delas assim que ficavam sabendo do que se tratava; no entanto, mais pessoas do que elas esperavam estavam dispostas a ouvir. A própria Elvy recebera algumas vezes a visita de testemunhas de Jeová e as rejeitara respeitosamente. Uma vez ficou na janela da cozinha acompanhando o caminho deles, vendo como voltavam depressa pela rua após terem visitado uma casa. Elvy e Hagar estavam se saindo bem melhor nas visitas.

Talvez isso se devesse às circunstâncias especiais ou à convicção fervorosa de Elvy. Embora ela tivesse tido sua visão e recebido uma tarefa, não era ingênua a ponto de achar que conseguiria converter imediatamente todas as outras pessoas. Coisas assim não aconteciam nem mesmo na Bíblia.

A pressão atmosférica da trovoada estava o tempo todo no ar como um algodão fino e invisível ao redor delas, mas era como se estivesse sentada de braços cruzados esperando que elas terminassem sua missão para soltar seus estrondos.

Na maioria, as pessoas em quem elas conseguiram despertar interesse ou a quem convenciam eram mulheres da mesma idade delas. Mas havia também alguns homens. O que abraçou a missão com mais entusiasmo tinha por volta de trinta anos. Era perito em computação, explicou, e ofereceu seus serviços caso elas precisassem de ajuda para criar uma página na internet através da qual espalhariam sua mensagem. Responderam que iriam pensar no assunto.

Logo após as oito, o temporal não pôde mais se conter. Já estava escuro como se fosse noite de inverno quando um vento arrancou as folhas das árvores, e logo depois veio a chuva. Mais alguns minutos, e ela se tornou uma tromba-d'água.

Elvy e Hagar abriram os guarda-chuvas e a água se derramou pelo tecido, formando uma cortina ao redor delas. A chuva tamborilava com tanta força na carroceria dos carros estacionados que elas mal conseguiam se ouvir. De braços dados, foram para casa.

– Coitados dos cavalos de apóstolos!* – gritou Hagar, e Elvy não sabia se ela se referia a elas mesmas ou às pernas delas, mas não adiantava perguntar, já que a chuva não deixaria Hagar ouvir. Elas lutavam caminhando em silêncio, com a água escorrendo em volta dos sapatos baixos.

A chuvarada tinha uma força tão grande que mal sobrava ar para respirar. Para não ficarem totalmente exaustas, caminhavam devagar debaixo dos guarda-chuvas encurvados. Bem no momento em que chegaram à casa de Elvy, veio o primeiro raio e, depois de uns segundos, um estrondo que reverberou pela rua como um retumbar fatídico de tambor.

Hagar fechou o guarda-chuva, balançou-o e disse:

– Buuuum! – E riu. – Será que é o fim do mundo?

Elvy deu um sorriso de lado.

– Eu sei tanto quanto você.

– Ai, ai, ai... – Hagar balançou a cabeça. – Como diz o ditado, as portas do céu estão abertas.

A resposta de Elvy não pôde ser ouvida, já que a trovoada estava agora mais próxima e uma explosão sacudiu a casa, as taças de vinho na cristaleira tremeram, Hagar deu um pulo e perguntou:

– Você tem medo de trovoada?

– Não. E você?

---

* Alusão à expressão em sueco *apostlahästarna*, usada quando se quer dizer que se vai a pé a algum lugar. (N. T.)

– Não muito. Só preciso... – Hagar inclinou a cabeça e ajustou o volume do aparelho auditivo. Depois disse, um pouco mais alto: – Agora eu não ouço muito bem, é que com a trovoada... fica alto demais.

Os estrondos dos trovões vinham em intervalos cada vez menores, e Hagar olhou assustada para o teto. Essa história de ela não ter medo de trovão não devia ser verdade. Elvy segurou a mão de Hagar e ela lhe apertou a mão, agradecida, e deixou-se levar para a sala de estar. Elvy sentia apenas... confiança no porvir. Tudo era do modo como devia ser, e elas fizeram o que estava ao seu alcance.

Quando entraram na sala, Elvy reparou que o lustre do teto balançava um pouco. Depois a luz se apagou. Todas as luzes na casa se apagaram e ficou escuro como breu. Hagar apertou ainda mais a mão de Elvy e perguntou:

– Vamos rezar?

Uma ajudou as pernas duras da outra e se ajoelharam no chão. O rosto de Hagar se retorceu de dor quando seu joelho tocou o chão e disse:

– Não dá... meu joelho...

Elvy a ajudou a erguer-se de novo e elas sentaram-se bem próximas uma da outra, no sofá, tão perto que os quadris se roçavam. Depois elas juntaram as mãos e baixaram a cabeça para rezar enquanto a chuva continuava a jorrar no teto e os trovões enchiam o mundo.

Quando se passaram dez minutos de blecaute e a luz estroboscópica dos trovões ainda estava voltada para a casa, Elvy abaixou as persianas e acendeu duas velas na mesinha de centro. Hagar, que estava quase deitada no sofá deixando o joelho ruim descansar, parou de ser monstro de filme iluminado pelo raio e transformou-se em uma santa convincente.

Elvy andava de lá pra cá pela sala, tomada de uma irritação crescente.

– Não sei, não – disse ela. – Não sei, não.

– O quê? – Hagar mexeu atrás da orelha, mas Elvy fez um sinal de recusa. Não tinha nada importante a dizer.

Por que não acontece nada?

Ela não esperava a conversão imediata das massas, mas algo... algo que tornasse a jornada maior do que duas velhas se arrastando de um lado para o outro, vendendo fé de porta em porta. Ela fora escolhida, apontaram em pessoa para ela e a marcaram. Será que era assim para todos os pregadores?

Provavelmente. O importante era se agarrar à visão, não desistir.

Mas por quanto tempo, Senhor? Por quanto tempo?

Ela tinha chegado ao corredor ao dar a volta na casa, quando bateram timidamente na porta da rua. Ela abriu.

Do lado de fora estava uma versão encharcada da mulher do vizinho. As mechas dos cabelos estavam lambidas e o vestido, com manchas negras, de tão molhado que ficara. Uma série de raios iluminou a mulher, e seu aspecto era miserável.

– Entre, entre – disse Elvy, e a exortou a entrar no vestíbulo.

– Com licença – disse a esposa do vizinho –, mas você disse que... bem, que as portas da sua casa estavam abertas. E o meu marido ficou muito estranho depois que vocês foram embora. Ele bebeu muito, depois saiu e desapareceu e... se esta é a última noite, então...

– Entendo – disse Elvy, e entendia mesmo. – Por favor, entre.

A mulher do vizinho ainda estava secando o cabelo no banheiro quando bateram na porta de novo.

Não param de bater nessa porta...

Mas então Elvy se deu conta de que o blecaute devia ter inutilizado a campainha. Temendo que fosse o vizinho que vinha buscar a esposa fugida, ela preparou um sermão sobre a liberdade das pessoas enquanto abria a porta.

Mas não era o vizinho. Era Greta, uma senhora que parecera ficar convencida durante a visita delas naquela noite. Estava mais bem equipada do que a esposa do vizinho. Um poncho de chuva verdíssimo lhe cobria os ombros e a cabeça, e de debaixo da vestimenta ela tirou um cesto.

– Bem, eu trouxe café e pão doce feito em casa. Podemos ficar em vigília juntas.

Não demorou muito e chegou mais uma das mulheres. Trazia um pacote de velas de estearina, para o caso de ser necessário. Por fim chegou Mattias, o jovem interessado em computadores. Ele disse que pensara em trazer um laptop, mas que não adiantava enquanto houvesse trovões.

Quando todos estavam reunidos na sala de estar, com várias velas acesas, café e pão doce na mesa, choveram explicações. A trovoada tinha abrandado, então Hagar pôde aumentar o volume do aparelho e participar da conversa.

Eram os trovões, todos concordavam. A trovoada os tinha feito entender. Se essa noite fosse o fim do mundo, ou se pelo menos trouxesse uma mudança radical da vida que conheciam, ninguém queria ficar sozinho quando havia a possibilidade de estar com pessoas da mesma opinião.

Depois de eles ficarem algum tempo falando sobre isso, os olhares se voltaram para Elvy. Ela entendeu que esperavam que dissesse alguma coisa.

– Bem – disse Elvy –, sozinhos não conseguimos nada. A fé só pode ser viva quando é compartilhada. Foi uma bênção vocês terem vindo para cá. Juntos somos maiores do que a soma das nossas partes. Passemos então esta noite em vigília e, caso seja a última noite, pelo menos iremos juntos ao encontro dela. De mãos dadas.

Elvy estava envergonhada ao terminar o discurso. Ele saiu sem nenhuma inspiração. Apenas tentou dizer o que esperavam dela. Fez-se silêncio enquanto os outros refletiam sobre os lugares-comuns que ela pronunciara, até que Hagar perguntou:

– Você tem colchões para todo mundo?

Elvy sorriu:

– Em coração de mãe sempre cabe mais um.

– Será que não podemos cantar alguma coisa? – perguntou o jovem.

É claro que podiam cantar. Mas o quê?

Todos vasculharam a mente em busca de algo adequado. Hagar olhou ao redor.

– O que foi? – perguntou ela.

– A gente queria cantar alguma coisa – disse Elvy alto. – Estamos pensando no quê.

Hagar pensou um segundo e em seguida começou a entoar:

Mais perto de Deus, de você...

Todos acompanharam como podiam. A chama das velas bruxuleou com a respiração dos presentes quando eles cantaram a plenos pulmões e o canto se sobrepôs ao som dos trovões.

Bondegatan 21h50

A festa de aniversário de cinquenta anos de alguém era no local de reuniões, no sótão. Os trovões tinham parado e, de seu quarto, Flora podia ouvir os risos dos convidados ecoando na escada do prédio. Ao fundo, Peps cantava "Hög standard",* e Flora achou absurdo tocarem essa música sem se envergonharem.

Deitada na cama, imóvel, Flora saboreava seu desprezo pelo mundo burguês de classe média, no qual nascera. Era permitido ser um pouco diferente dos outros, era permitido ser um pouco louco e um pouco melancólico, contanto que fosse de um modo estético. Tudo que saísse desse padrão tinha de ser discutido com o psicólogo. Ela nunca sentira que ali era seu lugar. O que queria era gritar, espernear, explodir quando a tolerância a envolvia como uma camisa de força.

Mandaram Viktor para a cama por volta das nove e meia, e Flora tinha se recusado a subir para a festa, após receber um convite num tom despreocupado que dizia que nada acontecera e que tudo estava uma maravilha, patati-patatá.

Ela saiu rolando da cama, foi para a sala e ligou a tevê para assistir ao jornal. Não ficou sabendo mais nada de Peter e não tinha coragem de ligar e quebrar o silêncio dele.

---

* Música cantada e composta por Peps Persson, artista sueco popular nos anos 1970. É uma crítica feroz ao estilo de vida burguês. O título pode ser traduzido como "Standard alto". (N. T.)

As notícias eram quase exclusivamente sobre os revividos. Um professor titular de biologia molecular explicou que o que num primeiro momento tinham acreditado ser uma bactéria agressiva da putrefação era na verdade uma coenzima chamada ATP, o fornecedor de energia primário da célula. Não dava para entender como essa coenzima podia estar viva numa temperatura tão baixa.

"É como se uma massa de pão fermentasse ao ser colocada no meio da neve", explicou o professor, que também costumava aparecer em programas de ciência popular.

A vivacidade absurda da ATP também explicava como as pessoas falecidas recentemente puderam superar a rigidez cadavérica, já que é justamente a desintegração da ATP que trava os músculos.

"Admitamos no momento que se trata de uma forma mutante da ATP. *Mas...*"

O professor juntou o dedo indicador ao polegar fazendo um gesto enfático.

"... o que não sabemos é se foi essa enzima que fez os mortos despertarem ou se o aparecimento da enzima é uma consequência do despertar deles."

O professor abriu os braços e sorriu, como se quisesse a ajuda dos telespectadores para responder a essa pergunta. Causa ou efeito? O que *você* acha? Flora não gostava do jeito sabichão do professor ao falar naquele assunto como se estivesse discutindo as vantagens e desvantagens da proibição da pesca de atum.

A próxima notícia, no entanto, fez com que ela se aproximasse dez centímetros da tela.

Uma equipe de televisão fora admitida à tarde no Hospital Danderyd. A imagem mostrava um quarto grande de hospital onde uns vinte revividos estavam sentados no chão, em camas e cadeiras. Primeiro, viam-se apenas seus rostos. O impressionante era que todos tinham a mesma expressão: de muda estupefação. Os olhos bem arregalados, as bocas entreabertas. Trajando o roupão azul do hospital, eles pareciam um grupo escolar de crianças de uniforme olhando para um mágico.

Depois a câmera ampliou a imagem e se pôde ver para o que eles estavam olhando: um metrônomo. Em cima de uma mesa com rodinhas, o ponteiro oscilava pra lá e pra cá, pra cá e pra lá diante do público admirado. Uma enfermeira estava sentada em uma cadeira ao lado do metrônomo, com uma atitude formal, ciente da presença da câmera.

Deve ser ela quem põe o aparelho para funcionar quando ele para.

O comentarista contava que a situação tinha melhorado no hospital desde que tiveram a ideia de usar os metrônomos e que eles agora estavam em busca de outros métodos.

O tempo continuaria instável.

Flora desligou a televisão, ficou sentada olhando o próprio reflexo na tela. O silêncio foi rompido pelo som da festa no sótão. Tinham começado a entoar uma canção política antiga, de várias vozes. Quando a canção acabou, ouviram-se vozes altas, risos.

Flora se recostou, deitou no chão.

Eu sei, pensou ela. *Eu sei o que está faltando. A morte. A morte não existe pra eles, não é permitida. Pra mim ela é tudo.*

Sorriu para si mesma.

Qual é, Flora. Não vamos exagerar.

Viktor saiu do quarto. Só de cueca, parecia tão magro e frágil que Flora foi acometida de um carinho súbito.

– Flora – disse ele –, você acha que eles são perigosos? Igual ao filme?

Flora deu uma palmadinha no chão para ele vir sentar a seu lado. Ele fez o que ela pediu e puxou os joelhos para debaixo do queixo, como se estivesse com frio.

– O filme é só uma invenção – disse ela. – Você acha que existe um basilisco igual ao que aparece no Harry Potter?

Viktor fez que não, balançou a cabeça.

– O.k. Você acha que existem... que elfos e hobbits existem no mundo real? Como no *Senhor dos anéis*?

Viktor hesitou um pouco, em seguida balançou a cabeça e disse:

– Não, mas anões existem.

– É verdade – disse Flora. – Mas eles não ficam andando por aí com machadinhas, não é mesmo? Pois é. Os zumbis naquele filme são exatamente como o basilisco e o Gollum. Eles são apenas invenções. Não é nada desse jeito no mundo real.

– E como é que é no mundo real?

– No mundo real... – Flora olhou para a tela preta da televisão. – No mundo real eles são bonzinhos. Em todo caso, eles não fazem maldades.

– Verdade?

– É verdade. Agora vá pra cama.

Svarvargatan 22h15

No relógio da mesinha de cabeceira eram dez e quinze quando o telefone tocou. Magnus ficou fungando por um bom tempo e David soltou o braço que formigava e foi para a cozinha atender.

– Alô, David.

– Alô. Oi. Eu me chamo Gustav Mahler. Espero não estar ligando muito tarde. Você me procurou.

– Não tem problema... – David avistou a garrafa e o copo, serviu-se. – Pra ser sincero... – Ele tomou um gole grande. – ...não sei por que eu procurei você.

– Certo – disse Mahler. – Isso acontece. Saúde.

Um tilintar do outro lado da linha, David levantou o próprio copo e disse:

– Saúde. – E tomou mais um gole.

Fez-se silêncio por alguns segundos.

– Como você está? – perguntou Mahler.

David contou. Talvez fosse o vinho, a angústia contida ou alguma coisa na voz de Mahler; o bloqueio cedeu. Sem se preocupar se o estranho no outro lado da linha estava interessado, contou sobre o acidente, o despertar, sobre Magnus, a informação do Departamento de Medicina Legal, a sensação de estar à margem da vida, o quanto ele amava Eva. David falou durante uns dez minutos seguidos, só parou porque a boca estava ressecada e ele precisava de mais vinho. Enquanto enchia mais um copo, Mahler disse:

– A morte tem o poder de nos isolar uns dos outros.

– É mesmo – disse David. – Desculpe, mas eu não sei por que... eu ainda não falei com ninguém sobre... – parou de falar com o copo a meio caminho da boca. Um jato frio lhe desceu para o estômago e ele colocou a taça na mesa com tanta força que o vinho transbordou. – Você não está pensando em escrever o que eu disse, certo?

– Eu posso...

– Escute! Você está proibido de escrever sobre isso, há um monte de pessoas que...

Ele as enumerou na mente: sua mãe, o pai de Eva, seus colegas, os coleguinhas de turma do Magnus, os pais deles... todas as pessoas que ficariam sabendo muito mais do que ele queria que soubessem.

– David – disse Mahler –, eu juro que não vou escrever nenhuma palavra sem que você mesmo aprove antes.

– Verdade?

– Sim, verdade. Nós só estamos conversando. Bem, você fala e eu escuto.

David riu, um riso contido que empurrou a secreção para o nariz, lágrimas velhas. Passou o dedo no vinho derramado, desenhou um ponto de interrogação.

– E você? – perguntou ele. – Que interesse você tem nessa história? É puramente... jornalístico?

Silêncio no outro lado da linha. David chegou a pensar que a ligação caíra antes de Mahler responder:

– Não. É mais... de caráter particular.

David esperou, bebeu mais vinho. Estava ficando embriagado. Aliviado, sentiu que a vida começava a perder seus contornos, os pensamentos passavam mais devagar pela cabeça. Diferentemente do que acontecera durante o dia, agora sentia algo que era suportável. Havia alguém do outro lado da linha. Ele pairava no ar, mas não estava sozinho. Tinha medo de que a conversa acabasse.

– Caráter particular? – perguntou.

– É. Você confiou em mim. Eu posso confiar em você. Ou... se a gente colocar as coisas desse modo, um pode ficar sabendo do segredo do outro. Eu estou com o meu neto que é... – David ouviu que Mahler tomou um gole de alguma coisa – ...que é... ele estava morto até ontem à noite. Sepultado.

– Você está escondendo o seu neto?

– Estou. Só você e mais duas pessoas sabem disso. Ele está bastante desfigurado. Telefonei para você mais porque pensei que... soubesse de alguma coisa.

– Sobre... o quê?

Mahler suspirou.

– Bem, sei lá. Já que você estava presente quando ela acordou, então... sei lá. Só queria saber se aconteceu alguma coisa que... pudesse ajudar.

David recapitulou na cabeça o que acontecera no hospital. Queria de verdade ajudar Mahler.

– Ela falou – disse ele.

– É mesmo? O que ela disse?

– Bem, ela não disse nada que... era como se as palavras fossem novas para ela, ela testava as palavras. Foi... – David ouviu a mulher de novo, a voz metálica e arranhada de Eva – ...foi horrível.

– Certo – disse Mahler. – Mas não foi como se ela... se lembrasse de alguma coisa?

Sem refletir no assunto, David tinha colocado aquele momento no hospital no fundo de sua consciência. Não queria admiti-lo. Agora ele sabia por quê.

– Não – respondeu David, e as lágrimas queimaram atrás dos olhos. – Era como se ela estivesse totalmente... vazia. – Ele limpou a garganta. – Eu preciso... bem...

– Entendo – disse Mahler. – Vou dar o meu número caso... bem, caso você queira me ligar.

Eles desligaram e David continuou sentado à mesa da cozinha, bebeu o resto do vinho e durante vinte minutos resolveu não pensar na voz de Eva, no olho dela no hospital. Quando foi dormir, Magnus parecia um crucificado no meio da cama, com os braços abertos, perpendiculares ao corpo. Para criar espaço, David foi empurrando o filho para a beirada da cama, despiu-se e deitou junto dele.

Estava tão exausto que adormeceu assim que fechou os olhos.

Koholma 22h35

– O que ele disse?

Anna entrou no quarto de Mahler apenas alguns segundos depois de ele desligar. Mahler esfregou os olhos e respondeu:

– Nada de especial. Contou a história dele. Terrível, é claro. Mas nada que possa nos ajudar.

– A mulher dele, ela estava...?

– Não. É a mesma coisa que o Elias, praticamente o mesmo.

Quando Anna voltou para a sala e para a tevê, Mahler entrou no quarto de Elias, ficou olhando por um bom tempo para o corpinho. Elias tinha tomado mais uma garrafa de água salgada e mais uma garrafa de água com açúcar à noite.

Era como se ela estivesse totalmente... vazia.

E Eva Zetterberg tinha ficado morta apenas por meia hora.

Será que ele estava errado?

Será que era do jeito que Anna dissera, que não existia nada do que Elias tinha sido naquele ser deitado ali na cama?

O ar estava renovado quando ele foi para o alpendre. Durante o longo período de seca, tinha esquecido que o ar podia ser tão saturado assim. Bem, bastante parecido com comida; a escuridão era compacta e cheia de aromas de uma natureza que o temporal tinha feito reviver.

Será que existe um... pensamento?

Elias também estivera morto e ressecado. Alguma coisa que não era chuva tinha feito o neto ressuscitar. Mas o quê? E o que fazia Elias continuar vivendo se por dentro ele estava vazio?

Uma semente pode ficar adormecida durante centenas, milhões de anos. Ressecada ou congelada em um glaciário. Era só colocá-la em um solo úmido que ela começava a crescer. Existe uma força. A força verde que move a planta. Qual é a força que move o ser humano?

Mahler olhou para as estrelas lá no alto. Vistas no campo elas eram muito mais numerosas do que na cidade. Uma ilusão. Naturalmente as estrelas sempre estiveram ali e havia um número infinito delas que a visão mais aguçada não conseguia enxergar.

Alguma coisa roçou nele. Um pensamento, impronunciável. Ele teve um calafrio.

Numa sequência rápida de imagens, viu um talo de capim rompendo a casca da semente, procurando a superfície, viu um girassol se virando para o céu, procurando a luz, viu uma criança pequena se levantar, erguer os braços, exultante, e tudo está vivo e vai na direção da luz e ele viu...

Não é algo gratuito.

A força verde que move a planta. Não é gratuita. Tudo isso é um esforço, um trabalho. Um presente. Esse presente pode ser arrancado de nós. Pode ser devolvido.

Apêndice 2

> A solidariedade sempre se refere a "um de nós" e "nós" não significa todas as pessoas... "Nós" implica a exclusão de alguém, alguém que faz parte dos outros, e esses outros não podem ser animais nem máquinas, eles têm de ser pessoas.
>
> Sven-Eric Liedman, *Ver a si próprio nos outros*

15 de agosto

Investigação rápida: Experiência n. 3 [Retirada]
[Ministério da Saúde / Confidencial]
O fornecimento de solução alimentar ao paciente Bengt Andersson, registro civil 260718-0373, foi interrompido em 15/8/2002 às 8h15.
Os cateteres de solução salina e de glicose foram retirados a fim de se observar a reação do paciente.
O paciente não mostrou nenhum sinal de que seu estado geral tenha piorado até às 9h15. ECG em branco, EEG igual ao anterior.
Às 9h25, aparecimento de uma série de contrações espásmicas. As cãibras duraram aproximadamente três minutos, em seguida o paciente voltou ao estado anterior.
Não foram observadas mais contrações nem outras reações às 14h00.
A nossa conclusão é que a infusão de solução salina e de glicose não é necessária.
O resultado dos exames dos pacientes não melhora nem piora.

[DO PROGRAMA *STUDIO ETT* às 16h00]
Repórter: ...resultados que indicam que os revividos não precisam ser alimentados. Professor titular Lennart Hallberg, como se pode ter certeza disso?
Lennart Hallberg: Bem, até o momento os experimentos não foram publicados, mas suponho que simplesmente deixaram de dar açúcar e sal para ver o que acontece.
Repórter: Eles podem fazer isso? Isso é permitido?
Lennart Hallberg: Em primeiro lugar, os revividos encontram-se em uma espécie de limbo jurídico. Vai demorar até recebermos diretrizes no campo da ética e da medicina que norteiem o tratamento desse caso. Em segundo lugar, o sinal ver-

melho da peste ainda não foi desligado e isso dá a nós médicos certos... poderes.
Repórter: Como é possível viver sem se nutrir?
Lennart Hallberg: [*Ri*] Bem, é essa a questão. Há uma semana, eu teria respondido que isso é impossível do ponto de vista fisiológico, mas agora... talvez exista um nutriente que nós não conhecemos.
Repórter: O que poderia ser?
Lennart Hallberg: Não faço a mínima ideia.

[SEÇÃO DEBATE NO JORNAL *DN*]
[Trecho do artigo "Será que os mortos podem nos ajudar?", de Rebecca Liljewall, professora titular de filosofia da Universidade de Lund]
...possibilidades antes inimagináveis de documentar as condições básicas para existência de vida. Será que os mesmos critérios éticos aplicados aos pacientes "normais" também devem ser usados nos revividos?
A legislação vigente fornece uma resposta clara a essa pergunta: não. Uma pessoa declarada morta sai do enquadramento da lei, com exceção da proibição de violação de sepultura. No entanto, não é certo que essa lei possa ser aplicada nesse caso. Provavelmente a legislação será alterada em breve a fim de abranger os revividos. Pode parecer cinismo, mas, nesse ínterim, existe a possibilidade de se fazer experimentos e testes que mais tarde estarão proibidos. A minha opinião é que os médicos devem ser encorajados a aproveitar essa chance.
O sofrimento que eventualmente pode ser causado aos revividos deve ser comparado ao ganho que a humanidade pode vir a ter. Nos últimos dois dias, 65 pessoas faleceram em Estocolmo, sem despertar. No mundo inteiro, faleceram por volta de 300 mil pessoas nesse mesmo período.
Não é ousadia demais crer que uma investigação mais profunda de alguns revividos possa nos capacitar a evitar uma grande quantidade de óbitos desnecessários no futuro.
Será que não vale a pena pagar esse preço?

[*DAGENS NYHETER*, CARTA DOS LEITORES]
Sou um dos milhares de parentes que há dois dias espera por um esclarecimento sobre o que está acontecendo com os nossos mortos. Por que todo esse mistério?

O que estão escondendo?

Como velho social-democrata, estou muito decepcionado com a linha do governo. Creio que não sou o único que acha que o resultado disso será visível nas urnas dentro de um mês. Já conversei com muita gente e todos dizem a mesma coisa: se o governo não pode providenciar o nosso encontro com nossos familiares, então ele deve ser mudado.

[JORNAL *EXPRESSEN*, SEÇÃO "A ROSA DO DIA"]

Gostaria de dar a rosa do dia para todos os médicos, enfermeiros e policiais cuja intervenção rápida fez com que os mortos fossem retirados das ruas.

Provavelmente não sou o único que pensa que seria bem desagradável ver os mortos andando soltos por aí.

Muito obrigado!

[TRECHO DO PROGRAMA *DOKUMENT INIFRÅN*, SVT 1, 22h10]

Repórter: Vera Martinez, você trabalhou como enfermeira no Hospital Danderyd nesses dias. Segundo o que entendi, é verdade que está acontecendo um remanejamento grande de funcionários do hospital?

Vera Martinez: Sim. Praticamente todos os que estão trabalhando agora vêm de empresas terceirizadas. Ninguém aguenta. Assim que há um grupo de mortos reunidos em uma sala, é como se... a gente não aguenta. São os pensamentos, os sentimentos, a gente tem que pensar em coisas amenas o tempo todo, mas não é sempre que isso funciona.

Repórter: Vocês puseram metrônomos. É verdade que o movimento deles acalmava os revividos?

VM: Não temos mais metrônomos. Eles desmontaram todos. Funcionou por um dia, mas depois... bem, eles desmontaram os aparelhos. Agora temos outras coisas, coisas mais resistentes que... se mexem.

Repórter: Na sua opinião, o que deve ser feito?

VM: Eles devem ser dispersados de algum modo. Não podem ficar reunidos da forma como estão no hospital. Ninguém aguenta.

Repórter: Karin Pihl, você é especialista do Ministério da Saúde e Segurança Social. Existem planos de transferir os revividos para outro lugar?

Karin Pihl: Como Vera acabou de dizer, a situação atual é insustentável. Uma solução provisória está sendo elaborada desde ontem, mas no momento não posso entrar em detalhes sobre isso.

[PROGRAMA *EKOT*, 21h00]
Os partidos de direita entraram em acordo a respeito do voto de desconfiança contra o governo. Isso é apresentado como uma medida excepcional, apesar de faltar tão pouco para as eleições, mas o líder dos moderados explica a questão da seguinte forma:
LÍDER DOS MODERADOS: Sim, é uma medida excepcional. Porém o tratamento dado pelo governo a essa questão também foi excepcionalmente desastroso. É claro que se deve dar aos parentes a possibilidade de encontrar seus revividos.
Os partidos que apoiam o governo não deram até hoje à noite nenhuma garantia de que continuarão a apoiar o governo.

INVESTIGAÇÃO RÁPIDA: EXPERIÊNCIA n. 5 [Putrefação]
[Ministério da Saúde / Material confidencial]
A calibragem da temperatura da paciente Greta Ramberg, número de registro civil 320114-6381, foi interrompida em 15/8/2002 às 9h00.
A paciente foi isolada em quarto individual. O sistema de refrigeração foi ajustado paulatinamente até atingir a temperatura de 19 °C, temperatura ambiente normal.
A paciente esteve sob observação constante a fim de se detectarem sinais de putrefação progressiva dos tecidos. Já que tal não foi observado, às 12h00 a temperatura foi elevada para 22 °C.
Às 15h00 não foi observada piora do quadro. Fez-se análise bacterial do conteúdo do intestino e tal análise mostrou que a reprodução bacterial no corpo parou.
Não há explicação para esse fenômeno no momento, mas a nossa conclusão é que os revividos não parecem precisar de resfriamento, o que costuma ser a prática no caso de corpos mortos.

[PROGRAMA *EKOT*, 22h00]
...acabou de ser confirmado que o homem que sofreu um acidente fatal na estação do metrô do Hospital Danderyd foi o dr. Sten Bergwall, médico-chefe desse hospital. Segundo a polícia, não há suspeita de crime...

[E-MAIL PARA O ESCRITÓRIO CENTRAL DOS BRINQUEDOS BR]
...gostaria de fazer uma encomenda de 5000 (cinco mil) exemplares do artigo n. 3429-21. Solicitamos a efetivação da encomenda o mais rápido possível. Os custos do transporte da mercadoria são irrelevantes. Se possível, pedimos que a encomenda seja enviada por avião...

[PROGRAMA *EKOT*, 23h00]
Todos os funcionários acabaram de deixar o Hospital Danderyd. Um número grande de veículos do Exército encontra-se nas entradas do hospital. Até o momento não foi dada nenhuma informação sobre o que está acontecendo, mas o primeiro-ministro convocou uma coletiva de imprensa para amanhã de manhã às 07h00...

16 de agosto

[Trecho do comunicado do primeiro-ministro, 7h00]

Primeiro-ministro: Militares removeram na madrugada de hoje os revividos. Foi uma medida necessária. Com o objetivo de se poder garantir um tratamento de qualidade...

Jornalista: Para onde eles foram removidos?

[*Pausa*]

Primeiro-ministro: Ou você faz perguntas na hora das perguntas ou terei de lhe pedir para deixar o local. [*Pausa*] Com o objetivo de se poder garantir um tratamento de qualidade, os revividos foram removidos para locais onde eles podem ser mantidos separados. Temos de levar a sério o desgaste mental pelo qual passaram os funcionários do hospital.

A solução natural pareceu ser inicialmente distribuir os revividos em uma quantidade maior de hospitais. No entanto, isso poderia significar uma queda na qualidade do atendimento de rotina nesses hospitais. Isso também traria consequências negativas para a coordenação.

A solução que encontramos é, no momento, a melhor. Os revividos foram transferidos para a área residencial de Heden, localizada a noroeste de Estocolmo. Pessoal qualificado está no local e o nosso objetivo é que a reabilitação dos revividos seja iniciada em breve. Cuidaremos para que os revividos sejam integrados à sociedade. [*Pausa*] Perguntas.

Jornalista: Será que é possível tratar de pessoas gravemente doentes em uma área residencial ainda em construção?

Primeiro-ministro: Recebemos laudos médicos que afirmam que a condição dos revividos não é tão crítica quanto se achou no começo. Uma grande parte do tratamento dado a eles inicialmente mostrou-se ser desnecessário.

Jornalista: Como vocês podem ter tanta certeza? [*Pausa*]

Primeiro-ministro: Eu teria redirecionado essas perguntas para Sten Bergwall, que foi nomeado coordenador da remoção. Só posso dizer que temos garantias de que é assim.

Jornalista: Sten Bergwall cometeu suicídio?

Primeiro-ministro: Não seria decente de minha parte fazer especulações. Não vou fazer isso.

Jornalista: Será que isso não é mais uma manobra desesperada?

Primeiro-ministro: Está bem. É a isso que você queria chegar. Que resposta você quer de mim para essa pergunta?

Jornalista: Por que está proibida a entrada de pessoas de fora?

Primeiro-ministro: Os parentes poderão visitar seus revividos em breve. A demora está sendo grande demais. Eu lamento.

Jornalista: Vocês estão fazendo isso para se livrar do voto de desconfiança?

Primeiro-ministro: [*Suspira*] Eu e o meu governo somos plenamente capazes de tomar decisões sem ceder a pressões de caráter mafioso. Não pudemos abrir para visitas antes. Agora essa possibilidade existe. Agora estamos abrindo.

[CARTA ENCONTRADA NO ESCRITÓRIO DE STEN BERGWALL]

É com grande tristeza que constato que tudo deu errado. Não posso me responsabilizar por uma decisão que todo o meu ser sente ser errônea. Uma decisão que acarretará uma catástrofe.

Nunca me senti tão cansado como estou agora. A mão que segura a caneta está tremendo. A duras penas os pensamentos aparecem.

Será que isso poderia ter sido feito de outra forma?

Os revividos são considerados vegetais, seres sem vontade, vazios de pensamentos. Isso é um erro. Eles são águas-vivas. O comportamento deles é controlado pelas pessoas ao redor. Eles possuem vontade. A vontade daqueles que pensam neles. Ninguém quer aceitar isso.

Devíamos colocá-los em completo isolamento. Devíamos destruí-los. Atear fogo neles. Em vez disso, serão soltos. Entregues aos pensamentos descontrolados da população em geral. Isso não vai dar certo. Não quero estar aqui quando isso acontecer.

Se minhas pernas aguentarem me levar até o metrô, então vou agora.

[*EKOT* DA HORA DO ALMOÇO, 12h30]

...o porta-voz disse agora que a situação em Heden está sob controle e que os parentes que desejam visitar seus revividos poderão fazê-lo a partir de amanhã, às doze horas.

[TRECHO DE *BRUNO CASTOR PROCURA E ACHA*]

(NO PRELO)

...mas a cada andar que Bruno construía na torre, a lua ia para mais longe. Ele esticou a pata. A pata estava na lua. Tentou sentir se a lua era áspera ou escorregadia. Mas só sentiu ar. A lua estava tão distante quanto na hora em que começou a construir a torre.

[...]

A torre tinha agora catorze andares e era maior do que a árvore mais alta. Ao sentar-se no topo dela, Bruno pôde ver a montanha lá longe. Alguma coisa se mexeu no lago sob os pés dele. Lá embaixo ele viu o Homem da Água deslizando em volta das estacas da torre. Bruno puxou os pés para cima e fechou os olhos.

[...]

De noite Bruno viu que havia duas luas. Uma lá em cima no céu e uma lá embaixo no lago. A que estava lá em cima, ele não podia alcançar, e a que estava lá embaixo, ele não tinha coragem de tocar. Era a lua do Homem da Água.

17 de agosto

onde estão os cadáveres, estão os urubus

All that we hope is, when we go
Our skin and our blood and our bones
Don't get in your way, making you ill
The way they did when we lived

Morissey, *There is a place in hell for me and my friends*

They'll never be good to you
Or bad to you
They'll never be anything
Anything at all

Marilyn Manson, *Mechanical animals*

Svarvargatan 07h30

Faltando dois minutos para as sete e meia, David estava plantado no corredor, junto da porta da rua. Às sete e meia em ponto ouviu o elevador chegar e depois uma batida discreta. O sigilo era na verdade desnecessário. David tinha ouvido que Magnus estava acordado, mas um pouco de mistério fazia parte de um aniversário. Pelo menos, quando alguém faz nove anos.

Sture, o sogro de David, estava na escada com uma caixa para gatos na mão. Raramente se via Sture vestir outra coisa que não fosse calça comprida azul e camiseta de malha de mangas compridas com botões na gola, mas agora ele trajava uma camisa social quadriculada vermelha e laranja e uma calça social um pouco apertada demais para ele. Traje especial.

– Bem-vindo, Sture.

– Olá.

Sture levantou a caixa uns dez centímetros, apontou com a cabeça para ela.

– Bacana – disse David. – Entre, entre.

Sture tinha um metro e noventa, ombros largos, e com sua presença o apartamento espaçoso de dois quartos era transformado em uma prisão funcional. Sture exigia um espaço amplo em torno de si, árvores. Assim que entrou no apartamento, fez algo bem inesperado: colocou a caixa no chão e abraçou David.

Não foi um abraço para buscar ou dar consolo, apenas o selo de um destino compartilhado. Como um aperto de mão. Sture deu um abraço em David, segurou o genro durante cinco segundos e depois o soltou. David nem sequer teve tempo de pensar em encostar a cabeça no peito dele. Foi só quando Sture desfez o abraço que ele sentiu que teria gostado de fazer isso.

– Bem – disse Sture. – É isso.

David balançou a cabeça e não soube o que responder. Abriu só um pouco a tampa da caixa. Um coelhinho cinza estava encolhido no fundo, olhando para a parede. Algumas folhas de alface em um canto e um monte de bolinhas pretas no outro. David sentiu o cheiro acre que sabia que logo iria empestear o apartamento.

Sture colocou as mãos em concha debaixo do coelho, de forma que, em suas mãos enormes, o animal parecia estar num ninho.

– Você está com a gaiola?

– A minha mãe vai trazer uma.

Sture fez carinho nas orelhas do coelho: o nariz do sogro estava mais vermelho do que quando David o tinha visto da última vez, e debaixo da pele das bochechas havia uma rede de veias. David sentiu um cheiro discreto de uísque, provavelmente da noite anterior. Em hipótese nenhuma Sture viria de carro se não estivesse sóbrio.

– Aceita um café?

– Aceito, obrigado.

Eles sentaram-se à mesa da cozinha. O coelho ainda descansava nas mãos de Sture, protegido e relaxado. O focinho pequeno se mexeu, procurava entender o lugar novo ao qual tinha chegado. Sture bebeu no pires seu café muito açucarado com certa dificuldade, já que tinha uma das mãos ocupada. Ficaram em silêncio por um tempo. David ouviu Magnus se mexer na cama lá no quarto. Provavelmente estava com vontade de fazer xixi, mas não queria levantar e quebrar a magia.

– Ela está muito melhor – disse David. – Muito melhor. Conversei com eles ontem à noite e eles disseram que ela... que ela fez um progresso enorme.

Sture sugou um gole de café do pires.

– Quando ela vem pra casa?

– Eles não puderam dizer. Eles ainda estão... eles têm uma espécie de programa de reabilitação.

Sture balançou a cabeça, não disse nada e David sentiu-se extremamente idiota por ter usado a *linguagem deles* para defender as *providências deles*, tornando-se uma espécie de representante das autoridades.

O neurologista com quem tinha conversado dissera que a tensão elétrica no cérebro de Eva aumentava e, paralelamente a isso, a capacidade de ela usar a língua e conceitos se ampliava. Parecia que células mortas do cérebro estavam renascendo; mais uma possibilidade entre tantas outras.

No entanto, o neurologista deu uma resposta evasiva quando David fez a mesma pergunta que Sture: *Quando ela vai poder voltar para casa?*

– Ainda é cedo demais para dizer – respondera o médico. – Ainda há certos... problemas sobre os quais é melhor conversarmos amanhã. Depois do encontro de vocês. É difícil descrevê-los assim.

– E que problemas são esses?

– Bem, como eu disse... é difícil entender se a gente não... passou por isso. Eu estarei em Heden amanhã. Vamos falar sobre isso amanhã.

Eles combinaram de se encontrar bem cedo. Heden estaria aberto às doze horas, e a intenção de David era estar lá antes disso.

De novo alguém bateu discretamente na porta e David foi abri-la, deixou a mãe entrar com a gaiola do coelho. Para surpresa dele, a reação da mãe ao receber a notícia do acidente de Eva fora relativamente controlada; ela não tinha virado mais um fardo lamentando-se exageradamente, como David receava.

A gaiola era bonita, mas não estava forrada com serragem. Sture disse que papel-jornal funcionava do mesmo jeito e ficava mais barato. Ele e a mãe de David decoraram a gaiola enquanto David permanecia ao lado segurando o coelho nas mãos.

David e Eva tinham muitas vezes dito, de brincadeira, que iam juntar os pais, duas pessoas solitárias. O que era absurdo; os dois eram totalmente diferentes e muito presos à vida que levavam. Enquanto David via os dois rasgando páginas de jornal aos sussurros e enchendo uma tigela com água, aquilo não parecia tão absurdo assim. Por um instante, os papéis estavam invertidos: eles eram um casal, ele estava sozinho.

Mas eu não estou sozinho. Eva vai ficar boa.

O buraco aberto no peito dela.

David fechou os olhos com força, abriu os olhos e se concentrou no coelho, que mordiscava um botão de sua camisa. Se não fosse pelo acidente de Eva, não haveria coelho nenhum. Tanto ele quanto Eva eram contra ter animais na cidade, em gaiolas. Mas agora...

Magnus precisava ficar contente. Pelo menos em seu aniversário.

"Vi är så glada, ha ha!
Att du är född, fallera!
Att du är född, fallera!
Precis idag!
Hurra, hurra!"*

David engoliu um bolo na garganta quando entraram no quarto de Magnus. Magnus não estava encolhido, dormindo ou fingindo que dormia. Estava esticado na cama com as mãos em cima da barriga. Olhou sério para eles, e David teve a impressão de que estavam fazendo teatro para um público que se recusava a participar.

– Feliz aniversário, coração.

A mãe de David foi a primeira a se aproximar da cama, e a seriedade nos olhos de Magnus se dissipou quando os presentes foram colocados junto a seus pés. Por um momento, ele pareceu esquecer. Eram cards do Pokémon, Lego e filmes. Por último, trouxeram a gaiola.

Se David tinha receado que Magnus apenas tivesse resolvido fingir que participava da peça deles, ficou visível que a alegria do menino era grande e genuína

---

* "Estamos muito felizes, ha, ha! Por você ter nascido, iupi! Por você ter nascido, iupi! Justamente hoje! Hurra, hurra!" (N. T.)

quando ele levou o coelho para junto de si, fez um carinho na cabeça do bichinho e o beijou no focinho. A primeira coisa que ele disse depois de fazer festinha no bicho foi:

– Posso mostrar o coelho pra mamãe?

David sorriu e balançou a cabeça. Desde o dia do acidente, Magnus mal tinha tocado no nome de Eva, e quando David, ainda assim, tentou puxar pelo filho, entendeu que Magnus tinha rancor de Eva por ela ter desaparecido. Como se o próprio Magnus soubesse que essa era uma atitude absurda e se envergonhasse dela. Negava-se, portanto, a falar sobre Eva.

Se queria levar o coelho, então podia levar o coelho.

Sture fez um carinho na cabeça de Magnus e perguntou:

– Como ele se chama, o que você acha?

Magnus respondeu imediatamente:

– Baltasar.

– Certo – disse Sture. – Ainda bem que é um menino.

A torta entrou em cena. David tinha comprado uma torta de marzipã de uma confeitaria e Magnus não disse nada sobre ela. Café e chocolate quente foram servidos. O barulho ao comerem o doce, o silêncio que surgia entre cada mastigação teriam sido insuportáveis se não fosse por Baltasar. Ele pulava de lá pra cá na cama de Magnus, cheirando a torta, e acabou com nata no nariz.

Em vez de falar de Eva, assunto sobre o qual não podiam falar, ficaram conversando sobre Baltasar. Baltasar era o quinto ser vivente; Baltasar substituía Eva. Riram dos pulos altos dele, discutiram problemas e alegrias que os coelhos davam.

Quando a mãe de David foi para casa, ele jogou com o filho algumas partidas de Pokémon para Magnus poder usar os cards novos. Sture seguiu com interesse o jogo, mas quando Magnus tentou lhe explicar as regras complicadas, ele balançou a cabeça.

– Não. Isso aí não é coisa pra mim. Eu fico com meu mau-mau e minha tranca.

Magnus ganhou as duas rodadas e foi para seu quarto fazer festa em Baltasar. Eram nove e meia. Não se podia beber mais café sem correr o risco de ficar com dor de estômago, e eles tinham quase duas horas para matar antes que pudessem ir. David quase sugeriu uma partida de mau-mau, mas seria forçar a barra. Em vez disso, sentou à mesa da cozinha em frente a Sture, de mãos vazias.

– Eu vi que você vai ter uma apresentação hoje à noite – disse Sture.

– Como assim? Hoje à noite?

David apanhou a agenda e verificou. 17 de agosto. NB, 21h00. Sture tinha razão. Além disso, constatou horrorizado que faria um trabalho numa festa de empresa em Uppsala no dia 19. Trabalho: brincar, fazer piadas, fazer as pessoas rirem. Ele passou a mão no rosto.

– Preciso ligar para desmarcar.

Sture espremeu os olhos como se olhasse para o sol.

– Tem certeza?

– Tenho. Sabe, ficar lá na frente... me debatendo. Não. Não dá.

– Talvez fosse bom você sair um pouco de casa.

– Pode ser, mas os textos... Vão ser que nem pedras na boca. Não.

Além do mais, uma parte do público provavelmente sabia o que acontecera com ele depois da matéria na TV4. No palco, o marido da mulher morta. Provavelmente Leo já tinha desmarcado o show, mas esquecido de cancelar o anúncio.

Sture cruzou as mãos em cima da mesa.

– Posso ficar com o Magnus, se você quiser.

– Obrigado – disse David. – Vamos ver. Mas acho que não vou.

Bondegatan 09h30

No sábado de manhã bateram na porta de Flora. Do lado de fora estava Maja, uma de suas poucas amigas da escola. Era um palmo e meio mais alta e devia ser uns trinta quilos mais pesada do que Flora. Na dobra do casaco estilo militar comprado na ÖB havia um broche onde estava escrito "I bitch & I moan. What's your religion?".

– Vamos sair um pouco – convidou Maja.

Flora bem que queria. O apartamento lhe dava claustrofobia com o café da manhã servido, o cheiro de torrada fresca parecia uma lembrança ruim da felicidade que não existia. Além do mais, ela quase sempre só fumava quando estava com Maja, e agora estava com vontade de fumar.

Andaram sem rumo pelas ruas enquanto Maja fumava o primeiro cigarro do dia, e Flora deu umas tragadas.

– Nós falamos em fazer alguma coisa em Heden – disse Maja, e deu o cigarro a Flora.

– Nós?

– É, na associação.

Maja fazia parte de uma facção da Esquerda Jovem, na maioria eram meninas, que costumavam ter muitas ideias. Quando a revista *Café* comemorou dez anos de existência no barco *Patricia*, derramaram dez baldes de cola de papel de parede no cais em frente à pista de desembarque e colocaram um cartaz: CUIDADO!

ESPERMA! Os convidados tiveram de atravessar o lamaçal branco-acinzentado até que a sujeira fosse limpada com muito custo.

– Fazer o quê? – perguntou Flora, e devolveu o cigarro sem ter fumado. Já estava satisfeita.

– Bem – disse Maja, e olhou para o outro lado de forma demonstrativa ao ver uma patricinha de calça branca de linho dando o seu passeio matinal com um cachorro decorativo –, é um absurdo o que estão fazendo. Primeiro eles são usados como ratos de laboratório e agora vão ser confinados num gueto.

– É – disse Flora. – Mas há alternativa?

– Alternativa? Não importa se há alternativa. *Isso* está errado. A sociedade só pode ser avaliada...

– ...de acordo com o tratamento que ela dá aos seus membros mais fracos – completou Flora. – Tá, eu sei, mas...

Maja, irritada, mexeu a mão que segurava o cigarro.

– Nunca existiu na sociedade um grupo mais fraco do que os mortos. – Ela deu uma risada. – Quando é que você ouviu falar de mortos lutando pelos seus direitos, hein? Eles não têm direitos e as autoridades podem fazer o que bem entender com eles. E é o que eles farão. Você leu no *DN* a mocreia filósofa, sei lá o nome dela?

– Li – respondeu Flora. – Eu também acho errado, concordo com você, fique calma. Eu só me pergunto se...

– Se perguntar é algo que a gente pode fazer depois. A gente identifica o erro e faz alguma coisa. Assim que algo novo acontece, a questão é quem tem o poder de tirar proveito disso. Imagine se eles encontram uma substância que cure a morte, certo? Como você acha que eles vão usar essa substância? Para a população na África viver eternamente? Não acho. Deixe todos os pretos morrerem de Aids, depois a gente vê o que fazer com a África. Você sabe que a contaminação da Aids é em princípio controlada pela indústria farmacêutica nos Estados Unidos. – Maja balançou a cabeça. – Aposto que eles também vão aparecer lá e meter o bedelho em Heden.

– Eu vou pra lá amanhã quando eles abrirem – disse Flora.

– Pra onde? Heden? Eu vou junto.

– Acho que você não entra. São somente os parentes que...

– Só isso já é um absurdo. E como é que você vai provar que é parente?

– Não sei.

Maja apagou o cigarro e ficou rolando a guimba entre o dedo indicador e o polegar. Parou, ficou com a cabeça caída de lado e apertou os olhos ao olhar para Flora.

– E o que é que você vai fazer lá?

– Não sei. É que eu... preciso ir lá. Preciso ver como é.

– Você é bem interessada em tudo que tem a ver com morte.

– E não somos todos?

Maja ficou olhando para ela por alguns segundos e disse em seguida:

– Não.

– Somos sim.

– Não.

Flora deu de ombros.

– Você não sabe do que está falando.

Maja deu um risinho e jogou no alto a guimba de cigarro, que traçou um arco em direção à lixeira. Ela acertou, inacreditável. Flora aplaudiu e Maja a segurou nos ombros.

– Sabe o que você é?

Flora balançou a cabeça.

– Não.

– Pretensiosa. Um pouquinho. É bonito.

Elas ficaram passeando e conversando por mais algumas horas. Então se despediram e Flora tomou o metrô para Tensta.

Täby Kyrkby 09h30

– Temos que aproveitar a ocasião para influenciar, já que tantas pessoas estarão reunidas.

– Mas será que alguém vai nos ouvir?

– Disso eu tenho certeza.

– Como eles vão nos ouvir?

– Haverá alto-falantes.

– Será que podemos usar alto-falantes?

– Pensem assim: vocês acham que Jesus pediu permissão para expulsar os vendilhões do templo? Com licença, será que eu posso derrubar a mesa de vocês?

Os outros riram e Mattias cruzou os braços no peito, satisfeito. Elvy estava com a cabeça encostada no batente da porta olhando para eles enquanto discutiam na cozinha a estratégia para aquele dia. Ela não participava. Nos últimos dias lutava contra um desânimo que vinha da insônia, e uma insônia que vinha da dúvida.

Ficava acordada à noite lutando para manter a visão viva, não deixá-la desbotar e virar uma imagem qualquer no meio de outras imagens. Tentava entender.

A única forma de eles se salvarem é vindo a mim...

Depois da primeira noite relativamente bem-sucedida, a pesca de almas ficou mais difícil. Depois que passou o choque inicial e ficou claro que a sociedade, apesar de tudo, era capaz de contornar a situação, as pessoas estavam menos dispostas a se entregar. Elvy só tinha participado no primeiro dia, no segundo estava cansada demais.

– O que você acha, Elvy?

O rosto redondo e infantil de Mattias se virou para ela. Elvy demorou alguns segundos para entender sobre o que era a pergunta. Sete pares de olhos em cima dela. Mattias era o único homem do grupo. Além dele havia Hagar, Greta, a esposa do vizinho e a outra mulher que viera na primeira noite. Elvy não se lembrava do nome dela. Havia também duas irmãs, Ingegerd e Esmeralda, que eram amigas da mulher sem nome. Eram eles que estavam presentes na reunião feita no café da manhã. Outros simpatizantes iriam aderir mais tarde ao movimento.

– Eu acho... – disse Elvy. – Eu acho... Não sei o que eu acho.

Mattias franziu as sobrancelhas. Resposta errada. Elvy, ausente, esfregou a casca da ferida na testa.

– Vocês podem decidir o que for melhor e... e nós fazemos desse jeito. Eu preciso me deitar.

Mattias a alcançou na porta do quarto. Segurou Elvy pelos ombros, de um modo suave.

– Elvy. Estamos falando da *sua* convicção, da *sua* visão. É por causa dela que estamos aqui.

– Sim. Eu sei.

– Você não acredita mais nela?

– Acredito. É que estou... muito cansada.

Mattias colocou a mão na bochecha, seu olhar passeou pelo rosto de Elvy. Da ferida para os olhos, de volta para a ferida.

– Eu acredito em você. Eu acho que você tem uma missão. Uma missão importante.

Elvy balançou a cabeça.

– Está bem. É só que... eu não sei exatamente que missão é essa.

– Agora vá descansar que nós vamos resolver isso. Partimos dentro de uma hora. Você viu os panfletos?

– Vi. – Mattias ficou parado esperando algo mais. Elvy acrescentou: – São muito bonitos. – E ela entrou no quarto e fechou a porta. Sem tirar a roupa, meteu-se debaixo da colcha e se cobriu até o nariz. Seus olhos passearam pelo quarto. Nada tinha mudado. Ela levantou as mãos para a frente, a uns dez centímetros do rosto.

Essas são as minhas mãos.

Mexeu os dedos pra lá e pra cá.

Meus dedos. Estão se mexendo.

No corredor o telefone tocou. Ela não tinhas forças para se levantar para atender. Alguém, talvez Esmeralda, atendeu e disse alguma coisa.

Não há nada de especial comigo.

Será que sempre foi assim?

Os santos, aqueles que lutaram e morreram em nome do Senhor, Francisco dançando de tanto êxtase diante do papa, Brígida* ardendo com o fogo santo em sua cela. Será que eles tinham duvidado desse jeito? Será que havia dias em que Brígida suspeitava que não tinha entendido direito, que tinha inventado aquilo tudo? E momentos em que Francisco queria mandar seus discípulos embora, dizendo "Deixem-me em paz que não tenho nada de bom para dizer"?

Será que isso fazia parte?

Não havia ninguém a quem perguntar, todos estavam mortos e as lendas tinham se sobreposto aos nomes, aniquilado a humanidade deles.

Mas ela tinha *visto.*

Talvez houvesse outras pessoas que tinham visto, milhares na história. Talvez o que caracterizasse os santos, mulheres e homens santos fosse o fato de eles se agarrarem ao que tinham visto, de não deixarem seu *insight* enfraquecer e morrer; pelo contrário, agarravam-se a ele e se negavam a largá-lo, consideravam o esquecimento um instrumento do demônio e ficavam ali agarrados. Talvez fosse esse o segredo.

Elvy segurou a colcha, apertou-a com força na mão.

Isso, Senhor. Eu não vou desistir.

Fechou os olhos tentando descansar. Justamente quando o corpo estava começando a relaxar, chegou a hora de partir.

---

* Referência a santa Brígida da Suécia (1303-73), a quem Deus teria feito revelações por meio de visões. (N. T.)

Koholma 11h00

Elias tinha feito progresso. Um grande progresso.

No primeiro dia não mostrara nenhum interesse pelos exercícios do livro que Mahler tentara fazer com ele. Mahler lhe mostrara uma caixa de sapatos e perguntara: "O que será que há aqui dentro?", e Elias não se mexera nem antes nem depois que o avô abrira a tampa e mostrara o cachorrinho de pelúcia.

Mahler tinha colocado um pião bem colorido na mesinha de cabeceira, e fez o brinquedo girar. O pião deu voltas e depois caiu no chão. Elias nem sequer acompanhou o brinquedo com o olhar. Apesar disso, Mahler continuou. Se Elias apanhava a mamadeira quando a recebia, isso era sinal de que ele tinha capacidade de reagir, era só ter um *motivo*.

Anna não se opôs ao programa de treinamento, mas tampouco mostrou grande interesse por ele. Ficava sentada com Elias durante horas, dormia no chão perto dele, mas não fazia nada de concreto para melhorar o estado do menino, na opinião de Mahler.

Foi o carrinho movido a controle remoto que quebrou o gelo. No segundo dia, Mahler trocou as baterias do carro e deixou o brinquedo andando pelo quarto de Elias; esperava que a visão do brinquedo de que Elias tanto gostava despertasse alguma vida no menino. E despertou. Mal o carro entrou pelo quarto aos solavancos e alguma coisa aconteceu com a postura de Elias. Em seguida, ele acompanhou com a cabeça a viagem do carro pelo quarto. Quando Mahler parou o brinquedo, Elias esticou a mão para pegá-lo.

Mahler não entregou o carro ao neto, deixou o brinquedo dar mais umas voltas. Então aconteceu aquilo que Mahler esperava. Aos poucos, bem devagar, como se atravessasse um lamaçal, Elias começou a sair da cama. Quando o carro parou, Elias se deteve por um instante e depois continuou a se levantar.

– Anna! Venha ver isso!

Anna apareceu a tempo de ver Elias arrastar a perna para a beira da cama. Ela colocou a mão na frente da boca, deu um grito e correu para ele.

– Deixe o menino – disse Mahler. – Ajude-o.

Anna segurou Elias por baixo das axilas e ele ficou em pé. Com Anna apoiando-o, deu um passo vacilante na direção do carro. Mahler fez o brinquedo andar para a frente uns dez centímetros, a mesma distância para trás. Elias deu mais um passo. Quando ele estava chegando e esticou a mão, Mahler tirou o carrinho do lugar, e o brinquedo tomou o rumo da porta.

– Deixe Elias pegá-lo – disse Anna.

– Não – disse Mahler. – Senão ele para de andar.

Elias virou a cabeça na direção do carro, girou o corpo, que seguiu a cabeça e foi para a porta. Anna caminhou atrás dele com lágrimas descendo-lhe pelo rosto. Quando Elias chegou à porta, Mahler fez o carrinho ir para o corredor.

– Deixe Elias pegá-lo. – A voz de Anna estava embargada. – Ele quer o carrinho.

Mahler continuou comandando o carro para longe de Elias, tão logo o menino alcançava o brinquedo, até que Anna parou, segurando Elias, que esticava os braços.

– Pare – disse ela. – Pare. Não quero mais.

Mahler parou o carro. Anna segurava Elias pelo peito com as duas mãos.

– Você o está transformando em um robô – disse ela. – Não quero fazer parte disso.

Mahler suspirou e abaixou o controle remoto.

– Você prefere que ele fique igual a um vegetal? Isso aqui é algo fantástico.

– É – disse Anna. – É fantástico. Mas não é... certo. – Anna sentou no chão, pôs Elias no colo, apanhou o carrinho e deu o brinquedo a ele. – Pegue, meu filho.

Os dedos de Elias passearam pelos detalhes de plástico do carro, como se procurassem um caminho para entrar. Anna balançou a cabeça, acariciou os cabelos do menino. O cabelo tinha ficado mais forte e parado de cair, mas havia manchas de calvície onde ele tinha caído nos primeiros dias.

– Ele quer saber como o carrinho consegue se mexer – disse Anna, e fungou puxando a secreção de choro no nariz. – Ele quer saber o que faz o carro se mexer.

Mahler largou o controle remoto.

– Como você sabe disso?

– Sabendo – respondeu Anna.

Mahler balançou a cabeça, irritado, foi para a cozinha e pegou uma cerveja. Mais de uma vez, desde que chegaram ali, Anna anunciara coisas que *sabia* sobre a vontade de Elias, e Mahler ficava irritado quando ela usava seu suposto conhecimento para impedir os exercícios dele.

"... Elias não gosta desse pião... Elias quer que *eu* passe creme nele..."

Quando Mahler perguntava como ela podia ter certeza disso, sempre recebia a mesma resposta: *sabendo*. Ele abriu a cerveja, bebeu metade e olhou para fora pela janela. A chuva tropical não fora suficiente para salvar as árvores. Em muitas, as folhas tinham caído, apesar de eles ainda estarem na metade de agosto.

Dessa vez ele achou que Anna tinha razão. Vários brinquedos antigos de Elias não tinham provocado nenhum interesse no menino, então devia ter sido o movimento do carrinho que fizera Elias despertar. Como ele podia usar isso para ir adiante?

Anna deixou Elias no chão com o carrinho e foi para a cozinha.

– Às vezes... – disse Mahler, ainda olhando para fora –, às vezes eu acho que você não quer de jeito nenhum que ele melhore.

Ele ouviu Anna puxando o ar para responder e sabia mais ou menos o que ela ia dizer, mas, antes de ela conseguir dizer o que queria, foi interrompida por um estalo forte vindo do corredor.

Elias estava sentado no chão segurando o carrinho. Ele conseguira de alguma forma romper a parte superior da carroceria, de modo que diversos componentes e fios estavam expostos. Antes de Mahler conseguir impedi-lo, Elias descobriu o compartimento das pilhas e o arrancou do carro, levantou-o na altura dos olhos.

Mahler abriu as mãos e olhou para Anna.

– Tá bem – disse ele. – Está satisfeita?

Elias já tinha conseguido desmontar mais um carrinho movido a pilha quando Mahler teve a ideia de comprar uma ferrovia da marca Brio com trilhos de madeira. A locomotiva que fazia parte do brinquedo tinha uma construção bem sólida, e poucas partes eram soltas, assim ela resistiu às tentativas dos dedos ainda fracos de Elias de desmontá-la.

Na parte da manhã ele tinha ido a Norrtälje para comprar mais uma locomotiva. Agora estava colando um pedaço de fita de mascaramento atravessado na mesa da cozinha para criar uma fronteira, duas zonas, e colocou uma locomotiva em cada uma delas. O primeiro passo no treino de autistas descrito no livro era um exercício de imitação. Ele colocou três trilhos retos em cada zona, levou Elias para a cozinha e o sentou em uma cadeira.

Elias olhava para a janela, para o jardim lá fora, onde Anna cortava a grama com o cortador manual.

– Olhe – disse Mahler, e mostrou para Elias a locomotiva. Nenhuma reação. Ele colocou a locomotiva em cima da mesa e pôs o trem para funcionar. Um zumbido surgiu quando a locomotiva andou devagar em cima da mesa. Elias virou a cabeça na direção do barulho, esticou a mão. Mahler tirou a locomotiva do lugar.

– Ali.

Ele apontou para a locomotiva semelhante na frente de Elias. Elias se debruçou sobre a mesa e tentou pegar a locomotiva, que ainda zumbia nas mãos de Mahler. Mahler desligou o brinquedo e apontou de novo para a locomotiva de Elias.

– Ali. Ali está a sua.

Elias se afundou na cadeira, inexpressivo. Mahler esticou o braço por cima da mesa, ligou a locomotiva da zona de Elias. Ela foi zunindo por cima da mesa até Elias colocar, desajeitado, a mão em cima dela, segurá-la e levantar o brinquedo na altura dos olhos. Tentou desmontar as rodas que giravam.

– Não, assim não.

Mahler deu a volta na mesa, conseguiu tirar a locomotiva da mão dura de Elias e colocou-a em cima da mesa de novo.

– Olhe.

Ele colocou sua própria locomotiva no outro lado da mesa e a ligou. Elias esticou a mão para pegá-la.

– Ali. – Mahler apontou para a locomotiva parada de Elias. – Ali. Faça o mesmo.

Elias se jogou de barriga em cima da mesa. Acabou apanhando a locomotiva de Mahler e tentou desmontá-la. Mahler não gostou de ficar naquele ângulo; havia um buraco na cabeça de Elias no lugar da orelha. Ele esfregou os olhos.

Por que é que você não entende? Por que é que você é tão burro?

A locomotiva estalou quando Elias, contrariando o que se esperava, conseguiu desmontar o brinquedo e a pilha caiu no chão.

– Não, Elias. Assim não!

Mahler arrancou as partes da locomotiva da mão de Elias e, embora não adiantasse, ficou zangado; estava ficando bem cansado daquilo tudo. Bateu com a própria locomotiva na mesa e apontou com uma clareza pedagógica exagerada para o botão que ligava o trem.

–Aqui. A gente liga aqui. Aqui.

Apertou o botão. A locomotiva andou devagar zunindo na direção de Elias. O menino apanhou o brinquedo e quebrou uma das rodas.

Não dá mais. Ele não sabe. Não sabe fazer nada.

– Por que você tem que quebrar tudo? – disse Mahler alto. – Por que você tem que destruir...

De repente, Elias jogou a mão para trás e lançou a locomotiva no rosto de Mahler. Ela acertou na boca, rasgou o lábio e, por detrás de uma película vermelha, Mahler ouviu a locomotiva pulando no chão enquanto um gosto metálico lhe subia à cabeça. Olhou para Elias com um ódio cada vez maior. Os lábios marrom-escuros do menino estavam levantados, rindo. Ele tinha uma cara... de mau.

– Mas o que é que você fez? – perguntou Mahler. – O que é que você fez?

A cabeça de Elias ia para a frente e para trás, como se estivesse sendo sacudida por trás por uma força invisível, e as pernas da cadeira levantavam e batiam no chão. Antes que Mahler tivesse tempo de fazer alguma coisa, Elias afundou, mole. Como se seu esqueleto tivesse se transformado de repente em gelatina, ele desabou na cadeira e foi deslizando para o chão. Numa fração de segundo, Mahler viu a cadeira cair depois de Elias, teve tempo de constatar que as costas do assento acertariam o rosto do menino, quando um zumbido igual ao de uma broca de dentista lhe penetrou na cabeça e o obrigou a apertar bem os olhos.

Ele levou as mãos às têmporas e pressionou, mas o zumbido desapareceu tão rápido quanto tinha surgido. Elias estava caído no chão com a cadeira em cima de si, imóvel.

Mahler se apressou a levantar a cadeira.

– Elias? Elias?

A porta da varanda foi aberta e Anna entrou.

– O que vocês estão...

Ela se jogou de joelhos ao lado de Elias, acariciou o rosto do filho. Mahler pestanejou, olhou ao redor na cozinha e um arrepio lhe percorreu a coluna.

Alguém está aqui.

O zumbido voltou, mais fraco dessa vez. Foi desligado. Elias levantou a mão na direção de Anna e ela segurou a mão dele, beijou-a. Olhou com raiva para Mahler, que ainda virava a cabeça pra lá e pra cá para achar alguma coisa que não conseguia ver. Passou a língua nos lábios, que já estavam começando a inchar, a pele parecia um plástico esticado.

Sumiu.

Anna segurou a camisa dele e o sacudiu.

– Você não pode fazer isso.

– E o que é que eu... não posso fazer?

– Não gostar dele.

Os dedos de Mahler se moveram pra lá e pra cá, apontavam sem direção definida para pontos diferentes na cozinha.

– Havia alguém... aqui.

A sensação da presença de alguém ainda estava na pele das costas dele. Alguém que olhava para ele, para Elias. Ele levantou, foi para a bancada da pia e lavou o rosto com água fria. Depois de se secar com um pano de prato, a cabeça ficou mais lúcida. Ele sentou em uma cadeira.

– Não posso mais.

– É – disse Anna. – Estou vendo.

Mahler levantou do chão a locomotiva cuja metade estava destruída e sentiu o peso do brinquedo na mão.

– Não estou falando só... disso. Estou falando... – Ele apertou os olhos, olhou para Anna. – Existe alguma coisa. Alguma coisa que eu não entendo. Estão fazendo alguma coisa aqui.

– Você não quer me ouvir – disse Anna. – Você já se decidiu.

Ela empurrou Elias de lado para o menino ficar em cima do tapete de retalhos em frente ao fogão. Um olhar atento não podia deixar de ver; podia ser que Elias tivesse progredido, se aproximado de uma consciência, mas seu corpo tinha encolhido ainda mais. Os braços que saíam do pijama eram ossos cobertos por uma pele que parecia pergaminho, o rosto era uma caveira que tinha sido pintada e recebido uma peruca. Era impossível imaginar um cérebro macio, úmido e ativo ali dentro.

Mahler cerrou o punho e bateu com ele na coxa.

– O que é que eu não entendo? O que é. Que eu não. Entendo?

– Que ele está morto – respondeu Anna.

Quando Mahler ia replicar alguma coisa, ouviu passos de sapatos de madeira na entrada da casa e a porta da rua foi aberta.

– Ô de casa!

Mahler e Anna se entreolharam e por um segundo estavam unidos na mesma sensação: pânico. Os sapatos de madeira de Aronsson continuaram retumbando pela casa. Mahler saiu em disparada da mesa e se postou como uma trave na entrada da cozinha.

Aronssou levantou os olhos e apontou para os lábios de Mahler.

– Iiih... Andou se metendo em briga? – Ele riu da própria piada e tirou o chapéu, abanando com ele o rosto. – Como estamos nesse calor?

– Tudo bem – respondeu Mahler. – Só estamos um pouco ocupados.

– Entendo – disse Aronsson. – Não quero incomodar. Só queria saber se recolheram o seu lixo.

– Sim.

– Certo. O meu, não. Já faz semanas. Liguei para reclamar e eles disseram que viriam, mas não vieram. E com esse calor. Eles não podem agir desse jeito, não é mesmo?

– É.

Aronsson franziu as sobrancelhas. Suspeitou de alguma coisa. Em teoria, Mahler podia simplesmente abraçá-lo, puxá-lo para a porta e expulsá-lo dali. Mais tarde ele desejaria ter feito isso. Aronsson olhou atrás de Mahler.

– Convidados especiais, estou vendo. Toda a família reunida. Bacana.

– Está na hora de a gente comer.

– Está bem. Não vou incomodar. Só preciso cumprimentar...

Aronsson tentou passar por ele, mas Mahler colocou a mão no batente da porta e seu braço formou um bloqueio. Aronsson pestanejou.

– O que é que há com você, Gustav? Só quero cumprimentar a menina.

Anna se levantou depressa para ir até a porta e resolver os cumprimentos ali, sem que Aronsson precisasse entrar na cozinha. Quando Mahler abaixou o braço para deixar a filha passar, Aronsson escapou e entrou.

– Pois é – disse ele, e esticou a mão na direção de Anna. – Já faz um tempo.

O olhar esquadrinhador do vizinho passeou pela cozinha, e Anna não se preocupou em cumprimentá-lo, já que de qualquer jeito era tarde demais. Aronsson avistou Elias e arregalou os olhos, ficou travado como um radar que finalmente encontra seu alvo. A língua saiu da boca, passou pelos lábios, e Mahler considerou por um segundo bater nele com o espeto da lareira.

Aronsson apontou para Elias.

– O que é... isso?

Mahler segurou os ombros dele, arrastou-o para o corredor.

– É o Elias. E agora você vai pra casa. – Ele tirou o chapéu das mãos de Aronsson e o colocou na cabeça do vizinho. – Eu podia pedir para você guardar segredo, mas sei que é inútil. Agora saia daqui.

Aronsson limpou a saliva da boca com o dorso da mão.

– Ele está... morto?

– Não – respondeu Mahler, ao mesmo tempo que levava Aronsson para a porta da rua. – Ele é um revivido e eu o estava ajudando a ficar melhor. Mas, do jeito que você é, agora eu sei que isso vai acabar.

Aronsson recuou na entrada da casa com um sorrisinho enigmático pregado na cara. Devia estar pensando para onde devia telefonar para dedurar.

– Então, boa sorte – disse ele, e foi se afastando de costas. Mahler bateu a porta com força.

Anna estava sentada no chão da cozinha com Elias nos braços.

– Precisamos sair daqui – disse Mahler, e esperou um contra-ataque, mas Anna apenas balançou a cabeça e disse:

– É. Precisamos.

Os dois jogaram tudo que havia na geladeira em uma bolsa térmica e juntaram as coisas de Elias em uma bolsa de ginástica. Mahler fez questão de levar a locomotiva e os outros brinquedos. O telefone celular, peças extras de roupa.

Eles não tinham sacos de dormir nem barraca, mas Mahler tinha um plano. Nos últimos dias, principalmente antes de dormir, ele imaginara diversas situações, como eles fariam se acontecesse isso ou aquilo. Agora tinha acontecido, e, no saco de plástico com as roupas, ele jogou martelo, chave de fenda e pé de cabra.

Nos verões passados, quando iam passear de barco e ficar no mar durante o dia, eles precisavam de mais de uma hora para arrumar as bolsas. Agora, quando se ausentariam por tempo indeterminado, só levou dez minutos e provavelmente esqueceram metade das coisas.

Nada disso. Mahler podia voltar para o continente mais tarde e providenciar as provisões se fosse o caso. Só precisavam tirar Elias dali.

Eles caminharam devagar pelo bosque. Anna carregava as bolsas, Mahler carregava Elias. Ele não sentia nada no coração, mas sabia que essa era uma daquelas horas em que podia muito bem ter uma cãibra se não tentasse se acalmar.

Elias era uma estátua de madeira no colo dele. Nenhum sinal de vida. Mahler andava com cuidado, pisava com cautela nas raízes das árvores no meio da trilha, já que não podia ver o chão. Os olhos ardendo do suor.

Tanto trabalho. Por uma gotinha de vida.

Svarvargatan 11h15

O Volvo 740 de Sture fora lavado pouco antes, mas ainda assim um cheiro forte de madeira e linóleo impregnava o carro. Sture era carpinteiro e ganhava a vida com um barracão de jardim hexagonal que ele mesmo desenhava e construía sob encomenda, principalmente para hóspedes de verão.

Magnus foi para o banco de trás, David deu a ele o cesto com Baltasar e sentou no banco de passageiros. Sture procurava no mapa que tinha arrancado do catálogo de telefone, coçava a cabeça tentando achar.

– Heden, Heden...

– Acho que não está no mapa – disse David. – É no Campo de Järva. Na direção de Akalla.

– Akalla...

– É. Fica a noroeste.

Sture balançou a cabeça.

– É melhor você dirigir.

– Prefiro não dirigir – disse David. – Eu me sinto tão... melhor não.

Sture tirou os olhos do mapa. Um sorriso lhe puxou o canto da boca e ele se inclinou para a frente. Abriu o porta-luvas.

– Eu trouxe isso aqui. – Ele deu para David dois bonecos de madeira, que tinham um pouco mais de quinze centímetros de altura, e ligou o motor. – Vou pegar a E20, depois a gente vê para onde vai.

Os bonecos eram lisos de um modo como somente a madeira pode ficar quando é polida por mãos e dedos. Eram um menino e uma menina e David conhecia a história deles.

Quando Eva era pequena, Sture tinha trabalhado como carpinteiro em uma construção na Noruega, ficava no exterior duas semanas e em casa uma semana. Durante a semana em casa, ele tinha feito esses bonecos e os dera de presente à filha, que na época tinha seis anos. Para felicidade dele, tornaram-se os brinquedos prediletos da filha, embora ela tivesse a Barbie, o Ken e o cachorro da Barbie.

O mais engraçado é que ela tinha batizado os bonecos: chamavam-se Eva e David. Eva tinha contado a história alguns meses após eles terem se conhecido.

– É inevitável – ela disse. – Eu já tinha me decidido por você aos seis anos.

David fechou os olhos, passou os dedos pelos bonecos.

– Você sabe por que eu fiz esses bonecos? – perguntou Sture, sem tirar os olhos da estrada.

– Não.

– Para o caso de eu morrer. Bem, aquele trabalho era um pouco perigoso. Então eu pensei, *caso*... ela ficaria com alguma coisa. – Ele suspirou. – Mas não fui eu quem morreu.

A última frase soou como uma queixa. A mãe de Eva tinha morrido de câncer seis anos antes e Sture achava isso errado, achava que dos dois ele era a pessoa de menos valor. Devia ter sido ele.

Sture olhou para os bonecos.

– Sei lá. Eu pensei em... alguma coisa para deixar de lembrança.

David balançou a cabeça, pensou no que deixaria para Magnus. Pilhas de papel. Fitas de videocassete com ele próprio nas apresentações. Nunca tinha feito nada com as próprias mãos. Pelo menos nada que valesse a pena guardar.

David guiava Sture pela cidade da melhor forma que podia. Várias vezes tinham buzinado para eles, já que Sture dirigia muito devagar. Mas chegaram. Dez para meio-dia eles estacionaram no campo perto de uma placa de permitido estacionar montada às pressas. Centenas de outros carros já estavam enfileirados. Sture desligou o motor e eles continuaram sentados.

– Pelo menos, o estacionamento é grátis – disse David, para quebrar o silêncio. Magnus abriu a porta e saiu do carro com o cesto no colo. As mãos de Sture ainda estavam no volante. Ele olhou para o aglomerado de gente do lado de fora dos portões.

– Estou com medo – disse.

– É – disse David. – Eu também.

Magnus bateu no vidro da janela.

– Vem *logo*!

Antes de eles deixarem o carro, Sture apanhou os bonecos. Ficou segurando--os bem apertado enquanto iam ao encontro de Eva.

A região estava rodeada por uma cerca erguida recentemente que dava ao lugar um aspecto desagradável de campo de concentração, e, no sentido literal do termo, era o que aquilo acabava sendo. Um lugar para reunir. A perspectiva era invertida pelo fato de o ajuntamento se encontrar do lado de *fora* da cerca, enquanto o interior dela estava vazio. Apenas os dois prédios cinza jogados no meio do campo, cercados.

Havia dois portões e, em cada um, quatro vigias. Embora eles não tivessem armas nem cassetetes e confiassem na disciplina da massa, era difícil ver nisso a Suécia. David sofria menos com a simbologia repressiva que havia na cerca e na multidão do que com a impressão de aquilo ser um *circo*. Um público ofegante, mal podendo esperar para ver o que se escondia atrás do bloqueio. Com o fato de Eva estar lá dentro no coração do circo.

Um jovem se aproximou e enfiou um papel na mão dele.

TEM CORAGEM DE VIVER SEM DEUS?

O MUNDO VAI ACABAR

A HUMANIDADE SERÁ DIZIMADA

ESCUTE, ESCUTE, POR FAVOR

VOLTE-SE PARA DEUS

ANTES QUE SEJA TARDE DEMAIS

PODEMOS AJUDAR

O panfleto era bem-feito; a impressão era bonita e tinha uma pálida imagem de Maria no fundo. O homem que entregou o papel parecia ser mais um corretor de imóveis do que um fanático. David balançou a cabeça para ele, agradecendo, e continuou andando, levando Magnus pela mão. O homem deu um passo na diagonal e ficou na frente deles.

– Isso é sério – disse ele. – Isso... – ele apontou para o papel e deu de ombros – é difícil explicar essas coisas. Não somos uma organização nem uma igreja, mas nós sabemos, tá? Tudo isso... – Com um gesto amplo, ele esticou o braço na direção da cerca. – Tudo isso vai acabar muito mal se a gente não se voltar para Deus.

Ele lançou um olhar de compaixão para Magnus, e se por um instante David se encantou com a cantilena humilde do homem e com aquele *escute, escute, por favor,* aquele olhar o fez se decidir. O homem podia ter razão, mas era nojento.

– Com licença – disse David, e arrastou Magnus consigo. O homem não tentou mais impedi-los.

– Loucos – comentou Sture.

David enfiou o panfleto no bolso e viu outros amassados no chão, espalhados pela grama. Alguma coisa estava acontecendo com a multidão: um adensamento, uma concentração maior. Um som de batidinhas que David logo reconheceu; alguém testava um microfone.

– *Um, dois, três...*

Eles pararam.

– O que eles estão fazendo? – perguntou Sture.

– Não faço a mínima ideia – respondeu David. – Deve ser alguém que vai... se apresentar.

A impressão de festa popular só ficou mais forte. Não ia demorar muito para Tomas Ledin* subir no palco e cantar algumas músicas. David sentiu uma pontada no estômago. Sua angústia acabou se estendendo a toda a situação: medo de que algo fosse *dar errado* – a tortura de ver um comediante que não é engraçado, que não entendeu as regras do jogo.

O ministro da Saúde subiu ao palco. Algumas vaias aqui e acolá, que morreram quando ninguém mais se juntou a elas. David olhou ao redor. Apesar de,

---

* Cantor sueco muito popular. (N. T.)

nos últimos dias, a TV e os jornais não falarem de outra coisa que não fosse os revividos, ele só conseguia encarar esse drama como um drama seu, apenas seu. Agora via a coisa de uma forma diferente.

Várias câmeras de televisão sobressaíam no meio da multidão, mais câmeras estavam reunidas ao redor do pódio onde o ministro agora endireitava o terno e se inclinava para a frente, dando batidinhas no microfone –

companheiros, participantes do encontro...

– e dizendo:

– Bem-vindos. Como representante do governo, eu gostaria primeiramente de pedir desculpas a todos. Este momento demorou muito para acontecer. Agradeço a paciência de todos vocês. Como podem entender, essa situação nos pegou de surpresa e tomamos algumas decisões que depois mostraram não ser as melhores...

Magnus puxou a mão do pai e David se abaixou.

– Sim?

– Pai, por que esse homem está falando?

– Porque ele quer que todo mundo goste dele.

– O que ele está dizendo?

– Nada de importante. Quer que eu segure o Baltasar?

Magnus balançou a cabeça e abraçou ainda mais o cesto no colo. David achou que ele devia estar com os braços cansados, mas não disse nada. Viu que Sture estava com os braços cruzados no peito e com as sobrancelhas franzidas. O receio de David com relação a uma apresentação infeliz não era tão infundado assim. Felizmente, o ministro teve o bom-senso de terminar rápido e passar a palavra a um homem de terno claro que se apresentou como chefe do Departamento de Neurologia do Hospital Danderyd.

Por suas palavras introdutórias, ficou claro que o homem discordava de como a coisa fora organizada, do ar de espetáculo, embora não dissesse isso diretamente.

– Bem, agora vamos ao assunto que me trouxe aqui. Surgiram muitos boatos e especulações, mas é verdade que perto dos revividos as pessoas podem ler os pensamentos umas das outras. Eu não vou me alongar contando como todos nós tentamos negar esse fato, encontrar outros motivos ou atenuá-lo. Mas a verdade é que...

Ele apontou para a região com um gesto que David considerou desnecessariamente teatral.

– ...quando vocês entrarem por aqueles portões, ouvirão o que as pessoas ao redor de vocês estão pensando. Ainda não sabemos como isso é possível, mas vocês precisam estar preparados para essa experiência que não é lá muito... agradável.

O neurologista se calou por um instante e deixou que suas últimas palavras fossem assimiladas, como se esperasse que algumas pessoas fossem imediatamente se destacar da massa ali presente e deixar o local com medo de uma experiência horrível. Isso não aconteceu. David, cujo trabalho consistia em domar os sentimentos do público, sentiu que uma impaciência começava a crescer na multidão. As pessoas mudavam a posição dos pés, coçavam os braços, as pernas. Não estavam interessadas nas ressalvas, só queriam encontrar seus mortos.

O neurologista não capitulou.

– Esse efeito é menor agora que os parentes revividos de vocês foram separados – esse é um dos motivos de estarmos aqui –, mas esse efeito ainda existe e, na medida do possível, eu peço que vocês... – O neurologista inclinou a cabeça de lado e disse num tom levemente jocoso: – ...tentem pensar coisas boas dos outros, certo?

As pessoas ao redor se entreolharam, algumas sorriram como se confirmassem umas diante das outras os pensamentos bons que já tinham. A dor de barriga de David aumentou como um presságio que inchava sinalizando que tudo estava desmoronando, e ele se agachou com as mãos em volta do ventre.

– Bem, era isso o que eu tinha a dizer – arrematou o neurologista. – Nos portões vocês receberão informações exatas sobre onde estão as pessoas que vocês procuram. Obrigado.

David ouviu o farfalhar de roupa quando a multidão se pôs a andar. Se ele se mexesse, iria se borrar nas calças.

– O que você tem, pai?

– É só uma dorzinha na barriga. Vai passar.

É. A pressão diminuiu por alguns instantes e ele pôde endireitar-se, olhou para as milhares de cabeças que se dividiam em dois grupos densos ao redor dos portões. Sture balançou a cabeça e disse:

– Desse jeito vai levar horas.

Eva, você está aí?

Para testar, David enviou um pensamento com o máximo de força que conseguia, mas não recebeu resposta. Onde começava exatamente aquele campo de que eles tanto falavam, e por que as pessoas podiam ouvir umas às outras, e não os revividos?

Um policial que passeava de um lado para o outro, sem ter o que fazer no meio da aglomeração mansa, aproximou-se deles e os saudou. Eles retribuíram o cumprimento e o policial apontou para o cesto no colo de Magnus.

– O que você tem aí dentro?

– Baltasar – respondeu Magnus.

– O coelho dele – explicou David. – Ele faz aniversário hoje e... – David se calou, teve a impressão que uma explicação não faria diferença.

O policial deu um sorriso.

– Então, parabéns. Você pensou em entrar com ele? Com o coelho?

Magnus levantou os olhos para David.

– É, tínhamos pensado nisso – respondeu David. Não teve coragem de mentir com medo de que Magnus fosse contradizê-lo.

– Não é recomendável.

Sture deu um passo à frente.

– E por quê? – perguntou ele. – Por que ele não pode entrar com o coelho dele?

O policial mostrou a palma das mãos, *só obedeço ordens*, e disse:

– É proibida a presença de animais lá dentro, é só isso que eu sei. Sinto muito.

O policial foi embora e Magnus sentou no chão com o cesto no colo.

– Então eu não vou.

Sture e David se entreolharam. Nenhum deles podia ou queria ficar ali fora com Magnus, e provavelmente estava fora de cogitação deixar Baltasar no carro. Os olhos de David seguiram com raiva o policial, que continuava andando com as mãos nas costas, e David desejou poder pulverizá-lo com seus pensamentos.

– Vamos nos afastar um pouco – disse Sture.

Os três deram uma volta de noventa graus à margem da multidão até que a deixaram e chegaram a uma área florestal onde, para seu alívio, David viu que havia alguns sanitários públicos. Ele pediu desculpas e entrou no que estava menos pichado, sentou-se e explodiu, libertando-se. Depois de acabar, descobriu que não havia papel. Tentou usar o panfleto que tinha recebido, mas a superfície brilhosa do papel apenas borrou tudo. Acabou tirando as meias do pé, usou-as e as jogou no buraco.

Pronto...

Sentia-se melhor. Tudo iria se resolver. Calçou os sapatos nos pés nus e saiu. Sture e Magnus faziam cara de mistério.

– O que foi? – perguntou David.

Sture abriu um pouco o paletó, igual a um vendedor atuante no mercado negro, e mostrou o bolso interno de onde apontava a cabeça de Baltasar. Magnus deu um risinho e Sture deu de ombros; *sempre se dá um jeito*. David não tinha nenhuma objeção. Agora seu interior estava limpo, descarregado e com pensamentos leves. Exatamente como o neurologista tinha mandado.

Voltaram para os portões. Sture reclamou de Baltasar, que mordiscava sua camisa, e Magnus riu. David olhou para Sture, que se remexia no paletó, e sentiu uma gratidão enorme. Sem ele, não teria sido possível. A tensão com a situação, se eles conseguiriam ou não entrar escondidos com Baltasar, parecia desviar a atenção de Magnus do encontro que tinham pela frente.

Chegaram aos portões a tempo de ver outra apresentação. A massa tinha diminuído significativamente durante a ausência deles, então os guardas não precisavam ser tão severos no controle da identidade dos familiares. Antes de eles entrarem na fila, aconteceu algo lá no palco.

Duas velhinhas subiram e houve um estalo no sistema de alto-falantes. Antes que alguém tivesse tempo de reagir, uma delas se aproximou do microfone.

– Alô? – exclamou ela, e ficou assustada com a força da própria voz, deu meio passo atrás. A outra senhora tampou um dos ouvidos. A que falara criou coragem, foi para a frente de novo e repetiu:

– Alô! Eu só queria dizer que tudo isso é um erro. Os mortos acordaram porque as almas deles voltaram. Trata-se das nossas almas. Estamos todos perdidos se nós não...

Mais adiante ela não foi. Os alto-falantes foram desligados, e a receita dela para as pessoas não se perderem só pôde ser ouvida pelas que estavam lá na frente. Um homem bem grande, de terno, provavelmente uma espécie de segurança, subiu ao palco, afastou resoluto a senhora do microfone e a levou para baixo. A outra senhora foi atrás.

– Pai – perguntou Magnus –, o que é alma mesmo?

– Uma coisa que um monte de gente acha que temos dentro de nós.

Magnus apalpou o corpo.

– E onde é que ela está?

– Em nenhum lugar especial. É como se fosse um fantasma pequeno e invisível de onde vêm todos os pensamentos e sentimentos. Algumas pessoas acham que quando a gente morre a alma sai do corpo.

Magnus balançou a cabeça.

– Eu acredito.

– Tá bom – disse David. – Mas eu não.

Magnus se virou para Sture, que segurava as mãos sobre o peito, como se estivesse à beira de um ataque cardíaco.

– Vovô? Você acredita que a alma existe?

– Acredito – respondeu Sture. – Acredito sim. Mas também acredito que estão fazendo um buraco na minha camisa. Vamos andando?

Eles entraram na fila. Ainda havia umas duzentas, trezentas pessoas na frente, mas a fila andava rápido. Mais dez minutos e estariam lá dentro.

Heden 12h15

Quando Flora chegou a Heden, viu a multidão e notou que a aglomeração diminuía rápido, as esperanças que tinha de conseguir entrar aumentaram. Não tinha o mesmo sobrenome do avô nem como provar o parentesco com ele. Flora telefonara para Elvy de manhã para obter uma autorização por escrito da avó, mas, como sempre, só conseguira falar com uma senhora que disse que Elvy estava ocupada.

Ela entrou numa das filas que serpenteava até os portões. Nos últimos dias falara bastante com Peter, que escapara de ser descoberto na última limpa da polícia e continuava morando no porão. No entanto, na noite anterior, a bateria do telefone dele tinha descarregado e ele não podia ir para o lugar onde havia eletricidade, enquanto continuassem com a atividade febril de preparar a região para a visita.

Nossa! Eles devem ter trabalhado muito!

Só o fato de terem levantado a cerca de uns três quilômetros em volta da região já era uma façanha. Em dois dias. Uma das poucas vezes em que Peter ousara sair do porão, tinha dito que a região fervilhava de militares e que o trabalho não parava, ia noite adentro. A imprensa fora mantida fora dali ou tinha fechado alguma espécie de acordo, e nada fora escrito sobre Heden antes de o primeiro-ministro se pronunciar.

Flora andou devagar, endireitou a mochila cheia de frutas que trouxera para Peter, enquanto na cabeça enumerava os números primos – *um, três, cinco, sete, onze, treze, dezessete* –, já que lhe era quase insuportável ficar no meio daquela gente toda.

O medo que emanava das outras pessoas na rua não era nada em comparação ao medo que reinava ali. Para onde quer que virasse as antenas, ela captava os mesmos sinais. As pessoas pareciam normais, talvez com um olhar um pouco mais vazio, pareciam mais decididas, mas por dentro se contorciam como seres das profundezas do oceano, tomadas pelo pavor diante do desconhecido, diante *do outro*.

Dezenove, vinte e três...

Diferentemente dela, a maioria das pessoas ali nunca tinha visto nenhum morto-vivo. Tratava-se de parentes que tinham acordado no necrotério, familiares que foram desenterrados pelos militares, transportados para setores fechados. Isso dava margem a imaginar os piores cenários, e era justamente isso o que as pessoas estavam fazendo. Flora tentou bloquear o cérebro para o pavor onipresente, e não conseguia entender por que tinham resolvido fazer o reencontro dessa forma.

Baixou a cabeça, fechou os olhos e tentou se concentrar em outra coisa.

Vinte e nove, trinta e um... trinta e sete... para mostrar que eles têm a situação sob controle... trinta e nove, não... o rosto apodrecido da mãe os dedos ossos... quarenta e um... quarenta e um...

– Alô?

Uma voz ecoou atravessando a neblina de pensamentos, uma voz que ela reconheceu. Ela abriu os olhos, levantou a cabeça e viu a avó pela primeira vez após quatro dias. Logo atrás dela estava Hagar.

Flora ficou tão surpresa que perdeu o controle da intuição e foi inundada por uma onda de pensamentos desordenados e assustados que abafaram a voz da avó. Ouviu alguma coisa sobre "almas" antes de Elvy ser levada para fora do palco. Flora correu para a avó.

Um segurança prendia Elvy pelos ombros, mas a soltou quando Flora se aproximou. Em vez dela, o interesse do segurança estava voltado para um homem de terno ao lado da aparelhagem de som. O guarda pôs o dedo em riste para o homem, na direção do amplificador:

– ...tire as suas patas desse troço. E você fique aqui.

– Vovó!

Elvy levantou os olhos e Flora entendeu. Elvy tinha envelhecido vários anos desde a última vez em que se viram. O rosto da avó estava cinza, murcho, e tinha olheiras em volta dos olhos, como se ela não dormisse havia vários dias. Os braços que abraçaram Flora estavam sem vida, finos.

– Como você está, vovó?

– Bem.

– Você parece um pouco doente.

Elvy mexeu na casca da ferida da testa.

– Só estou um pouco... cansada.

O segurança empurrou o homem mais jovem para a frente, na direção de Elvy, e disse:

– Agora saiam daqui, imediatamente.

Ao redor deles se juntaram mais pessoas, na maioria velhinhas que se aproximaram de Elvy, deram um tapinha amistoso nela e sussurraram, cúmplices.

– Vovó – perguntou Flora –, o que vocês estão fazendo?

– Olá. – O rapaz estendeu a mão e Flora a apertou. – Você que é a Flora?

Flora balançou a cabeça e soltou a mão do homem. Não podia entendê-lo com o burburinho ao redor, o que era uma sensação incomum e ao mesmo tempo desagradável. Hagar se aproximou e deu um tapinha no braço de Flora.

– Olá, minha menina. Como você vai indo?

– Bem – respondeu Flora, e fez um gesto na direção do palco. – O que foi aquilo?

– Quê? Ah... desculpe. – Hagar ajeitou atrás da orelha. – Agora sim. O que você disse?

– Eu só queria saber o que vocês estão fazendo.

O homem respondeu no lugar de Hagar.

– A sua avó – disse ele, num tom que insinuava que Flora devia ter orgulho de ser neta de Elvy – recebeu uma mensagem dizendo que as pessoas precisam ser salvas. Que não podemos esperar. Que isso tem que ser feito agora. Somos os colaboradores dela nessa luta. Você acredita em Deus?

Flora balançou a cabeça e o homem deu uma risada.

– É quase cômico, não é mesmo? Pelo que entendi, você devia ser a primeira pessoa a ir correndo ajudar depois do que vocês sentiram naquela noite no jardim...

Flora não gostou de saber que o homem conhecia o episódio que ela própria não tinha contado para mais ninguém. As velhinhas cuidavam de Elvy, e, numa imagem instantânea, Flora viu que o esgotamento da avó era devido a essas mãos prestativas que na verdade lhe sugavam a vida.

– Vovó? Que *mensagem* é essa que você recebeu?

– A sua avó... – começou o homem, mas Flora o ignorou, aproximou-se de Elvy e colocou a mão no braço dela. Talvez fosse por causa da proximidade dos mortos, mas Elvy recebeu uma imagem de contornos nítidos na cabeça: uma mulher dentro de um aparelho de televisão, rodeada de raios de luz.

... A única salvação deles é vir a mim...

A tevê foi desligada, a imagem se apagou e Flora olhou nos olhos cansados de Elvy.

– O que significa isso?

– Não sei. Só sei que preciso fazer alguma coisa. Não sei.

– Você não aguenta. Dá pra ver pela sua cara.

Elvy semicerrou os olhos e sorriu.

– Eu acho que aguento.

– Por que você não atende quando eu telefono?

– Eu vou atender. Desculpe.

Uma das velhinhas se aproximou e passou a mão nas costas de Elvy.

– Vamos, amiga. A gente bola outra coisa.

Elvy balançou a cabeça, esmaecida, e deixou que a levassem embora. Flora exclamou atrás dela:

– Vovó, eu vou visitar o vovô!

Elvy se virou.

– Vá, sim. Dê lembranças minhas.

Flora ficou onde estava, de braços caídos, sem saber o que fazer. Quando tudo aquilo tivesse acabado, depois de ter visto o que havia para ver, ela iria para a casa de Elvy e iria... libertá-la? Bem, fazer alguma coisa. Mas não agora. Agora ela iria ver.

Entrou na fila e tentou evocar a imagem que Elvy lhe enviara. Não conseguia entender. Será que era um programa de televisão? Tinha a impressão de já ter visto a mulher, mas não conseguia dizer quem era.

Uma atriz? O pai todas aquelas flores a mão dele a tampa na terra

Era impossível pensar direito com todas aquelas pessoas ali ao redor. Ela era obrigada a colocar seus pensamentos dentro de uma caixa impermeável, que ia pra lá e pra cá, e era levada pelas correntes dos outros, sua mente não conseguia se fixar em nada.

Na frente de Flora havia uma criança segurando a mão de um adulto. Ao lado deles, um homem mais velho se mexendo, inquieto. A imagem de um coelho veio como um lampejo à cabeça de Flora, sem que ela entendesse por quê. O coelho pulou por uns segundos na corrente e foi inundado por caixões, terra, olhares vazios, culpa.

A única salvação deles é vir a mim.

Isso, pensou Flora. As pessoas precisavam de algum tipo de ajuda, isso estava claro. Ela estava chegando aos portões agora, e conseguiu ver a olho nu que as pessoas a seu redor ficavam ainda mais concentradas, mais decididas, sentiu que elas tentavam neutralizar o medo que sentiam, sem conseguir. Como crianças a caminho do túnel do trem fantasma pela primeira vez: o que é mesmo que existe lá dentro?

Alguém a empurrou por trás, ela ouviu uma voz de mulher:

– Lennart, o que é que há com você?

A voz do homem estava embargada:

– Bem, é que eu não sei... não sei se... posso com isso...

Flora se virou e viu um homem apoiado em uma mulher. O rosto dele estava amarelado, os olhos arregalados. Seu olhar cruzou com o de Flora e ele apontou para dentro da área e disse:

– O pai... eu não gostava dele. Quando eu era pequeno, ele costumava...

A mulher puxou o braço do homem, fez um sinal para que ele se calasse e sorriu, desculpando-se para Flora, que imediatamente viu toda a vida de casal dos dois e a infância do homem. E o que ela viu a fez se virar para o outro lado, com um calafrio.

– Eva Zetterberg.

Quem falou foi o homem na frente dela, o homem com a criança. O guarda com as listas de nomes perguntou:

– E você quem é?

– O marido – respondeu o homem, e apontou para o menino e para o senhor. – O filho e o pai dela.

O guarda balançou a cabeça e folheou até chegar às últimas folhas no maço, procurando na lista com o dedo.

O coelho, o coelho...

Bruno Castor. E um coelho. Um filhote de coelho no bolso. O menino, o filho de Eva Zetterberg, também pensava num coelho. O mesmo coelho. Então era assim a família dela. E eles pensavam num coelho.

– 17 C – informou o guarda, e apontou para o interior da área. – Sigam as placas.

A família atravessou depressa os portões, Flora captou uma sensação de alívio e gravou na mente 17 C. O guarda olhou para ela à espera da informação.

– Tore Lundberg – disse ela.

– E você, quem é?

– A neta dele.

O guarda a filmou de cima a baixo, avaliou suas roupas, os olhos pintados de preto, o cabelo com topete, e ela entendeu que ele não a deixaria entrar.

– Você tem como provar?

– Não – respondeu Flora. – Não tenho.

Era inútil discutir; o guarda pensou em pedras de calçada, jovens atirando pedras arrancadas da calçada.

Ela se afastou do portão e foi seguindo o cercado, deixou os dedos correrem pelas malhas da cerca. As correntes de pensamento foram enfraquecendo, ficando mais fracas quanto mais ela se afastava, e era como entrar em casa depois de uma tempestade. Ela continuou até as vozes silenciarem em sua cabeça e sentou na grama. Deu um suspiro mental de alívio.

Quando se sentiu normal de novo, continuou contornando a cerca até ficar num ângulo em que os prédios a escondiam dos guardas nos portões. A cerca tinha um aspecto perverso, desconectada das pessoas que isolava do lado de fora e do lado de dentro. Uma neurose militar.

Não era muito difícil pulá-la, o problema era a área aberta que havia entre ela e os prédios. Flora estranhava não haver outros guardas ali; se fosse um show, por exemplo, estariam postados a cada intervalo de vinte metros. Talvez não contassem com a possibilidade de alguém querer entrar escondido.

Então, por que a cerca?

Ela jogou a mochila para o outro lado, e ainda bem que seu tênis favorito tinha se despedaçado, ainda bem que ela tinha vindo de botas; o bico fino das botas se encaixava perfeitamente nas malhas largas da cerca, e depois de dez segundos ela tinha pulado. Já no outro lado da cerca, ela se agachou – algo totalmente desnecessário, pois era tão visível quanto um cisne em cima de um fio de telefone – e constatou que sua invasão não parecia provocar nenhum rebuliço. Jogou a mochila nas costas e foi em direção aos prédios.

Koholma 12h30

Mahler estava preparado para a situação na qual eles se encontravam agora. O barco estava perto do píer, a água fora tirada de dentro da embarcação e o tanque estava cheio. Ele colocou com cuidado Elias deitado no píer e entrou no barco para receber as sacolas e a bolsa térmica que Anna lhe entregou.

– Coletes salva-vidas – disse Anna.

– Não temos tempo.

Mahler pôde ver à frente os coletes pendurados na cabana, e também que Elias não cabia mais em seu colete.

– Agora ele está mais leve – disse Anna.

Mahler balançou a cabeça e arrumou as bolsas no barco. Filha e pai se ajudaram ao enrolar Elias num edredom em cima do assoalho da embarcação, e Anna desamarrou o barco enquanto Mahler tentava fazer o motor funcionar. O barco era uma peça de antiguidade, um Penta de vinte cavalos-vapor, e, enquanto puxava a correia várias vezes, Mahler se perguntou se havia uma estatística dos infartos ocorridos por causa de barcos com motor de popa ranhetas.

...não...á...uxão...certo...elker

Após oito puxões sem resultado, ele foi obrigado a fazer uma pausa. Sentou no estrado da popa e descansou os braços no colo.

– Anna? Você disse, agora há pouco, "Você não dá o puxão certo, tio Melker"?

– Dizer, eu não disse – respondeu Anna. – Mas pensei.

– Sei.

Mahler olhou para Elias. O rosto murcho estava imóvel, os olhos pretos e entreabertos miravam o céu. Durante a caminhada para o píer, Mahler sentira nitidamente o que antes apenas tinha suspeitado: Elias estava mais leve, muito mais do que na noite em que saíra do túmulo, quatro dias antes.

Não tinha tempo para pensar. Quanto demoraria para Aronsson ligar, para alguém chegar? Ele esfregou os olhos; uma dor de cabeça discreta crescia lá dentro do crânio.

– Fique calmo – disse Anna. – Deve levar pelo menos uma meia hora.

– Você pode parar? – pediu Mahler.

– Parar com o quê?

– De ficar... dentro da minha cabeça. Eu já entendi. Você não precisa mostrar mais.

Anna desceu do estrado e sentou junto de Elias no edredom, sem dizer nada. Mahler se virou para o motor e deu um puxão tão forte que achou que a correia fosse se romper, mas, em vez disso, o motor roncou, dando a partida. Ele reduziu a velocidade, engatou a alavanca de câmbio e o barco deslizou.

Anna estava sentada com o rosto levemente encostado na cabeça de Elias. Os lábios dela se mexiam. Mahler limpou o suor dos olhos e sentiu que havia um segredo que não compartilhava. Já tinha lido sobre fenômenos telepáticos perto dos revividos, mas por que não podia ler os pensamentos de Anna, se agora sua consciência era como um livro aberto para ela?

Ventava de um modo que nos boletins náuticos era chamado de ventos leves a moderados, e as ondas bateram no casco de plástico quando eles saíram rapidamente do estreito. No fiorde via-se apenas uma ou outra espuma das ondas.

– Para onde vamos? – disse Anna.

Mahler não respondeu, apenas pensou Labbskär,* só de implicância.

Anna balançou a cabeça. Mahler acelerou ao máximo.

Foi só quando chegaram à rota de navegação dos *ferry boats* da Finlândia, e Mahler constatou que não havia nenhum barco por ali, que ele notou ter esquecido a carta náutica. Fechou os olhos e tentou visualizar o caminho pela frente.

* Nome de uma ilhota do arquipélago de Estocolmo. (N. T.)

Fejan... Sundskär... Remmargrundet...

Se seguissem a rota dos navios, não haveria nenhum problema; além disso, ele tinha a impressão de que a torre de rádio em Manskär ficava bem na direção da proa até chegar a hora de o barco virar para o sul. Depois ficaria mais difícil. As águas em torno do Hamnskär eram traiçoeiras e cheias de encalhos.

Ele olhou para Anna e recebeu de volta um olhar indecifrável. Ela sabia que estavam sem a carta náutica e que corriam o risco de se perder. Provavelmente também via a carta náutica provisória que ele tentava traçar na mente. Isso o incomodava, era como se fosse observado através de um espelho sem que ele mesmo pudesse olhar o que estava atrás desse espelho. Não gostava de saber que ela podia ler seus pensamentos. Não gostava de saber que ela podia ler que ele não gostava que ela lesse seus pensamentos. Não gostava de...

Pare!

Só restava aceitar. Num breve instante, quando deu a partida no motor, ele a ouvira. Por que só naquela hora? O que ele tinha feito naquele instante que fizera...

Ele levantou os olhos e sentiu uma pontada no peito. Não reconheceu o caminho. As ilhas que passavam não significavam nada, eram desconhecidas. Alguns segundos depois, Anna também se sentou e olhou para fora sobre a amurada. Os olhos de Mahler percorreram com um pânico crescente as massas de terra que se fundiam, deslizantes. Nada. Só ilhas. Era como acordar em um quarto estranho onde se tinha adormecido completamente bêbado: uma desorientação total, uma sensação de estar em outro mundo.

Anna apontou para bombordo e exclamou:

– Será que é Botveskär?

Mahler espremeu os olhos para enxergar no reflexo do sol, viu o ponto branco lá longe na ilha. Botveskär? Então o ponto bem na direção da proa era Rankaögrund e... isso. As peças da carta náutica se encaixaram. Ele manobrou rápido para leste e após um minuto estava de novo na rota dos navios. Olhou para Anna e pensou *Obrigado*. Anna balançou a cabeça e voltou para Elias.

Após quinze minutos de viagem em silêncio, eles se aproximavam de Remmargrund e, com a mão em pala, Mahler olhou na direção sul para encontrar a passagem entre as ilhas por onde entrariam. Foi quando ouviu um barulho em meio ao ronco do motor. Um barulho mais grave, de baixa frequência. Olhou ao redor sem encontrar o navio que esperava ver.

Trumtrumtrum

Será que estava dentro da cabeça dele? O som era totalmente diferente do zumbido que penetrara em sua mente na cozinha. Olhou ao redor de novo e dessa vez avistou a causa do barulho: um helicóptero. Ao mesmo tempo que ele visualizou na mente um *helicóptero,* Anna se encolheu toda no assoalho e cobriu Elias com o edredom.

Mahler tentou encontrar alternativas e achou apenas uma: ficar quieto e não fazer nada. Estavam sozinhos em um barco pequeno em mar aberto. Não havia como se esconder nem como se proteger. O helicóptero – que ele via agora ser militar – estava quase bem acima deles, e imagens de *Apolicapse Now* passaram rápidas por sua cabeça: o polegar no botão, foguetes, cascatas de água, barcos sendo espatifados, viu-os voando muitos metros, talvez conseguisse vislumbrar a terra de outra perspectiva antes de tudo se apagar.

Suécia, pensou ele. *Suécia*. Essas coisas não acontecem. Aqui. Agora.

O helicóptero sobrevoou o barco e Mahler ficou tenso, esperou uma voz saída de um megafone, uma voz que diria: "Desliguem o motor" ou algo parecido, mas o helicóptero continuou, deu uma guinada para o sul e foi ficando cada vez menor. Mahler riu, aliviado, ao mesmo tempo que xingava a si mesmo.

As ilhas. A liberdade. É. A menos de uma milha náutica do maior complexo militar do arquipélago em Hamnskär. Mas será que isso tinha alguma importância?

Onde se esconde a carta que ninguém deve achar? Na caixa do correio, é claro.

Isso podia ser uma vantagem.

Seu olhar seguiu o helicóptero que diminuía de tamanho e avistou o estreito. Ele manobrou o barco e seguiu a rota do inimigo.

A água estava tão rasa que vários dos encalhos mais traiçoeiros podiam ser vistos acima da superfície ou pareciam aglutinações verdes onde as ondas quebravam de maneira diferente. Para sua surpresa, Mahler se lembrava bem do caminho. Após mais vinte minutos andando com a metade da velocidade, eles chegaram.

Naturalmente, o maior motivo de preocupação era a possibilidade de haver alguém morando na casinha da ilha. Mahler achava que não, não nessa época do ano, mas não se podia ter certeza. Ele desligou o motor e foi deslizando a dois, três nós pelo estreito entre as ilhas. Não havia nenhum barco no píer e isso era quase uma prova contundente de que a ilhota estava vazia.

A viagem tinha durado quase uma hora, e Mahler acabou ficando com frio por causa do vento. Com o motor desligado, o barco deslizou para o píer. Ali, entre as ilhas, quase não ventava e o silêncio era maravilhoso. O sol da tarde cintilava na água plácida e tudo respirava paz.

Eles já tinham estado ali algumas vezes, feito um lanche sentados nas penhas e tomado banho de mar. Gostavam dessa ilha árida que ficava quase no mar de Åland. Mahler costumava ficar imaginando que um dia poderia comprar uma das duas casinhas de pescador que eram as únicas construções na ilha.

Anna sentou e olhou para a paisagem da amurada.

– Que bonito.

– É.

Perto da água havia penhas sem nenhuma vegetação, mas mais para dentro da ilha elas estavam cobertas de zimbros rasteiros. Prados de urzes, um e outro amieiro. A ilha era pequena, demorava quinze minutos para dar a volta nela. A vegetação não era muito variada. Um mundo cuja totalidade se podia abarcar.

Em silêncio, atracaram, tiraram Elias do barco e levaram as bolsas para uma das casinhas. Era Mahler quem tinha conversado nos últimos dias. Quando não precisava falar, reinava o silêncio.

Colocaram Elias enrolado no edredom em cima de um montinho coberto de urzes e começaram a procurar a chave. Olharam no banheiro, que estava a cinquenta metros atrás da casa, e notaram que as fezes no reservatório estavam secas. Fazia tempo que alguém tinha estado por ali. Olharam debaixo de pedras soltas perto da escada, em buracos, debaixo de troncos de madeira. Nada de chave.

Mahler abriu a bolsa com ferramentas em cima da penha, olhou para Anna procurando apoio da filha e o recebeu. Enfiou o pé de cabra no vão da porta, fez a ferramenta entrar ainda mais após algumas marteladas e forçou a porta. A fechadura cedeu imediatamente. O batente da porta estava um pouco carcomido – o encaixe da fechadura caiu e a porta se escancarou.

Um cheiro de lugar fechado saiu rápido de dentro da casa. Bom sinal, isso indicava que, ao contrário do que se podia imaginar, a casa era mais ou menos vedada, caso fossem obrigados a ficar ali por um bom tempo. Mahler investigou a fechadura. Um bom pedaço do batente da porta fora arrancado e seria difícil para o proprietário da casa consertá-lo. Ele fez um muxoxo.

– Vamos ter que deixar algum dinheiro para eles quando sairmos daqui.

Anna olhou ao redor, estava sentindo a ilha, absorvendo a luz da tarde, e disse:

– Ou muito dinheiro.

A casa devia ter uns vinte metros quadrados e dois cômodos. Não havia eletricidade nem água corrente, mas na cozinha encontraram um fogão de duas bocas, ligado em um bujão de gás de petróleo. Um garrafão com torneira estava em cima da bancada da cozinha. Mahler levantou o garrafão. Vazio. Ele deu um tapa na testa.

– Água – disse ele. – Esqueci a água.

Anna, que nesse instante carregava Elias no colo para colocá-lo em uma das camas no cômodo ao lado, parou:

– Bem, eu nunca entendi isso. – Ela apontou com a cabeça para Elias. – Por que não damos a ele água salgada do mar?

– Tá bem – disse Mahler. – Isso nós podemos fazer. Mas e nós? Não podemos beber água do mar.

– Será que não há água doce em lugar nenhum?

Enquanto Anna colocava Elias na cama, Mahler procurou por toda a cozinha. Encontrou a maioria das coisas que esperava encontrar e por isso não tinha se preocupado em trazê-las: pratos, talheres, duas varas de pescar e uma rede. Mas nada de água. Por fim abriu a geladeira, também ligada a um bujão de gás, e achou uma garrafa de ketchup e latas de sardinha com molho de tomate. Desatarraxou o bujão e constatou que estava vazio.

No entanto, o bujão do fogão chiou alto e ele o fechou imediatamente.

Água.

Ele tinha esquecido de trazer água pelo mesmo motivo pelo qual precisavam dela: porque era algo fundamental. Sempre havia água. Não havia nenhuma casa sueca sem cisterna ou sem uma por perto.

A não ser no arquipélago, é claro.

Mahler ficou parado na cozinha e viu a sua frente um duende assando um peixe numa fogueira. Pensou que tinha um quadro quase igualzinho àquele pendurado na cabeceira da cama quando era pequeno. Mas não tinha. A pintura do duende tinha sido feita muito depois de quando ele era pequeno.

Passou pela última vez os olhos pela cozinha, mas não encontrou água em nenhum lugar.

Anna tinha colocado Elias em uma das camas e estava agora debruçada sobre ela, estudando um quadro na parede. Era um quadro de duendes assando peixe numa fogueira.

– Olhe isso aqui – disse ela. – Eu tinha um quadro quase igual a esse...

– Na cabeceira da cama quando você era pequena – completou Mahler.

– Isso. Como você sabe? Você nunca parava em casa comigo e com a mamãe.

Mahler sentou-se em uma cadeira.

– Eu ouvi o seu pensamento – disse ele. – De vez em quando eu ouço.

– Você pode ouvir... – ela acenou com a cabeça para o filho – ...Elias?

– Não, é... – ele interrompeu o que ia dizer. – Você pode?

– Posso.

– E por que você não disse nada?

– Eu disse.

– Não, você não disse.

– Eu disse, sim. Mas você não quis escutar.

– Se você tivesse dito com todas as letras que...

– Preste atenção no jeito como você fala – disse Anna. – Nem mesmo agora, quando eu estou dizendo que sim, que posso ouvir Elias, que sei o que se passa dentro da cabeça dele, nem mesmo agora você quer saber *o que é* que ele pensa. Em vez disso, você só fica tentando me pôr no meu lugar.

Mahler olhou para Elias, tentou esvaziar a mente, ficar receptível, uma tábula rasa onde Elias pudesse escrever. Sentiu um zumbido no ouvido, fragmentos de imagens vieram em forma de flashes e desapareceram antes que ele pudesse segurá-los. Podiam muito bem ser seus próprios pensamentos. Levantou-se, abriu a bolsa térmica e pegou um pacote de leite, bebeu alguns goles direto da caixa. O tempo todo sentia o olhar de Anna sobre si. Mostrou o leite a ela e pensou: *Quer?*

Anna recusou balançando a cabeça. Mahler limpou a boca com a mão, guardou o leite na bolsa.

– E o que é que ele diz?

O canto da boca de Anna se ergueu.

– Nada que você queira ouvir.

– O que você quer dizer?

– Só estou dizendo que ele fala comigo, que diz coisas para mim, coisas que você não deve saber e que por isso não vou contar, está bem?

– Mas isso é uma idiotice.

– Pode ser, mas é assim.

Mahler andou um pouco pelo cômodo, apanhou o livro de visitas que estava em cima da secretária, leu os elogios feitos à casa – *Obrigado por ter nos convidado* – e se perguntou se eles escreveriam alguma coisa antes de ir embora. Virou-se.

– Isso é invenção sua – disse ele. – Eu não vi em nenhum lugar... não fiquei sabendo de nada sobre os mortos poderem... entrar em contato com os vivos. Isso é fruto da sua imaginação.

– Talvez eles não queiram.

– Tá, e *o que é* que ele diz?

– Como eu já disse...

Anna sentou na beira da cama e o encarou com um olhar que ele achava ser... de compaixão. A raiva dele aumentou. Não era justo. Era ele quem tinha salvado Elias, era ele quem tinha lutado o tempo todo para o neto melhorar enquanto Anna só... ficava de braços cruzados. Deu um passo na direção dela e levantou o dedo indicador.

– Você não vai...

Elias sentou ereto na cama, olhou para ele. Mahler resfolegou, deu um passo atrás. Anna não se mexeu.

Mas o que é isso...

Uma pancada forte no interior das têmporas, como se uma veia tivesse estourado, fez o seu corpo balançar, quase escorregando no tapete. Ele se encostou na secretária e o que receava virar uma dor de cabeça enorme acabou se retirando abruptamente, desaparecendo. Como se fosse um reflexo, ele mostrou as mãos abertas e disse:

– Eu não vou... eu não vou... – sem saber o que não iria fazer.

Anna e Elias estavam sentados um junto do outro, olhando para Mahler. Ele foi tomado por um mal-estar terrível e saiu de costas da casa, com as mãos à frente do corpo, como para se proteger, e continuou se afastando por cima das rochas lisas.

O que está acontecendo?

Afastou-se o mais que pôde da casa. Os pés doíam com a pressão que o corpo pesado fazia nas pedras. Procurou abrigo atrás de um rochedo de onde não pudesse ver a casa e sentou para olhar o mar. Uma ou outra gaivota sobrevoava as águas sem haver presa que justificasse um mergulho.

Ele deixou o rosto descansar nas mãos.

Eu estou... excluído.

Não queriam saber dele. O que fizera de errado? Era como se Anna tivesse esperado surgir a hora certa de deixar a bomba cair, deixar claro que ele era uma pessoa indesejada. Ela se aproveitara do fato de terem chegado ali, quando não havia nenhuma possibilidade de fugir.

Mahler apanhou uma pedra, jogou-a em uma gaivota e errou por vários metros. Uma vela branca cortava o horizonte, igual à barbatana de um tubarão, lá longe. Ele bateu na rocha com a palma da mão aberta.

Só quero ver eles se virarem sozinhos. Só quero ver.

Interrompeu o pensamento, tentou apagá-lo. Será que podiam ouvi-lo?

E ter de tomar cuidado com o que *pensava* deixava Mahler ainda mais amargurado. Estava sozinho e nem sequer podia ficar em paz consigo.

Não era isso que tinha pensado. Não mesmo.

Heden 12h50

Quanto mais Flora se aproximava dos prédios, mais forte sentia que o campo ficava. Se do lado de fora dos portões tinha a sensação de que correntes de água lhe passavam pela cabeça, agora era como caminhar no meio de uma névoa cada vez mais densa. E, do mesmo modo que a névoa intensificava os sons, ela podia ouvir um e outro pensamento de pessoas vivas, suave mas nitidamente, podia ouvir gritos distantes. Quando estava no meio dos prédios, parou, sentiu o lugar.

Nunca sentira algo parecido com esse campo. Era um campo feito de consciências, centenas de consciências, mas estavam ali apenas como uma presença forte, não pensavam nada. Mas havia pensamentos, gritos mentais de horror eram ouvidos *dentro* do campo, o que o fazia ficar mais forte, como um condutor de eletricidade que se aquece quando a corrente passa dentro dele.

The more that you fear us, the bigger we get.

Ela se encostou na parede de um prédio, e era como se não coubesse ali. Sua cabeça só podia abrigar uma versão reduzida de tudo o que se passava na área naquele exato instante, e o que dominava era pavor, desespero – os sentimentos basais do ser humano, reflexos do cérebro reptiliano, e Flora podia senti-los por toda parte com uma intensidade tão grande que ela achou ser possível ver o campo se agitando no ar como ondas de calor subindo do asfalto.

Isso não é bom, isso é... perigoso.

Andou um pouco com as mãos em volta da cabeça e olhou dentro de um apartamento pela vidraça de uma varandinha no andar térreo. Viu uma sala sem móveis. No chão havia um ser de camisolão azul de hospital e calça comprida. *Ser*, já que era impossível saber se era um homem ou uma mulher. Quase todo o cabelo tinha caído, os traços do rosto estavam carcomidos e a pele amarelada colada no esqueleto, como um enfeite provisório em nome da decência. Nada de carne, nada de músculos. O ser humano no chão tinha tanta identidade quanto uma cabeça que estivesse havia semanas no alto de uma estaca.

Apesar disso, o corpo não estava murcho. Rígido, contraído, sentado com as costas eretas, as pernas arreganhadas, olhando para um ponto bem na frente. Os olhos estavam afundados demais no crânio para se poder ver para onde na verdade olhavam, mas a cabeça estava virada para a frente.

No meio das pernas pulava um sapo. Por um instante, Flora achou que fosse um sapo de verdade, mas, após observar durante alguns segundos os pulos mecânicos, entendeu que era um sapo de brinquedo. Para cima e para baixo, para baixo e para cima pulava o sapo, e o morto sentado com a boca aberta, seguindo os movimentos do brinquedo. Um clickticlack, clickticlack fraco vinha da vidraça.

Os movimentos ficaram mais lentos, os pulos do sapo cada vez mais fracos. No fim, as pernas do brinquedo apenas estrebuchavam de leve, e em seguida ele parou de vez.

O morto se inclinou para a frente e pôs a mão no sapo, bateu nele algumas vezes. Como não aconteceu nada, o morto levantou o sapo na altura dos olhos e o estudou. Cutucou com os dedos macérrimos a chapa metálica do brinquedo. Achou a chave e girou, girou mais, ainda mais. Colocou o sapo no chão de novo, e o brinquedo retomou os pulos, acompanhados com o mesmo interesse.

Flora virou o rosto para o lado oposto da janela e balançou a cabeça, que ainda era uma arena para gritos angustiados, uma tortura que estava dentro dela e não era dela. Entrou no pátio do prédio mais próximo, olhou para as fachadas cinza, as fileiras de janelas consertadas, o vazio entre as portarias, agora que as pessoas entraram para visitar seus familiares.

Inferno. Isso aqui é o inferno.

Pode ser que antes ela tivesse achado esse lugar assustador: aquele monte de lixo, pessoas brigando em apartamentos destruídos, mas aquilo não era nada em comparação com o que sentia agora. Cada grãozinho de sujeira fora limpado do passeio, e um cheiro de desinfetante pairava no ar. Os apartamentos foram consertados, limpados, os mortos tinham recebido um lugar para morar e aquilo não passava de túmulos novos. Fique quietinho no túmulo, fique olhando para um movimento que se repete eternamente. O inferno.

Flora foi para o meio do pátio, onde uma vez tinham planejado fazer um parquinho, mas não foram além da instalação dos pilares do balanço e de alguns bancos. Sentou-se pesadamente, apertou a palma das mãos nos olhos até ver sóis explodindo.

Mas o campo... a presença...

Umas pessoas curvadas saíram de um prédio. Um homem e uma mulher. O homem pensou alguma coisa do tipo *considerá-la morta* e a mulher era uma menininha, jogava-se nos braços da mãe.

Flora tirou a mochila do ombro, colocou-a em cima do banco e ficou encolhida. O pátio de Peter ficava apenas a uns duzentos, trezentos metros dali, e ela não aguentava andar agora. Queria que o campo enfraquecesse um pouco, mas havia agitação por toda parte, uma cacofonia de nojo e recusa que só fazia fortalecê-lo.

Uma janela se quebrou em algum lugar atrás dela. Ela olhou nessa direção. Mas viu apenas cacos de vidro caindo no chão, espatifando-se. Um grito vindo de algum lugar. Era difícil entender, porém isso a deixou mais calma. A pressão começava a ser liberada. Ela sorriu.

Agora vai começar.

É. Começou como um zumbido distante, um enxame de mosquitos que se pode ouvir, mas não se pode ver, numa noite de verão. Aquilo foi se aproximando, dominava todos os outros sons.

Algo se aproximava devagar.

O som nítido, agora penetrante, assumiu forma física, tornou-se uma força que estava agora bem na direção dela, obrigando sua cabeça a se curvar e virar para a direita.

Talvez fosse sua sensibilidade que fazia isso, mas ela podia localizar com exatidão a fonte do som; ele vinha de um ponto a dez metros de distância, à esquerda dela, e Flora também entendeu o significado do som: para lá ela não podia olhar.

A fonte mudou de posição, foi para longe dela.

Não estou com medo!

Fazendo um esforço muscular no pescoço, como se endireitasse o corpo debaixo de um peso grande, ela virou a cabeça para cima, à direita. E viu.

Viu a si mesma se afastando dela.

A menina que atravessava o pátio estava vestida com uma roupa igualzinha à dela, grande demais. Tinha uma mochila igual à dela, os mesmos cabelos vermelhos e arrepiados. A única coisa que era diferente eram os sapatos. A menina calçava os sapatos favoritos dela, o tênis que estava rasgado, mas que nela estava inteiro.

A menina parou, como se sentisse o olhar de Flora. O zumbido na cabeça, de metal sendo polido, não parou nem por um segundo e foi impossível para Flora se levantar para seguir a menina quando esta se pôs a andar novamente, na direção do pátio do próximo prédio. As pernas de Flora estavam sem força. Ela afundou no banco, resfolegou choramingando e olhou para o outro lado. O zumbido se calou.

Ela fechou os olhos, deitou no banco com a mochila servindo de travesseiro, ficou de costas para o lado em que tinha visto a menina, abraçou-se.

Eu vi, pensou ela. Ela passou por aqui e eu vi.

Heden 12h55

Não foi fácil achar o 17C. Placas novas no mesmo estilo das que marcavam os diversos setores do hospital foram penduradas sem que tivessem tirado as antigas. O resultado era uma mescla contraditória de indicações para números diferentes de ruas entre prédios idênticos. Aquilo parecia mais um labirinto por onde as pessoas perambulavam como ratos de Skinner, e não havia ninguém com quem pudessem se informar sobre o caminho.

Além disso, era difícil estruturar os pensamentos, concentrar-se. Assim que David achava que tinha entendido o sistema, a confusão de outras pessoas penetrava na confusão dele: outros algarismos, outras consciências, e era como resolver um exercício de matemática ao mesmo tempo que alguém está ao lado repetindo uma série de números ao acaso. E se não eram os algarismos, a procura, então era o medo, uma angústia enorme ecoando no fundo daquilo tudo.

Um gole. Uma bebida. Calma.

Uma vontade incrível de beber enterrou suas garras nele, e ele não sabia se a vontade era sua ou de Sture. Provavelmente uma mistura das duas; uma mistura imaginária de vinho e uísque chacoalhava numa boca imaginária.

O que incomodava na telepatia não era tanto o fato de ele poder ler os pensamentos de Sture, os de Magnus ou os dos outros, mas o fato de não saber quais pensamentos eram os seus.

Agora ele entendia por que a situação nos hospitais tinha ficado insuportável. De qualquer forma os pensamentos das outras pessoas eram, na maioria das vezes, mais fracos, um pano de fundo feito de vozes e imagens. Depois de dez minutos perdido, ele aprendeu a identificar a própria consciência no meio daquele pano de fundo. Mas quando os revividos estavam mais próximos no mesmo local devia ter sido quase impossível, todos os "eus" e "meus" se fundindo e se descolando uns dos outros como tintas de aquarela.

– Pai, eu estou cansado – disse Magnus. – *Onde* fica esse lugar?

Encontravam-se numa passagem entre os pátios de dois prédios. Era um entra e sai de gente das portarias dos prédios, a maioria das pessoas parecia ter encontrado o que procurava. Sture olhou para os algarismos presos com rebites nas paredes dos prédios, limpou o suor da testa com a manga da camisa.

– Idiotas – disse ele. – Era melhor não terem colocado número nenhum. Ai!

Sture cerrou o punho e o levantou na altura do peito, deteve-se.

– Quer que eu fique com ele? – perguntou David.

– Quero.

Sture olhou ao redor e abriu um pouco o paletó. Havia um buraco grande em sua camisa, bem em cima do coração. Baltasar esperneava no bolso, tentava levantar-se. David apanhou o coelho, que agora esperneava loucamente nas mãos dos dois, e o colocou no bolso do casaco, onde ele continuou chutando.

– Estamos chegando? – perguntou Magnus.

David se agachou.

– Já vamos achar – respondeu ele. – Como está... – apontou para a cabeça de Magnus – ...aí?

Magnus esfregou a testa.

– É como se um monte de gente falasse.

– É. Isso te dá medo?

– Não muito. Estou pensando no Baltasar.

David beijou o filho na testa e se levantou. Parou. Alguma coisa tinha acontecido. As vozes ficaram mais fracas, quase desapareceram. Em sua mente, David viu algo que no começo não conseguiu identificar. Caules compridos, amarelos e inclinados e um calor agradável. O calor vinha de um corpo bem junto do dele.

Sture estava imóvel, de boca aberta e se virava pra lá e pra cá.

Ele está vendo a mesma coisa, pensou David. *O que é?*

Sture olhou para David, pôs as mãos na cabeça.

– Será que é... – disse, e arregalou os olhos de pavor. David não entendeu. O que ele sentia era uma forte sensação de calma e proteção. Podia sentir as batidas de coração do corpo quente ali bem perto dele – batidas rápidas, mais de cem por minuto, mas ainda assim elas protegiam e acalmavam.

– Esses pensamentos todos... – disse Sture – são de enlouquecer...

Agora David entendia o que eram os caules amarelos. Não tinha reconhecido o que eram porque o tamanho deles estava bem diferente. Apesar de terem a espessura de dedos, aquilo era feno. Ele estava deitado no feno, junto de um corpo quente, e o feno era grande daquele jeito porque ele próprio era bem pequeno.

Baltasar.

Era a consciência do coelho que agora era o pano de fundo da consciência de David. O corpo quente com o coração batendo rápido era a mãe dele.

Sture se aproximou com a mão esticada.

– Eu posso ficar com ele de novo – disse ele. – Melhor isso.

– O que é? – perguntou Magnus.

– Venha...

David fez o sinal para Sture e os três se agacharam, formaram um círculo pequeno que os escondeu do mundo ao redor. David tirou Baltasar do bolso, entregou o coelho a Magnus.

– Pegue – disse ele. – Sinta.

Magnus apanhou o coelho, segurou-o contra o peito e olhou para a frente com olhos de quem não via nada. Sture abriu o paletó, aspirou o cheiro do bolso do lado de dentro e fez uma careta. Listras escuras de xixi de coelho podiam ser vistas no forro claro do paletó. Ficaram sentados nessa posição por meio minuto, até que começaram a brotar lágrimas nos olhos de Magnus. David se inclinou para a frente.

– O que foi, meu filho?

Os olhos de Magnus estavam brilhantes, ele olhou para Baltasar e disse:

– Ele não quer ficar comigo. Ele quer ficar junto da mãe dele.

David e Sture se entreolharam e Sture disse:

– É verdade. Mas não poderia, mesmo que fosse selvagem. A mãe rejeita os filhotes.

– Como assim, rejeita? – perguntou Magnus.

– Para os filhotes aprenderem a sobreviver sozinhos. Baltasar teve sorte porque em vez disso pôde ficar com você.

David não sabia se o que Sture tinha dito era verdade, mas a explicação acalmou um pouco o menino. Magnus puxou Baltasar ainda mais para junto de si e disse, como se falasse com um bebê:

– Pobrezinho do Baltasar. Eu vou ser a mãe dele.

De um modo inacreditável, essa mensagem também pareceu deixar Baltasar mais calmo. O coelho parou de espernear e ficou quieto nas mãos de Magnus. Sture olhou ao redor.

– De todo jeito, é melhor eu ficar com ele.

Baltasar foi colocado de volta no bolso de Sture e eles continuaram com a busca. Por acaso, avistaram o número que procuravam dentro do pátio. "17C" estava escrito em uma placa no alto da portaria de um prédio.

Durante os minutos que se passaram desde que se sentaram na passagem, a atmosfera ao redor tinha mudado, e, enquanto caminhavam para o prédio, eles ouviram vidros se quebrando, o estrondo de uma porta que se fechou em algum lugar, um e outro grito. As pessoas em volta andavam mais rápido, olhavam ao redor, e um barulho que parecia o som de um enxame de mosquitos ia ficando mais forte em algum lugar ali perto.

– O que é isso? – perguntou Sture, e olhou para o céu.

– Não sei – respondeu David.

Magnus inclinou a cabeça e disse:

– É uma máquina grande.

Não era possível identificar o som, nem pelo tipo nem pelo lugar de onde vinha, mas era como Magnus tinha dito: parecia que uma máquina grande tinha sido ligada, talvez um computador, o zumbido de alta frequência de ventiladores enormes.

Eles entraram no prédio.

Em vez dos cheiros comuns de comida, suor e poeira, havia na portaria apenas uma atmosfera estéril de hospital, de álcool hospitalar. Tudo cintilava de tão limpo que estava, e nas portas gastas havia pedaços de plástico com letras coladas. A e B no andar de baixo. Eles continuaram subindo a escada, cujos degraus estavam lisos de produto de limpeza. Magnus andava como um bicho-preguiça, pondo os dois pés em cada degrau. David sentia o medo do filho e ajustou os passos aos dele. No limiar entre os dois andares, Magnus parou e disse:

– Eu quero ficar com o Baltasar.

Baltasar lhe foi entregue e Magnus pôs o coelho bem junto do peito, de modo que apenas se via o focinho pequeno, puxando ar. Os últimos passos para o apartamento C foram dados como se ele estivesse andando debaixo d'água.

A campainha não funcionou, mas, antes de bater na porta, David experimentou virar a maçaneta, e a porta não estava trancada. Ele entrou em um corredor vazio com Sture e Magnus atrás.

– Olá?

Depois de alguns segundos, um senhor apareceu segurando em uma das mãos um jornal vespertino. Parecia a encarnação de um professor titular confuso: baixinho, magro e com tufos de cabelos grisalhos saindo das orelhas, óculos na ponta do nariz. David simpatizou imediatamente com ele.

– Ora, ora – disse o homem. – São vocês que são... – Ele tirou os óculos do rosto e os enfiou no bolso da camisa, ao mesmo tempo que deu um passo para a frente com a mão estendida. – Meu nome é Roy Bodström. Fomos nós que... – O homem levantou o dedo polegar e o mínimo na direção do ouvido para representar um telefone.

Eles se cumprimentaram. Magnus recuou na direção da porta, tentando esconder Baltasar com os braços.

– Oi – disse Roy. – Como você se chama?

– Magnus – sussurrou Magnus.

– Magnus. Certo. O que você tem aí?

Magnus balançou a cabeça e David foi para o meio deles.

– Hoje é o aniversário dele e Magnus ganhou um coelho que ele queria trazer para mostrar... a Eva. Ela está aqui, não está?

– Está, sim – respondeu Roy, e virou-se para Magnus. – Um *coelho*? Nesse caso eu entendo a sua vontade de... eu também ia querer. Entrem.

Sem mais cerimônias, Roy acenou para eles entrarem no quarto de onde ele tinha vindo. David respirou fundo, colocou a mão nos ombros de Magnus e o seguiu.

O quarto estava tão vazio que fazia eco – vazio quebrado apenas pelo pouco equipamento hospitalar espalhado nele. Ali havia somente uma cama com uma mesinha de cabeceira sobre a qual havia uma máquina, e ao lado uma poltrona simples. No chão, perto da poltrona, alguns números do *Journal of American Medicine*. Na cama estava sentada Eva.

O curativo que antes cobria a metade de seu rosto fora substituído por uma meia feita de uma gaze grossa que acentuava o dilaceramento embaixo do pano. O camisolão azul de hospital estava encurvado em um lado de seu peito. Da cabeça de Eva saíam uns fios que estavam ligados à máquina na mesinha de cabeceira. A cama reclinável estava ajustada na posição de sentar, as mãos de Eva estavam em cima do cobertor do Conselho da Província e seu único olho estava voltado para a porta pela qual eles entraram.

David e Magnus se aproximaram devagar da cama. David sentia que o corpo de Magnus estava tenso, em estado de alerta. O olho de Eva encontrava-se bem diferente de quando ela estava no hospital – a película cinza tinha praticamente desaparecido e o olho parecia quase saudável. Quase. No entanto, ela parecia ter emagrecido muito nos últimos dias; a bochecha ilesa tinha perdido o enchimento e estava chupada, na direção da cavidade bucal. Quando o canto da boca se levantou, agora num sorriso, foi mais como se fosse uma careta.

– David – disse ela. – Magnus. Meu menino.

A voz ainda sibilava um pouco, mas David a teria reconhecido em qualquer lugar como sendo a voz de Eva. Magnus parou. David soltou o ombro do filho e se aproximou da cama. Não ousava abraçar Eva com medo de que o corpo dela desmontasse, então limitou-se a sentar na beira da cama, abraçando-lhe os ombros.

– Oi, meu amor – disse ele. – Agora estamos aqui.

Ele apertou os lábios para não começar a chorar e acenou para Magnus se aproximar da cama, o que ele fez, vacilante. Sture chegou mais perto, logo atrás de Magnus. O olho de Eva passou por eles.

– Meus queridos – disse ela. – Minha família.

Fez-se silêncio por um instante. Havia tanta coisa para ser dita que acabaram não dizendo nada. Roy se aproximou com as mãos cruzadas em cima da barriga, como para mostrar que ele não ia *fazer* nada, e apontou com a cabeça para a máquina.

– Bem, eu meço o EEG – disse ele. – Apenas rotina. Só para vocês... – ele recuou novamente, deixando no ar mais uma frase pela metade. David olhou para a máquina, onde várias linhas retas flutuavam num vazio preto, interrompidas apenas por uma e outra saliência, elevação.

Será que era assim mesmo?

Olhou para Eva de novo. O olho dela mostrava expectativa, calmo e pouco assustador. Ainda assim ele sentiu um calafrio. Precisou de alguns segundos para entender o que era: em sua mente, sentia Magnus, Sture, Baltasar, Roy em uma mistura desordenada, mas de Eva não sentia nada.

Olhou dentro do olho dela e pensou: *Meu amor, meu amor, onde você está?*, mas não recebeu nenhuma resposta. Quando David se concentrava, podia captar uma imagem fraca, um esboço do que Eva era para ele, mas essa imagem vinha apenas de sua própria lembrança, não tinha nada a ver com a pessoa ali na sua frente. Com cuidado, ele segurou a mão dela. Estava fria, apesar de ter a mesma temperatura do quarto.

– Hoje é o aniversário do Magnus – disse ele. – Não comemos torta de panqueca. Eu não sabia como fazer, então acabei comprando uma torta pronta.

– Parabéns, querido Magnus – disse Eva.

David viu que Magnus tomou uma decisão, passou por cima do que na verdade sentia, aproximou-se da cama e mostrou Baltasar.

– Eu ganhei um coelho. O nome dele é Baltasar.

– Ele é muito bonito – comentou Eva.

Magnus colocou Baltasar em cima da cama e o coelho deu uns pulos tímidos, ficou no meio das coxas magras de Eva e mordiscou as bolinhas de lã do cobertor. Eva não pareceu prestar atenção nele.

– Ele se chama Baltasar – disse Magnus.

– Baltasar é um nome bonito.

– Ele não pode dormir na minha cama, pode?

David abriu a boca para dizer que não, mas viu que a pergunta era dirigida a Eva e ficou calado. Como se constatasse um fato, Eva respondeu:

– Ele não pode dormir na sua cama.

– Por que não?

– Magnus... – David colocou a mão no ombro do filho. – Agora chega.

– Então ele pode?

– Nós conversamos sobre isso mais tarde.

Magnus franziu a sobrancelha e olhou para Eva. Roy deu uma tossidinha e se aproximou.

– Bem – disse ele –, há uma coisa que eu queria perguntar.

David acariciou com o dedo o dorso da mão de Eva, levantou-se e seguiu Roy, afastando-se um pouco da cama e deixando o lugar para Sture. Ao se levantar, ele olhara de relance para a tela do EEG e vira que as elevações nas linhas tinham aumentado um pouco, estavam mais juntas umas das outras.

Já afastados da cama, David perguntou:

– Foi isso o que você quis dizer? Que é como se ela fosse... – David não conseguiu dizer uma *máquina*, mas era essa a impressão que tinha. Eva respondia a todas as perguntas, dizia coisas que faziam sentido, mas fazia isso tudo de forma mecânica, como se fosse um comportamento aprendido.

Roy balançou a cabeça.

– Não sei – respondeu ele. – Vai melhorar. Como eu tinha dito antes, houve um progresso enorme... – Ele não terminou a frase, mas começou outra: – O que eu queria saber é o seguinte: o Pescador. Isso faz você pensar em alguma coisa?

– O Pescador?

– Sim. Quando eu pergunto alguma coisa sobre ela... ela sempre acaba falando nesse tal Pescador. É algo de que ela tem medo.

Sture levantou-se da cama e foi para junto deles.

– Do que vocês estão falando? – perguntou.

– Do Pescador – respondeu David. – É algo que a Eva diz, mas não sabemos o que é.

Sture se virou para a cama, onde Magnus estava agora: ele dizia alguma coisa para Eva e apontava para Baltasar, que estava encolhido em cima do diafragma dela.

– Eu sei o que é – disse ele, e puxou o ar. – Ela falou sobre isso? – Roy confirmou balançando a cabeça e Sture disse: – Certo. Foi uma coisa que aconteceu quando ela era pequena, sabe? Ela tinha sete anos e... bem, de certa forma o erro foi meu, que não tomei conta dela direito. Quase que ela se afogou. Quase mesmo. Foi por pouco. Se não fosse pela minha esposa, que sabia o que fazer em uma situação dessas... – Sture balançou a cabeça para a lembrança. – Bem, de qualquer forma, quando a trouxemos para o mundo dos vivos...

– Pai, pai!

David ouviu dentro da cabeça os gritos de Magnus um segundo antes de lhe chegarem aos ouvidos. Não, o grito em sua cabeça vinha de Baltasar e, ao mesmo tempo que os berros de Magnus ecoavam nas paredes, podia-se ouvir outro grito, que mais parecia de pássaro, e em seguida um estalo oco.

David se jogou na frente da cama, mas já era tarde demais.

O corpo de Baltasar ainda estava no colo de Eva, mas sua cabeça estava na mão dela, Eva a levantava na altura dos olhos para poder estudá-la. Ela virou a cabecinha do coelho pra lá e pra cá, o focinho ainda tremia e os olhos olhavam apavorados. Em seu colo, as pernas esperneavam no corpo sem cabeça, e um filete de sangue corria no canto de uma dobra do cobertor, pingando no chão.

As pernas de Baltasar tiveram um último espasmo e pararam de se mexer. O olho de Eva olhava de um modo invasivo no olho do coelho; duas poças negras se refletindo uma na outra.

Magnus gritou: "Eu te odeio, eu te odeio!" e bateu ao longo do braço e do ombro de Eva; seus braços se agitavam, arrancando os fios presos na cabeça da mãe. David conseguiu ver rapidamente a linha do EEG antes de ela se apagar: curvas pontudas e numerosas. Ele segurou Magnus por trás, travou os braços do filho com um abraço forte e o tirou do apartamento, enquanto sussurrava palavras de consolo sem nenhum efeito.

– Não dá para entender... ela nunca... – Roy remexia as mãos, inquieto, e oscilava sobre os pés, hesitando em aproximar-se da cama onde Eva virava a cabeça de Baltasar, enfiando o dedo na garganta viscosa de sangue onde tiras de tendões e ligamentos estavam pendurados como serpentinas.

Sture se aproximou da cama, delicadamente conseguiu tirar a cabeça do coelho das mãos vermelho-escuras de Eva e a colocou na mesinha de cabeceira. Fechou os olhos ouvindo os doloridos gritos íntimos de Magnus, apanhou os dois bonecos de madeira e os colocou nas mãos da filha no lugar do coelho.

– Olhe – disse ele. – Os seus bonecos. Eva e David.

Eva apanhou os bonecos, segurou-os e olhou para eles, com calma.

– Eva e David – disse ela. – Meus bonecos.

– Isso.

– Eles são muito bonitos.

O tom de sua voz assustava mais Sture do que o que ela tinha feito com Baltasar. Aquela voz era e ao mesmo tempo não era da filha dele. Parecia alguém que imitava a voz de sua filha. Ele não aguentou ouvir mais e largou Eva sentada com os bonecos no colo.

David carregava Magnus no colo, Sture carregava o que restava de Baltasar. Uns tufos de pelo malhado que não sonhavam mais com feno. Do lado de fora do prédio, um policial que mexia os braços em direção à saída foi ao encontro deles.

– Vocês devem deixar o local imediatamente.

– Qual o problema? – perguntou Sture.

O policial balançou a cabeça.

– Vocês mesmos podem sentir – respondeu ele, e desapareceu dentro do prédio para continuar com a evacuação.

Eles tinham estado tão ocupados com Eva e com o que aconteceu depois que ignoraram os sinais de alarme do campo. A consciência de David estava tomada pelo desespero de Magnus, mas, quando Sture percebeu o que havia ali fora, ele ouviu um pensamento que correspondia ao som de uma árvore grande prestes a ceder aos dentes da serra, ao fio do machado. Estalos nítidos, o tronco balança, para que lado a árvore vai cair?

Milhares de consciências em um estado de pânico tão grande que não era possível distinguir nenhum pensamento, apenas os risquinhos de uma televisão sem transmissão no volume máximo e, no meio daquilo tudo, aquele zumbido penetrante. O rosto de Sture se contorceu e ele segurou os ombros de David.

– Vamos – disse ele. – Temos que sair daqui. Agora.

Caminharam o mais rápido que podiam na direção dos portões. Se tinham pensamentos próprios, estes eram sugados pelo campo. Mais pessoas saíram dos prédios e correram para a saída, como se estivessem fugindo de um incêndio, de uma guerra, de um exército que se aproximava.

Nunca mais Heden seria aberto ao público.

Heden 13h15

Flora estava deitada embaixo do banco, encolhida como um feto. Abraçada à mochila. Do lado de fora o mundo desmoronava. Dentro dela o mundo desmoronava. Tudo explodia num espetáculo de fogos feito de loucura. Ela espremeu ao máximo as pálpebras, como se quisesse impedir que os olhos saíssem das órbitas. Não conseguia se mexer, era só esperar aquilo tudo acabar.

Grupos grandes de mortos afetavam a cabeça dos vivos, mas grupos grandes de vivos também afetavam os mortos. Como se fossem um sistema de espelhos, os sentimentos eram ampliados, um se refletia no outro, se reforçavam e continuavam assim até que o campo ficava insuportável.

Depois de cinco minutos o campo começou a enfraquecer. Pensamentos terríveis deixaram o local e foram desaparecendo. Passados dez minutos, ela teve coragem de abrir os olhos e entendeu que a haviam esquecido. Alguns policiais estavam saindo naquele instante dos pátios. Do lado de fora de um prédio, um homem estava sentado, chorando. Seu rosto estava arranhado e havia manchas de sangue na gola da camisa. Enquanto Flora olhava, um enfermeiro se aproximou do homem e limpou as feridas, fez um curativo.

Flora estava deitada, imóvel. Vestida de preto, era uma sombra embaixo do banco. Se se mexesse, virava um ser humano, e seres humanos tinham de sair dali.

Depois de tratar as feridas, o enfermeiro segurou o homem por baixo do braço e o levou embora dali. O homem andava como se tivesse uma canga em cima da nuca e pensava em sua mãe, no amor dela e nas unhas dela – unhas feitas, pintadas de vermelho-cereja. Ela sempre tinha sido muito vaidosa com as unhas, até nos anos em que estivera doente. Quando toda a dignidade já tinha sido pouco a pouco tirada dela, mesmo assim, ela não desistira das unhas, insistia em que fossem cuidadas e pintadas de vermelho-cereja. Aquelas unhas. Uma delas se quebrou quando a mãe o arranhou.

Flora esperou até eles irem embora do pátio e depois olhou ao redor. O faro lhe dizia que não havia ninguém vivo por perto, mas ali era tudo tão estranho que ela não podia ter certeza.

Ninguém ao alcance da vista. Ela saiu de debaixo do banco e correu para a passagem para o outro pátio. Ali teve de esperar alguns minutos enquanto algumas pessoas ainda saíam. Uma delas era psicóloga ou algo do gênero e pensava seriamente em suicidar-se quando estivesse em casa. Injetar na veia uma overdose de morfina. Ela não tinha nenhum parente. Nem ali nem em lugar nenhum.

Eram quinze para as duas quando Flora bateu discretamente na janela de Peter e ele a deixou entrar. A essa altura não havia mais nenhuma consciência viva ali por perto.

[PROGRAMA *EKOT* 14h00]

...não tem nenhuma explicação para os acontecimentos em Heden. Logo após uma hora, a polícia e a equipe médica foram obrigadas a evacuar o local. Doze pessoas ficaram feridas após terem sido atacadas por revividos, três delas tiveram ferimentos graves. Heden ficará fechado para o público por tempo indeterminado.

Resumo

[MINISTÉRIO DA SAÚDE, CONFIDENCIAL]

...em resumo, estamos convencidos de que os revividos consomem rapidamente seus recursos intracelulares. Se tomarmos como parâmetro o ritmo atual de consumo, podemos prever que dentro de uma semana no máximo esses recursos terão acabado, em alguns casos muito antes disso.

Se nada for feito, dentro de uma semana ou antes disso os revividos estarão consumidos, na falta de melhor terminologia.

Para terminar, queremos saber: existe algum interesse nessa solução?

[EKOT 16h00]

...colocou Heden em algo semelhante à quarentena. Um número reduzido de profissionais da área da saúde estará presente na região, mas no momento não há planos de continuar com a reabilitação.

17 de agosto II
O pescador

O pensamento tão frágil, tão cheio de esperança
Como a luz viajando para o norte cruzando o céu
em traços suaves como a viscosidade da lesma ou
mexilhões sentindo o fundo no peito, na boca, nas mãos,
o coração, o coração batendo forte o grito do cérebro

Mia Ajvide – *Isca para fuga**

Labbskäret 16h45

As sombras estavam mais alongadas quando Mahler se levantou de seu buraco e voltou para a casa. O corpo doía depois de ficar tanto tempo sentado na pedra. Ele estivera ali por mais tempo do que o necessário para se acalmar. Queria protestar, fazer Anna sentir o gostinho de como seria se ele, o excluído, desaparecesse.

Em cima do rochedo do lado de fora da casa havia uma construção antiga de madeira para secar redes, em forma de três Ts grandes com ganchos. Debaixo de um deles, Anna estava cantarolando e pendurava as roupas de Elias, que tinha lavado com sabão e água salgada. Parecia satisfeita, nem um pouco receosa, como Mahler esperava.

Ela ouviu os passos dele no rochedo e se virou.

– Olá – disse ela. – Por onde você andou?

Mahler acenou com as mãos de um modo vago, e Anna inclinou a cabeça de lado e olhou para ele.

Como se eu fosse uma criança, pensou Mahler, e Anna deu uma risada, balançando a cabeça. O sol baixo cintilou no olho dela.

– Encontrou água? – perguntou ele.

---

* Original do título da poesia em sueco: *Flyktlock*.

– Não.

– E você não se importa?

– Sim, mas... – Ela deu de ombros e pendurou duas meias pequenas no mesmo gancho.

– Mas o quê?

– Eu pensei que você ia pegar.

– Talvez eu não esteja com vontade.

– Está bem. Então você precisa me mostrar como o motor funciona.

– Pare de ser ridícula.

Anna o mirou com um olhar *É você que é ridículo,* e Mahler entrou sapateando na casa. O colete salva-vidas maior era pequeno demais para ele, ficou parecendo um bebê gigante quando amarrou a faixa na barriga, então acabou desistindo dele. De repente, nada tinha tanta importância. Foi ver Elias, que estava deitado na cama debaixo do quadro dos duendes, não sentiu nenhuma vontade de se aproximar dele. Apanhou o garrafão de água e saiu.

– Bem – disse ele –, então eu vou.

Anna tinha pendurado todas as roupas. Agachou-se com as mãos nos joelhos.

– Pai – disse ela, suave. – Chega.

– Chega do quê?

– Chega e pronto. É desnecessário.

Mahler passou por ela, desceu para o barco. Anna disse:

– Dirija com cuidado.

– Está bem.

Quando o som do motor silenciou entre as ilhas, Anna deitou de costas no rochedo quente do sol e se endireitou para que o calor chegasse à maior parte da pele. Depois de ficar deitada assim por um tempo, entrou na casa, pegou Elias e o colocou ao seu lado na rocha, enrolado no edredom.

Ficou deitada de lado, com a cabeça apoiada na mão, e se concentrou em um ponto no meio da testa de Elias cheia de manchas marrom-escuras.

Elias?

A resposta que veio não foi em forma de palavras. Nem sequer era uma resposta, era mais uma confirmação muda de *eu estou aqui*. Foram poucas as vezes em que Elias falara recentemente com ela, a última vez fora quando ela estava cortando grama e seu pai fazia aqueles exercícios inúteis.

Anna estava tentando tirar uma pedra de dentro do cortador quando a voz nítida e aguda de Elias tomou conta de sua mente.

Mamãe, venha! O vovô está zangado. Eu vou...

Mas ele não conseguiu completar, nesse instante sua voz foi abafada por um zumbido penetrante. Quando ela entrou na casa, Elias estava no chão, com a cadeira por cima, e o zumbido desapareceu ao mesmo tempo que ela perdeu por completo o contato com o filho.

A outra vez tinha sido de madrugada. Ela não dormira muito. Quando finalmente adormeceu, foi de puro esgotamento. Não conseguia dormir sabendo que Elias estava deitado na cama olhando para o teto. Era como deixá-lo sozinho se desaparecesse no quarto fechado do sono.

Estava deitada no colchão ao lado da cama de Elias quando acordou com a voz dele. Estremeceu, sentou-se e olhou para ele, ali na cama, de olhos abertos.

– Elias? Você disse alguma coisa?

Mãe...

– Sim?

Não quero.

– O que você não quer?

Não quero ficar aqui.

– Você não quer ficar aqui na casa de verão?

Não. Não quero ficar... aqui.

Não foram capazes de ir adiante porque o zumbido foi crescendo. Antes de o som virar uma tortura, ela sentiu no corpo que Elias *se retirara*, que ele desaparecera de novo dentro de si mesmo. Alguma coisa deixava Elias por um instante, quando ele falava com ela; tão logo ele puxava de volta essa coisa, eles só podiam se comunicar sem palavras, de um modo tênue.

Mais uma coisa.

Cada vez que Elias se retirava, era porque tinha medo. Ela sentia isso. E esse medo tinha a ver com o zumbido.

Ali, à luz do sol, com o rosto de múmia apontando do edredom, ficava claro, terrivelmente claro, que o corpo de Elias era mesmo a casca de que tanto se fala.

Uma carcaça, ressecada e encolhida, que envolvia outra coisa, algo inominável e que não era deste mundo. O menino Elias que gostava de balanço e adorava nectarina não existia mais, não voltaria. Ela já entendera isso naqueles minutos no quarto de Mahler em Vällingby.

E ainda assim, ainda assim...

Ela estava de pé agora. Pendurava roupa lavada e cantarolava sucessos populares, algo que ela nunca teria feito uma semana antes. Por quê?

Porque agora ela sabia que a morte não é tudo.

Pensou em todas as vezes em que fora ao cemitério de Råcksta e se sentara junto do túmulo, se deitara nele, sussurrara para ele. Sabia, naquelas horas, que o corpo de Elias estava ali embaixo, mas também que ele não podia ouvi-la, que na verdade não havia mais nada dele. Que Elias era apenas o somatório de balanços, nectarinas, Lego, sorrisos, teimosia e "Mãe, me dê mais um beijo de boa-noite". Quando isso não existia mais só restavam as lembranças.

Ela estava errada. Totalmente errada, e esse era o motivo de ela cantarolar. Elias estava morto. Elias não tinha deixado de existir.

Ela abriu um pouco o edredom, deixou arejar um pouco. Elias ainda cheirava mal, mas não como no começo. Era como se aquilo que pudesse cheirar mal tivesse sido... consumido.

– Do que você tem medo?

Nenhuma resposta. Ela ventilou o pijama em cima da barriga dele e dali veio um cheiro de lugar fechado. Quando as roupas estivessem secas ela iria trocar a dele. Ficaram no rochedo até o sol se pôr no mar de Åland. Um vento mais fresco soprou do mar e Anna carregou Elias para dentro da casa.

As roupas de cama tinham cheiro de bolor, então ela as levou para fora e as pendurou em um amieiro ao lado da casa. Encontrou uma lamparina vazia e a encheu com combustível para a noite. Inspecionou a lareira, ateando fogo em um pedaço de jornal, colocou-o no piso da lareira. A fumaça entrou no quarto. A chaminé devia estar tampada; talvez um pássaro tivesse feito um ninho.

Anna fez uns sanduíches de caviar na cozinha, serviu-se de um copo de leite morno, saiu e foi se sentar no rochedo. Depois de comer, desceu para a orla para examinar a coisa grande e prateada meio escondida no capim que lhe chamara a atenção algumas vezes.

Primeiro não entendeu o que era aquilo. Um cilindro grande cheio de orifícios. Algo que se jogava no alto e fotografava, e mais tarde se dizia que era um ovni. Depois ela entendeu que era o tambor de uma máquina de lavar roupa, que servia para armazenar peixes vivos.

Andou pela beira da praia. Achou um tubo vazio de loção de barbear e uma lata de cerveja. As nuvens estavam ficando com um tom vermelho-claro, e ela achou que Mahler devia estar chegando.

Para ver melhor o crepúsculo, e também para procurar o pai, subiu na colina atrás da casa, que estava coroada com um montinho de pedras. A vista era fantástica. Apesar de a colina ser apenas dois ou três metros mais alta do que a casa, dali se tinha uma visão desimpedida de todo o arquipélago ao redor.

Vista de lado, a massa de nuvens noturnas se tornava um cobertor abaulado que envolvia as ilhas baixas e se refletia num mar de sangue. A leste não havia nada no meio do caminho, e a vista chegava à linha do horizonte. Ela entendia muito bem por que as pessoas antigamente acreditavam que a Terra era plana, que o horizonte era uma borda atrás da qual havia o grande Nada.

Aguçou os ouvidos. Nenhum som de motor.

Estando ali com aquela vista panorâmica do grande mundo, achava inacreditável que o pai pudesse encontrar o caminho de volta. O mundo era muitíssimo vasto.

O que é aquilo?

Ela forçou a vista na direção de um aglomerado de árvores e arbustos que estava em uma depressão do outro lado da ilha. Achou que alguma coisa se mexia lá embaixo. Isso. Ouviu um farfalhar e viu algo branco que apareceu depressa e desapareceu de novo.

Branco? Que animais são brancos?

Apenas animais que vivem em lugares com neve. Além de gatos, é claro. E cachorros. Será que era um gato? Esquecido ou abandonado. Talvez tivesse caído de um barco e conseguido chegar à terra fime.

Ela se pôs a caminho da depressão, mas parou.

Aquilo era maior do que um gato. Parecia mais um cachorro. Um cachorro caíra de um barco e... se tornara selvagem.

Ela deu meia-volta, retornou depressa para a casa. Parou na porta e aguçou os ouvidos pela última vez. Já devia ser mais de oito horas, por que seu pai não chegava?

Entrou, fechou a porta. A porta se abriu novamente. A fechadura não existia mais. Ela apanhou uma vassoura e a colocou atravessada na maçaneta, com a ponta apoiada na parede. Para servir de fechadura aquilo era inútil, mas um bicho não conseguiria entrar.

Quanto mais ela pensava naquilo, mais receosa ficava.

Não era um animal. Era uma pessoa.

Ela ficou junto da porta, ouvindo. Nada. Apenas um melro solitário que tentava cantar como outros pássaros.

O coração marcou presença, bombeava o sangue mais rápido e mais nitidamente. Seu nervosismo crescia por nada. Era só porque estava sozinha com Elias, era o fato de não poder sair dali que a fazia pensar besteira. Não é difícil equilibrar-se em cima de uma tábua de dez centímetros de largura quando ela está no chão, mas coloque essa tábua a dez metros do chão e o medo crava as garras em você. Embora seja a mesma tábua.

Provavelmente era uma gaivota. Ou um cisne.

Um cisne. Era isso. É claro que era um cisne, que tinha feito ninho em terra firme. Cisnes são animais grandes.

Ficou mais calma, foi olhar Elias. Ele estava deitado com a cabeça virada para a parede, parecia olhar para o quadro dos duendes, que na penumbra do crepúsculo era apenas um retângulo escuro na parede. Ela sentou na cama, junto dele.

– Oi, meu filho. Como é que você está?

O som de sua voz encheu o silêncio, expulsou-o. A angústia em seu peito diminuiu.

– Quando era pequena eu tinha um quadro parecido com esse aí perto da minha cama, mas era um quadro de um papai duende com a filha pescando. A menina segurava a vara de pescar e o pai, que era grandão e todo desajeitado e com verrugas, mostrava para ela como deveria posicionar o anzol, segurava os braços dela com cuidado, desse jeito, para mostrar. Eu não sei se a minha mãe sabia o quanto eu olhava para aquele quadro e o quanto eu pensava nele ou ficava imaginando que eu tinha um pai que era assim comigo. Um pai que me ensinava como fazer as coisas e que estava perto, atrás de mim, e era grande e bonzinho. Lembro que quando era criança eu queria ser um duende. Pois para os duendes a vida parecia ser simples. Eles não tinham nada e, apesar disso, tinham tudo.

Ela estava com as mãos no colo, podia ver aquele quadro em sua frente –

Que fim ele teve?

–, lembrou que costumava ficar de joelhos na cama, seguindo com o dedo os contornos do rosto do duende pai.

Suspirou, olhou para a janela. Um balão pintado flutuava lá fora. Ela resfolegou tentando puxar o ar. O balão era um rosto. Um rosto inchado e branco com duas fendas negras que eram os olhos. Não havia lábios nem gengivas, só os dentes. Ela ficou olhando para o rosto, petrificada. O nariz era apenas um buraco no meio de uma carne branca e esponjosa, um rosto que parecia feito de massa de farinha com muitos dentões enfiados nela.

Uma mão foi levantada, colocada na janela. A mão também era de um branco cadavérico, inchada.

Ela gritou tanto que ficou ensurdecida.

O rosto se afastou da janela, foi em direção à porta. Ela se levantou, bateu o quadril na quina da mesa mas não sentiu nada, foi para a cozinha –

Mãe?

– e agarrou a porta, segurou a maçaneta.

Mãe?

A voz de Elias, dentro da cabeça dela. Ela apoiou o corpo na parede, puxou a maçaneta o mais que podia. Alguma coisa segurou a maçaneta, do lado de fora. Ela resistiu. A coisa do outro lado deu um puxão.

Bendito Deus não deixe essa coisa entrar não deixe essa coisa entrar

Mãe, o que

não deixe essa coisa

está acontecendo?

A coisa era forte. Ela soluçou quando a porta bateu no batente.

– Vá embora, vá embora!

Ela podia sentir a força morta e muda através da maçaneta quando o ser puxava a porta de um jeito monótono, ele queria entrar onde ela e Elias estavam. O pavor transformou sua garganta num só músculo contraído e, dura, ela virou a cabeça na direção da cozinha, à procura de uma arma, de qualquer coisa.

Debaixo da bancada da pia havia um machado pequeno, mas ela não podia largar a porta para pegá-lo. O ser puxava a porta com mais força e, quando a porta se abriu um pouco, ela entreviu por um instante o corpo em sua totalidade. Era branco e nu, feito de pedaços de massa de pão jogados por cima de um esqueleto, e ela entendeu.

Um afogado. Alguém que se afogou.

Ela riu ofegante, enquanto continuava resistindo, viu várias vezes a carne do ser se desmanchando e sendo comida por peixes.

Os afogados. Onde eles estão?

Como um lampejo, viu o mar inteiro cheio de afogados, os acidentes dos meses de verão, quantos eram? Corpos brancos flutuando, arrastando-se no fundo do mar. Peixes predadores, enguias comendo a pele e fazendo a festa nas vísceras.

Mãe!

A voz de Elias estava assustada agora. Ela não podia se alegrar com o fato de ele falar com ela nem podia consolá-lo; a única coisa que podia fazer era segurar a porta, impedir a coisa de entrar.

Seus braços começavam a ficar dormentes com os puxões constantes, com a força que ela precisava fazer para resistir.

– O que você quer? Vá embora! Vá embora!

A coisa largou.

A porta bateu com um estrondo uma última vez e farpas da madeira carcomida se soltaram, rodopiaram, indo parar nos pés dela. Ela prendeu a respiração, escutou. O melro tinha parado de cantar e ela ouviu estalos na colina lá fora. Ossos batendo na pedra. O ser tinha se afastado.

Mãe, o que é isso?

Ela respondeu.

Não tenha medo. Ele está indo embora.

O zumbido começou, parecia uma frota de barcos pequenos que se aproximava do fiorde e chegava mais perto. Anna queria gritar *Pare, deixe a gente em paz, saia daqui* para tudo que parecia querer pegá-los, mas não teve coragem, temendo que Elias se assustasse. Ele se retirou rapidamente da mente dela e o zumbido desapareceu.

Anna correu para longe da porta, apanhou o machado e ficou a postos de novo. Escutou lá fora. Tudo estava em silêncio. O machado suado deslizou de sua mão. Durante todo o episódio ela não tinha sentido nem por um instante o afogado na mente, e isso a deixava ainda mais assustada. Com Elias, sempre havia uma aura, uma presença. O afogado era silencioso.

Quando o melro retomou seu chilrear lá fora, ela ousou largar a porta e ir para onde estava Elias. Parou no vão da porta, soltou o machado.

O afogado estava em cima do rochedo, do lado de fora da janela, olhando para dentro da casa. Com jeito, ela se agachou, apanhou o machado de novo, com cuidado, como se estivesse diante de um animal que podia ficar agressivo com um movimento súbito. Mas o afogado não se mexeu.

O que ele está fazendo?

Ele não podia enxergar, não tinha olhos. Anna sentou na beira da cama, com o machado bem firme na mão, em um ângulo que não a deixava ver o que havia do lado de fora da janela. No entanto, podia ouvir se o afogado se mexesse de novo. Era a coisa mais asquerosa que ela tinha visto. Não podia pensar nele, não devia pensar nele, como se houvesse um interruptor em sua cabeça, esperando para funcionar e deixá-la totalmente louca.

Ela não tirava os olhos do quadro do duende na parede, o duende bom com suas mãos grandes e protetoras. A criancinha. E ela pensou:

Pai, venha logo pra casa.

Kungsholmen 17h00

Acharam um lugar numa moita na praia de Kungsholmen, na metade do caminho entre o apartamento deles e o prédio do Parlamento. David desconfiava que era proibido enterrar animais por conta própria na cidade, mas o que eles podiam fazer?

Antes de se pôr a caminho, fizeram uma cruz com pedaços de madeira de rodapé e uma corda. O próprio Magnus tinha escrito BALTASAR com caneta de feltro. David ficou vigiando enquanto Magnus e Sture estavam na moita, cavando um buraco onde coubesse uma caixa de sapato.

A partir dessa perspectiva menor, David entendeu para que serviam os enterros. Magnus ficou ajeitando a caixa e as flores que seriam colocadas ali dentro. A construção da cruz deu a ele uma satisfação que apenas palavras e consolo não puderam dar. Magnus chorara muito no caminho de Heden para casa, mas, assim que eles entraram no apartamento, começou a falar no enterro, em como fariam.

David e Sture se entregaram de corpo e alma ao projeto, ainda não tivessem trocado nenhuma palavra sobre o que acontecera. O que Eva havia feito e que consequências isso tinha era algo que não podia ser conversado com Magnus por perto, precisando de toda atenção deles. Uma coisa podia ser dita com certeza: Eva não voltaria para casa. Pelo menos, não por um bom tempo.

O buraco ficou pronto. Magnus abriu a tampa da caixa pela última vez e Sture se apressou com as mãos para ajeitar a cabeça do coelho. Magnus passou o dedo pela pelugem.

– Tchau, Baltasar. Espero que você fique bem.

David não podia chorar mais. O que sentia agora era ódio. Um ódio imenso, sob pressão. Se estivesse sozinho, balançaria os punhos cerrados para o céu e gritaria *Por quê? Por quê? Por quê você está fazendo isso?*. Em vez disso, afundou-se no chão ao lado de Magnus e colocou a mão nas costas do filho.

Merda, hoje é o aniversário dele. Será que ele não podia ter tido... só hoje?

O próprio Magnus tampou a caixa e a colocou no buraco. Sture deu a ele a pá de jardineiro e o menino jogou terra e mais terra, até não se poder mais ver a caixa. David estava sentado, imóvel, olhando para o monte de terra que diminuía, para o buraco sendo preenchido.

E se o coelho... voltar?...

Ele tampou a boca, apertou com violência as bochechas que queriam se esticar numa gargalhada sonora ao imaginar o coelho saindo da terra sem cabeça, arrastando-se feito um zumbi para o apartamento deles, rastejando escada acima.

Sture ajudou Magnus a pôr de volta no chão os tufos de grama e achatá-los, e com a pá enfiar a cruz na terra. Olhou para David, e eles balançaram a cabeça um para o outro. Não se sabia se o túmulo continuaria ali, mas agora pelo menos estava feito.

Todos se levantaram. Magnus pôs-se a cantar "O mundo é uma ilha de tristeza..." como tinha visto fazerem na série *Vi på Saltkråkan** e David pensou:

Isso é o fundo do poço. Agora estamos no fundo do poço. Agora a gente deve ter chegado ao fundo do poço.

David e Sture colocaram de cada lado as mãos nos ombros de Magnus, e David não pôde deixar de ter a sensação de que na verdade era o enterro de Eva que eles estavam fazendo.

O fundo do poço. Tem que ser...

Magnus cruzou os braços no peito e David sentiu que os ombros do filho se encolheram quando ele disse:

– A culpa foi minha.

– Não – disse David. – A culpa não foi nada sua.

---

* Série televisiva infantil de grande sucesso na Suécia. (N. T.)

Magnus balançou a cabeça.

– Fui eu quem fiz.

– Não, querido. Foi...

– Sim, fui eu. Fui eu quem pensou e então a mamãe fez.

David e Sture se entreolharam. Sture se abaixou e perguntou:

– O que você quer dizer com isso?

Magnus abraçou o quadril de David e disse na barriga dele:

– Eu pensei uma coisa ruim da mamãe e foi por isso que ela ficou zangada.

– Meu filho... – David se agachou, levantou Magnus no colo. – Nós é que devíamos ter entendido... a culpa não foi sua.

O corpo de Magnus tremia com os soluços e as palavras jorravam dele:

– Foi sim, porque eu pensei... eu pensei que eu... porque ela ficou falando daquele jeito estranho porque ela não se importava... e eu pensei que eu não gostava dela, eu pensei que ela era feia e que eu odiava ela mas que eu não queria porque eu achava que ela devia ficar normal mas então ela estava daquele jeito e por isso eu pensei isso e quando eu pensei isso... quando eu pensei isso, ela fez aquilo.

Magnus continuou falando enquanto David o carregava de volta para o apartamento. Calou-se apenas quando estava na cama. Os olhos vermelhos de tanto chorar e as pálpebras pesadas.

O aniversário dele...

Depois de um tempo, os olhos se fecharam e ele adormeceu. David ajeitou o cobertor em volta do filho e foi encontrar Sture na cozinha. Desabou em uma cadeira.

– Ele está inconsolável – disse David. – Ele está inconsolável. Nesses dias... ele não tem dormido muito à noite e hoje... isso foi demais para ele. Ele não pode... como vai superar isso?

Os olhos de David passearam pela cozinha e pousaram em uma garrafa de vinho. Sture olhou para onde ele estava olhando, depois olhou de novo para David. David balançou a cabeça.

– Não – disse David. – Mas... é difícil.

– É – disse Sture. – Eu sei.

Com pausas longas entre as frases, conversaram sobre o que tinha acontecido em Heden, sem chegar a nenhuma conclusão. O local estava num estado caótico quando saíram de lá. Era improvável que fossem permitir visitas dali por diante. David foi olhar Magnus. Ele dormia profundamente. Quando voltou para a cozinha, Sture disse:

– Aquilo que o médico queria saber. O Pescador.

– Sim?

– É... – Sture passou o dedo no tampo da mesa, como se desenhasse uma linha do tempo – ...muito estranho. Ou muito natural. Não sei qual dos dois.

– E o que é?

– Bem, você sabe dos livros dela. Bruno Castor. Você tem um aqui?

Eles tinham uma caixa pequena com exemplares grátis de cada um dos livros. David apanhou os dois e os colocou em cima da mesa. Sture folheou até um trecho de *Bruno Castor acha o caminho de casa* e apontou para o desenho em que Bruno finalmente encontrara o lugar onde construiria sua cabana, mas descobre que o Homem da Água também mora no lago.

– Esse Homem da Água – disse Sture, e apontou para o vulto embaixo da água. – Ela o encontrou. Eu comecei a contar lá em Heden, mas... – Ele levantou e abaixou os ombros. – Foi quando ela quase se afogou. Mais tarde... vários dias depois ela contou que tinha... bem, que ela tinha encontrado um ser lá embaixo onde ela estava.

David balançou a cabeça.

– Ela me contou isso. Disse que era como se fosse esse ser que tinha vindo buscá-la. O Homem da Água.

– Isso mesmo – confirmou Sture. – Mas naquela época... não sei se ela se lembrava disso, se contou isso, mas naquela época quando ela era pequena... chamava esse ser de o Pescador.

– Não – disse David. – Isso ela nunca disse.

Sture folheou o livro ao acaso.

– Quando falamos sobre isso uma vez, quando ela se tornou adulta, ela sempre chamou o ser de Homem da Água ou apenas de Aquilo, então eu pensei que ela... tivesse esquecido.

– Mas agora ela diz o Pescador.

– É. Eu lembro que ela... que nós encorajamos isso, pensamos que podia ser algo bom ela fazer um monte de desenhos desse tal de Pescador naquela época, depois que aquilo tinha acontecido. Ela desenhava muito. Já naquela época.

David foi para o armário do vestíbulo e apanhou a caixa com papéis antigos, jornais e desenhos; as coisas que Eva tinha escolhido guardar da infância. Sentia-se bem em ter alguma coisa para fazer, uma tarefa para resolver. Colocou a caixa em cima da mesa e de dentro dela os dois tiraram livros de escola, fotografias, pedras bonitas, álbuns da escola e desenhos. Sture se deteve em algumas coisas, suspirou fundo diante de uma fotografia de Eva: ela devia ter uns dez anos, com um lúcio nos braços.

– Foi ela quem pescou – disse ele. – Sozinha. Eu só ajudei com a rede. – Ele passou a mão nos olhos. – Foi um... dia bonito.

Continuaram revirando as pilhas. Muitos desenhos tinham data, e era fácil ver que um dia Eva seria desenhista. Aos nove anos ela já desenhava animais e pessoas muito melhor do que David jamais conseguiria.

Então acharam o que procuravam.

Apenas um desenho de 13 de julho de 1975. Sture folheou depressa os papéis embaixo, mas não achou mais nada.

– Havia mais – disse ele. – Ela deve ter jogado fora os outros.

Os outros papéis foram afastados, e David deu a volta para ficar junto de Sture, a fim de poder olhar melhor para o desenho solitário no meio da mesa.

O estilo de Eva, é claro, ainda era infantil. Os peixes eram feitos com traços simples, e a menininha que seria Eva tinha uma cabeça desproporcional em comparação com o tamanho do corpo. Pelas linhas onduladas no canto superior do papel ele entendeu que ela se encontrava debaixo d'água.

– Ela está sorrindo – disse David.

– É – disse Sture. – Ela está sorrindo.

No rosto da menina havia uma boca desenhada que estava tão contente que não correspondia à forma usual de crianças desenharem pessoas. O sorriso cobria metade do rosto. Era uma criança feliz.

Isso não era fácil de entender, levando-se em conta a figura que se encontrava bem perto dela. O Homem da Água, o Pescador. Era pelo menos três vezes maior do que ela. Sem rosto, apenas um oval vazio onde deveria estar a cara. Os contornos dos braços, pernas e corpo estavam desenhados com linhas trêmulas, ondulantes, como se a figura fosse elétrica ou se dissolvesse.

Sture disse:

– Ele não era nítido, foi o que ela disse. Era como se ele mudasse o tempo todo.

David não respondeu. Havia um detalhe no desenho do qual não conseguia tirar os olhos. Se a figura inteira estava propositalmente desenhada de modo borrado, havia uma coisa que não era assim: as mãos. Elas possuíam dedos bem definidos e na ponta de cada um deles havia um gancho grande. Esses ganchos estavam apontados na direção da menina sorridente.

– Os ganchos – disse David. – O que é isso?

– Nós pescávamos muito quando ela era pequena – respondeu Sture. – Então...

– Então o quê?

– Bem, ela disse naquela época que o ser tinha esses ganchos para capturá-la. Mas que não teve tempo. – Ele apontou para os dedos do Pescador. – Ela disse que não eram tão grandes assim, no mundo real. Porém ela viu nitidamente os ganchos.

Em silêncio, ficaram olhando para o desenho até David dizer:

– Mesmo assim ela está sorrindo.

– É – disse Sture. – É verdade.

Gräddö 17h45

Quando Mahler atracou nos cais de Gräddö eram quinze para as seis. Ele andou o mais rápido que aguentava. Voou para a loja e chegou apenas minutos antes da hora de fechar. Comprou leite longa vida, conservas e saquinhos com sopas e molhos. Macarrão e *tortellini*. Pão Skogaholm com validade indeterminada e queijo pastoso em tubo.

Na torneira atrás da loja, encheu os garrafões com água fresca. Foi só naquele instante que se lembrou do carrinho de mão que tinha visto lá embaixo, no porto, no qual estava escrito "Mercado de Gräddö". Entendeu por que o carrinho estava ali. Considerou o que era melhor: voltar para o porto para apanhar o carrinho ou tentar carregar os dois garrafões, que agora pesavam quarenta quilos, mais as duas sacolas de compras.

Resolveu carregar.

Depois de andar por vinte minutos e ter percorrrido apenas a metade do caminho – era obrigado a fazer uma pausa a cada dois minutos –, ele desceu e apanhou o carrinho, empurrou-o até onde estavam as mercadorias e, após dez minutos, chegou lá embaixo no porto.

Já passava das sete e anoitecia. Ainda assim, era possível ver o alto da cabeça calva do sol acima da copa das árvores, mas ele estava se pondo rapidamente. Mahler tinha pressa, voltar para a ilha no escuro sem carta náutica estava além de sua capacidade. Conseguiu colocar as sacolas e os garrafões dentro do barco e se viu obrigado de qualquer forma a fazer uma pausa mais longa, para o coração não disparar.

Então rezou e puxou a correia. O motor funcionou na hora. Mahler dirigiu o barco para o posto de gasolina e constatou que ele estava fechado. Atou o barco, mas não desligou o motor. Examinou as bombas. Não havia caixa automático para cédulas ou para cartões de banco. A única possibilidade de conseguir combustível era subir para a loja de novo. Ele levantou o reservatório de combustível e o balançou. Estava pela metade.

Olhou para a subida que levava à loja. Não tinha forças. À ilha, era garantido que chegaria com o combustível que havia. À casa, já não tinha certeza.

Será que havia combustível em algum lugar na casa? Ele tinha visto um garrafão de gasolina debaixo da bancada da pia, mas não verificara se havia alguma coisa nele. Os garrafões de água estavam vazios, mas gasolina era possível guardar quase por tempo indeterminado.

Provavelmente havia gasolina no galão. Gasolina extra para uma situação igual à deles. É, é claro. *Com certeza* havia gasolina no garrafão. E, se não houvesse, eles tinham remos.

Não estava gostando disso. Devia subir para a loja de novo. Sem combustível eles estariam expostos a...

A quê?

À natureza. Aos caprichos dela.

Mahler sentou no barco de novo. Afastou-se do continente e da normalidade.

Eram oito e meia quando chegou à região onde devia virar para o sul. Não reconhecia o lugar. O sol era apenas uma listra vermelho-escura no horizonte e o crepúsculo dava às ilhas outra aparência. Ele ainda podia ver a torre de radar em Manskär, mas achou que estava muito longe, à direita.

Devo ter passado do ponto.

Mudou a direção do barco e voltou pelo mesmo percurso pelo qual viera. Continuou não reconhecendo o caminho. Com a luz se apagando aos poucos, ficava cada vez mais difícil calcular distâncias. Saber o que era uma única ilha grande e o que eram várias pequenas.

Ele mordeu os nós dos dedos.

Nada de carta de navegação. Nada de gasolina extra. A única coisa pela qual podia se guiar, sua única salvação, eram os poucos marcos que conhecia, e nenhum deles estava à vista.

Mahler desacelerou, sem exagerar, para não correr o risco de o motor morrer, e colocou a alavanca de câmbio em posição neutra. Tentou ficar calmo. Com a mão em pala para olhar as ilhas, recapitulou na cabeça o caminho que fizera. Enquanto não perdesse de vista a rota dos *ferry boats* não havia risco de se perder completamente. Olhou ao redor. Um navio da Finlândia, iluminado, como se para um carnaval, vinha do mar de Åland. Aproximava-se rapidamente.

Ele não queria deixar a rota dos *ferry boats*, mas o *ferry boat* o obrigou a fazê-lo. A uma baixa velocidade, o barco foi roncando para mais perto das ilhas, deixando a passagem livre. Se o navio o atropelasse, o capitão não sentiria a menor culpa, pois *faróis* era algo que devia ser adicionado à lista de coisas que Mahler devia ter, mas não tinha.

O navio passou. Nas janelas iluminadas, Mahler viu pessoas bem despreocupadas. Teve vontade de estar com elas. Apenas entrar voando por uma janela, aterrissar no bar e tomar drinques até esvaziar o bolso, ouvir música pop sem conteúdo e olhar de soslaio para as meninas que tinham desaparecido de sua vida trinta anos antes. Talvez ouvir um estoniano solitário contar a história triste de sua vida enquanto a bebida descia o véu do perdão sobre tudo.

O navio passou. A luz dele passou e Mahler ficou de novo sozinho no escuro.

Olhou para o relógio. Já passava das nove. Sentiu o reservatório de gasolina. Quase vazio. Quando balançou o tanque, o motor tossiu, mas voltou ao seu ronco regular quando o reservatório foi colocado de volta na horizontal.

Não é nenhuma catástrofe, tentou se convencer.

Na pior das hipóteses, teria de desembarcar em alguma ilha e esperar as poucas horas até o amanhecer. Dirigir o barco no dia seguinte ou remar, se fosse o caso. Talvez fosse melhor atracar o barco agora, enquanto ainda havia combustível para a viagem do dia seguinte.

Anna e Elias ficariam, é claro, preocupados, mas se arranjariam sem ele.

E, aliás: será que sequer ficariam preocupados?

Aliviados, isso sim.

Ele deu a volta e guiou o barco para a ilha mais próxima, onde passaria a noite.

Heden 20h50

Foi só quando a cor na janelinha ficou cinza-escuro que Flora e Peter começaram a falar em sair. Fazia horas que não se ouvia nenhum barulho nem vozes de consciências por perto, mas não se podia ter certeza.

Flora entendeu no instante em que Peter abriu a porta. Se antes ele era subalimentado, agora estava que era só pele e osso. Assim que entraram no cômodo, ele atacou as frutas na mochila. O quarto fedia. Ao mesmo tempo que Flora pensou nisso – que o quarto cheirava a excremento –, Peter disse, no intervalo entre duas mastigações:

– Eu sei. Desculpe. Ainda não pude esvaziar.

O pano em cima do balde estava reforçado com um cobertor, mas mesmo assim o cheiro era penetrante.

– Peter, você não pode viver assim.

Então me dê uma alternativa.

Flora deu uma risada. A voz de Peter era nítida na cabeça dela, agora que todas as outras tinham sumido. Não precisavam conversar em voz alta enquanto estivessem ali.

Não sei, pensou ela.

Tá. Vamos sair hoje à noite, foi a resposta.

Esperaram. Divertiram-se jogando pôquer, apostando com palitos de fósforo, o que se tornou mais uma competição sobre qual dos dois era melhor em mascarar os pensamentos. No começo, um sabia que cartas o outro tinha, mas depois de um tempo foram obrigados a se esforçar para encontrar os pares e as sequências incompletas do outro em meio à estática de algarismos e de músicas que os dois usavam como biombo.

Quando ficaram tão bons em mascarar pensamentos que sentiam dor de cabeça ao tentar penetrar no filtro do outro, eles experimentaram desligar. Esforçavam-se de propósito para não ler o pensamento um do outro.

– Que carta? – perguntou Peter, e segurou no alto uma carta com o verso virado para Flora enquanto olhava para ela.

A resposta veio na hora: sete de paus. Tentaram muitas vezes, mas foi inútil. Por mais que Flora tentasse colocar outro tipo de estática entre a cabeça de Peter e a sua, não conseguia interromper a telepatia. Se o emissor não inserisse de propósito distorções em seus próprios pensamentos, era impossível não lê-los.

Durante o tempo que passaram juntos no porão, ela ficou conhecendo Peter muito mais do que antes, provavelmente mais do que ele queria que ela o conhecesse. Por outro lado, ele a conheceu. E ela sabia o que ele pensava do que via, e ele sabia o que ela pensava do que via, e lá pelas oito horas começou a ficar insuportável – uma espécie de tortura naquele porão apertado. Olhavam cada vez mais para a janela para ver se não escurecia logo para saírem.

Quando deu dez para as nove, e a escuridão desceu sobre o cômodo e a janela ficou parecendo um retângulo cinza flutuante, Peter disse:

– Vamos?

– Tá.

Foi bom usar a voz. A linguagem falada era limitada, as palavras não tinham uma carga tão grande de significados e sentidos subentendidos como a linguagem pensada. Os dois estavam quase chegando a se detestar devido à saturação de informação, e ambos sabiam disso. Ela sabia tudo sobre a homossexualidade latente de Peter, de sua mesquinhez com as outras pessoas e do desprezo que sentia por si mesmo. Ela também sentia que ele procurava corrigir seus defeitos, da falta que sentia de carinho e do contato com outras pessoas e ao mesmo tempo do pavor que tinha disso – o que se mostrava no isolamento que escolhera.

Não havia o que condenar ou censurar, mas a proximidade era *além da conta.*

Quando foram para o porão das bicicletas, ela se virou para Peter e perguntou:

– Peter, será que a gente pode esquecer isso?

– Não sei – respondeu Peter. – Podemos tentar.

Depois de verificarem que não havia ninguém no pátio do prédio, eles se separaram e cada um tomou seu caminho. Peter foi esvaziar o balde e procurar água, enquanto Flora seguiu na direção do pátio onde vira a si mesma.

Antes de a conversa telepática se tornar algo cansativo, tinham falado sobre o que Flora vira. Primeiro Peter não entendeu o que ela quis dizer, mas quando ela enviou o zumbido que veio junto com a aparição, ele disse ou pensou:

– Eu também já vi. Mas não foi você. Foi um lobo.

– Um lobo?

– É. Um lobo grande.

E, ao mesmo tempo que ele disse isso, ela recebeu uma imagem que devia ser da infância de Peter.

Bicicletas zanzando em uma estrada de cascalho, entre vizinhos. Uma curva no caminho e eis um lobo na minha frente. A cinco metros de distância. Os olhos amarelos, o pelo cinza, grande. Muito maior do que eu. Minhas mãos no guidão, o grito que não consegue sair da boca, estou com muito medo. O animal não se mexe, eu sei que vou morrer. A qualquer segundo ele dá dois pulos e está em cima de mim. Mas ele fica me olhando por um tempo e depois entra no bosque. Eu sinto uma quentura entre as pernas: fiz xixi nas calças. Não consigo me mexer durante alguns minutos. Quando me ponho a caminho, volto de bicicleta pelo lado oposto, não tenho coragem de passar por ali.

A imagem veio com uma força tão grande que ela sentiu a própria bexiga se soltar, mas, antes que algo acontecesse, sua consciência conseguiu entrar em ação e assumir o controle dos músculos.

Para mim a morte é um lobo, pensou Peter, e Flora teve a confirmação de que aquilo que ela pensava ser só uma brincadeira da imaginação era na realidade uma interpretação profundamente alicerçada nela: ela própria era a morte.

Entre várias interpretações possíveis do que a Morte pode ser, caso se procure imaginá-la como uma figura – o Homem da Foice, o Cocheiro, um esqueleto sorridente ou uma negra velha –, Flora tinha se fixado na imagem da Morte como uma irmã gêmea. Pensara nisso alguns anos antes, quando, segurando uma vela acesa na frente do espelho, invocara a Dama Negra – mas o que vira fora somente ela mesma. Isso fizera nascer essa ideia.

Os pátios estavam em silêncio, vazios. A eletricidade tinha sido instalada com cabos provisórios e em cada pátio havia algumas lâmpadas acesas. Ela caminhava com cuidado, procurava ficar na sombra, mas parecia que a cautela era desnecessária. Não se via ninguém, nenhuma janela estava acesa e a área parecia mais do que nunca uma cidade fantasma.

Cidade fantasma.

Era exatamente isso. Dentro dos apartamentos escuros estavam os mortos. Será que sentados, deitados, em pé ou andando de lá para cá? O estranho era que ela não tinha o menor medo. Pelo contrário. Quando seus passos ecoavam nas paredes, ela andava com a paz que se pode sentir em um cemitério numa noite tranquila, estava entre amigos. A única coisa que a preocupava era se aquele zumbido voltaria.

Desistira de encontrar o avô, mas era igualmente difícil encontrar o número que ela procurava agora, 17C. Não havia luminárias nas passagens onde estavam pendurados os papéis que orientavam, e ela não conseguia entender a ordenação entre os pátios. Encontrava-se agora no pátio onde os números começavam, o primeiro pátio onde entrara, o mais próximo da cerca.

Uma portaria foi aberta. Flora ficou petrificada, encostou-se na parede e se encolheu. Primeiro não entendeu por que seu faro não a avisara, mas só precisou de alguns segundos para entender que a pessoa que saiu do prédio era um dos mortos. Apesar da certeza reconfortante de estar entre amigos, seu coração começou a se acelerar, e ela se imprensou mais na parede, como se assim pudesse entrar ainda mais na sombra, ficar mais invisível.

O morto – ou a morta, não dava para ver se era homem ou mulher – ficou parado do lado de fora do prédio, o corpo oscilando. Deu alguns passos para a direita, parou. Deu alguns passos para a esquerda, parou. Olhou ao redor. Mais uma portaria se abriu do outro lado, e mais um morto saiu. Esse foi direto para o meio do pátio, onde parou debaixo do poste de luz.

Flora estremeceu quando a porta do prédio bem ao lado dela foi aberta. O morto era uma mulher, a julgar pelo cabelo longo e branco. A roupa do hospital estava frouxa no corpo ossudo, parecia uma mortalha. Ela andou um pouco, afastando-se do prédio, devagar, com passos vacilantes, como se caminhasse em gelo liso sem sapato antiderrapante.

Flora prendeu a respiração. A mulher morta se virou para um lado e para o outro, espasmódica, com aquilo que, das órbitas dos olhos vazias, devia ser um olhar. Olhou para onde Flora estava, mas sem perceber ou sem se importar com a presença dela. Em vez disso, seu interesse se voltou para o morto debaixo do poste e, como uma traça, ela foi atrás da luz. Flora olhava boquiaberta; parecia uma mulher que tinha acabado de avistar seu amado e que, por uma força maior que a morte, era sugada na direção dele.

Mais mortos se juntaram. De algumas saídas do prédio vinha apenas um morto; de outras, dois ou três. Quando havia uns quinze mortos reunidos debaixo do poste de luz, começou a acontecer algo que encheu Flora de temor, a sensação de testemunhar uma cena tão primordial que parecia ir além de tudo.

Flora não conseguiu ver quem iniciou, mas, devagar, eles começaram a caminhar no sentido horário. Logo depois um círculo irregular tinha se formado, com o poste no meio. De vez em quando um se chocava com o outro, alguém perdia o equilíbrio ou caía do lado de fora, mas acabava reocupando seu lugar na roda. E giravam, não paravam de girar, e as sombras dos mortos iam deslizando pela fachada dos prédios. Os mortos dançavam.

Flora se lembrou de algo que tinha lido sobre macacos, talvez sobre gorilas em cativeiro. Caso se colocasse um mastro no meio deles, não demorava muito para os macacos ficarem em volta da estaca, moverem-se em volta dela. O mais primitivo de todos os ritos, a adoração do eixo central.

Lágrimas brotaram nos olhos dela. Seu campo de visão ficou menor, embaçado. Como se estivesse hipnotizada, ela ficou olhando por muito, muito tempo para os mortos que continuavam com o movimento circular, sem interrupção ou variações. Se alguém nesse momento tivesse dito a ela que era essa a dança que mantinha o globo terrestre em rotação, Flora teria balançado a cabeça e dito: *Sim, eu sei.*

Quando o efeito da magia enfraqueceu, ela olhou em torno. Em muitas janelas ao redor do pátio viu ovais pálidas que não estavam ali antes. A plateia. Mortos que estavam fracos demais para sair de casa ou que não queriam participar, impossível saber por qual motivo. Sem que ela própria soubesse o que queria dizer, Flora pensou:

Então é assim.

Levantou-se para prosseguir. Talvez a mesma cena estivesse acontecendo nos outros pátios, naquele exato momento. Ela tinha dado apenas alguns passos quando parou.

Outras pessoas vinham, sentiu. Outras consciências de vivos. Quantos eram? Quatro, talvez cinco. Vinham de fora, do mesmo lado de onde ela própria viera.

Foi só então, ao sentir o eco nítido de outros vivos na cabeça, que Flora entendeu que aquilo que antes era apenas uma suspeita agora era um fato: além de ela própria, Peter e aqueles que se aproximavam, não havia nenhum vivo do lado de dentro da cerca. Nenhum vigia, nada.

Ela voltou para o lugar de antes e se concentrou para poder ler aqueles que estavam chegando. O que sentiu lhe causou um bolo de medo que caiu direto no estômago. Ela leu excitação, pavor. Ao mesmo tempo que conseguiu desembaraçar os pensamentos confusos e identificá-los como pertencendo a cinco pessoas, elas entraram no pátio.

Eram cinco rapazes. Estavam longe demais para Flora poder ver direito, mas seguravam coisas. Cassetetes ou... não. Flora abraçou a barriga, ficou nauseada de tanto pavor. Viu tudo. O que eles tinham nas mãos eram bastões de beisebol. Os pensamentos deles estavam tão exaltados e confusos que mal dava para distinguir imagens nítidas. Ela reconheceu, sabia que era assim porque eles estavam muito bêbados.

Os mortos continuavam hipnotizados por sua dança, aparentemente sem saber do novo público. Um dos rapazes disse:

– Mas que diabos eles estão fazendo?

– Sei lá – disse outro. – Parece que é discoteca.

– Discoteca de zumbi!

Os rapazes riram e Flora pensou *Eles não estão pensando em... eles não podem...* mas sabia que eles pensavam e podiam. Um dos rapazes olhou ao redor. Cambaleava tanto quanto os mortos que saíram dos prédios.

– Escutem – disse ele. – Há alguém aqui, não há?

Os outros se calaram, com a mão em pala, procuraram pelo pátio. Flora trincou os dentes, ficou sentada, totalmente imóvel. Era uma situação completamente nova para ela – outros poderem lê-la tão bem quanto ela podia lê-los. Tentou não pensar. Quando não conseguiu, evocou a estática que tinha usado contra Peter.

– Não importa – disse um deles, e abanou a mão na direção da cabeça. – É só alguma coisa.

Eles se aproximaram dos mortos. Um deles tirou uma mochila das costas e perguntou:

– Vamos botar fogo de uma vez?

– Não – disse o outro, e mexeu o bastão de madeira. – Primeiro a gente testa isso neles.

– Pô, como eles são feios!

– E vão ficar mais feios ainda.

Os rapazes estavam a apenas alguns metros dos mortos, que agora pararam de dançar e se viraram para eles. O pavor e o nojo que emanavam o tempo todo dos rapazes cresciam. Não paravam de crescer.

– Olá, belezuras! – gritou um deles.

– Ôôôôh... – disse outro, e a imagem de um zumbi do *Resident Evil* veio como um flash na mente de Flora. Quando ela a segurou, outras imagens se encadearam. Zumbis de filmes, monstros de jogos. Era esse o motivo do passeio dos garotos: estavam procurando um pouco de ação ao vivo.

Não posso...

Antes de tomar uma decisão consciente – era difícil pensar com a excitação dos rapazes crepitando na cabeça –, ela se levantou e gritou:

– Ei!

De um modo que seria cômico em outras circunstâncias, todos os rapazes viraram a cabeça na direção da voz dela. Flora saiu da sombra. Suas pernas tremiam e não havia nada que as fizesse parar de tremer. Trêmula, aproximou-se a meio caminho do poste e parou:

– Estou de olho em vocês – disse ela. – Só para vocês saberem.

Foi tudo o que conseguiu dizer. A única ameaça que tinha. Ao mesmo tempo, sabia que sua voz, seus pensamentos revelavam que estava com medo. Os pensamentos deles estavam voltados para destruição, não havia consideração pelo ser humano.

– Uma garota! – exclamou um deles, e Flora sentiu o próprio corpo sendo avaliado por cinco consciências, sentia as pontadas da atração e do desejo deles de acabar com ela antes ou depois de fazerem o que tinham que fazer. Ela recuou instintivamente.

– Vá pra casa dormir! – gritou para aquele que ela entendia ser o líder. Ele brandiu o bastão de beisebol na direção ela, para a frente e para trás – Comece a pensar com a cabeça em vez de com o pinto, porque vocês não podem fazer isso!

O rapaz deu um grande sorriso. Seu cabelo estava penteado para trás e o sorriso foi... profissional. Ele vestia camisa social azul-clara e calça jeans limpa. Todos os rapazes estavam vestidos no mesmo estilo, e não pareciam ser uma horda de linchamento, pareciam mais colegas da Escola Superior de Economia que vieram de uma reunião e estavam decididos a se divertir.

– Me mostre a lei que... – começou o rapaz, e Flora viu um homem mais velho, provavelmente o pai do rapaz, de terno, sentado a uma mesa, dizendo que *até as leis serem alteradas os revividos estão desprotegidos, uma vez que eles já estão classificados pela lei como falecidos.* No entanto, o rapaz não foi adiante, já que um dos amigos exclamou:

– Markus, tome cuidado!

Enquanto as cabeças dos rapazes estavam voltadas para Flora, os revividos foram se aproximando deles, alimentados e impelidos pelo nojo do grupo. O mais próximo, um velhinho magro como um palito e um palmo mais baixo do que aquele que tinham chamado de Markus, esticou os braços e segurou a camisa de Markus.

Markus deu um pulo para trás e ouviu-se um barulho discreto de pano rasgando. Ele olhou para o rasgo na manga da camisa e gritou:

– Você vai destruir a minha camisa, seu filho da puta? – E golpeou com o bastão de basebol a cabeça do morto.

Acertou em cheio, foi bem na orelha, e veio um som, parecido com o que se ouve quando se quebra um galho seco na perna. Em seguida o morto foi atirado para longe alguns metros, devido à força da batida, fez um semicírculo no ar e aterrissou de cabeça, oscilou na direção da batida e desmoronou no asfalto.

Markus levantou a mão, e um dos rapazes bateu a mão aberta na dele. Eles atacaram a presa.

Flora não conseguia se mexer. Não era só o pavor que a mantinha pregada no chão – a sede de sangue e o ódio que irradiavam dos rapazes eram tão fortes que paralisava seus pensamentos, ela não podia comandar o corpo, já que as consciências dos rapazes sufocavam a sua. Ficou ali. Assistindo.

Os mortos não eram páreo para os cinco rapazes jovens e atléticos. Em meio a gritos de triunfo, eles os derrubavam no chão, um a um. Como se derrubassem uma parede que devia ser destroçada para que os pedacinhos pudessem ser levados dali em sacos, continuaram batendo nos mortos depois que eles já estavam no chão. Os mortos não tentavam se defender, mas, mesmo com as pernas quebradas, continuavam rastejando na direção dos rapazes, e recebiam mais pancadas; mais estalos secos, mas eles não paravam de se mexer, apenas se moviam mais devagar.

Os rapazes baixaram os bastões e se afastaram um pouco da massa rastejante a seus pés. Um pegou um pacote de cigarros e ofereceu a todos do time. Eles fumaram contemplando sua obra.

– Merda – disse um deles. – Acho que um deles me mordeu.

Ele levantou o braço e mostrou uma mancha escura no tecido claro. Os outros recuaram com um pavor fingido, levantaram as mãos e exclamaram:

– Aaahhh! Ele está contaminado!

O rapaz que foi mordido deu uma risadinha insegura e disse:

– Ah, parem com isso. Vocês acham que eu devo tomar uma antitetânica?

Os outros perceberam a preocupação dele e continuaram brincando, dizendo que viraria um morto-vivo caçando carne humana, e o rapaz mandou todo mundo calar a boca. Riram dele e, para mostrar que não estava nem um pouco preocupado, ele se agachou perto do resto mais próximo daquilo que tinha sido um ser humano, uma velhinha com um braço tão quebrado que estava frouxo em cima do pescoço. Ele exibiu o braço ferido na direção da boca da velhinha e disse:

– Nham, nham, vem comer.

A boca estraçalhada da velhinha, onde os poucos dentes apontavam no meio dos lábios esmagados, abriu e fechou como a boca de um peixe fora d'água. O rapaz sorriu, olhou para os outros, e nesse instante aconteceu algo que Flora tinha desejado que acontecesse: o outro braço da velhinha voou para a frente, segurou o rapaz e os dentes dela se cravaram na carne dele.

O rapaz deu um grito e perdeu o equilíbrio, mas logo se endireitou rapidamente. Os dentes da velhinha se recusavam a soltar e, como uma boneca de pano, ela foi arrastada e saiu do chão, pendurada no braço.

– Me ajudem! – gritou o rapaz, e balançou o braço, mas, embora a velhinha fosse apenas um monte de ossos quebrados num saco de pele, seus dentes estavam travados, e ela balançou com o movimento.

Os outros jogaram fora os cigarros, apanharam os bastões de beisebol e bateram no corpo da velhinha. Não havia mais ossos para quebrar, o único som produzido pelas pancadas foram baques macios e molhados, como se batessem num tapete úmido. Acabaram acertando em cima do ombro dela. Então a cabeça foi arrancada do braço e ela caiu no chão.

O rapaz no qual ela tinha se agarrado balançou o braço, gritando com um nojo desarticulado. Um pedaço bem grande de carne tinha sido arrancado de seu antebraço e ele pulava para cima e para baixo, aterrissava com os dois pés no chão como se desejasse sair voando dali, desaparecer, não fazer parte daquilo.

O sangue escorria pelo braço do rapaz, e Markus tirou a camisa, arrancou a manga que já estava rasgada e disse:

– Venha cá, vamos fazer um...

O ferido não pareceu ouvi-lo. Com sofreguidão maníaca, abriu a mochila, apanhou umas garrafas de plástico, desatarraxou as tampas e espirrou o líquido no monte de corpos que ainda se mexiam desengonçados.

– Agora vocês vão ver, seus filhos da puta! – Ele correu em círculo em volta da massa de corpos, espirrou o líquido até esvaziar as duas garrafas. – Agora vamos ver se vocês vão morder mais!

A paralisia que tinha tomado conta de Flora diminuíra; os outros quatro rapazes tinham se acalmado depois de se cansarem de tanto bater, apenas a histeria do ferido atravessava a cabeça de Flora como uma serra, uma serra cortando metal...

Não...

Não era isso. Era aquele outro som. Não havia nada a fazer; ela não podia impedir a intenção dos rapazes, era tarde demais. Flora olhou ao redor e no outro lado do pátio descobriu a si mesma, a caminho do poste. Ainda era difícil olhar, uma força lhe dizia que baixasse os olhos, mas era como se ela tivesse se acostumado – transferiu o zumbido para um lugar lá no fundo da cabeça e seus pensamentos estavam livres.

Faça alguma coisa, faça alguma coisa, Flora pensou na direção da figura tão igual a ela mesma, que num abrir e fechar de olhos tinha chegado à beira do monte de cadáveres onde os rapazes agora tiravam uma caixa de fósforo da mochila. Eles não a notaram, mas pelo visto tinham ouvido o som, viram-na pelo canto do olho, pois mexeram a cabeça e exclamaram:

– Que porra é essa, o que é...?

A morte abriu seus braços num convite para um abraço e, como que hipnotizada, Flora fez o mesmo, tornou-se um reflexo daquela imagem. Os rapazes acenderam os fósforos, a Morte deu umas passadas largas e foi para o meio da massa de corpos, agachou-se e esticou as mãos, deu pequenos puxões como se colhesse bagas, como se estivesse catando alguma coisa.

O fósforo voou pelos ares e Flora gritou:

– Cuidado! Saia daí!

No mesmo instante em que o fósforo aterrissou, a Morte levantou a cabeça e olhou nos olhos de Flora. Elas eram cópias idênticas uma da outra. Não havia nada de sinistro nem negro nos olhos dela, eram apenas os olhos de Flora. Por um segundo, uma olhou dentro da outra, uma partilhou os segredos da outra antes de a gasolina se inflamar e uma parede de labaredas se interpor entre elas.

Os rapazes pareciam congelados, olhando a fogueira. As labaredas mais altas chegavam quase à altura dos telhados dos prédios, mas após alguns segundos os vapores se consumiram e o fogo pegou no material; ouviu-se um forte crepitar quando roupas de hospital foram carbonizadas e carne, chamuscada.

– Vamos embora!

Os rapazes ficaram olhando um pouco mais para o fogo, como se quisessem gravar para sempre a fogueira na memória. Em seguida, deram meia-volta e saíram correndo do pátio. O que se chamava Markus e que agora estava com o dorso nu se deteve por um instante, olhou para Flora e levantou o dedo indicador como se fosse dizer alguma coisa, mas desistiu, foi atrás dos outros. Depois de alguns minutos, as consciências deles estavam fora do alcance dela.

As labaredas morreram. Pelo silêncio na cabeça, Flora sabia que a Morte tinha desaparecido. Ela foi na direção da fogueira, que agora era somente uma e outra chamazinha inflamando-se e uma fumaceira forte e adocicada subindo para o céu. Talvez porque os mortos tivessem tão pouca carne, tão pouca gordura, o fogo não tinha pegado direito.

Tudo estava preto. Os duplamente mortos estavam no chão, encolhidos, com os cotovelos juntos do corpo e os punhos apontando para a frente, como se lutassem boxe com a escuridão. O cheiro que subia da pilha era nauseabundo, e Flora segurou uma ponta do casaco e cobriu o nariz e a boca.

Agora há pouco eles dançavam.

O peito dela se encheu do contrário do temor estupefato que sentira diante da dança dos mortos: uma tristeza, de uma profundidade abissal. Uma tristeza que abarcava toda a raça humana e seus caminhos pela Terra. E o mesmo pensamento que naquela hora tinha surgido, veio agora de novo, sob uma ótica totalmente diferente:

Então é assim.

Norra Brunn 21h00

David deixou Sture convencê-lo e já estava arrependido. Como era de se esperar, Leo desmarcara sua apresentação, havia uma mensagem a esse respeito na secretária eletrônica que ele não verificara. Ele recebeu uma cerveja e se juntou aos outros na cozinha. Foram só condolências. Brincadeiras e risos tinham se transformado em silêncio.

Aquele não era um lugar para assuntos sérios. Quando um não podia brincar com o outro, não se dizia nada. Separados, é claro que os comediantes eram gente normal, com a mesma capacidade de se entristecer ou de se alegrar de todo mundo, mas como grupo eram um bando brincalhão, incapaz de falar de assuntos que não pudessem virar piada.

Justamente na hora em que o show ia começar, Benny Melin se aproximou dele e disse:

– David, espero que você não ache... mas eu vou dizer umas coisas sobre os revividos.

– Tudo bem – disse David. – Faça o que você tem que fazer.

– O.k. – disse Benny, e seu rosto se iluminou. – É que é um acontecimento tão grande que não dá pra ignorar.

– Entendo.

David viu que Benny estava a ponto de testar algum material com ele, então levantou o copo, desejou boa sorte a Benny e lhe deu as costas. Benny torceu um pouco a cara. Nunca se deseja boa sorte, a gente diz *quebre a perna* ou algo do tipo, e David sabia disso e Benny sabia que David sabia disso. Dizer "Boa sorte" era quase um insulto.

David foi para o bar. Os funcionários acenaram com a cabeça para ele, mas ninguém veio lhe falar. David abaixou a cerveja e pediu a Leo que servisse mais uma.

– Como vai? – perguntou Leo, enquanto servia.

– Indo – respondeu David. – Não mais que isso.

Leo colocou a cerveja no balcão. Era inútil dar uma resposta mais detalhada à pergunta. Leo secou as mãos em um pano de prato e disse:

– David, dê lembranças minhas. Quando ela melhorar.

– Vou dar.

David sentiu que estava prestes a começar a chorar de novo e se virou para o lado oposto ao do bar, para o palco, e bebeu com sofreguidão metade do copo. Melhor agora. Quando podia ficar em paz e ninguém precisava fingir que podia entender.

A morte tem o poder de nos isolar uns dos outros.

A luz do palco se acendeu e Leo anunciou pelo microfone invisível que todos eram muito bem-vindos e que deviam olhar para o palco e aplaudir o apresentador da noite, Benny Merlin.

O local estava cheio, e os aplausos e assobios que acompanharam a subida de Benny ao palco fizeram David sentir vontade de voltar àquele mundo, ao mundo irreal de verdade.

Benny fez uma vênia para o público e os aplausos silenciaram. Ajustou o tripé, subiu um pouco, abaixou um pouco e o microfone acabou na mesma posição de antes. Ele disse:

– Bem, não sei como vocês se sentem, mas eu estou preocupado com a situação em Heden. Um subúrbio cheio de mortos.

Agora o local estava em silêncio. Uma espera tensa. Todo mundo estava preocupado com a situação em Heden, temia-se que agora aparecesse mais um aspecto novo no qual ninguém tinha pensado.

Benny enrugou bem a testa, como se refletisse sobre um tema complicado.

– Acima de tudo, existe *uma* coisa que precisamos saber.

Pausa dramática.

– Será que o caminhão de sorvete vai querer passar por lá?

Risos de alívio. Não foi engraçado o suficiente para aplausos, mas chegou perto. Benny prosseguiu:

– E *se* ele for pra lá, será que vai conseguir vender alguma coisa? E *se* o caminhão vender alguma coisa, nesse caso será o quê?

Benny movimentou a mão no ar e desenhou uma tela de cinema que todos agora podiam assistir.

– Imaginem a cena. Centenas de mortos levados a sair de suas casas por causa da... – E Benny cantarolou a melodia do caminhão de sorvete,* mudou rapidamente e imitou um zumbi com um andar cambaleante, de braços esticados para a frente. As pessoas davam risinhos e, quando Benny gemeu "Piggeliiiiin, Piggeliiiin...",** os aplausos vieram.

David tomou o restante da cerveja e saiu discretamente por trás do bar. Não suportava aquilo. Achava que Benny e os outros tinham todo o direito de fazer piada de algo que era tão atual – bem, eram *obrigados* a fazer isso, mas ele não era obrigado a ouvir. Atravessou depressa o bar, continuou porta afora e saiu na rua. Uma nova salva de palmas explodiu atrás e ele foi para longe do som.

A tortura não era porque faziam piada da situação. É preciso brincar, sempre é preciso brincar para que possamos sobreviver. A tortura era porque acontecia tão *rápido*. Depois da tragédia da balsa *Estônia*, por exemplo, demorou seis meses para alguém tentar dizer alguma coisa engraçada sobre resgate de balsa ou porta da proa – e mesmo assim, com pouco êxito. Com o World Trade Center tinha sido muito mais rápido, apenas alguns dias após o atentado já tinham dito alguma coisa sobre a nova alternativa de voos a preço baixo, Taliban Airways, e as pessoas riram. Era tão distante que era como se não fosse de verdade.

Pelo visto, os revividos faziam parte dessa mesma categoria. Não era real, não era necessário ter respeito. Por esse motivo, a presença de David tinha sido algo difícil para os outros comediantes, ele fazia a coisa ser real. Mas, no fundo, os revividos eram apenas isto: uma piada.

---

* Referência ao carro que vende picolé de várias marcas na Suécia. Tal carro passa pelas ruas tocando uma melodia padrão no alto-falante para atrair compradores. (N. T.)

** Marca de um picolé popular na Suécia. (N. T.)

Ele asseou à beira dos carros estacionados bem juntos na Surbrunnsgatan, viu na sua frente o corpo sem cabeça de Baltasar esperneando no colo de Eva e se perguntou se algum dia voltaria a fazer piada sobre alguma coisa.

O passeio pelo Norra Brunn consumiu o restante de sua energia. A cerveja bebida às pressas chacoalhava no estômago, e cada passo era um ato de autossuperação. O que mais queria era se deitar na porta de algum prédio, dormir para fazer passar o restante desse dia terrível.

Viu-se obrigado a se encostar à parede dentro da portaria para descansar uns minutos antes de subir para o apartamento. Não queria parecer tão acabado a ponto de Sture se oferecer para pernoitar. Queria ficar sozinho.

Sture não se ofereceu. Depois de ter contado que Magnus dormira o tempo todo, disse:

– Bem, então agora eu vou pra casa.

– Está bem – disse David. – Obrigado por tudo.

Sture olhou intrigado para ele.

– Não há problema em deixar você sozinho?

– Não há.

– Tem certeza?

– Tenho certeza.

David estava tão cansado que sua fala assumiu a mesma característica da de Eva; apenas conseguia repetir o que Sture dizia. Eles se despediram com um abraço, por iniciativa de David. Dessa vez ele deixou a cabeça ficar encostada no peito de Sture por alguns segundos.

Depois que Sture foi embora, David ficou parado na cozinha por um tempo, olhando para a garrafa de vinho, mas concluiu que até para isso estava cansado demais. Foi ver Magnus, ficou contemplando por um bom tempo o filho, que dormia quase na mesma posição em que o deixara: mão embaixo do rosto, os olhos deslizando devagar sob as pálpebras finas.

Com cuidado, David deitou na cama, ajeitou-se no espaço estreito entre o corpo de Magnus e a parede. Ficaria deitado apenas alguns segundos olhando para o ombro liso e magro que apontava do edredom. Cerrou os olhos e pensou... não pensou em nada. Dormiu.

Tomaskobb 21h10

Quando desembarcou na ilha mais próxima, Mahler viu a sinalização náutica. Uma baliza feita de tábuas esbranquiçadas que ele não avistara na escuridão. Ou seja, o estreito estava bem na frente. Subiu no barco de novo, ligou o motor. O motor roncou ao pegar, engasgou e morreu.

Mahler inclinou um pouco o tanque, bombeou mais gasolina, e dessa vez o motor pegou tão bem que foi possível tirar o barco de ré da ilha antes que ele morresse de novo.

Com os braços apoiados nos joelhos, ele olhava para as ilhas, o azul de veludo na penumbra da noite de verão. Uma ou outra árvore solitária apontava de ilhas baixas, seu contorno negro bem delineado contra o céu, como nos documentários sobre a África. O único som que se ouvia era o das vibrações distantes dos motores dos *ferry boats* que passavam por ali.

Nada mal.

Era preferível reconhecer o trajeto a ter combustível. Agora era possível ver o caminho a ser percorrido. Remando, devia levar meia hora para chegar à ilha, deslizando pelas águas plácidas. Nenhum problema. Era só ir com calma que tudo se resolveria.

Ele enfiou os remos nas forquetas e pôs mãos à obra. Dava remadas curtas, respirava fundo o ar morno. Passados alguns minutos, entrou no ritmo e quase não reparava no esforço. Era como uma meditação.

Om mani padme hum, om mani padme hum...

As remadas iam deixando o mar para trás.

Após remar uns vinte minutos, Mahler teve a impressão de ouvir o ganido de uma corça. Levantou os remos da água, aguçou os ouvidos. O som veio de novo. Não era o ganido de uma corça, era mais um... grito. Difícil saber de que lado vinha; o som reverberava entre as ilhas. Mas se fosse obrigado a adivinhar ele teria dito que o grito vinha...

Colocou os remos na água de novo, começou a remar com mais força, a dar remadas mais longas. Os gritos tinham sumido. Mas *vieram* das bandas de Labbskär. O suor lhe brotou nas costas e a calma desapareceu. Não era mais uma pessoa meditando, apenas uma droga de motor inútil.

Eu devia ter trazido combustível...

Um muco viscoso lhe subiu à boca e ele cuspiu no motor.

– Merda de motor!

Mas a culpa era dele. Só dele.

Para não ter de atracar o barco, remou até parar na beira da praia e desembarcou com dificuldade. A água foi entrando em seus sapatos e foi sugada pelas solas quando ele subiu para a casa. Nenhuma lâmpada estava acesa, e a casa era apenas uma simples silhueta contra o céu azul profundo.

– Anna! Anna!

Nenhuma resposta. A porta da rua estava fechada e, quando ele a puxou, ofereceu resistência, até que o que a segurava cedeu. Ele deu um puxão e protegeu o rosto com o braço ao ter a impressão de que alguém bateu nele. Mas era só um cabo de vassoura, que se soltou e foi rolando pela colina.

– Anna?

Estava totalmente escuro dentro da casa, e demorou alguns segundos para seus olhos se acostumarem. A porta do quarto estava fechada e no chão da cozinha havia um... monte de neve. Ele piscava os olhos enquanto o monte de neve ia assumindo contornos mais nítidos, transformando-se em um edredom e em Anna sentada no chão, abraçada ao edredom.

– Anna, o que você tem?

A voz de Anna era apenas um fiapo vindo de uma garganta rouca de tanto berrar.

– A coisa esteve aqui...

Mahler olhou ao redor. A luz do luar que entrava pela porta aberta não adiantava muito, e ele aguçou os ouvidos na direção do outro quarto. Não ouviu nada. Sabia do medo que Anna tinha de bicho, fez um muxoxo e disse irritado:

– Foi um rato?

Anna balançou a cabeça e disse alguma coisa que ele não conseguiu entender. Quando deu meia-volta para ir verificar no outro quarto, ela disse entredentes: "Pegue isso" e apontou para um machado pequeno caído no chão, aos pés dela. Depois atravessou o cômodo se arrastando com a trouxa no colo, fechou a porta de entrada e sentou encostada no batente, com uma das mãos na maçaneta. O quarto estava escuro como breu.

Mahler sentiu na mão o peso do machado.

– E qual é o problema?

– ...afogados...

– O quê?

Anna obrigou-se a elevar a voz e grasnou:

– Um morto. Um cadáver. Um afogado.

Mahler fechou os olhos, evocou a cozinha no interior das pálpebras, e apareceu a imagem de uma lanterna-bastão em cima da bancada. Foi tateando no escuro até os dedos se fecharem em torno do cabo pesado.

Pilhas...

Deu um tapa nelas, e um feixe de luz apareceu, iluminando a cozinha inteira. Ele iluminou a parede ao lado de Anna para não cegá-la. Ela própria parecia um fantasma; as mechas de cabelo úmidas de suor coladas no rosto, o olhar vazio mirando a frente.

– Pai – Anna sussurrou, sem olhar para ele. – Temos que deixar o Elias... ir.

– O que você está dizendo? Ir pra onde?

– Ir... embora.

– Fique quieta agora que eu vou...

Ele abriu um pouco a porta do outro quarto e iluminou lá dentro. Não havia nada ali. Abriu mais a porta, passou o feixe de luz pelo quarto.

Agora viu que a janela da parede oposta estava quebrada. A luz refletiu os cacos de vidro cintilantes espalhados pelo chão e pela mesa. Apertou os olhos. Alguma coisa estava em cima da mesa, no meio dos cacos. Um rato. Ele foi na direção do bicho.

Não. Não era um rato.

Era uma mão. Uma mão cortada. A pele era enrugada, fina. A parte superior da carne do dedo indicador era inexistente e havia apenas um osso fininho.

Engoliu em seco, cutucou a mão com o machado. Ela rolou no meio dos cacos e parou. Ele deu um risinho. O que esperava? Que a mão fosse pular em sua garganta? Iluminou fora da janela e viu apenas as encostas dos rochedos despontando do chão de arbustos de zimbro.

– O.k. – disse ele a Anna, quando estava de novo na cozinha. – Vou sair para dar uma olhada.

– Não...

– E o que nós vamos fazer? Ir dormir e esperar que...

– ...inseto...

– O quê?

– Não é certo.

Mahler deu de ombros, levantou o machado.

– Foi você quem...?

– Fui obrigada. Ele queria entrar.

A adrenalina que o mantivera em atividade desde que, do mar, ouvira os gritos de Anna começou a diminuir, e Mahler se sentiu fraco de tanta fome. Ofegante, sentou-se pesadamente no chão ao lado da filha. Puxou para si a bolsa térmica, rasgou um pacote de salsicha e devorou duas, oferecendo a Anna, que fez uma careta.

Ele comeu mais duas salsichas, mas era como se o próprio movimento da mastigação o deixasse com mais fome ainda. Após engolir a massa viscosa, perguntou:

– E Elias?

Anna olhou para a trouxa no colo e disse:

– Ele está com medo. – Sua voz estava agora rouca, mas audível.

Mahler apanhou um pacote de bolinhos de canela, comeu cinco. Mais massa viscosa para engolir. Tomou uns goles de leite morno direto da caixa e se sentiu tão faminto quanto antes, só que agora também estava com o estômago pesado. Recostou-se, deitou no chão para o peso mudar de lugar, espalhar-se.

– Vamos voltar – disse Anna.

Mahler iluminou com a lanterna o galão de gasolina debaixo da bancada da pia e disse:

– Se houver gasolina ali dentro, podemos voltar. Do contrário, não.

– Nós estamos *sem* gasolina?

– Estamos.

– Eu achei que você fosse...

– Não tive forças.

Anna não disse nada, o que ele achou pior do que se ela o tivesse criticado. A raiva se avolumava aos poucos no peito dele.

– Eu trabalhei – disse ele. – O tempo todo desde que nós...

– Agora não – disse Anna. – Pare por aí.

Mahler trincou os dentes, rolou no chão e foi engatinhando para o galão de gasolina, levantou-o. Estava bem leve porque estava vazio.

Um bando de idiotas, pensou ele. *Um bando de idiotas que não têm combustível de reserva.*

Da porta, ouviu que Anna deu um risinho, e se lembrou de que ela ouvia o que ele pensava. Aos poucos ficou em pé, apanhou a lanterna e o machado.

– Fique aí rindo – disse ele –, que eu vou lá fora e... – Apontou com o machado para a porta. Anna não se mexeu.

– Você pode sair daí?

– O ser não é como Elias – disse Anna. – Ele esteve o tempo todo sozinho, ele...

– Você pode sair da frente da porta?

Anna o olhou nos olhos.

– E o que é que eu faço? – perguntou ela. – O que é que eu faço se... acontecer alguma coisa?

Mahler deu uma gargalhada, amargo.

– Então é com *você* que está preocupada? – Tirou o telefone celular do bolso, ligou-o e digitou o código de liberação do teclado, deu o telefone à filha e disse: – Um, um, dois. Caso aconteça alguma coisa.

Anna examinou o aparelho como se verificasse se ele recebia ligações e disse:

– Vamos ligar agora.

– Não – disse Mahler, e esticou a mão a meio caminho do telefone. – Nesse caso, eu fico com ele. – Anna suspirou e escondeu o telefone no edredom. – Você não vai ligar?

Anna fez que não balançando a cabeça e soltou a porta.

– Pai, nós estamos cometendo um erro.

– Estamos – disse Mahler. – É a sua opinião.

Ele abriu a porta e deixou o feixe de luz procurar pelos rochedos, no capim e nos arbustos de framboesa. Ao levantar a lanterna para iluminar um vão no meio da cortina de amieiros, entre a casa e o mar, viu uma pessoa deitada nos rochedos levemente inclinados na boca do estreito. Na verdade, não era necessário uma lanterna, o luar era suficiente para ele enxergar a forma branca deitada com o corpo em cima dos rochedos e a cabeça na beira da água.

– Estou vendo a coisa – disse ele.

– E o que você vai fazer?

– Tirá-lo daqui.

Mahler saiu da casa. Anna não fechou a porta, como ele pensou que ela fosse fazer. Após dar alguns passos na direção do ser, ele se virou. Anna estava sentada na beira da porta, abraçada à trouxa, seguindo-o com o olhar.

Talvez devesse ficar contente, comovido, mas se sentiu apenas questionado: Anna não confiava nele e agora estava ali para assistir a mais um fracasso do pai.

Ao chegar lá embaixo, à beira da praia, e ao passar pelo barco, viu o que o ser estava fazendo. Bebia água. Deitado de barriga no chão, o ser enchia a boca de água do mar com a única mão que tinha.

Mahler apagou a lanterna e caminhou na ponta dos pés por cima das algas molhadas, segurando firme o machado.

Tirá-lo daqui.

Era o que ia fazer. Tirá-lo dali.

Estava mais ou menos a vinte metros do ser quando este se levantou. Era um ser humano e ao mesmo tempo não era um ser humano. O luar era suficiente para ele ver que faltavam partes consideráveis do corpo. Uma brisa suave do sul trouxe consigo um fedor de peixe podre. Mahler atravessou a água por um trecho com caniços e subiu no rochedo onde o ser esperava por ele. Com a cabeça caída de lado, era como se o ser não pudesse acreditar no que os próprios olhos viam.

Olhos?

Ele não tinha olhos. A cabeça se virou de um lado para o outro, como se o ser farejasse, ou procurasse de onde vinham os sons dos passos. Quando Mahler estava apenas a alguns metros, viu que partes da pele do peito do morto estavam comidas e as costelas apareciam, brancas, à luz da lua. Viu um movimento e resfolegou quando achou que era o coração do ser que se remexia.

Mahler levantou o machado e acendeu a lanterna, virou a luz para a criatura para cegá-la, se ela ainda tivesse olhos para ver. A luz da lanterna deixou o ser branco como cera, contrastando com o mar ao fundo, e agora Mahler podia ver a causa do movimento: dentro do peito, uma enguia gorda e negra serpenteava, como se estivesse presa em uma nassa, comendo a rede para sair.

Uma espécie de reflexo humano para não transparecer o nojo fez Mahler dar meia-volta antes de a comida que ele tinha ingerido lhe subir do estômago e jorrar pela boca. Salsicha, bolinhos, leite, tudo escorreu pelo rochedo e foi descendo para o mar. Antes de as convulsões do vômito passarem, ele já se voltara para não ficar de costas para o ser.

O vômito continuou escorrendo por suas mandíbulas trêmulas, pelo queixo. Ele viu a enguia dar umas sacudidelas dentro do peito do outro e, no silêncio, ouviu o som do corpo de cobra, deslizando no que restava de carne em sua prisão. Mahler limpou a boca com a mão, mas as mandíbulas não queriam parar de bater uma na outra.

O asco era tão forte que a única coisa que tomava conta da cabeça dele era uma repulsa além da razão, uma ordem para afastar, tirar, exterminar aquela aberração da face da Terra.

Mate-o... mate-o...

Deu um passo grande na direção da criatura, e nesse mesmo instante o ser caminhou na direção dele. Rápido, muito mais rápido do que ele achava ser possível com aquele caco de corpo que era. Mahler ouviu uns cliques quando os ossos bateram no rochedo e, apesar de seu ódio cego, ele recuou. Era a enguia. Ele não queria que a enguia, gorda de tanta carne humana, chegasse perto dele.

Recuou e escorregou no próprio vômito. O machado voou de sua mão quando o corpo, com um baque molhado, aterrissou no rochedo. Seu pescoço foi lançado para trás com a queda e a nuca bateu na rocha. Ele viu estrelas e, antes de elas se apagarem e o arrastarem para a escuridão, sentiu as mãos da criatura em seu corpo.

Labbskäret 21h50

Anna viu acontecer. Viu o pai cair de corpo inteiro no rochedo, ouviu a cabeça bater na pedra, viu que o ser se jogou em cima dele. Ela se levantou depressa, ainda com Elias no colo.

Santo Deus, não! Ser maldito...

A criatura ergueu a cabeça para o lado deles e, nesse mesmo instante, Anna ouviu a voz de Elias dentro da cabeça.

...bons... tenha bons pensamentos...

Anna soluçou e caminhou um pouco no rochedo. Alguma coisa chacoalhou aos seus pés, mas ela não se importou, continuou descendo para o barco, na direção do ser que balançava a cabeça em cima do corpo de seu pai, caído no chão.

...Coisa nojenta...

...bons...

Ela sabia. Na verdade ela sabia. O ser tinha ficado lá fora no rochedo olhando para eles, contando que ela estivesse na cama e não fizesse nada, não pensasse em nada. Foi quando ela se dirigiu para a janela e gritou para ele ir embora, quando transmitiu ódio e repulsa que o ser quebrou o vidro da janela. Foi o pavor dela que levou o ser a tentar invadir a casa.

Quando seu pai começou a transmitir ódio do ser, da imagem de uma enguia no tórax, ela tentou enviar a mesma mensagem de Elias: *Tenha bons pensamentos*, mas não conseguiu chegar até ele, e agora era tarde demais.

Era difícil ter bons pensamentos quando tinham acabado de matar seu pai. Bem difícil.

Essa coisa branca essa coisa branca e nojenta...

Continuou descendo na grama e não conseguia achar palavras gentis. Tudo tinha sido tirado dela, aos poucos, uma pessoa de cada vez. Viu o ser se levantar, descer para os caniços e atravessar a água, na direção do barco, na direção dela.

O olhar de Anna passeava pra cá e pra lá pelo chão para achar um galho forte, alguma coisa que servisse como arma. Todos os galhos no chão estavam naturalmente podres, do contrário, não teriam caído. Os pés do ser patinavam pelas algas molhadas, e Anna avistou o varal onde ainda estavam penduradas as meias de Elias. Não dava para partir o varal, não servia como...

O ser estava agora na altura do barco, e Anna foi subindo de lado pelo rochedo. Se arrancasse o cabo de madeira do varal, se conseguisse – Elias se remexeu inquieto em seu colo, o edredom lhe roçou nos pés – se ela conseguisse...

O quê? Conseguisse o quê? Não dá para matar alguém que já está morto.

Ainda assim ela continuou escalando o rochedo, colocou Elias em cima da colina e puxou o cabo de madeira, empurrando-o para a frente e para trás. O vento e o clima tinham fortalecido a madeira, mas o pavor deu força a ela, e, após emitir um estalo, o cabo se quebrou na altura dos pés. As meias de Elias ainda balançavam nos ganchos lá na ponta e, ao mesmo tempo que o ser subia na grama, a apenas cinco metros dela, Anna bateu com o cabo de madeira na pedra para arrancar a tábua diagonal, para obter uma arma simples.

*Mors lilla Olle i skogen gick**

A vozinha de Elias tentava penetrar na casca que envolvia seu pavor, e ela entendeu. Quando a criatura chegou ao pé do rochedo, bem debaixo dela, e o fedor de cadáver lhe entrou pelas fossas nasais, Anna tirou da mente todos os outros pensamentos e encheu a cabeça de

rosor på kinden och solsken i blick
*läpparna små utav bär äro blå...***

---

* Canção infantil sueca. Tradução: "O pequeno Olle passeava pelo bosque". (N. T.)

** "As bochechas rosadas e no olhar a luz do sol/ a boquinha azul de tantos mirtilos..." (N. T.)

Não conseguia ter pensamentos bons, mas cantar ela podia, em pensamento. O ser parou. As pernas tremendo de frio. Os braços caíram. Uma máquina cujo combustível tinha acabado de repente.

*Bara jag slapp att så ensam gå**

As lágrimas escorreram silenciosas pelo rosto de Anna quando ela viu, à luz da lua, a boca do ser suja de um líquido negro, mas não pensou em nada que fosse *o sangue do pai* ou em qualquer outra coisa que pudesse conduzir seus pensamentos para o caminho da raiva e do ódio, e continuou recitando:

Brummelibrum, vem lufsar där?

*Buskarna knaka, en hund visst det är***

A ironia da letra da música fez o corpo de Anna tremer, mas ela não estava mais dentro do próprio corpo, estava ao lado dele, reparando em suas mudanças, vendo o que o corpo via, agia como um maestro comandando o cérebro do corpo a continuar a cantar.

O ser se virou e voltou pelo caminho por onde viera: para o estreito, para as rochas, para o corpo do pai dela. Anna não refletiu a respeito, apenas constatou que isso acontecia.

Esperou meio minuto enquanto terminava de cantar a canção, enrolou Elias no edredom e desceu para o barco. O luar se refletia amarelo numa pocinha d'água no rochedo e, quando o capim farfalhou em suas pernas, ela viu –

Amarelo?

– aquele brilho amarelo estava errado. Olhou para a poça de novo. Era o celular caído no chão, piscando. Ela tinha perdido o aparelho. Ainda cantando a mesma música – não tinha coragem de trocar, com medo de perder a concentração –, pescou o telefone, colocou-o em cima da barriga de Elias e desceu para o barco.

*Nalle han slukar mest allt vad där är...****

Colocou Elias no piso do barco e evitou olhar para o estreito, enquanto empurrava o barco para longe da beira da praia. Atravessou a água e subiu na embar-

---

* "É só eu não ter que andar sozinho por aqui." (N. T.)

** "Brumelibum, quem está vindo aí?/ Os arbustos estalam, certamente é um cão." (N. T.)

*** "O ursinho como quase tudo que existe..." (N. T.)

cação. O barco flutuava, e eles deslizaram pela água levemente encrespada. Anna sentou no estrado do meio, avistou as bolsas com comida, o garrafão de água. No silêncio ouviu um arranhar molhado vindo do estreito, um som semelhante ao de peixe sendo descamado. Seu queixo começou a tremer, ela se abraçou.

*Ele tentou... ele não queria fazer mal... ele não queria... coisa nojenta... Räcker fram korgen med händer små...**

Ela tinha de continuar. O ser sabia nadar.

Com as mãos trêmulas, colocou os remos nas forquetas e remou na direção do estreito pelo lado oposto. Sabia que era o lado errado, mas não era capaz de passar perto, talvez visse...

Depois de umas quinze remadas, e apenas com o azul do mar de Åland atrás, ela soltou os remos, deixou-os pendurados nas forquetas e deitou junto de Elias. Ficou encolhida no piso do barco junto dele e deixou tudo vir. Parou de fugir, parou de cantar, simplesmente parou.

A brisa que soprava do sul os levava devagar, para longe. Gåskobb passou por eles, e em breve o olho piscante do farol de Söderarm era a única coisa que havia para se ver entre o céu e o mar.

---

* "Segura seu cesto com as mãozinhas rechonchudas." (N. T.)

Heden 22h00

Flora olhava a massa negra de corpos retorcidos.

Naquela noite, no jardim de Elvy, ela tinha desejado, bem, ficara sabendo que algo iria acontecer. Algo que mudaria a Suécia para sempre. Agora tinha acontecido, e que mudança houvera?

Nenhuma.

Medo gerava mais medo, ódio gerava mais ódio, e o que sobrava no fim das contas era uma pilha de corpos queimados. Como em todo lugar, como sempre.

Alguma coisa se mexeu no meio dos corpos.

Primeiro ela achou que fossem dedos que de alguma forma tinham escapado ilesos do fogo e que agora tentavam sair dali. Depois viu que eram larvas. Larvas brancas que saíam de alguns corpos. O mau cheiro que vinha da fogueira era insuportável, apesar da máscara de boca, e ela recuou alguns metros.

Foram apenas sete larvas que saíram, apesar de terem sido umas quinze pessoas.

Ela apanhou as outras.

Ela sabia que as larvas eram pessoas, não, as larvas eram o que é o ser humano dentro do ser humano, mas se mostravam para ela numa forma que era compreensível neste mundo. Tampouco sua irmã gêmea era na verdade uma irmã gêmea ou alguma coisa que se pudesse entender por meio de conceitos humanos. Flora compreendera isso durante os segundos em que elas se olharam nos olhos.

A outra Flora, com o melhor tênis que ela tinha, era apenas uma força que se manifestava da maneira que era compreensível a cada indivíduo. A única coisa constante eram os ganchos, já que a tarefa dessa força era capturar, buscar. E nem sequer os ganchos eram reais, apenas uma imagem inteligível para os seres humanos.

As larvas que tinham furado a massa negra e saído dela se retorciam e não tinham para onde ir, agora que sua morada humana fora devastada.

Perdidos, pensou Flora. *Perdidos*.

Não havia nada que pudesse fazer. Os mortos tinham se afastado com medo e agora estavam perdidos. Enquanto ela olhava, as larvas incharam, primeiro ficaram rosadas, depois vermelhas.

Distantes, muito distantes, Flora pôde ouvir os gritos de angústia quando as larvas-gente perceberam o que ela já sabia: eram puxadas agora inexoravelmente para o outro lugar. O lugar sobre o qual nada podia ser dito. Nada.

As larvas ficaram mais inchadas, a pele fina se esticou e os gritos ficaram mais fortes, a cabeça de Flora rodava, pois ela sabia que nada disso na verdade estava acontecendo. Era só porque estava olhando que ela podia ver, olhava para um drama invisível tão antigo quanto o ser humano, encenado diante de seus olhos.

Com um *plop* perceptível mas inaudível, as larvas estouraram, uma a uma, e um líquido viscoso e transparente escorreu delas, virou vapor no calor dos corpos queimados, e os gritos silenciaram.

Perdidos.

Ela recuou da fogueira, sentou no banco a alguns metros dali e tentou pensar. Sabia demais, mais do que devia. O conhecimento que entrara em sua mente durante os segundos do contato olho no olho era demais, ela não era a pessoa adequada para carregá-lo.

Por quê? Por que isso tinha acontecido?

Ela sabia. Sabia de tudo. Não era possível expressar em palavras. Alguma coisa acontecera na ordem superior, e no nosso pequeno planeta isso se mostrava desta forma: os mortos acordaram dentro de determinada região. Um furacão se originara do bater das asas de uma borboleta. Visto de uma grande perspectiva, isso não era nada, apenas coisas que acontecem de vez em quando. No livro dos deuses, no máximo uma nota de rodapé.

De repente ela sentou de costas eretas no banco. Lembrou-se de algo que Elvy tinha dito antes nos portões... foi hoje? Será que ainda era o mesmo dia em que passeara com Maja e...? Sim, era o mesmo dia.

Ela apanhou o telefone, digitou o número de Elvy. Exepcionalmente, não foi umas das velhinhas nem aquele cara nojento que atendeu, mas a própria Elvy. Ela tinha a voz cansada.

– Vovó, sou eu. Como estão as coisas?

– Não estão muito bem. Não vão... lá muito bem.

Ao fundo, Flora ouviu vozes exaltadas, pessoas brigando. Os acontecimentos do dia tinham causado uma divisão no grupo.

– Vovó, escute o que vou dizer. Lembra aquilo que você me disse hoje?

Elvy suspirou.

– Não, não sei...

– A mulher na tevê, você me mostrou a mulher...

– Tá, lembro. Aquilo...

– Espere. Ela disse pra você que *eles têm que vir a mim*, certo?

– Estamos tentando – disse Elvy. – Mas...

– Vovó, ela não estava falando dos vivos, mas dos mortos.

Flora contou tudo o que tinha acontecido no pátio. A turma de rapazes, o fogo, a irmã gêmea, as larvas. Enquanto falava, sentia em outra parte da consciência que outras pessoas se aproximavam do local. Essas também não tinham boas intenções. Ira, ódio chegavam mais perto. Talvez os rapazes tivessem buscado mais amigos ou outras pessoas tivessem tido a mesma ideia.

– Vovó, você também a viu. Você tem que vir pra cá. Agora. Senão... eles vão desaparecer.

Silêncio total no outro lado da linha durante alguns segundos, em seguida Elvy disse, com uma voz muito mais forte:

– Vou pegar um táxi.

Quando Flora desligou o telefone, deu-se conta de que não haviam combinado nenhum ponto de encontro, mas isso se resolveria – a consciência das duas estava tão afinada que era como se cada uma tivesse um walkie-talkie, pelo menos ali na área. O mais difícil era saber como Elvy conseguiria entrar ali. Esse problema seria resolvido mais tarde.

Flora se levantou. Gente ríspida com maldade na cabeça se aproximava.

O que eu vou dizer, o que eu faço?

Saiu correndo do pátio. Sabia que ali havia pelo menos um morto cujo modo de pensar era parecido com o dela, que pensava usando as mesmas imagens. Procurou o 17C.

Enquanto corria, mortos saíam dos prédios e se juntavam nos pátios. Nada de dança agora. Ainda assim, havia rostos que apenas olhavam pelas janelas, mas, a cada minuto que passava, o número deles diminuía. O zumbido, o som de broca de dentista crescia. Ao longe, ela também sentia que mais pessoas vivas se aproximavam – os portões deviam estar abertos.

Ela corria com o pânico lhe espetando o peito, uma catástrofe iminente, uma cascata de pavor que ela não era capaz de represar nem de impedir. Encontrou o número 17C e entrou correndo na portaria. Parou.

Um morto estava descendo pelas escadas. Um homem idoso, cujas pernas estavam amputadas e que se arrastava de barriga para baixo, não parava de descer. A cada degrau que passava, seu queixo batia no cimento fazendo um barulho que doía na boca de Flora. Ele estava perto do chão, e ela o ouviu dizer:

Casa... casa... casa...

Quando Flora passou por ele, o homem tentou agarrá-la, mas ela se virou para o outro lado e subiu para o apartamento C, puxando a porta com força.

Eva estava no corredor, de saída. Seu rosto era apenas uma mancha pálida sob a luz débil que das escadas do prédio entrava pela porta. A luz iluminava o curativo que cobria a metade de seu rosto.

Seguindo um impulso, Flora entrou, segurou os ombros dela e, no mesmo instante em que o elo entre as duas se estabeleceu, soube o que ia dizer. Fechou a consciência para tudo mais ao redor e pensou:

Saia daí. Escute-me.

O corpo se revirou nas mãos de Flora e o que era Eva em Eva respondeu:

Não. Eu quero viver.

Você não vai viver. O portal está fechado. Há duas saídas.

Flora transmitiu as duas imagens de almas deixando a prisão da carne. As que foram buscadas e as que desapareceram. As palavras não eram suas, apenas transmitidas através dela.

Deixe isso acontecer. Não insista.

A alma de Eva começou a vir à tona e o zumbido ficou mais forte em algum lugar atrás das costas de Flora. Igual a uma andorinha-do-mar sobrevoando por um bom tempo as águas à procura de peixes, o Pescador desceu para o espelho prateado que cintilava, na direção da presa.

Eu só queria... dizer adeus.

Faça isso. Você é forte.

Antes que o Pescador tomasse forma, antes que a alma de Eva tomasse a forma de presa do Pescador, Eva deu um salto do peito e foi embora, voando a uma velocidade que somente aqueles que não têm corpo podem alcançar. Um sussurro passou pela pele de Flora quando uma vida passou por ela, a chama de uma consciência bruxuleou em sua mente e desapareceu. O corpo de Eva desmoronou aos seus pés.

Boa sorte.

O zumbido ficou distante. O Pescador começou a caçada.

Svarvargatan 22h30

David dormia e sonhava. Estava preso num labirinto, correndo por corredores. Às vezes chegava a uma porta, mas no final a porta sempre estava fechada. Era perseguido por alguma coisa. Alguma coisa que estava logo ali atrás dele. Sabia que a coisa tinha o rosto de Eva, mas que não era Eva, apenas algo que tinha assumido a forma dela para poder pegá-lo.

Abria portas, gritava e sentia o tempo todo que se aproximava de algo que era o contrário de tudo que fosse amor. O pior de tudo era que ele também tinha a sensação de que deixara Magnus para trás, de que estava em algum quarto lá no escuro onde a coisa terrível podia pegá-lo.

Corria por um corredor interminável, ia para mais uma porta que sabia estar fechada. Enquanto corria, percebeu que alguma coisa acontecia com a luz no corredor. Todos os corredores que ele percorrera estavam iluminados por lâmpadas fluorescentes frias, mas agora veio outra luz. A luz do dia, a luz do sol. Ele olhou para cima enquanto corria. O teto do corredor desaparecera, e ele viu agora um céu de verão.

Ao colocar a mão na maçaneta da porta, sabia que ela seria aberta, e foi isso o que aconteceu. A porta se abriu, todas as paredes se dissolveram e ele estava num gramado perto da praia de Kungsholmen. Eva estava lá.

Ele sabia que dia era, sentiu o instante. Um barco a motor de popa, grande e laranja, chegou mais perto no canal. Isso. Ele tinha olhado para o barco, ficou com uma mancha laranja nos olhos, depois se virou para Eva e perguntou:

– Você quer se casar comigo?

E ela disse "Sim".

– Sim! Sim!

E eles caíram no cobertor, se abraçaram e fizeram planos e prometeram um ao outro que *Para sempre, Para sempre*, e o homem no barco laranja assobiou mexendo com eles. E agora era esse dia e o barco chegava mais perto; daqui a pouco ele faria a pergunta, mas, um segundo antes de as palavras saírem de seus lábios, Eva segurou o rosto dele com as duas mãos e disse:

– Sim. Sim. Mas eu tenho que ir agora.

David balançou a cabeça. Sua cabeça virava de um lado para o outro no travesseiro, e ele disse:

– Você não pode ir.

A boca de Eva sorriu, mas seus olhos estavam tristonhos.

– Nós vamos nos rever – disse ela. – Só levará alguns anos. Não tenha medo.

Ele tirou o edredom de cima do corpo, levantou os braços na direção do teto do quarto, esticou os braços para ela na grama, ao mesmo tempo que um grito lancinante se interpôs entre eles.

A grama, o canal, o barco, a luz e Eva se fundiram, foram sugados, transformando-se em apenas um ponto, e David abriu os olhos. Estava deitado na cama de Magnus com os braços esticados e afastados do corpo. Um zumbido tão forte que quase o ensurdeceu vinha do lado direito, e ele não conseguiu olhar para esse lado. Uma larva branca estava em cima de sua barriga, encolhida.

Um cheiro de perfume barato se espalhou pelo quarto, e ele soube, reconheceu o cheiro. Com o canto do olho, vislumbrou algo rosa. Sua cabeça estava travada, não conseguia virá-la e olhar para a imagem que fazia da Morte, a mulher no supermercado. Uma mão foi esticada no campo de visão dele. No pulso, havia uma pulseira de contas coloridas, na ponta dos dedos havia ganchos.

Não! Não!

As mãos dele voaram, fizeram uma concha em cima da larva. Os ganchos foram impedidos, a dez centímetros da mão dele. Eles não podiam tocá-lo, ele estava vivo. A larva se contorceu, fez cócegas na palma da mão dele, e pela pele da mão, pela carne, por dentro do esqueleto penetrava uma súplica:

Solte-me.

David balançou a cabeça, tentou balançar a cabeça. Queria sair correndo da cama com a larva nas mãos, fugir da casa, fugir da face da Terra, desse mundo onde as coisas eram daquele jeito. Mas estava paralisado de pavor, com a morte ali, na beirada de sua cama. E ele se negava a soltar.

A larva inchou debaixo da palma de sua mão. Os ganchos saíram devagar de seu campo de visão. A súplica ficou mais fraca, a voz de Eva foi empalidecendo, camadas e mais camadas de escuridão foram colocadas entre ela e aquilo nele que a escutava. Apenas um sussurro:

Se você me ama... me solte...

David soluçou e levantou as mãos.

– Eu te amo.

A larva sobre sua barriga estava agora inchada, rosa. Parecia doente. Parecia morrer.

O que foi que eu fiz, o que foi que eu...

Os ganchos vieram de novo. O gancho do dedo indicador entrou na larva, levantou-a, e a boca de David se abriu para dar um grito, mas, antes que o grito saísse, algo aconteceu.

No lugar em que o gancho entrou na larva, abriu-se uma fenda. A mão continuou ali na frente dos olhos dele como para mostrar o que estava acontecendo. A fenda aumentou e ele viu agora que a larva não era uma larva, mas uma crisálida. Da fenda saiu uma cabeça, não muito maior do que a de um alfinete.

A borboleta saiu da crisálida e a casca seca se desmanchou, dissolveu-se. A borboleta ficou parada por um instante no gancho, como se para secar as asas ou para se mostrar, em seguida subiu, saiu voando. Os olhos de David a seguiram e ele a viu desaparecer pelo teto.

Quando ele olhou para baixo novamente, a mão com os ganchos não estava mais ali e o zumbido tinha silenciado. Ele olhou para o teto, para o ponto onde a borboleta havia desaparecido.

Desaparecido.

Magnus se mexeu ao lado dele. No sono, disse:

– Mãe...

David se levantou da cama, com cuidado, para não acordar Magnus. Fechou a porta para que não fosse ouvido. Depois deitou no chão da cozinha e chorou até que as lágrimas acabassem e ele se esvaziasse. O mundo estava vazio de novo.

Eu acho.

Que em algum lugar existe uma felicidade. Algum dia.

Heden 22h35

Flora tinha mudado de opinião.

É natural o corpo precisar de uma alma mesmo para um ato simples como ficar de pé. O que é estranho é a alma precisar de um corpo. O que restava de Eva era algo que podia ser queimado e enterrado, como se fazia com lixo.

Por que nascemos? Que sentido há nisso?

Esse era o grande mistério, e sobre isso Flora não sabia nada. Isso não fazia parte do conhecimento da Morte. Flora ficou alguns minutos ajoelhada junto ao corpo vazio e ouviu o caos em que se encontrava a região em sua volta.

Não aguento...

Aquilo era absurdo. De manhã ela fumara e conversara com Maja, como sempre faziam, agora ia salvar almas.

Salvar?

Não sabia nada disso. A única coisa que sabia sobre o Lugar para onde elas eram levadas era que se tratava de um lugar do qual não se sabe nada, a não ser quando já se está lá. E que havia Outro Lugar do qual não se pode dizer nada, nunca.

Por que ela? Por que Elvy?

Vovó...

Fazia uns vinte minutos que telefonara para Elvy. Ela já podia estar nos portões. Apesar de Flora estar com medo de sair do prédio, desceu correndo as escadas. De repente se sentiu como uma menininha de novo. A avó diria a ela, a avó saberia o que fazer.

Mas sou eu quem sabe...

A vida nunca voltaria a ser a mesma.

O pátio estava vazio. Não. O homem sem pernas que ela encontrara na escada não passara da entrada da portaria e se arrastava agora apenas com a ajuda dos braços. Tudo ao redor estava calmo, o ruído na cabeça dela era indescritível. Uma cacofonia louca de gritos, súplicas, ódio, pedidos de socorro, repulsa ganindo.

Ela correu para o homem, agachou-se e colocou a mão nas costas dele, transmitiu o que sabia para ele, mas o homem ofereceu resistência, não queria deixar aquele resto de corpo. Em vez disso, retorceu-se de um lado para o outro, procurou a mão dela, tentou agarrá-la, mostrou os dentes.

Então vem, seu idiota. Será que você não entende...

Uma raiva impotente surgiu dentro de Flora, e ela deu um pulo para trás, como se o ódio e a amargura do homem colidissem com os seus, um alimentando o outro. Preparou-se para dar um chute no rosto do homem, mas conseguiu se controlar e o deixou se arrastando no chão.

Saiu da entrada do prédio, parou de repente.

Todos os mortos deixavam os pátios e iam para a cerca. O campo fervilhava de gente. Os portões estavam escancarados, e vários veículos policiais já tinham entrado na área, e chegaram mais veículos enquanto ela estava olhando. Policiais de armas em punho saíram dos carros. Os mortos tentavam ir para os portões, mas eram contidos pelos policiais. Ainda não haviam disparado nenhum tiro, porém era só uma questão de tempo. Devia haver um policial para cada trinta mortos.

Eu tenho que...

Flora correu para a massa fervilhante. Quando o homem sem pernas se virara para ela e mostrara os dentes, ela vira uma coisa dentro dele. Fome. Ele tinha consumido a própria carne e precisava de mais para continuar em sua não existência. Possivelmente se deixaria morrer de fome se não fosse pelo ódio que vinha de fora e o impelia a se satisfazer. Agora se arrastava o mais depressa que podia para a fonte do ódio.

Flora se aproximou de um policial jovem cercado de mortos e se jogou à frente – um segundo antes de sentir que a consciência dele cedia – para não ser atingida pelas balas que começaram a zunir saindo de sua arma e que entravam nos corpos ao redor.

Ele podia ter usado um revólver de espoleta que não faria diferença. O efeito era o mesmo, embora o estampido fosse mais alto. Os corpos dos mortos tremelicavam quando as balas entravam neles, mas nem sequer paravam entre uma perfuração e outra, e, passados alguns segundos, o policial desaparecera numa confusão de braços finos, pernas, roupões azuis.

Agora ouviam-se tiros de vários lados. Flora chegou aos portões e passou correndo por um carro da polícia onde uma policial estava sentada ao volante, pedindo reforço pelo rádio. Ela continuou descendo para a estrada e, depois de cem metros, viu Elvy vindo às pressas pela trilha de terra.

Os tiros de revólver estavam agora distantes, estampidos abafados, como se houvesse uma festa de ano-novo em algum lugar bem longe atrás dela. Ela foi até a avó, segurou sua mão e disse:

– Venha.

Enquanto as duas, de mãos dadas, subiam depressa para os portões, um entendimento foi crescendo dentro de Flora: *É tarde demais*.

Elvy apertou com mais força a mão da neta e disse:

– Alguém. É só podermos... como eu pude... eu...

A gente não sabia, transmitiu Flora.

Mais picapes com policiais vieram chacoalhando pelo campo em direção aos portões. Uma das picapes parou perto delas e o vidro da frente foi abaixado.

– Vocês aí! Vocês não podem ficar aqui!

Flora olhou para os portões. Os mortos transbordavam na saída agora, rumo à estrada, à cidade.

– Santo Deus! – disse uma voz de dentro do carro de polícia. – Entrem no carro. Já!

Flora olhou para Elvy, e durante alguns segundos elas conseguiram compartilhar os pensamentos que tinham. Elvy sentia uma vergonha enorme por não ter entendido, por não ter feito o que devia ser feito. Não se importava com o que iria acontecer com ela, já estava velha e essa era sua última chance de consertar as coisas. Flora, por outro lado, sabia que nunca voltaria a ter uma vida normal depois daquele segundo dentro da Morte.

Eram obrigadas a tentar.

Deram um passo se afastando dos policiais, na direção dos mortos, mas nesse mesmo instante a porta lateral foi aberta e dois policiais saíram de dentro do carro, seguraram as duas.

– Estão surdas?! Vocês não podem ficar aqui!

Com violência, foram levadas para dentro da picape, para mais braços à espera de recepcioná-las, segurá-las. A porta foi fechada e trancada. O carro recuou alguns metros até que o policial ao lado do motorista ordenou:

– Dê uma volta.

O motorista pediu para ele se explicar e o homem ao lado fez um gesto circular com a mão na direção da multidão de mortos que se aproximava do carro. O motorista entendeu o que ele quis dizer, deu um risinho e pisou no acelerador.

Havia batidas na carroceria quando os mortos eram atingidos, jogados para longe pelo veículo que entrava no meio deles. Pela janela lateral, Flora viu os que tinham sido atropelados se levantarem de novo.

Ela tampou os ouvidos, deitou no colo de Elvy, mas seu corpo sentia os baques toda vez que o carro ia de encontro à carne morta.

Acabou, pensou ela. *Acabou.*

Mar de Åland 23h30

Anna não se preocupava em saber onde estavam. Não se podia ver nenhuma ilha, até o farol de Söderarm desaparecera no horizonte, e eles flutuavam numa rota prateada, feita pelo luar, num mar sem fim. Em algum lugar lá longe ficava Åland, mais longe ainda a Finlândia, mas esses eram nomes sem significado – eles estavam no mar, apenas mar.

Ondas suaves marulhavam ao bater no casco. Elias estava deitado ao lado dela. Tudo era do jeito que devia ser e não era do jeito que devia ser, não importava mais. Estavam do outro lado, do lado de fora, e podiam continuar flutuando eternamente.

O som que quebrou o silêncio era tão discrepante que Anna primeiro o interpretou como sendo uma piada do universo, da noite: *Eine kleine Nachtmusik* em uma versão feia, eletrônica. Apesar de ela ter pegado o telefone justamente para uma situação como essa, parecia impossível alguém conseguir entrar em contato com ela ali, agora: é que não havia nada.

Por um instante ela quase jogou o aparelho no mar. O sinal incomodava. Depois, controlou-se e apertou o botão de atender.

– Sim?

Uma voz pairando no ar de tanta exaltação no outro lado da linha. Ou então era só a linha que estava ruim.

– Olá, eu me chamo David Zetterberg. Poderia falar com Gustav Mahler?

Anna olhou ao redor. A luz do visor do aparelho tinha lhe ofuscado os olhos a ponto de ela não poder distinguir a linha entre o mar e o céu; eles flutuavam no espaço.

– Ele... não está.

– Desculpe, eu tinha que falar com alguém. Ele tinha um neto que... era uma coisa que eu queria contar.

– Você pode contar pra mim.

Anna ouviu o relato de David, agradeceu e desligou o telefone. Ficou em seguida olhando por um bom tempo para Elias, ajeitou o filho no colo, encostou a testa na testa dele.

Elias... vou contar uma coisa pra você...

Ela sentiu que Elias estava ouvindo. Contou o que tinha acabado de ouvir.

Você não precisa ter medo...

A voz dele tilintou na cabeça dela:

Tem certeza?

Sim. Tenho. Fique aqui até... até chegar a hora. Fique dentro de mim.

Pelo edredom ela sentiu que o corpo do filho desmoronou, tornou-se peso morto.

Ele entrou nela.

Mãe? Como é que é isso?

Não sei. Eu acho que a gente fica... leve.

A gente pode voar?

Talvez. Bem, acho que sim.

Um zumbido cresceu, atravessando o mar, como se um *ferry boat* se aproximasse, mas a única luz que havia era da lua e das estrelas. O zumbido ficou mais forte, aproximou-se do barco, e Anna se arrependeu. Elias estava com ela, dentro dela de novo, como estivera no início da existência dele, e ela não queria mais entregá-lo. Ao mesmo tempo que pensava nisso, sentiu que Elias começava a se afastar dela.

Não, não, meu menino. Não vá. Não vá. Desculpe.

Mãe, estou com medo.

Não tenha medo. Eu estou aqui.

O zumbido estava agora dentro do barco e, no canto do olho esquerdo, ela viu que um vulto encobria a lua. Alguém estava sentado no estrado. Ela não conseguia olhar para aquele lado.

Mãe, a gente vai se encontrar de novo?

Sim, meu amor. Em breve.

Elias ia dizer mais alguma coisa, mas sua fala foi apagada, ficava mais fraca à medida que uma larva branca lhe saía do peito, ao mesmo tempo que uma massa de escuridão descia sobre o estrado. Na ponta da massa havia um gancho.

Anna recebeu a larva na mão em forma de concha, ficou com ela ali por alguns segundos.

Vou sempre pensar em você.

Ela o deixou ir.

Tisenvik/Rådmansö
Maio de 2002 – Dezembro de 2004

Agradecimentos

Não se faz muita coisa sozinho. Escrever um livro desses é algo que a gente definitivamente não faz sozinho. Eu bati em teclas de plástico para criar letras que por sua vez criaram palavras, mas gostaria de agradecer a uma turma de pessoas que me ajudou com todas as outras coisas.

Susan Sprøgoe-Jacobsen, do Departamento de Medicina Legal em Umeå, tirou tempo para me explicar em detalhes o que acontece com corpos enterrados.

O capelão hospitalar Stefan Bendtz viabilizou minha visita ao necrotério do Hospital Danderyd; Kenneth Olsson e Björn Hamberg me proporcionaram depois uma visita guiada nesse hospital, o que me possibilitou escrever alguns trechos.

Sara Tengwall, microbióloga em Linköping, construiu um modelo possível para o despertar do corpo morto usando termos como, por exemplo, "fosforilação oxidativa".

Håkan Jaensson, do jornal *Aftonbladet*, retocou a linguagem na reportagem do Skogskyrkogården.

A essas pessoas acrescento Jan-Erik Petterson, da editora Ordfront, que teve a coragem de apostar em literatura de terror desde o início, assim como a minha editora Elisabeth Watson Straarup, que vigia com entusiasmo as minhas sinuosidades linguísticas.

Depois vêm os meus primeiros leitores, que leram a prova do livro quando ele era apenas uma pilha de papéis e me deram suas opiniões:

Kristoffer Sjögren e Emma Berntsson são o primeiro par. Jonatan Sjögren e Marie Kronlund vêm logo em seguida. Eva Månsson também está por aqui.

E Thomas Oredsson. Nada de ordem aqui. Só o fato de entregar o texto a pessoas que dizem: "Não consegui largar. Li tudo em um dia" significa muito a esta altura.

Gostaria de agradecer especialmente a Aaron Haglund e Nils Sjögren, que leram o livro e me fizeram mudar algumas coisas que não funcionavam, além de me darem boas sugestões.

E a Mia, é claro. Que faz tudo ser possível. Tudo. O meu crítico mais arguto e a minha poetisa favorita. Palavras não são suficientes.

Muito obrigado.
John

Sobre o autor e a tradutora

John Ajvide Lindqvist nasceu em Blackberg, subúrbio de Estocolmo, Suécia, no dia 2 de dezembro de 1968. Roteirista de TV, foi mágico de rua e, durante doze anos, comediante de *stand up*. Ficcionista, seu primeiro romance, *Låt den rätte komma in*, publicado em 2004, originou os filmes *Deixa ela entrar* (Suécia, 2008) – um dos mais premiados da história do cinema, no gênero terror – e *Deixe-a entrar* (Estados Unidos/Reino Unido, 2010). Seu segundo romance, *Mortos entre vivos*, é de 2005, e a ele se seguiram, sempre no gênero terror, *Pappersväggar* (2006), *Människohamn* (2008), *Lilla stjärna* (2010), *Låt de gamla drömmarna dö* (2011) e *Tjärven* (2011).

Marisol Santos Moreira, carioca, é formada em letras pela Universidade Federal do Rio de Janeiro, com pós-graduação nessa mesma universidade. Estudou letras também na Albert-Ludwigs-Universität, Alemanha. Do sueco ela traduziu *A arte de ser gentil*, de Stefan Einhorn (Objetiva); *Eco dos mortos*, de Johan Theorin (Record); *Gangsters*, de Klas Östergren (Record); e *Traição*, de Karin.

Este livro, composto com tipografia Garamond
e diagramado pela Alaúde Editorial Limitada,
foi impresso em papel Norbrite 66g/m^2 pela
EGB – Editora Gráfica Bernardi Ltda.
no centésimo nonagésimo quarto ano da
publicação de *Frankenstein ou o Prometeu moderno*,
de Mary Shelley. São Paulo, março de 2012.